이승원 시비평집

폐허 속의
축복

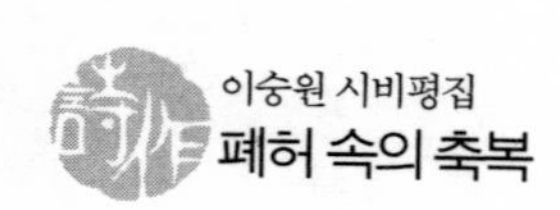

이승원 시비평집
폐허 속의 축복

찍은날 | 2004년 2월 20일
펴낸날 | 2004년 2월 26일

지은이 | 이승원
펴낸이 | 김태석
펴낸곳 | 천년의시작
등록번호 | 제300-2002-186호
등록일자 | 2002년 5월 16일

주소 | 서울 종로구 내수동 1번지 대성빌딩 504호(우 110-070)
전화 | 02-723-8668
팩스 | 02-723-8630
홈페이지 | www.poempoem.com
전자우편 | webmaster@poempoem.com

ISBN 89-90235-96-0

값 16,000원

이승원 시비평집

폐허 속의 축복

머리말

며칠 전 '태극기 휘날리며' 라는 영화를 보았다. 그 영화에는 정지된 사진으로만 보았던 6 · 25의 참상이 그대로 재현되어 있었다. 포연에 일그러져 검은 연기가 피어오르는 산하의 모습과 머리와 허리에 짐을 이고 아이들의 손을 끌며 끊임없이 걸어가는 피난민들의 참상이 선명한 영상으로 제시되어 있었다. 그 폐허의 공간 속에 짐승의 시간을 보내야 했던 끔찍한 인간 유린의 현장이 놀랍도록 사실적으로 재현된 것에 충격과 감동을 받았다.

나의 부모와 누이들도 6 · 25 때 뿔뿔이 흩어져 피난길에 올랐다. 그들은 부산에서 가까스로 합류하여 1953년이 되어서야 가족이 함께 서울에 올라올 수 있었다. 서울에 올라온 2년 후에 내가 태어났다. 내가 어릴 때 부친께서는 기회 있을 때마다 전쟁의 끔찍함과 피난길의 참상에 대해 이야기하셨다. 그 이야기를 들으며 세상은 즐거움보다 두려움으로 가득찬 곳이라고 나는 생각했다. 초등학교 입학하기 전 4 · 19가 났는데 누나와 아버지가 불안한 표정으로 집에 들어와 밖에 나가지 말라고 타이르던 기억이 난다. 초등학교 1학년 때 5 · 16이 나서 길거리의 탱크를 보고 두려움에 사로잡혔던 기억이 남아 있다. 피난 시절의 이야기를 너무 들어서인지 학교를 마치고 집에 오면 집이 불에 다

타버리고 나 혼자 폐허 위에 혼자 서 있는 것이 아닌가 하는 생각이 들기도 했다. 유신헌법이 공포 되었을 때 고등학교 3학년이었고 박정희 대통령이 저격을 당했을 때 대학원생으로 고등학교 교편을 잡고 있었다. 1980년 광주의 피바람이 불었을 때 스물여섯의 젊은 교사로서 풍문으로 전해지는 소식을 들으며 울분과 불안의 감정을 함께 억눌렀다.

이러한 사연 때문인지 나는 우리의 삶이 폐허라는 생각을 갖게 되었다. 1981년 이른 나이에 대학의 전임이 되고 지금까지 순탄한 생활을 이어왔지만 나는 아직도 폐허의 삶을 이어가고 있다는 의식에서 자유롭지 못하다. 작년에 부친이 돌아가셨는데 육체보다 정신이 먼저 무너져가는 말년의 삶을 지켜보면서 삶이 폐허라는 생각을 다시 하게 되었다. 생태 문제와 관련하여 파괴되어 가는 생태계의 현실을 확인하면서 그 의식은 강화되었고 작금의 어수선한 국내의 정치 현실을 보면서도 그 의식은 새롭게 되살아났다.

분명 정상의 상태에서는 벗어나 있는 내 의식에 이만큼 균형을 잡게 해 준 것은 문학이고 시였다. 고전문학 연구에 뜻을 둔 나의 부친이 6 · 25가 끝난 후 서울에 귀환하면서 시조를 창작하기 시작한 것도 마음의 균형을 찾기 위한 시도가 아니었을까 나 혼자 짐작해본다. 중학교 때부터 시작된 시와의 만남은 사춘기적 감상과 결합되어 내면의 공허감을 키운 점도 있지만 결과적으로는 삶의 폐허 어딘가에 영혼이 살아 움직이는 소중한 영역이 있다는 사실을 나에게 일깨워주었다. 생의 고비에 부딪칠 때마다 시는 나에게 힘이 되었고 마음의 위안이 되었다. 시는 가볍고 텅 빈 것 같은 현실 저편에 아름답고 자유로운 영혼의 영지가 있음을 알려주는 등대와 같았다. 그런 의미에서 시는 폐허 속에 드리워진 하나의 축복이었다.

시에 대한 이러한 특이한 체험 때문에 내가 시를 보는 시각과 시를 읽는 방법에 편협한 점이 있다는 것을 자인할 때가 많다. 그것을 알고 있기에 글을 쓰면서 내 나름의 균형감각을 유지하려는 노력을 해왔다. 그러한 노력에는 시의 원론적 사실에 대한 지식이 도움이 되었다. 그러나 이제 내 나이 쉰이 되었고, 이제는 마음이 움직이는 대로 글을 써도 좋겠다는 생각이 든다. 시가 폐허 속의 축복이라는 생각을 분명히 드러내면서 그 사유를 논리화해야겠다는 의욕도 생긴다. 이 책에 수록된 상당수의 글들은 그런 마음의 움직임을 그대로 담고 있다. 그러한 작업이 무용한 것이 아니라 이 시대에 많은 사람들이 직면하고 있는 문제를 해결하는 데에도 기여하는 바가 있으리라는 생각을 굳히고 있다. 즐거움보다는 번민이 많고 성공보다는 좌절이 많은 것이 우리 인생이기 때문이다.

이 평론집 간행을 기꺼이 수락해준 천년의시작 김태석 사장과 아름다운 책으로 엮어준 편집부 직원에게 고마움을 전한다. 그리고 약한 마음으로 불안하게 서성이는 나를 도와 20년 동안 굳건히 붙잡아준 아내 윤유경에게 깊은 사랑의 마음을 전한다.

2004년 2월 16일

저 자

■ 머리말

Ⅰ부

Ⅱ부

차 례

I

우리 시의 다양성과 진정성

1. 한 시인의 죽음이 갖는 의미

새 천년이 시작되었다고 떠들썩한 것이 어제 같은데 어느새 일 년이 지났다. 2000년 시단의 문학적 사건으로 기록될 일은 미당 서정주 시인의 타계다. 60년 넘게 많은 시를 써오며 한국시의 중심부에 놓여 한국시사의 증인 노릇을 해온 미당 서정주 시인이 작년 12월 24일 타계하자 각 일간지마다 추도문을 싣고 문인들의 특별 기고문을 게재했다. 미당의 타계는 일제 강점기에 등단하여 한국시사를 이끌어온 시인 세대 중 마지막 남은 시인이 작고했다는 의미를 지닌다. 한 해의 시단 경향을 말하는 자리에서 서정주 시인의 얘기를 먼저 꺼내는 데에는 그 나름의 이유가 있다.

미당 시를 보면 생태시로 볼 수 있는 것, 페미니즘시로 볼 수 있는 것, 몸의 생동성을 보여주는 것, 실험적 기법을 도입한 것 등 다양한 스펙트럼이 펼쳐지고 있다. 요컨대 미당은 일생의 시작업을 통해 한국시가 나아갈 수 있는 여러 가지 가능성을 펼쳐 보인 시인이다. 독특한 상상력에 기반을 둔 탁월한 표현 기법, 신기에 가까운 능란한 언어구사에 관한 한, 미당 오른편에 설 사람은 없다. 그런데 그 다양하고 폭넓은 시작품 중 역동적 현실을 노래한 작품이 거의 없다는 사실은 음미할 만하다. 눈앞에 생생하게 펼쳐지는 일상적 자아와 현실의 충돌, 갈등, 조정의 과정을 보여주는 시는 극히 드물다. 구모룡 교수의 지적대로 '미학적 분리주의'와 '초월 미학'이 미당의 시를 관류하고 있다. 미당은 꿈틀대는 현실의 삶을 '누이의 수틀 속의 꽃밭을 보듯' 등 너머로 관조하며 추상의 세계, 영원과 초월의 세계로 눈길을 돌린 것이다. 따라서 그는 훌륭한 시인이라고는 할 수 있어도 위대한 시인이라고 하기는 어렵다. 위대한 시인이라면 현실과의 역동적 관계 속에 자신의 시정신을 펼쳐가는 일을 결코 소홀히 하지 않을 것이기 때문이다.

우리의 화제와 이 문제를 결부시켜 보면, 작년 시단에 생태학적 상상력을 보이는 시가 많이 쓰여졌다든가, 내면 탐구에 기운 시가 많았다든가, 해체시적 경향이 퇴조하고 서정성을 보이는 시가 많아졌다든가 하는 표면적인 현상은 그리 중요한 것이 아니다. 중요한 것은 시란 무엇이며 시는 어떻게 쓰여져야 하는가 하는 원론성에 대한 질문이 제기되었다는 점이며, 시인들의 정신이 그 질문에 다채롭게 반응하였다는 점이다.

새 천년, 디지털 시대, 정보화 사회 등 새로운 패러다임이 요구되는 격변의 시간 속에 시라는 인간 창조물에 대한 진지한 반성과 점검과 재인식이 이루어졌다. 시는 단순한 언어의 구조물이 아니라 살아 있는 시적 자아가 꿈틀거리는 현실과 부딪쳤을 때 피어나는 갈등과 번민의 표현이다. 그것이 표현되는 방식은 시인마다 각기 다르고 갈등이 내면화되는 방식도 다르다. 자연을 소재로 하여 내면의 침잠을 표현한 시가 있다고 할 때 그 시에 삶의 국면이 배제되었다고 볼 수는 없다. 현실적 삶과의 부딪침이 자연을 매개로 한 내면 침잠으로 굴절되었다고 보아야 마땅한 일이다. 이와 반대로 "나를 키운 것은 팔할이 바람"이라든가, "병든 수캐마냥 헐떡거리며 나는 왔다"고 말해도 그것이 구체적 삶과 밀착된 것이 아니라면 한갓 수사법이고 추상적 비유의 드러냄일 따름이다.

지난 한 해는 바로 이런 자아와 현실의 부딪침에 바탕을 둔 삶의 노래가 그 어느 때보다 많이 지면에 발표되었다. 시인들은 그러한 창조의 과정 속에서 시에 대한 점검과 재인식을 자연스럽고도 진지한 자세로 수행하였다. 이렇게 된 계기는 변화의 시대 때문인데, 디지털 시대로의 변화가 오히려 시의 원론성을 재점검하게 하는 동력이 된 것은 어느 면에서 다행스러운 일이다.

2. 시적 스펙트럼의 실제

작년에 간행된 시집 역시 다양한 양상과 징후를 보이고 있는데 중견 시인으로부터 젊은 시인에 이르기까지 개성 있는 시집이 많이 발간되었다. 황동규의 『버클리풍의 사랑노래』(문학과지성사, 2000. 2)에서는 인간의 외로움에 대한 다면적 접근, 외로움의 존재론적 의미에 대한 지적인 탐색을 읽을 수 있다. 정진규의 『도둑이 다녀가셨다』(세계사, 2000. 8)는 평범한 일상사에서 삶의 기미를 발견하고 거기에서 다시 인간과 생명의 위상을 새롭게 깨달아가는 구도자의 섬세한 시선을 보여준다. 이승훈의 『너라는 햇빛』(세계사, 2000. 8)에는 이 시인의 지속적 관심사인 '나' 라는 존재자의 정체를 찾아 헤매는 한 허무주의자의 편력이 펼쳐져 있다. 그러나 그는 이러한 편력이 갖는 관성의 자유를 이제 통제할 단계에 와 있기도 하다. 신대철의 『개마고원에서 온 친구에게』(문학과지성사, 2000. 10)는 오랫동안의 침묵을 깨고 나온 시집인데, 삶의 현장에서 떨어져 있는 자연정경을 점묘하면서 고요한 정물 묘사가 역으로 삶의 세부로 침투하는 독특한 화법을 보여준다. 최영철의 『일광욕하는 가구』(문학과지성사, 2000. 3)는 생의 의지와 사랑의 정신을 병치하면서 점착력 있는 응집의 시선으로 일상의 타성을 깨뜨리고 생의 본질을 투시하려는 타오르는 시정신을 드러내고 있다. 최승호의 『모래인간』(세계사, 2000. 8)은 "모래가 된 인간은 많으나, 모래로

된 인간은 없다"는 명제가 암시하는 바, 없는 주체로서의 몸을 화두로 드러내면서 문명사회의 비정함과 허황함과 거짓됨을 다양하게 폭로한다. 이외에 다음과 같은 시집들이 지난해의 우리 시단을 풍요롭게 했다.

임영조, 『지도에 없는 섬 하나를 안다』(민음사, 2000. 2)
송찬호, 『붉은 눈, 동백』(문학과지성사, 2000. 2)
김진경, 『슬픔의 힘』(문학동네, 2000. 3)
이수익, 『눈부신 마음으로 사랑했던』(시와시학사, 2000. 4)
문태준, 『수런거리는 뒤란』(창작과비평사, 2000. 4)
김혜순, 『달력 공장 공장장님 보세요』(문학과지성사, 2000. 5)
이건청, 『석탄 형성에 관한 관찰 기록』(시와시학사, 2000. 5)
정끝별, 『흰책』(민음사, 2000. 5)
조용미, 『일만 마리 물고기가 산을 날아오르다』(창작과비평사, 2000. 6)
김명수, 『아기는 성이 없고』(창작과비평사, 2000. 6)
나태주, 『슬픔에 손목 잡혀』(시와시학사, 2000. 7)
남진우, 『타오르는 책』(문학과지성사, 2000. 7)
문인수, 『동강의 높은 새』(세계사, 2000. 10)
김승희, 『빗자루를 타고 달리는 웃음』(민음사, 2000. 11)
박찬, 『먼지 속 이슬』(문학동네, 2000. 11)
서림, 『세상의 가시를 더듬다』(문학동네, 2000. 11)

시작품으로는 강연호, 고재종, 김광규, 김기택, 김명리, 김명인, 나희덕, 송재학, 심재휘, 안도현, 오세영, 이원, 이정록, 장석남, 정한용, 천양희, 최문자, 최정례, 최하림 등의 시가 우리 시단을 풍요롭게 했다. 이 시편들은 자연과 세계와 현실과 내면으로 시인의 시선이 자유롭게 이동하면서 서정적 진실을 개성적 어법으로 드러내려는 노력을 보여주었다. 지나친 신기에의 추구도 없고 작위적인 내면의 굴절도 없는 상태에서 서정성의 변화를 추구하면서 서정시의 본류에 윤기를 더하는 문학적 성취에 도달했다.

3. 서술성의 도입과 대중과의 만남

지금 쓰여지는 많은 시들이 이야기를 포함하고 있다는 데 주목할 필요가 있다. 위에 언급한 시인들의 경우만 해도 시작품 안에 이야기가 담겨 있는 경우가 아주 많다. 조금 폭을 넓혀 생각하면 모든 시에는 일정부분의 서술성이 들어 있다고 할 수 있다. 시적 자아의 주관적 감정을 착색한 시라 하더라도 그 시 속에 어떤 상황이 설정된 이상 이야기의 요소가 없다고 볼 수는 없다. 문제는 시적 자아의 정서표출이라는 측면을 벗어나서 이야기의 구성이 시의 전면에 놓이는 경우다. 이런 경향이 많아지자 『시와 사상』 2000년 겨울호에서는 「젊은 시인들과 내러티브」라는 특집을 마련해서 그들의 시적 행로를 조감하는 기획을 마련했다. 거기에는 필자와 이름이 비슷한 이승원이라는 시인과 김참, 김언 등의 젊은 시인들이 재미있는 이야기시를 발표하고 있다. 이승원 시에 담긴 이야기가 들려주는 것은 뒤틀리고 얼크러진 생의 모순에 대한 빈정거림이다. 이런 화제는 지금까지의 많은 시에서 접했던 것이지만 이야기하는 방식이 새롭기 때문에 신선감을 준다. 예를 들어 「아이콘」이라는 시는 예수의 생애를 현대판 사이비 교주의 생애로 패러디하여 종교의 신비를 격파하고 비속한 삶의 모순을 그대로 드러낸다. 「석 라이프」는 월남전에 참전한 한국군의 살상 행위와 80년 광주에 투입된 공수부대의 폭력을 병치하여 인간의 동물적 잔혹성을 폭로한다. 이러한 이야기시는 단순한 감정 토로만으로는 성립되지 않는다. 다시 말하면 한편의 시를 쓰는 데 상당한 공력이 드는 것이다. 이승원의 경우에도 이야기의 구성을 세우고 자료를 구하기 위해 상당히 공부를 많이 했을 것이라는 생각이 든다. 이런 점에서 순간의 감흥을 즉각적으로 드러내는 시나 명멸하는 몽상을 여과 없이 늘어놓는 시보다는 훨씬 성실하고 진실하다는 인상을 준다.

시에서 이야기의 요소가 강화되면 노래의 몫은 줄어들게 된다. 일찍이 이야기와 노래의 균형을 취하고자 한 시인으로 최두석이 있는데 서술성을 살리는 젊은 시인들의 경우에는 노래에 대한 고려가 거의 없는 것 같다. 산문화되고 파편화된 우리의 삶이 안정된 운율에의 안주를 가로막는 것인지도 모른다. 요즘 유행하는 노래를 들어보면 상당히 돌발적이고 좌충우돌 식이다. 기층문화가 이런 마당에 시에서 안정된 운율을 추구한다는 것은 기대하기 어려운 일인지 모른다. 안정된 운율을 추구하는 시는 소외되고, 멀티미디어적 다성성을 공유한 시들이 득세할지도 모른다.

이와 관련하여 새로운 화상문화와 소리가 결합된 삼차원적인 퍼포먼스를 통해 시가 일반인들에게 다가가야 한다는 주장이 돌출하기도 한다. 그 소리와 영상이 제대로 활용되면 새로운 차원의 퍼포먼스가 이루어질 수도 있고 대중들이 시에 매력을 느끼고 다가가는 계기가 될 수도 있을 것이다. 그러나 그것만으로 대중과 시의 만남이 이루어진다면 그것 역시 제한된 공간에서의 만남에 그치고 만다. 디지털 영상을 이용해서 시를 전달하는 방법도 있고, 전통적인 시낭송을 통해 음악적인 흐름을 전달하는 방법도 있고, 종이책의 지면 위에 인쇄된 상태로 제시될 수도 있다. 시와 대중과의 만남은 이렇게 다양한 방식으로 이루어진다는 점을 인정해야 한다. 우리 시대에 디지털 기술을 도입한 멀티미디어가 대중을 압도하고 있다고 해서 그쪽에 묘수가 있을 것이라고 생각하는 것은 오산이다. 문학은 그리고 특히 시는 거기에 종속될 것이 아니라 거기서 이탈하고 저항해야 한다. 디지털 물신화를 경계하며 시의 순정성을 강조하는 자세가 필요하다.

또 아무리 현장성을 살린 새로운 표현방법이 동원된다고 해도 결국 그것은 우리가 일방적으로 보는 것에 불과하다. 본다고 하는, 수동적인 자리에 여전히 머물러 있는 것이지 직접 소리로 읊조리고 귀로 듣는 능동적 참여는 이루어지지 않는다. 시낭송 프로그램이 멀티적 방법으로 아무리 화려하게 이루어져도, 보고 듣는 데 그친다면 그것은 일방적이고 획일적인 방식이다. 오히려 시인과 독자의 직접적인 만남, 시인의 육성을 통한 생생한 접근, 나도 그 시를 낭송해본다는 현장감, 이러한 것들을 살리는 방법을 모색해야 한다. 멀티미디어 환경이 너무 앞서버리면, 시인과 독자의 만남이라는 현장적 실감은 배제되고 결국 시의 언어가 가진 미세한 질감까지 휘발되어버리는 부작용이 있다. 소리와 빛에 압도되어서 하나하나의 말이 갖는 질감을 놓치고 마는 것이다.

4. 생태시와 여성시

문학은, 그리고 시는 언제나 저항적이다. 자유의 억압에 대해서는 자유의 몸짓으로 폭력에 저항하고, 타락과 퇴폐에 대해서는 순수의 정신으로 그것에 저항하는 것이 시다. 요즘 생태학적 생명주의, 여성주의가 21세기의 대안으로 떠오르는 것 같다. 그러나 주의라는 말을 앞세우면 그것은 인간을 억압하는 또 하나의 수단이 될 수 있다. 포스트콜로니얼리즘을 우리말로는 탈식민주의로 번역하는데, 번역어의 어색함을 떠나서 그 개념이 지닌 사유의 방법을 시에 원용하고 싶다. 21세기의 시는 우리를 억압하는 지배 권력을 해체하는 일에서 존재의의를 찾게 될지 모른다.

인간은 편안한 삶을 이루기 위해 문명을 발전시켰고 그 결과 자연을 무리하게 훼손했다. 병든 자연은 거꾸로 인간의 생명, 더 나아가 인류의 존립을 위협하는 지경에 이르렀다. 이렇게 된 잘못은 자연에 있는 것이 아니라 절제하지 못한 인간의 욕망에 있다. 모든 것을 계량화하고 수치화하여 앞으로만 돌진하려는 인간의 욕망이 인간을 억압하는 지배권력이 되어버렸다. 이 지배권력에 대해 시인은 생태학적 상상력으로 저항한다.

생태학이란 '생물 상호간의 관계 및 생물과 환경과의 관계를 구명하는 학문'을 뜻한다. 여기서 주목해야 할 것은 '관계'라는 단어다. 생태학은 환경학과는 달리 생물과 생물의 관계, 생물과 환경과의 관계에 연구의 초점을 맞춘다. 인도의 전통사상에서 발전한 불교의 연기론의 핵심명제는 "이것이 있으므로 저것이 있고, 저것이 있으므로 이것이 있다. 이것이 멸하므로 저것이 멸하고, 저것이 멸하므로 이것이 멸한다"이다. 이것은 생태학적 인식의 기본 발상과 일치한다. 이 만물 유관성(有關性)과 상이성(相依性)의 인식이 생태학적 사고의 출발이다.

이처럼, 생명과 환경의 유관성과 상이성을 탐색하는 것이 생태학이고, 그러한 인식에 바탕을 둔 상상력을 생태학적 상상력이라고 하며, 그것에 의거해 제작된 시를 나는 생태시라고 부른다. 이러한 '관계'에 대한 인식이 없는 시는 생명시도 될 수 있고 다른 무엇도 될 수 있지만 내가 보기에 생태시는 아니다. 어떤 경우든 생태시의 요체는 생명과 환경, 생명과 생명 사이의 관계 인식에 있다.

생태시의 풍요로운 전개를 위해 단순히 시적감성으로만 이 문제에 대처할 것이 아니라 생태시를 쓰려는 시인 자신이 자연과 생명현상에 대해 공부를 적극적으로 해야 한다. 최재천의 아름다운 책 『생명이 있는 것은 다 아름답다』(효형출판, 2001)를 관통하는 믿음은 '알면 사랑한다'는 것이다. 우리는 자연과 생명에 대해 많은 것을 알아야 한다. 생태시가 유형화되고 도식성에 빠지는 것도 학습의 범위가 한정되어 있는 데 그 원인이 있을지 모른다. 자연의 의미가 무엇이고 그것이 생명과 어떤 관계가 있으며 우주적 공간 속에서 지구와 인간의 의미가 무엇인지 과학적이면서도 시적으로 사유해볼 필요가 있다. 또 한편으로는 우주만물의 유관성에 대한 인식을 좀더 깊게 가지고 우주의 움직임을 명상해보는가 하면 작은 풀꽃을 들여다보며 생명의 윤회가 어떻게 이어지는가를 성찰할 필요가 있다. 이러한 인식은 생각만으로 끝날 것이 아니라 실천으로 이행되어야 한다. 생태시는 머리로 쓰여질 것이 아니라 실천으로 쓰여져야 한다. 실천으로 이행되는 과정에서 우러난 작품일 때 그것이 독자에게 인식의 깨달음을 주고 감동의 울림을 전파한다. 인간이 어떠한 관계와 맥락 속에 살아가는가를 깊이 알면 우리의 마음을 움직이는 시적 장치가 저절로 떠오를 것이다. 작위적인 전략의 개발이 아니라 유기적인 조화의 운동 속에 감동적 형상화의 길이 열리기를 기대한다.

여성시를 논의할 때 대전제가 되어야 할 것은 문명사의 전세기에 걸쳐 남성이 여성의 지배자로 군림해왔다는 사실에 대한 인정이다. 20세기에 들어와서 각성한 여성이 남성과 대등한 인간으로서의 자리를 찾기 위해 고투를 벌여왔다. 그 결과 오늘날 여성의 위상이 그 이전보다 나아진 것은 사실이다. 그러나 문명사를 지배해온 남근 이데올로기가 쉽게 사라지지는 않는다. 그것은 여전히 우리 생활 곳곳에 뿌리를 드리우고 여성들에게 억압을 행사한다. 이런 가부장적 사고는 남성에게도 진정한 자아의식을 심어주지 못한다는 점에서 남성에게도 억압을 행사한다. 여성시는 남근 이데올로기, 가부장적 사고, 파시즘적 폭력에 대해서 페미니즘적 화법으로 저항해왔다.

우리 시의 페미니즘적 화법은 어떤 변화를 겪어왔다. 처음에는 남성적 지배구조의 해체, 여성이 이렇게 억압받고 있다는 걸 드러내는 소박한 단계의 여성시가 쓰여졌고, 그 다음에는 남성적 지배담론을 전도해보려는 시들이 있었다. 거칠고 폭력적인 언어는 남성의 언어였는데, 그걸 이제 여성이 전유화해보려는 시도를 벌인다. 김언희 같은 경우, 여성에게는 금기시되었던 언어를 마음대로 사용함으로써 지배담론을 전복해 보려는 시도를 벌인다. 두 번째로 여성 특유의 담론을 통해 남성 지배담론에 도전하고 그것을 전도해보려는 움직임을 볼 수 있다. 남성적 담론의 특징이 규범적이고 권위적이라면 여성적 담론의 특징은 비규범적이고 일상적이며 그런 점에서 수다에 가깝다. 그런 어법을 통해 남성 담론에 저항하는 시들은 아주 많다. 박서원, 정남희, 김정란, 김혜순 등의 시가 그런 어법을 보여준다.

세 번째는 여성이 가진 영성(靈性)을 드러내 신화적 구조를 표현하려는 것인데, 이것은 자칫하면 신비화되어 모든 아름다움과 신성함은 여성성에서 나온다는 또 하나의 도그마로 빠질 우려가 있다. 페미니즘의 진정한 의미는 지배담론과 억압에서 벗어나려는 것이지 또 하나의 억압을 만들려는 게 아니다. 진정한 페미니즘은 남성적 지배담론을 페미니즘의 어법으로 전도해내는 것이되, 이러한 저항이 지향하는 바는 자연과 인간이 조화를 이루고 정신과 문명이 균형을 이루고 여성과 남성이 대등한 가치를 실현하는 사회의 건설에 있다.

5. 디지털 시대와 시의 진정성

현재를 디지털 시대라고 하는데 디지털이란 아날로그와 대립되는 개념이다. 아날로그 기술은 연속적인 물리량을 기반으로 음이나 빛의 변화를 전기적인 변화로 바꾸어 연속적인 파형으로 보낸다. 여기에 비해 디지털은 시간을 아주 잘게 분할하여 각각 그 시간에서 진폭의 상태를 이진수인 0과 1이라는 두 숫자로 처리를 하고 이들 두 숫자가 조합되는 방식에 따라 정보의 차이를 나타낸다. 그렇게 되면 어떤 소리와 빛이 가지고 있는 물리적 양은 0과 1이라는 숫자로 분해된다. 말하자면 가시적인 물리적 양이 시간과 양이 극소화된 기호로 바뀌는 것이다. 따라서 상상할 수 없이 많은 정보의 생성, 변형, 복제, 전달이 가능해진다.

여기서 이 디지털 기술의 성격을 다시 한번 생각해볼 필요가 있다. 그것은 아주 쉽게 생각하면 음파나 광파를 0과 1이라는 두 숫자로 나누어 표시하는 방법이다. 그런데 음파나 광파라는 물리적 현상은 자연에 근거를 둔 그 나름의 형상성을 지니고 있다. 그러나 디지털로 분해된 숫자는 단지 기호일 뿐 자연적 형상성은 없다. 그것은 사이버 세상의 기호에 불과하다. 현대과학은 그 기호의 조작에 의해 생명의 생성, 변형, 복제, 전달도 가능하다고 주장한다. 상징적으로 말하면, 이것은 인간의 인간다움을 지워버리고 기호에 의해 정보가 되었다가 인간에 해당하는 어떤 꼴로 다시 환원된다는 뜻이다. 단순하게 도식화해서 말하면, 인간이 기호가 되었다가 다시 인간이 되는 꼴이다. 그러면 도대체 인간은 무엇인가? 인간은 유전자의 기호만으로 존재하는 사물인가? 영혼이라든가 정신이라는 것도 결국은 유전자 기호 속에 입력된 정보에 불과한 것인가? 우리는 디지털 기술의 발전과 관련하여 이러한 심각한 질문을 던지지 않을 수 없다. 첨단 과학문명의 발전 앞에서 인간이란 무엇인가라는 고전적인 질문을 새롭게 던지지 않을 수 없는 인류사의 커다란 변혁의 단계에 우리는 서 있는 것이다.

다시 한번 상징적으로 얘기하면, 디지털 기술은 우리 시대의 커다란 지배권력이 되었다. 디지털 작업이 수행될 때 빛과 소리의 파동이 기호로 바뀌고 그것이 다시 파동으로 바뀌는 과정에 미미한 기호변이가 생기면 전혀 예상치 못했던 엉뚱한 결과가 나타날 수 있다. 생명복제에 있어 유전자 정보가 기호로 바뀌고 그것이 다시 유전자 정보로 환원되는 과정에서 극히 미세한 부분의 코드에 착오가 생기면 터미네이터 같은 괴물이 생산될 수도 있는 것이다. 인간의 복지를 위한다는 행위가 인간의 파멸을 가져올지도 모른다. 이제 발전의 속도를 늦추고 인류의 번영이라는 과실을 전 지구인이 나누어먹을 수 있는 지혜를 개발해야 한다.

이런 점에서 앞에서 이야기한 생태시나 페미니즘시 외에 단순성의 시가 하나의 대응전략으로 부상될 가능성도 있다. 디지털 문화가 표방하는 것은 속도와 변화다. 그것은 무한히 증폭되는 다양성을 특징으로 한다. 인간의 의식이 그것을 따라가다가는 0과 1의 무한교차가 만들어내는 허상 속에 침몰할지 모른다. 그런 점에서 문학은 오히려 단순성에 눈길을 돌리고 속도와 변화에 길들여져가는 인간의 의식에 평형을 되찾도록 해야 한다. 그런 점에서 디지털 시대에는 복잡하고 현란하고 빠른 문학보다는 단순하고 소박하고 느린 문학이 더 의미 있는 역할을 하지 않을까 생각한다.

그런 점에서 시의 진정성은 현실과 시, 역사와 시를 이분법적으로 생각하지 않는 데에서 수립되고 유지된다고 생각한다. 디지털 문화의 시대건 어떤 시대건 인간과 삶과의 관계를 정밀하게 관찰하고 그것에 대해 정직하게 사색할 때 진정한 시가 창조된다고 나는 믿는다. 현실과 역사를 초월한 자리에 시가 놓인다는 생각을 한번도 해본 적이 없다. 시는 그렇게 대단한 것이 아닐 것이다. 비록 어법적으로 서투른 시를 많이 남겼지만 김수영의 작업이 끝내 존경을 받는 것은 시와 삶을 언제나 동질적으로 생각하고 양자의 긴장을 끝까지 밀고가려 한 고뇌의 정신 때문이다. 시의 진정성은 바로 이런 전인격적 전력투구에서 확보되는 것이리라.

시적 진실의 스펙트럼

1. 생의 진실과 시어의 감도

2001년 한해 동안 간행된 시집 수십 권을 먼저 추려놓고, 그 중에 열 권을 골라내는 일은 쉽지 않았다. 어차피 주관적인 선택이니까 내 나름의 기준을 정하였다. 시다운 맛을 느끼게 하는 시, 독자와의 소통을 염두에 둔 시를 골라야겠다는 기준을 설정했다. 첫째 기준은 다소 복잡한 설명이 필요하니 뒤로 미루고, 둘째 기준을 정한 이유부터 이야기하겠다.

최근 나는 시가 더 이상 자족적 폐쇄성에 머물러서는 안 되겠다는 생각을 갖게 되었다. 그것은 21세기의 문화적 상황을 관찰 · 체험하며 얻은 결론이다. 내가 보기에 인간의 지적 능력은 거의 포식상태에 이른 것 같다. 법의 규제가 있으니까 망정이지, 인간이 하고 싶은 대로 하도록 내버려두면, 머릿속의 지식과 세상의 정보를 이용하여 지구를 악마의 광장으로 만들어버릴 것 같다. 생명복제 기술, 네트워크 조작 기술, 사이버공간 변조 기술만으로도 전세계를 도탄(塗炭)에 빠뜨릴 수 있다. 그런 점에서 지금은 지식의 확충이 아니라 지식의 절제가 필요한 시대다. 인간다운 삶을 위해 지식을 덜어내는 것이 필요할지 모른다. 사정이 이러하므로, 머리를 쥐어짜야 이해할 수 있는 시는 이제 읽기가 싫다. 시 공부한 지도 30년 가까이 되는데, 책 뒷장의 해답을 훔쳐보는 어린아이처럼 지면을 뒤적이며 읽고 또 읽어도 그 시의 전언이 머리에 떠오르지 않는다면, 도대체 어디에 문제가 있는 것일까? 물론 내가 이해하지 못한 시를 쉽게 이해하는 독자도 있겠지만, 그런 소수 독자와의 회로만 열어놓은 시집을 좋은 시집이라고 생각하지는 않는다. 이 기준에 의해 제외된 시집이 소수라는 점은 다행스러운 일이다.

첫째 기준은 시란 무엇인가라는 원론적인 문제를 생각하게 한다. 루카치라는 비평가는 장편소설이야말로 현실사회의 전체성을 드러내는 양식이라고 보고 짤막한 서정시에는 큰 가치를 두지 않았다. 김윤식 교수는 이것을 좀 너그럽게 해석해서 시는 진실의 단면을 순간적으로 포착하는 양식이라고 말했다. 우람한 규모의 장편소설에는 그야말로 한 사회의 전면적 화폭이 펼쳐진다. 그러나 인간 사회의 여러 가지 모순관계가 얽힌 파노라마, 그 위로 도도하게 흘러가는 인간군상의 역사만 진실한 것이 아니다. 전쟁의 포연이 스쳐간 언덕 위에 피어난 도라지꽃 한송이에 홀려 있는 어린이의 천진한 눈길도 진실하고, 초근목피로 연명하는 궁핍의 시대에도 구름처럼 떠도는 나그네를 그려보는 낭만적 상상도 참되다. 그 사소해 보이는 행위가 그 시대를 살아간 인간의 소중한 삶의 흔적이다. 시는 바로 그 한순간의 파편 속에 소설이 놓쳐버린 생의 진실을 담는다. 진실의 순간적 포착을 위해 시인은 감각을 예리하게 갈아놓아야 한다. 시인의 예민한 무선 탐지기에 생의 진실이 포착된다. 시인은 삶 전체를 이야기하지 않고 생의 한 기미를 슬쩍 드러낼 뿐인데, 그 작은 낌새의 드러냄으로 생의 기틀이 포착된다.

삶의 작은 낌새 안에 진실을 함축하기 위해서는 시는 시다운 어법을 구사해야 한다. 원래 시의 언어와 표현은 사물과 생의 근원을 드러내는 진언(眞言)과 같은 것이었다. 엄밀히 말하면 시의 어법은 단순한 관습적 기교가 아니라 진실을 드러내는 방식이다. 하나의 파편 안에 생의 진실을 농축해 넣으려면 그 언어는 일상어와는 물론이요 산문문학의 언어와도 구분되는 시어의 본원성을 지녀야 한다. 그런 점에서 언어는 시의 도구가 아니라 목적이다. 예를 들어 1930년대의 시인 백석(白石)은 평북 지역에서 통용되던 구어적인 일상어법을 시어로 채용했다. 그러나 시에 사용된 언어는 평북 지역에서 흔하게 들을 수 있는 사투리 그대로가 아니다. 일상어를 채용하기는 하되 자신의 의도에 의해 일상어 중에 일부 제한된 지역과 계층에서만 통용되는 말을 선택해서 사용한 것이다. 이것은 특이한 일상어의 구사를 통해서 자신의 의사를 표현하려 한 백석의 의도적 방법론이다. 이러한 일상어의 의도적 선별 및 변형이 바로 시의 고유한 권한이다.

이 기준에 의해 삼십여 권의 시집이 열 권으로 압축되었다. 요컨대 생의 진실과 시어의 용법 사이에 드라마적 충돌과 전환의 과정이 일어나는 시집을 선택하고자 한 것이다. 대상 시집을 시인 이름의 가나다 순으로 정리하면 다음과 같다.

김춘수, 『거울 속의 천사』, 민음사.
나희덕, 『어두워진다는 것』, 창작과비평사.
송재학, 『기억들』, 세계사.
안도현, 『아무것도 아닌 것에 대하여』, 현대문학북스.
윤제림, 『사랑을 놓치다』, 문학동네.
이 원, 『야후!의 강물에 천 개의 달이 뜬다』, 문학과지성사.
장석남, 『왼쪽 가슴 아래께에 온 통증』, 창작과비평사.
정희성, 『詩를 찾아서』, 창작과비평사.
최정례, 『붉은 밭』, 창작과비평사.
최하림, 『풍경 뒤의 풍경』, 문학과지성사.

햇빛을 프리즘에 투사시키면 일곱 가지 빛의 스펙트럼이 나타난다. 나는 이 열 권의 시집을, 내면과 세계를 두 축으로 하는 프리즘에 투사하여, 몇 개의 분광으로 나누어 보았다. 침묵에 가까운 정밀과 고요 속에 자신의 내면을 드러내는 시집에서부터 세계의 형세에 대해 무어라 발언하는 시집에 이르기까지 스펙트럼의 층위에 따라 시세계의 특징을 짚어가려 한다.

2. 침묵의 소리

김춘수의 『거울 속의 천사』는 부인 명숙경 여사의 타계 이후 쓰여진 작품 여든아홉 편을 묶은 것이다. 이 시편의 상당 부분에 죽은 아내의 자취가 스며 있다. 시인 스스로 시집 「후기」에 그것을 밝혔고, 또 "이 시집을 아내 淑瓊의 영전에 바친다"는 헌사에서도 그 사실을 예측할 수 있다. 이러한 주제 표명은 자신의 시에 대한 발언을 극도로 자제한 김춘수 시인의 경우에는 이례적인 일이다. 환하게 부서지는 햇살 사이로 나비 날개의 흰빛이 탈색되는 지점, 그처럼 언어의 의미가 하얗게 희석되는 지점을 노린 극도의 절제가 「타령조」 연작 이후 일관된 그의 시작 방법론이지만, 쉰다섯 해를 같이 살아온 아내의 죽음 앞에서는 슬픔, 그리움, 허전함, 아쉬움 등의 감정을 그대로 시행 사이에 풀어놓아 버렸다. 이 감정의 편린은 멀리 고향과 과거에 대한 추억으로 이어진다.

감정이 시행 사이에 내비친다고 하지만, 아내의 죽음 앞에 망연자실 넋을 놓고 있는 노인의 모습이라든가, 슬픔에 옷깃을 적시는 필부의 모습은 그의 시에서 전혀 볼 수가 없다. 철저한 장인정신의 소유자답게 그는 아내를 시적 상징으로 바꾸어 놓는다. 그의 기억 속에 가장 완강히 남아 있는 호주 선교사의 유치원, 그곳에서 처음 들었던 천사라는 말처럼, 혹은 겨울에도 꽃을 피우는 릴케 시의 천사 이미지처럼, 자신의 곁을 떠난 아내를 낯설고 신선한 존재로 바꾸어

놓는다. 그 천사는 나른해져가는 시인의 의식을 날카롭게 흔들어 깨운다.

그 결과 부재가 가져다주는 비애와 적막도 사금처럼 반짝이는 감각적 영상으로 변모된다. 마치 손에 닿는 모든 것을 황금으로 변하게 하던 마이더스처럼 감각적 접촉의 대상 모두를 시적인 것으로 바꾸어 놓는다. 시인의 시선에 포착된 공간과 거기서 파생된 이미지의 연쇄는 이것에서 저것으로 순차적으로 이어지는 것이 아니라 서로가 서로를 포용하고 방사하는 접합의 상태로 구현된다. 요컨대 현재와 과거가 겹쳐지고 거기 다시 미래의 연상이 중첩되는 형국이다. 특히 시의 마지막 행을 쉼표로 끝맺은 여러 편의 작품은 오래 정들었던 존재가 부재하게 될 때의 아쉬움을 미완의 형식으로 가시화했다. 빈번하게 사용되는 청각영상들, 소리는 들리나 존재를 확인할 수 없는 부재의 형상들은, 역시 빈번하게 반복되는 '있다', '없다' 라는 존재사와 더불어, 시인의 뇌리가 있음과 없음, 삶과 죽음에 대한 명상으로 가득차 있음을 우리에게 알려준다. 그런데 그 전언과 암시의 메아리들은 "종소리 모양의/장마비가 저만치 오고 있" (「梅雨期」)는 것처럼 순금의 감각무늬로 우리에게 다가온다.

최하림의 『풍경 뒤의 풍경』에도 소리가 끊임없이 제시되는데 그것이 환기하는 정경은 역시 침묵의 공간이다. 「가을날에는」이라는 그의 시에는, 물 흐르는 소리, 메뚜기와 벌레들의 소리, 마른 풀들이 서걱이는 소리, 사과 떨어지는 소리까지 들어 있다. 시인은 "소리들은 연쇄반응을 일으" 킨다고 말할 정도다. 그냥 소리가 아니라 '소리들' 이라고 복수형을 썼다. 그런데, 연쇄반응까지 일으키던 온갖 '소리들' 이 "붉은 황혼이 성큼성큼 내려오는 소리도 들린다" 라는 마지막 시행에 이르러 양광에 잔설 녹듯 사라지고, 무한한 고요만이 가을 공간 전체를 감싼다. 가을이 지나 겨울이 오면 "눈발 뿌리는 소리가 들" 리고, "해빙기 같은 변화의 소리" 가 나고, "밤이 숨 쉬는 소리만이 눈발처럼 크게" (「빈집」) 울리기도 한다.

그러면 이 부재의 소리, 소리의 부재가 의미하는 바는 무엇인가? 그것은 잠시도 멈추지 않고 모든 것을 바꾸어가는 시간의 움직임을 암시한다. 그러니까 그의 시에서 시간은 소리와 밀접한 관련을 맺는다. 풍경은 끊임없이 변화하고 소리는 합주악처럼 울려오다가 어느 순간 정적으로 잦아든다. 그 모든 것은 실체를 확정할 수 없다. 눈에 보이는 사물과 귀에 들리는 소리의 실체를 확인할 수 없다면 무엇이 확인 가능한 것인가? 그것은 시간이다. 그의 마음에 그늘을 드리우고 가랑잎이 비명을 지르며 떨어지게 하고 마당의 머위나무를 흰빛으로 물들이는 것이 시간이다. 검은 안개와도 같고 담쟁이덩굴과도 같은 시간은 유형·무형의 존재들을 장악하고 그 속살로 파고든다. 시간의 손아귀에서 자유로울 수 있는 존재는 없다.

그러므로 시인에게 시간은 존재와 동의어다. 그는 존재의 실상을 관찰하는 것 대신에 시간의 현상을 관찰한다. 시간은 때로 "사기그릇과/햇살 사이 방과 유리창 사이/무명으로 파동" 하는 것처럼 보인다. 그래서 시인은 "속이 들여다 보이는 시간들을 빨랫줄에" 넌다고 생각한다. 그러나 사위(四圍)의 사물을 휘감고 있는 시간을 어떻게 공중에 널어 고정시킬 수 있겠는가? 잔인한 시간은 어느새 사물의 틈을 비집고 들어와 사기그릇 속의 햇살을 "적멸의 소리로 울리" 게 하고 종국에는 "소리들은 영토를 넓히지 못하고 울타리 안에서 사라져" (「손」) 갈 뿐이다. 있음에서 없음으로의 변화, 혹은 없음에서 있음으로의 전환은 모두 시간이 관장한다. 시간의 흐름 사이사이에 '떨림과 멈춤' 이, 혹은 '빛과 어둠' 이 되풀이될 뿐이다. 그러므로 시간의 거울에 비치는 모든 것은 잠시도 머무는 법이 없다. 이런 점에서 그의 자연시는 풍경의 탐구가 아니라 풍경을 지배하는 시간의 탐구다.

장석남의 『왼쪽 가슴 아래께에 온 통증』도 고요하고 단아하다. 그러나 그는 삶의 계단으로 통하는 길을 조금은 넓게 닦아 놓았다. 그는 배를 밀어 세상으로 나가기도 하지만, 배를 매어놓고 다시 침잠에 잠기기도 한다. 아니면 거꾸로, 배를 밀어 상상의 세계로 나가기도 하지만, 배를 매어놓고 일상의 삶으로 돌아오기도 한다. 상상적 침잠의 정점에 이를 때 '水墨 정원'의 정밀한 조형미 속으로 젖어든다. "안개가 돌을 감고" "마른 개울 속에 침묵이/콸콸콸콸 흐르"는 정원에서 "무명실 같은 노래를"(「水墨 정원-序」) 부를 것을 꿈꾼다. 이것은 비유의 세계, 곧 시의 세계다. 수묵화처럼 담채색의 음영만으로 표현되는, 유화의 꿈틀거리고 터져나오려는 역동성과는 거리가 먼, 몽롱하고 우련한 풍경이다. 우리 현실이 각명하고 조밀하기에 그 소슬한 풍경은 아름다워 보인다. 그는 바위 위에 떨어진 팥배나무의 흰 꽃잎을 바라보며 "팥배나무와/바위/사이/꽃잎들이 내려온/길들을/다/걸어보고 싶습니다"(「길」)라고 말한다. 그런가 하면 햇빛과 달빛이 스며들어 이룩한 대숲의 오묘한 빛깔을 떠올리며 그것이 다시 어디로 번져갈 것인가를 명상한다. 이처럼 그는 허공의 보이지 않는 길, 대숲에 숨어 있는 빛의 길을 찾아내려 한다. 소금과 장작을 쌓아놓은, 인간의 먹고사는 길에는 별 관심이 없는 듯하다. 시에 관한 한 그는 귀족주의자다.

그의 귀족주의적 시법이 온전히 드러난 작품은 시집의 표제작인 「왼쪽 가슴 아래께에 온 통증」이다. 죽은 꽃나무를 뽑아내고 꽃나무 있던 자리를 바라보았을 뿐인데 왼쪽 가슴 아래께에 통증이 왔다. 그 통증의 정체가 무엇인지 직접 이야기하지 않는다. 꽃나무의 사라짐, 꽃이름조차 모르는 잔상의 사라짐, 이제 다시 안 올 길로 그렇게 가버린 실존의 뿌리뽑힘이 까닭 모를 통증을 불러일으킨 것이다. 이 상황만으로도 충분히 시적인데 시인은 여기 무늬 하나를 더 붙여 "이런 날은 아픔이 낫는 것도 섭섭하겠네"라고 말한다. 아픔이 오래 유지되어야 시의 왕국이 유지된다. 그러니까 삶은 그의 시에 소재만 제공한다. 일상적 삶의 도움을 받아 그는 순수미의 정점을 창조한다. 그의 시는 시적인 것의 한 극점에서 일상적 의미가 희석되는 몽롱함의 여울을 보여주면서, 그 여울 속으로 일상적 어법에 길들여진 우리의 둔감한 의식을 끌어들여 생의 기미와 그늘을, 존재하는 것들의 은밀한 떨림을 감지하게 한다.

3. 소통의 고통

윤제림의 『사랑을 놓치다』는 절제의 시다. 여간해서는 속마음을 드러내지 않고, 마음 속에 출렁일 감정의 여울도 보여주지 않는다. 극도로 정선된 몇 개의 어사로, 자연과 인생의 미묘한 엇갈림을, 마치 청루(青樓)의 여인이 하얀 허벅살을 슬쩍 보여주듯이 그렇게 잠깐 보여준다. 그 짧은 순간의 노출을 통해 그가 감촉한 대상은 물론이요 그가 체험한 어떤 엑스터시의 장면까지도 때로는 생생히 들여다보게 되는데, 그때에도 그는 해석의 책임을 시 읽는 우리에게 맡겨놓은 듯 자신이 열어놓은 세계에 대해 중언부언하지 않는다. 그의 소재는 주로 인간사보다는 자연사가 많고 자연의 일을 이야기하면서 비로소 인간의 일을 끌어들이는 경우가 많다. 예컨대, 4월의 아름다움을 그 자체로 묘사하는 것이 아니라 누가 열심히 씻어놓은 하늘과 "목욕탕 다녀오는 청산옥 여자/하야얀 무르팍"(「4월」)을 대비시키고, 백담계곡을 굴러내리는 계류도 "꼬리를 치며 따라붙는 여자"(「백담계곡을 내려오며」)로 바꾸어 표현한다. 또 언덕의 배롱나무를 의인화하여 붉은 등을 내걸고 백일 동안 당신을 기다리는 기생으로 전환 표현한다. 이처럼 그는 대상의 심미성보다는 대상을 이야기하는 방식에서 시의 미학을 추구하는 경향을 보인다. 그런 점에서 그는 미학주의자다.

그는 미학주의의 자리를 꽤 견고히 지키기 때문에 인간사의 감정과 관련된 소재를 다루면서도 오욕칠정은 저 뒤쪽으로 밀어놓는다. 그런데, 친구의 죽음을 소재로 한 「내 친구의 집은 어디인가」는, 시를 읽을수록 저 뒤로 밀어놓은 비애의 사연이 전면으로 넘쳐나와 우리의 정감을 흥건하게 할 뿐만 아니라, 다 읽은 다음에는 제목의 뜻과 관련지어 산다는 것이 도대체 무엇인가를 되씹어 생각하게 하는 저력을 지녔다. 나는 이 시를 읽으며 이 시인이 남다른 절제의 능력을 가진 사람이고 정말 대단한 장인정신의 소유자라고 생각했고, 미학주의의 절정은 인간주의의 절정과 자연스럽게 만나게 된다는 확신도 얻게 되었다. 이 시에 대해 무어라 사족을 다는 것보다 작품 전체를 그대로 제시하는 것이 좋을 것 같다.

손이 어는지 터지는지 세상 모르고 함께 놀다가 이를테면, 고누놀이나 딱지치기를 하며 놀다가 "저녁 먹어라" 부르는 소리에 뒤도 안 돌아보고 뛰어 달아나던 친구의 뒷모습이 보였습니다. 상복을 입고 혼자 서 있는 사내아이한테서.

누런 변기 위 '상복 대여' 따위 스티커 너저분한 화장실 타일 벽에 "똥 누고 올게" 하고 제 집 뒷간으로 내빼더니 영 소식이 없던 날의 고누판이 어른거렸습니다.

"짜식, 정말 치사한 놈이네!" 영안실 뒷마당 높다란 옹벽을 때리며 날아와 떨어지는 낙엽들이 친구가 던져두고 간 딱지장처럼 내 발등을 덮고 있었습니다. "이 딱지, 너 다 가져!" 하는 소리도 들렸습니다.

—윤제림, 「내 친구의 집은 어디인가」 전문

정희성의 『詩를 찾아서』는 구도와 탐색의 시다. 현실 속에 어떻게 살 것인가를 모색하던 그가 이제는 시가 무엇이며 시가 어떻게 쓰여져야 하는가를 자문한다. 탐색의 지평은 여전히 삶의 현장과 연결되어 있지만, 그 어법은 분명 타지마할 사원을 순례하는 구도자처럼 묵언정진의 자세를 취한다. 그만큼 말이 줄어들고, 행간의 침묵에 비중을 두고, 여백의 빈터에 몸을 기댄다. 이러한 변화가 일어난 것은 세상이 달라졌기 때문이다. "저항은 어떤 이들에겐 밥이 되었고/또 어떤 사람들에게는 권력이 되었지만/우리 같은 얼간이들은 저항마저 빼앗겼다"(「세상이 달라졌다」)는 그의 발언은 저간의 사정을 압축적으로 드러낸다. 시인은 현재의 상황을 "세상은 한결 고요해졌다"로 요약한다. 고요해진 세상에서 그가 할 일은, 또 하고 싶은 일은, 시를 찾는 순례의 길에 오르는 일이다.

표제작인 「詩를 찾아서」는 순례의 한 단면을 제시해준다. 시(詩)라는 말에

절 사(寺)자가 들어 있으니 시는 어떤 깨달음에 이르는 정진행위와 관련이 있을 것이다. 그러나 어떤 깨달음을 얻는 것보다는 잎과 꽃이 어긋나는 상사화처럼 "닿을 수 없는 그리움"을 간직하는 것, 이르지 못하지만 끝없이 정진하는 것, 그래서 '끝없이 저잣거리 걸으며' 불도를 탐구하는 우바이(재가 여신도)의 자세를 갖는 것이 곧 시 쓰는 일이 아니겠느냐고 생각한다. 이런 생각에 의해 그는 "말하는 법을 새로 배워야겠다"(「말」)고 마음먹는다. 그가 새로 터득한 시법은 어린애처럼 말을 간소화하는 것이고 대상을 천진하게 바라보는 것이다.

그것은 강원도 산골에 사는 제자의 다섯 살배기 딸 민지의 순정한 마음에서 배운다. 잡초에 불과한 풀꽃들에게 아침마다 인사하고 물을 주는 어린 소녀의 천진성이 바로 천지귀신을 감동시키는 시라는 것이다. 그 천진성이 바로 마음에 자리잡은 절이고 그 절을 천진한 언어로 드러내는 것이 시다. 이런 생각이 전편에 흐르기 때문에 그의 시는 길이도 짧고 시집에 수록된 작품의 편수도 적다. 그러나 그의 시들이 균등하게 유지하는 절도와 격조는 시의 양적 제한을 극복하고도 남음이 있다.

안도현의 『아무것도 아닌 것에 대하여』는 미물들이 어울려 사는 세상 속으로 조금 더 몸을 굽혀 내려왔다. 거기에는 툇마루에 똥을 싸놓는 멧새도 있고, 얼음장 아래 입을 오물거리는 버들치도 있다. 술에 취한 건달처럼 능청거리는 벚나무도 나오고 벌레들에게 온몸을 내주는 살구나무도 보인다. 이런 소재가 중요한 것이 아니라 그 자연물을 바라보는 시인의 시각과 상상력이 문제다. 한마디로 말하면 그 상상력은 동화적 상상력이다. 살구나무가 밤이건 낮이건 저렇게 수많은 꽃불을 밝히는 것은 분명 발전소가 있기 때문일 것이라는 상상, 수족관의 도미가 바닷속 무릉도원에서 복숭아꽃에 몸을 부비다가 발갛게 물든 살로 지상에 나와 "어깨가 돛배같이 얇은 사내들 앞에"(「도미」) 가지런히 옷을 벗고 꽃잎 같은 안주로 제공된다는 상상은 동화의 세계에서 만날 수 있는 비현실적인 생각이다. 그러나 그 상상은 삶이란 무엇이고 자연이란 무엇이며 시란 무엇인가를 계속 질문하게 한다. 동화적 상상력은 그 비논리와 비합리의 회로를 거쳐 가장 궁극적인 질문을 우리에게 연속적으로 던진다. 안도현의 시에는 그런 가치와 무게가 있다.

어떤 사람은 안도현의 시가 너무 가볍지 않느냐고 묻기도 한다. 그러면 나는 무거운 시는 도대체 무엇이냐고 다시 묻는다. 하기야 전인류가 눈을 똥그랗게 뜰 질문을 던져도 시선을 모을까 말까 한데, 어린애도 코웃음 칠 이야기를 하니 싱겁다는 말을 들을 만도 하다. 그러나 나는 그 가볍고 싱거운 동화적 상상에 큰 무게를 둔다. 세상이 망하는 것은 바로 이 가볍고 싱거운 것의 결핍 때문이다. '아무것도 아닌 것' 때문에 세상이 망하고 흥한다. 사람들은 아무것도 아닌 것 때문에 목숨을 걸 때가 있다. 남이 보면 사소한 것이지만 본인에게는 지구와도 바꿀 수 없는 소중한 것이 있다. 철길 위의 기관차건, 대합실에 달아오르는 석탄난로건, 내리면 바로 녹는 헛것 같은 눈이건, 이 아무것도 아닌 모든 것이 다 존재의 덩어리고 영혼을 담고 있는 육체들이다. 이 모든 것이 의미 있고 중요한데 사람들은 어느 경계선 밖에 정말 중요한 무엇이 있다고 착각한다. 그 착각이 고통을 낳고 분쟁을 낳는다. 탈레반과 아메리카합중국의 싸움은 저 경계선 밖에 중요한 무엇이 있다는 믿음 때문에 그치지 않는다. 싸움에 몰두한 사람은 "마당이 빗방울을 깨물어 먹는/소리"(「빗소리 듣는 동안」)를 결코 들을 수 없다. 나는 이 소리를 꼭 들어야 한다고 크게 외치고 싶은데, 집을 비우면 저절로 날아드는 멧새처럼 그냥 내버려두면 된다고 그는 말하는 듯하다. 이것이 그의 시의 특징이다.

나희덕의 『어두워진다는 것』은 조금 더 친근한 방법으로 자아와 세계의 소통을 도모한다. 그에게도 자아와 세계를 소통하는 매개물은 자연이다. 복숭아나무를 보면서도 꽃잎의 그늘 속에 여러 겹의 마음을 읽어내려 하고, 석류의 형상에서 껍질 속에 단단히 틀어박혀 이빨을 앙다물고 소통을 거절하는 너의 존재를 연상한다. 그는 여러 겹의 사람 마음을 열어보고 싶어하고 자신의 마음도 남에게 전해보려 한다. 삶의 세목들이 말을 걸어오고 소리를 내지만 그것은 자신과의 유연한 소통을 보장해주지 않는다. 그럴 때 혼자 있는 공간이 마련된다. 혼자 자신을 들여다보는 데에는 어둠이 어울린다. 일분 일초 쉬지 않고 시간이 진행하는 빈 방에서 어둠이 밀려오는 것을 보면, 기억이 한순간 정지된 것 같고 쓰러진 나무는 그대로 시들어가는 것 같다. 이 어둠의 실체는 무엇일까? 어둠은 어디서 와서 내 상처를 감돌고 그 상처를 더욱 생생하게 드러내는 것일까? 상처는 생생하게 솟아오르는데 왜 어둠 속의 상처는 아프지 않은 걸까? 분명 "나는 무엇으로부터 찢겨진 몸"인데, 어디가 찢겨진 곳인지 아무리 찾으려고 해도 그 상처의 실체는 모습을 드러내지 않는다. "종소리가 들리면 조금씩 아파오는 곳이 있을 뿐"(「흔적」).

어둠 속에 상처를 찾던 자아는 시간의 흐름에 관심을 갖는다. 십 년 전의 내가 십 년 후의 나에게 밀봉된 편지를 보내고, 남편 옷의 지푸라기를 털어내는 동안 십 년이 지났다고 생각하고, 사과 한 알을 내려놓는 데 오년이 걸렸다고 상상하고, 복숭아 꽃잎의 여러 겹의 마음을 읽는 데 정말 오래 걸렸다고 말한다. 여기에 '뒤늦게', '너무 늦게' '조금 일찍' 등 시간의 어긋남을 지시하는 어사들이 덧붙는다. 이 시간의 인식은 자기반성의 징표다. 반성은 자아와 타자의 관계를 지향한다. 자신의 아픔을 타인에게 이야기하여 아픔의 실체가 무엇인가를 찾으려고도 하고, 때로는 아픔의 공유에 의해 자신과 타인의 아픔이 위안을 얻기도 하고, 대부분의 경우에는 그 아픔이 혼자서 감내하고 버텨야 할 자신의 몫임을 자각하며 더 넓은 눈으로 어둠을 바라보려 한다. 이런 과정을 통하여 자아와 타자의 경계가 허물어지고 자신의 어둠에 머물던 화자의 시선은 그 어둠이 세계의 일부임을 깨달아 삶의 어둠 쪽으로 향한다. 그러나 시선의 출발은 늘 자신의 아픔에 있기에 화자의 고통을 세계 쪽으로 적극적으로 끌어들이는 것은 독자의 몫이다.

4. 세계의 해석

최정례의 『붉은 밭』은 '붉은 밭' 에 갇힌 자아의 괴로움을 토로하기도 하지만 세계에 대한 자신의 생각을 더 많이 들려준다. 한마디로 말해 세상은 돼먹지가 않았다. 생각만 해도 역겨운 빨간 다라이 같고 오물이 너저분한 개집 같다. 시인은 이 비천하고 황당한 세상을 사는 것이 견딜 수 없는데 다른 사람들은 아무 불편 없이 잘도 살아간다. 즐비한 빵집에서 빵도 사먹고 삼분 세차장에서 세차도 한다. 이 세상에서 못할 일이 무엇이며 안 될 것이 무엇이 있겠냐는 식으로 역동적으로 살아간다. 어떻게 이 빨간 다라이 속에 주저앉아 머리를 치장하고 영생을 믿으며 찬송가를 부르나. 이 개집 같은 세상에 어떻게 꽃이 피고 푸른 나무가 자라고 비행기와 기차가 달리나. 시인이 보기에는 이 모든 것이 허상이고 가짜다. 그러나 남들은 아무 문제 없이 잘도 살아간다. 그러니 잘못된 것은 시인이다. 그는 세상에 버림받은 돌멩이고 조난당한 비행기고 화농의 긴 골목을 헤매는 미운 오리새끼다. 스스로 세상에서 소외된 존재라고 생각하자 시인은 갑자기 힘이 난다. 거칠 것이 없다. 이미 죽은 내가 겁낼 것이 무엇인가. 그래서 보이는 모든 것을 향해 직격탄을 날린다. 그의 언어는 그만큼 날렵하고 간결하다.

나무와 숲의 아름다움도 그는 믿지 않는다. 한 나무의 아름다움이 다른 나무와 똑같고 처음도 끝도 없는 반복의 연속이라면 숲의 아름다움은 다만 잠깐의 그림자, 허상일 뿐이다. 그러니 사람이 산다는 것도 티끌과 보푸라기의 구렁텅이를 지나 벌레로 뒹구는 일이다. 인간으로 위엄을 갖춘다고 하지만, 아침에 지나쳤던 다리가 잠깐 사이에 끊어지고, 어제 쇼핑을 즐기던 백화점이 무너지는가 하면, 위용을 자랑하던 무역센터 쌍둥이빌딩이 잿가루로 부서지는 것이 생이다. 날쌘돌이처럼 새파란 날개를 달고 하늘로 날아오르지만, 공중에 뜨는 것의 정해진 운명은 추락이고 조난이다. 한때 종달새였고 배꽃이었던 존재는, 그 젊음의 대가로, 무너지는 지팡이가 되고 추악한 쭈그렁바가지가 된다.

이렇게 생각하는 그는 허무주의자인가? 그의 기대는 미래에는 없고 과거에 조금 있다. 얄리 얄리 얄랑성이 있고 얄라리 얄라가 있었던 과거에는 종달새와 배꽃이 그 자체로 존재할 수 있었다. 그때는 매화와 파랑새가 연애를 하기도 했다. 그러나 그것은 상상의 과거일 뿐, 초록의 미래는 그에게 없다. 붉은 밭의 기억이 붉은 세계만을 보게 하는 것일까? 그는 안도현, 정희성과는 사뭇 다른 지점에 서 있거나 사뭇 다른 곳을 보고 있다.

이원의 『야후!의 강물에 천 개의 달이 뜬다』는 열 권의 시집 중 가장 다층적인 상상력을 펼쳐낸다. 평소 내 성향을 잘 아는 사람들은 내가 어떻게 이 시집을 포함시켰나 의아해 할지도 모른다. 그러나 나는 이 시집에 매혹당했다. 그의 시는 사실적이면서 환상적이고, 탐구적이면서 즉물적이다. 반세기 전 영국의 리챠즈(I. A. Richards)는 아이러니를 지닌 포괄의 시가 사람 마음을 편안하게 한다고 했다. 리챠즈의 말이 맞는 것 같다. 나는 그의 시를 읽으면 마음이 편해진다.

그의 시가 사실적이라는 것은 우리가 사는 세상의 모습이 그대로 재현된다는 점을 뜻한다. 컴퓨터 모니터 앞에서 인터넷으로 메일을 주고받고 신문을 보고 다이얼패드로 전화를 하고 인터넷 서점에 책을 주문하고 야후에서 정보를 검색하는 내 모습이 그대로 재현된다. 가로 7cm, 세로 12cm의 220V용 콘센트도 그대로 나오고, 현대 씨름단 신봉민의 녹색 팬티 뒷모습도 정확히 재현된다. 디테일의 정확성에 관한 한 그를 따를 사람이 없다. 그런데 그는 이 사실의 세계를 즉시 환상으로 바꾸어버린다. 버스를 기다리다 얼굴을 한손으로 구겨 쓰레기통에 던지면 깡통처럼 경쾌한 소리를 내며 튕겨져 나온다. 화장실의 수건걸이에는 수건 대신 세계의 내장이 늘어져 있고 대형거울은 넘기지도 못하는 텅 빈 무덤을 삼키는 중이다. 마치 컬트영화의 한 장면을 연상시키는 이 영상들은 사실을 떠난 환상이 아니라 사실을 껴안고 있는 환상이다. 그의 시는 사실과 환상을 넘나드는 것이 아니라 사실과 환상의 경계를 지운다.

그의 시가 탐구적이라는 것은 하나의 현상을 대할 때 그것을 만들어낸 이면의 실체를 들여다보고 그것을 항상 나라는 존재의 문제와 관련지어 지적으로 성찰한다는 뜻이다. 사막과 전자회로라는 현상이 있으면 그것을 인간의 존재조건과 관련지어 전자사막의 유목민이라는 상징으로 전환한다. 바코드건 콘센트건 모니터건 사이보그건 그것은 인간의 존재조건과 연결되어 상징적 의미를 획득하고 시의 질료로 자리잡는다. 이런 점에서 그는 가장 실존적인 탐구를 하는 시인인데, 그 탐구가 우리의 현실감각에 가장 밀착된 형태로 제시된다는 점에서 즉물적이다. 코오롱 텐트, 복숭아향이 첨가된 생수, 트렉스타 등산화, 신형 워크맨 등 일상의 사물들이 부표처럼 나열된다. 그러나 그것은 내 몸의 실존과 연결된 뗄 수 없는 회로들이다. 이런 점에서 그의 시는 현상과 본질의 경계도 지운다.

얼핏 보아 새롭고 전위적으로 보이는 이 상상세계는 사실 지극히 보수적이다. 시뮬레이션 게임의 용어로 2050년 사이버 세상의 시인 목록을 소개하면서도 그는 시와 예술과 인간에 대한 신뢰를 포기하지 않는다. 래디컬한 환경과학자들은 지구의 수명이 25년 내지 30년 남았다고 예언한다. 그러나 이원은 2050년에도 서정시가 쓰여지고 예술적 안목이 유용하고 고뇌하는 시인이 있다고 상상한다. 이 시의 2050년이 2000년 시단의 풍자적 환치라 하더라도 그가 시의 미래를 낙관하고 있다는 점이 무척 믿음직스럽다. 전자사막을 마음대로 주무르는 시가 있는데 전자사막을 유목민으로 떠돌아도 무엇이 두렵겠는가? 그의 시는 이렇게 나를 편하게 한다.

송재학의 『기억들』은 시집을 보는 시선에 따라 이 스펙트럼의 앞쪽으로 이동될 수 있다. 그는 최정례나 이원이 관심을 가진 구체적인 인간사회, 오욕칠정을 가진 사람들이 엮어가는 이 자질구레한 삶에는 별로 관심이 없다. 그러면 정밀의 상태에서 내면을 관조하는 시인인가? 결코 그렇지 않다. 김춘수나

최하림처럼, 혹은 장석남이나 윤제림처럼 대상을 통하여 내면의 내밀한 움직임을 드러내는 데 집중하는 시인도 아니다. 그는 분명 자신보다는 세계에 관심이 있다. 그런데 그 세계는 사람이 살아가는 세계가 아니라 밖에 그냥 존재하는 세계, 시인 자신의 표현에 의하면 아직 황무지로 남아 있는 세계다.

시인이 모든 감각을 동원하여 보고, 만지고, 듣고, 냄새 맡을 황무지, 모래로 덮인 미지의 공간을 감각을 매개로 탐사하여 자신에게 친근한 인식의 공간으로 바꾸어가는 것, 이것이 그의 시작업이다. 시인은 저 멀리 타자로 있는, 다시 말하여 황무지로 있는, 자연과 인생의 모든 것을 감각을 도구로 탐색하여 자신의 영역으로 끌어들임으로써 '몽리면적'(蒙利面積)을 넓혀간다. 시인이 감각에 의존하는 이유는 몸의 감각이 가장 정직하고 확실하기 때문이다. 무의미한 타자를 유의미한 내면으로 만들기 위해서는 감각적 접촉의 과정이 필요하다. 그래서 그는 닭의 볏이나 흰뺨검둥오리, 산벚나무 같은 자연물은 물론이고 신문지 위의 노숙자, 링에 오른 복서, 시인 이하석, 심지어 자기 자신까지 감각의 대상으로 놓고 탐색한다. 이 각각의 대상들이 이루는 거대한 황무지를 하나하나 개간하여 옥토로 일구어간 작업이 이 시집이다. 그 탐색의 극점에 「닭, 극채색 볏」이 놓여 있다. 닭의 볏을 "좁아터진 뇌수에 담지 못할 정신이 극채색과 맞물려/톱니바퀴 모양으로 바깥에 맺힌 것", "떨림에 매달은 錘", "빠져나가고 싶지 않은 감옥"으로 인식한 사람이 그 외에 누가 있겠는가? 그것은 단순한 이미지가 아니라 자기 손으로 일군 황무지의 옥토다.

침묵의 소리에서 세계의 해석에 이르기까지 시적 진실의 스펙트럼을 탐사하다 보니 하루해가 저물었다. 시인의 모험과 탐색이 끝없이 이어지기를 기대하며 이 글을 마친다.

서정시의 새로운 기류

1. 미학주의의 조류

21세기에 들어와 문학을 주도하는 담론이 사라졌다고 한다. 거대담론이 오히려 인간을 억압한다고 보고 저마다의 작은 목소리가 의미를 지닌다고 한 포스트모더니즘 논자들의 주장이 실현되는 것일까? 지금 문학판에서 이념을 앞세우거나 주장을 강하게 펼치는 사람은 없다. 간혹, 디지털 문명과 멀티미디어 시대 속에 문학의 위기를 호소한다든가, 생태문학과 여성주의문학에 대해 선언적 발언을 하는 경우는 있지만, 그런 구호에 관심이 쏠리는 것 같지도 않다. 그러면 저마다 자유롭게 자신의 관심사와 미학적 욕구에 의해 작품을 창작하고 있는 것인가? 예술사의 발전적 전환은 언제나 치열한 실험정신을 가진 전위 부대에 의해 촉발되었다. 그러나 우리 주위에서 그런 전위적 실험성이 돌출되는 국면은 찾아보기 힘들다. 우리가 처한 문화 매체의 다양성을 생각하면 상당한 전위적 실험이 감행될 만도 한데 그런 움직임은 없다. 오히려 나른한 대중적 안주의 기류가 흐르고 있는 듯하다.

이번에 계간 『작가』 편집팀들이 선정한 우수 시작품 앤솔로지인 『여우구슬을 물고 도망치는 아이들』(작가, 2002. 4)을 보면 최근 시단의 대체적인 흐름을 파악할 수 있다. 책 앞에 선정에 참여한 유성호, 홍용희, 김춘식의 대담이 실려 있는데, 그것을 통해서도 창작의 양상과 시적 지향에 대한 전체적인 윤곽을 감지할 수 있다. 김춘식은 선정된 작품들의 공통점으로 '내면 지향성, 일상성에 대한 관심, 미학주의'를 들었고, 홍용희 역시 비슷한 의견을 개진했는데, 유성호는 그것을 다시 '예술적 완성도와 내적 진정성'이란 말로 요약하였다. 여기서 확인할 수 있는 것은, 요즘의 시인들은 주로 작품의 미학적 완결성에 힘을 쏟고, 현실에 관심을 갖는 경우에도 일상적 현실이라든가 현실에 의해 야기된 내면적 파장에 관심을 기울인다는 점이다. 특히 젊은 시인의 경우 유례없는 미학주의의 조류가 창작의 방향을 선도하고 있음을 확인하게 된다.

그러나 미학주의라 하더라도 작품의 언어적 구성이나 시적 상상력의 발현에 있어 상당히 다양한 양상을 펼쳐내는 것이 사실이다. 그리고 이 미학주의는 단순히 형상적 기법에 치우친 미학주의가 아니라, 대상에 대한 시인의 자각적이고 독자적인 인식이 중심이 되고 그것이 고도의 미학적 구성력과 결합된 것이기 때문에, 내용 형식의 이분법적 도식이 도저히 끼어들 수 없는 견고한 구조의 미학주의다. 이것은 분명 우리 시창작의 새로운 국면이고, 단순히 내적 진정성을 보여주었다든가, 독특한 상상력의 변형이 나타났다든가, 언어기교의 새로움이 발현되었다든가 하는 몇 마디 말로 논단할 수 없는, 미학적 인식과 사유의 결정이다. 이것은 다음과 같은 추상적인 언술로는 도저히 해명해낼 수 없는 새로운 시창조의 미학적 결실이다.

장석남은 매우 난숙하고 농익은 견성의 언어로 동양적인 농담과 여백의 미감을 그려놓고 있습니다. 그러나 난숙과 농익음은 새로운 변화의 임계점에 이르렀다는 의미도 동시에 지닌다는 점에서 시인의 앞으로의 행보가 주목됩니다. 남진우는 초기의 시편에서 자주 노정되었던 시적 직조의 이음새가 점차 드러나지 않

> 으면서, 시적 사유의 폭이 걸림 없이 자연스럽게 확장되고 있습니다. 안도현, 김기택은 각각 독특한 전통적 정감의 언어와 내밀한 투시적 언술을 구사하며 시적 진경을 펼쳐나가고 있습니다. 다만 이들의 시편이 좀더 깊고 폭넓은 시적 통합의 단계로 돌입하는 자기변화와 갱신이 있어야 할 때라는 것을 주문하고 싶군요.
>
> —『여우구슬을 물고 도망치는 아이들』, 38쪽

이 대담이 사화집에 실린 작품들의 경향을 요약해서 소묘하는 내용이기 때문에 위와 같이 포괄적인 언급을 할 수밖에 없었으리라는 점을 이해하지 못하는 바가 아니다. 그러나 이 사화집이 우수한 작품을 선별한 것이라면, 단 한 마디를 하더라도, 여기 수록된 작품이 다른 작품과 어떤 차별성을 지니는가가 선명히 부각되도록 구체적인 분석을 시도했어야 마땅하다. '난숙하고 농익은 견성의 언어' 란 도대체 무엇인지, '시적 사유의 폭이 걸림 없이 자연스럽게 확장된다' 는 것은 어떤 상태를 의미하는 것인지, '내밀한 투시의 언술' 이란 또 무엇을 지칭하는 것인지가 명확히 진술되지 않는 한, 위와 같은 추상적 언급은 동어반복의 순환론을 벗어나지 못한다. 난숙하고 농익고 자연스럽고 내밀하다는 추상적 어사로는 새로운 진경을 설명해내지 못한다. 요컨대 서정시의 새로운 기류를 해명할 수 있는 구체적이고 입체적이고 조직적인 평어를 개발해야 할 지점에 우리 시비평의 좌표가 놓여 있다. 견고한 미학주의의 창조물을 정교하게 분석하고 그 시적 자질을 자연스럽게 드러낼 수 있는 '난숙한 내밀성' 을 비평가 스스로가 보유해야 하는 것이다. 변화와 갱신은 시인에게도 필요하지만 비평가에게 더욱 필요하다.

2. 미학적 구성과 인간적 정감의 만남

새로운 미학주의의 견고한 흐름이 젊은 시인을 지배하고 있다는 사실을 감지하지 못하면, 다음과 같은 시도 '토속적인 방언의 질감을 살려내는 솜씨' 로 보든가 역사적 풍물을 재구성한 작품 정도로 볼 것이다. 그러나 이 시는 만주 동북쪽 지역에 자리 잡았던 발해국의 옛 지명과 습속을 언어적으로 재현함으로써 한편의 작품으로서의 세부적 사실성과 구조적 완결성을 결합하려는 미학적 기획의 소산이다.

상경서 천문령 넘고
속말강 부주 지나 거란 가는 객상길
해지고 노을 붉을 때
명주 마포 초피 황랍 물굽이 교어피도
수레에 가득하다.
군마 깃발 험하던 산길
세포와 마속 싣고 서녘길 함께 간다.
길이 좁아지는 접경지대
멀리 돌궐왕 전사한 얘기
습족 추장들 사냥하던 전설들
바람 따라 넘나든다.
겨울 외성 눈발 묻힌 새벽
얼음 깊은 속말강 밤새워 건넌 뒤엔
돌아올 길목마다 소복한 돌무덤들
귀로엔 또 몇몇 생사의 강 따로 건너
해 넘고 얼음 풀려도 돌아오지 못했느니.

— 고두현, 「귀로」 전문

이 시의 문맥을 파악하기 위해서 우리는 기원후 8세기경 발해국 수도 상경에서 천문령을 넘어 속말강(송화강)을 건너 거란으로 가는 객상길에 따라 올라야 한다. 때는 겨울이라 눈보라는 불어닥치고 얼어붙은 속말강을 지나 서쪽으로 가는 길이기에 북서풍은 매섭게 얼굴을 휘갈긴다. 한때 돌궐과 싸우고 거란과 대항하던 지역인지라 지나간 싸움의 흔적들이 남아 있고 거기 얽힌 전설도 바람 따라 떠돈다. 거친 돌길을 지나노라 삐걱거리는 수레에는 명주에서 교어피, 세포와 마속에 이르기까지 장사에 필요한 물건은 모두 실려 있다. 천문령을 넘어 상경의 외곽에 이르면 맨 바깥 외성이 나오고 그 외성마저 지나면 비적과 야수가 출몰하는 살벌한 광야를 건너게 된다. 그 거친 광야를 건너 장삿길에 올랐다가 불귀의 객이 된 사람 또한 한둘이 아니었을 터, 객사한 사람들의 돌무덤이 여기 저기 흩어져 처연한 황량함을 더할 뿐이다.

이 시를 내용의 측면에서 보자면 척박한 환경에서 객상으로 호구를 이어가던 북방 지역민들의 신산한 삶의 모습을 그린 것으로 풀이할 수 있다. 그러나 그러한 삶의 신산함을 그려내기 위해 굳이 천년 전의 풍속을 복원할 필요는 없다. 어렵게 살아가는 사람들의 모습이란 지금 우리 주변에서도 얼마든지 대할 수 있고 그것을 시의 소재로 수용할 수 있는 것이다. 그렇다고 발해지역을 소재로 삼아 고대 한민족의 척박한 삶을 그려낸 것 같지도 않다. 이 시의 요체는 8세기에서 10세기에 걸쳐 현존하던 발해지역 거주민의 삶을 '미학적으로' 재구성해낸 데 있다. 이 시에 동원된 어휘들은 하나의 완결된 작품을 이루기 위한 미학적 기획의 세부적 구성물들이다. 상경, 천문령, 속말강 등의 지명이나 명주, 마포, 초피, 황랍 등의 사물 명은 '소복한 돌무덤' 이라든가 '돌아오지 못했느니' 같은 정감적 어사들과 동일한 선상에서 시적 기능을 발휘하는 언어적 질료들이다. 이러한 언어요소들의 조합에 의해 신산한 삶의 풍경이 구성되었는데, 그것을 단순히 '귀로' 라고 이름지은 담백한 명명 역시 시적 기능으로 수렴된다. 따라서 이 시는 어느 시대 어느 지역의 삶을 재현한 것이 아니라 독립된 미학적 구성물로 창조된 것이라고 해야 옳다.

우리는 여기서 작품의 미학적 기획이 삶의 애환이나 정감과 자연스럽게 호응하는 측면을 보게 되는데, 다음의 시를 보면 이러한 특징이 일면적인 것이 아니라 최근 시작법의 두드러진 경향임을 짐작할 수 있다.

친구는 어디 두고 혼자 오느냐고
여관집 주인이 물으면 나는
네가 저 철쭉동산을 넘어가더라고 말하거나,
북한강이 내려다보이는 언덕에 새 숙소를 마련했다고
아름답게 말하지 않을란다.

그보다는, 어느 겨울 새벽 유곽에서처럼
네 이름 뒤에 욕지거리나 보탤란다
금방 함께 있었는데 말도 없이
어디로 갔는지 모르겠다고,
한두 번이 아니라고 목소리를 높일란다
토함산 일출을 보러 갔을 때도 그랬고,
해인사 가서도 그랬다고,
제 버릇 개 주겠느냐고
가래침을 뱉을란다.

조금 더 보고 가자
하룻밤 더 묵고 가자 발을 씻는 걸 보고도,

더 볼 것 없다며
다른 데로 가자며 양말도 두고 속옷도 두고
사라져가던 친구여.

내 이제 너하곤
다시는 어디 같이 안 간다.
내 죽어도!
너 죽었어도!

—윤제림, 「친구 하나를 버린다」 전문

이 시의 묘미는 마지막 연 끝 두 시행의 전환에 있다. 때로는 서로 고집을 피우며 다투던, 그러면서 정이 들 대로 든 친구가 갑자기 세상을 떠났다. 나는 살고 친구는 죽었으니 친구를 버리는 절차를 밟아야 한다. 겉으로는 친구를 버린다고 하며 속으로는 친구를 가슴 깊이 묻어두는 어법이 구사되었는데, 그 어법이 그대로 한편의 시를 이루었다. 그러니까 이 시는 버리며 간직하는 개성적 어법이 시적 기능을 행사하는 것이다.

이 시는 한번 읽은 다음 어쩔 수 없이 다시 읽게 된다. 시의 구조가 그렇게 되어 있다. 처음에는 무심히 넘겼던 시어 하나하나의 의미를 다시 음미해보아야 하기 때문이다. 앞의 고두현의 시에도 나왔지만 생사의 강을 따로 건너면 갈 때 같이 갔던 친구라도 올 때는 각기 다른 길로 올 수밖에 없다. 마지막 시행의 '너 죽었어도!' 에 의해 친구의 죽음이 확인되면, 그 바로 앞 행 '내 죽어도!' 에 감탄부가 찍힌 이유를 알게 된다. 내 죽어도 너하곤 같이 어디 안 간다고 단호하게 얘기한 것 같지만, 실은 가고 싶어도 갈 수 없는 처지가 되어버린 것이고, 그러기에 '내 죽어도!' 의 감탄부는 가슴 저린 허전함을 강하게 환기한다. 마지막 시행에서 친구의 죽음을 알게 되니, 첫 연의, 네가 철쭉 동산을 넘어간다거나 북한강이 내려다보이는 언덕에 새 숙소를 마련했다는 말이 무슨 뜻인지 알게 된다. 북한강이 보이는 산언덕 철쭉 동산에 유택을 마련한 모양이다. 그런 곳에 묘를 안치했다는 것은 이 친구가 산행과 여행을 상당히 즐겼다는 사실을 암시하는데, 아니나 다를까 토함산이건 해인사건 경관 좋은 곳에 언제나 동행했고, 유곽에까지 동행하여 하룻밤 객고를 풀기도 했던 것이다. 성미는 급해서 말없이 먼저 사라지기를 예사로 하더니 그예 영원히 돌아오지 못할 곳으로 떠나버렸다.

친구를 버린다는 화자의 일상적 어법 속에 간절한 그리움이 함축되어 있는데, 시를 읽을수록 저 뒤에 숨겨놓은 비애의 사연이 전면으로 넘쳐나와 우리의 정감을 홍건하게 적신다. 그리고 다 읽은 다음에는 산다는 것이 도대체 무엇이며 친구를 사귄다는 것이 무엇인가를 곱씹어 생각하게 한다. 이 시에 구사된 대단한 절제의 어법은 이 시인이 뛰어난 장인정신의 소유자라는 사실을 확인케 한다. 미학주의의 추구는 인간주의의 회로와 이렇게 자연스럽게 만난다.

3. 일상적 삶의 미학적 변용

앞에서 최근의 시가 현실에 관심을 갖는 경우에도 일상적 현실을 소재로 다루는 일이 많다고 하였다. 그러나 우리들이 일상에서 겪는 평범한 일이 날것 그대로 제시된다면 그것은 시적 의미를 지니지 못할 것이다. 지극히 일상적인 상황을 보여주면서도 그 속에 우리가 미처 눈치채지 못했던 생의 본질적 속성을 담아낼 때 그것은 시의 원광을 두르게 된다. 매일 눈으로 보면서도 지각하지 못했던 우리의 숨은 얼굴, 그 속에 감추어진 세속적 욕망의 표정과 생의 허망함이 모습을 드러낼 때, 그리하여 우리의 일그러진 자화상이 일상적 삶의 비속함을 알몸으로 보여줄 때, 비로소 우리는 시를 읽는 감흥과 새로운 인식의 충격을 함께 체험하게 된다.

수박을 우적우적 씹어 삼키고 난 그의 입에서
대여섯 개의 수박씨가 차례로 튀어나왔다.
벙어리장갑처럼 뭉툭한 혀는
이빨 사이에서 힘차게 으깨지는 수박 속에서
정확하게 씨를 골라내고 있었던 것이다.
수박을 먹으며 그는 하던 말을 계속 이었다.
그가 수박씨 다음으로 내뱉는 말들이
수박 파편들을 피해가며 정확한 발음을 내도록
혀는 쉴새없이 빠르게 움직이고 있었다.
저 작은 입으로 갈비와 맥주와 냉면이 들어가고
수박까지 남김없이 다 들어간 것은
입구멍 안에 어둡게 숨어 있는 혀 탓일 것이다.
먹을 만큼 먹어 더 먹을 마음이 없어진 혀는
수고했다고 등 두드려주는 두툼한 손바닥처럼
이와 입술을 오랫동안 정성껏 핥아주었다.
실컷 먹고 마시고 떠들고 난 그는
개고기 끝내주는 집이 있는데 다음엔 거기 가자고
차만 안 막히면 한 시간에 충분히 갈 수 있다고
중복 점심에는 다른 약속 하지 말라고
혀로 입맛을 다시며 내게 다짐을 받아두었다.

— 김기택, 「혀」 전문

나는 혀를 입 안에 달고 매일 사용하면서도 그것의 기능에 대해 별로 생각해본 적이 없다. 이 시를 읽고 비로소 혀에 대한 새롭고도 정교한 인식에 도달하게 되었다. 혀는 말할 때 정확한 발음이 나오도록 재빠르게 움직이는가 하면, 음식을 먹을 때 음식물을 섞어 혀 사이로 날렵하게 실어 나르기도 하고, 갈비에서 뼈를 발라내기도 하고 수박에서 씨를 골라내기도 하는 등 실로 다양한 활동을 벌인다. 생각해보니 물이나 맥주를 마실 때도 혀가 중심축으로 작용하여 액체가 목으로 잘 넘어가도록 향도 역할을 하고, 연인과 입맞춤을 할 때는 상황에 따라 적절하게 움직여 성감을 높이는 작용도 한다. 이와 같은 여러 가지 정황을 함께 고려해보면 혀라는 물건이 매우 요사스러운 위치에 있음을 알아차릴 수 있다.

이 시인은 혀의 움직임을 세밀하게 관찰하여 개개의 장면을 점착력 있게 묘사했다. 혀를 '벙어리장갑처럼 뭉툭' 하다고 비유하는가 하면 '두툼한 손바닥' 에 비유하기도 했다. 생긴 것은 뭉툭하고 두툼한데 하는 일은 간교하고 날렵하다. 혀를 살살 움직여 갈비뼈에서 살을 발라먹고, 혀를 빳빳하게 세운 다음 혀뿌리를 꿈틀꿈틀 움직여 맥주를 들이켜고, 혀로 면발을 끌어올렸다가 내리밀었다가 앞뒤로 움직여 냉면을 먹어대고, 그 폭식의 사이사이에 또 잽싸게 틈을 내 이런저런 말들을 토해낸다. 평소에는 '입구멍 안에 어둡게 숨어' 있어서 익명의 존재로 남아 있다가 때가 되면 이렇게 요사스럽게 날름대며 온갖 일을 능숙히 처리하는 혀야말로 두 얼굴의 사나이라 할 수 있다. 이런 점에서 혀를 달고 사는 우리 인간은 성인군자가 될 가능성은 거의 없는 것 같다.

마지막 부분에서 화자의 시선은 혀에서 혀의 소유주인 '그' 에게로 이동한다. 그런데 이 '그' 라는 존재는 화자가 앞에 놓고 대하는 어떤 특수한 개인이 아니라 세상을 살아가는 우리들 모두의 분신이다. 언제 어디서건 흔하게 볼 수 있는 자화상이지만, 이 시가 이렇게 객관적 형상으로 포착해놓지 않았다면, 우리는 지금까지 혀라는 물건의 방정맞은 움직임에 대해 별다른 자각을 하지 못하고 지냈을 것이다. 그러니 이 시는 콜럼버스의 신대륙 발견처럼 어떤 새로운 세계를 발견하여 우리에게 보여준 것이다. 보여준 대상은 우리가 익히 알고 있는 내용이지만 그 객관적 형상을 통하여 우리는 일상 속에 숨어 있는 생의 비속함과 이중성을 선명하게 간파하게 된다. 일단 이렇게 언어로 고정화해놓은 일상의 국면은 김기택 시인 이전에는 아무도 언어로 표현하지 못했던 미지의 영역이다. 그런 의미에서 이 시의 새로움은 콜럼버스의 달걀과 같은 것이다. 이 콜럼버스의 달걀은 치밀하고 점착력 있는 묘사와 그것에 상응하는 언어구성에 의해 완성되었다. 명장(名匠)이 빚어놓은 하나의 미학적 구성물처럼 그 달걀은 오롯이 빛난다.

일요일은 우울하네*
아침부터 바람이 301棟 쪽에서 불어와
303棟 쪽으로 몰려가네
정오에는 알타리무, 배추, 당근, 양파가
오후에는 오징어, 갈치, 고등어가
공터에서 피어나거나 공터를
헤엄쳐 다녔네
일요일은 우울하네
작고 흰 꽃들은 발 아래 있네
작고 흰 꽃들은 당신을 결코
깨우지 못할 거야*
화단에서 아이들이 꽃모가지를 부러뜨리며
놀고 있네
일요일은 우울하네
커피 두 잔이 목구멍을 흘러가고
담배 한 갑이 목구멍에서

흘러나왔네
연기가 만드는 공터,
니코틴 같은 그늘이 만들어내는
공중정원,
당신과 함께 살던
제일 가까운 그늘이 무수하네*
미끄럼틀을 타는 그늘,
그네 위에서 흔들리는 그늘,
자목련 꽃잎 아래
손뼉만한 그늘을
301棟 북쪽 벽면이 만드는
거대한 그늘이 삼키고 있네
작고 흰 꽃들은 발 아래 있네
작고 흰 꽃들은
당신을 결코 깨우지 못할 거야
아이들은 밥 먹으러 가고
채소는 피었다 지고
물고기들 놀다간 자리에
저녁이 카펫처럼 내려앉네
푹신하고 두터운
일요일은 우울하네

—권혁웅, 「우울한 일요일」 전문

「우울한 일요일」(Gloomy Sunday)이라는 외국 가요가 있다. 1935년 헝가리의 무명 작곡가 레조 세레스가 작곡한 이 노래는 전파를 탄 첫날 5명이 자살을 했고 그 이후 두 달 만에 187명이 자살했다고 전해진다. 작곡가 자신도 자신의 우울을 견디지 못해 투신자살로 생을 마감했다. 1999년에는 독일의 감독 롤프 슈벨에 의해 이 노래를 모티프로 한 영화가 만들어져 사람들에게 더 많이 알려지게 되었다. 위의 시에 첨자(*)가 표시된 시행은 그 노래에 나오는 가사다. 그러니까 시인은 어느 일요일 이 노래를 틀어놓고 아파트 아래를 내려다보며 상념에 잠겨 있는 것이다. 실제와 거의 다르지 않은 시인의 일상사가 노래의 음조처럼 우울하게 펼쳐진다.

바람이 301동에서 303동 쪽으로 불어간다고 했으니 공터의 휴지조각 같은 것이 303동 쪽으로 쓸려가는 것을 본 모양이다. 그렇게 바람이 불어가는 방향이 감지될 정도로 아파트 정원은 사람이 없고 고요하다. 정오가 되자 야채를 파는 행상이 와서 야채를 팔았고, 오후에는 생선장수가 와서 생선을 팔았다. 작고 흰 꽃들을 보자 마침 노래에서도 그와 유사한 가사가 흘러나온다. 이 대목에서 음악이 환기하는 환상과 사람들이 살아가는 일상의 경계가 허물어지는 듯하다. 도대체 어느 것이 환상이고 어느 것이 실제란 말인가. 장자의 '호접몽'(胡蝶夢)의 고사처럼, 내가 우울한 일요일을 듣는 것인가, 아니면 우울한 일요일이 나를 노래하고 있는 것인가.

커피 두 잔을 마시고 담배 한 갑을 피우고 보니, 아이들이 노는 화단이 담배 연기가 만들어낸 환상 같고, 공중에 떠 있는 가상의 정원 같다. 담배 연기의 그늘 속에 당신과 함께 보냈던 무수한 그늘이 겹쳐지고 그 우울한 기억은 미끄럼을 타기도 하고 그네 위에서 흔들리기도 한다. 그 사이에도 노래의 선율은 계속 이어진다. 이제 해는 기울어 301동 벽면이 거대한 그늘을 만들어 공터를 삼키고 있다. 작고 흰 꽃들이 그늘에 묻히고 모든 것이 사라진 공터에 '저녁이 카펫처럼' '푹신하고 두텁게' 내려앉는다.

모든 것을 그늘로 뒤덮어 어둠으로 이끄는 장면은 실제로 이렇게 안락한가? 아니면 이 안락은 한갓 환상인가? 그렇다면 실제의 삶과 방불해 보이던 이 일상의 장면은 환상이란 말인가? 아니면 일상의 삶 자체가 한갓 꿈이란 말인가! 그는 잠시 우울한 일요일의 꿈을 꾼 것인가, 우울한 일요일이 그를 꿈으로 불러들인 것인가? 지극히 평범한 말로 느릿느릿 이어진 이 시의 요체는 바로 여기에 있다. 일상과 환상을 구분하기란 어렵다는 것. 우리가 감지하고 관조하는 일상이란 어느 순간 담배 연기나 추억의 그늘처럼 환각으로 변해버리고 만다는 것. 사정이 이러하다면, 우리는 무엇에 의해 존재하며 우리 실존을 이끄는 힘의 정체는 도대체 무엇이란 말인가?

꿈꾸는 듯한 이 시의 어조, 몽상적 이미지는 바로 이런 인식과 질문을 유도한다. 일상과 환상의 겹침이라는 이 시의 메시지는 이 시의 미학적 구성 속에 자연스럽게 형성된 것이다. 이처럼 이 시는 치밀한 미학주의의 기획 속에 응결되어 있다. 일상적 삶의 인식과 그 해석이라는 형이상학적 주제도 완벽한 미학주의의 구성 속에 용해된다. 그만큼 미학주의의 기류는 상당한 위세와 진폭으로 서정시의 진로를 이끌고 있다.

생태시의 현황과 전망

1. 배경

개항을 한 달 앞둔 인천국제공항에 안개 비상이 걸렸다는 신문 보도(〈중앙일보〉 2001. 2. 22)가 나왔다. 원래 영종도는 김포보다 안개가 상대적으로 적은 지역이었다. 그런데 바다였던 영종도와 영유도 사이 1천 7백만 평을 매립하여 공항을 건설하자 인위적인 환경변화에 의해 안개가 많이 발생하는 지역으로 바뀐 것이다. 기후적으로 최적의 입지조건이라는 착공 이전의 분석은 이러한 인위적 환경변화의 결과를 예측하지 못했다. 1990년대 초 환경단체들은 인천공항이 안개 발생 일수가 많을 것이라고 예측하고 영종도 신공항 건설에 반대했었다. 그러나 공사는 강행되었고 10년 동안 공들여 지은 신국제공항은 안개 발생에 대한 안전대책을 새로 수립해야 할 처지에 놓였다.

최근 담수화 백지화 결정이 내려진 시화호도 인위적인 환경변화가 가져온 폐해의 중요한 사례가 된다. 안산 앞바다에 방조제를 만들어 인공호수인 시화호를 만들고 이 시화호의 물을 농업용수와 공업용수로 쓸 계획이었지만, 생활폐수와 공장폐수가 시화호로 유입되면서 시화호는 죽음의 호수로 변했다. 인위적인 방조제 건설이 시화호 일대의 환경을 철저하게 파괴한 것이다. 방조제 조성으로 매립지가 생겨났다고 하지만 인위적인 환경변화에 의해 생겨난 이 매립지 역시 영종도의 경우처럼 어떤 예기치 못한 부작용이 생길지 알 수 없는 상황이다. 전북지역에 진행되고 있는 새만금 간척사업 역시 제2의 시화호 꼴이 될 것이라는 우려의 목소리가 높다.

스위스 다보스에서 열린 31차 세계경제포럼(WEF)에서 2001년 1월 27일 발표한 국가별 환경지속지수(ESI)를 보면 한국은 122개국 중에서 95위에 해당한다. 소득수준으로는 122개국 가운데 상위에 속하는 한국의 환경지수가 이렇게 낮다는 사실은, 우리나라가 경제개발의 수치를 높이는 데 치중하였을 뿐 성장이 가져오는 부작용을 제대로 고려하지 못했음을 단적으로 드러낸다. 이것은 우리나라가 환경오염에 대한 인식도 미약하고 오염을 감소시키려는 노력도 부족하다는 사실을 의미한다. 한국에서 오염에 대처하는 자세를 보면 말 그대로 사후약방문(死後藥方文) 식이다. 이미 문제가 발생한 다음에 뒤늦게 대비책을 만들고 규제법안을 만든다. 그러나 환경오염은 종양과 같아서 늦게 조치를 취하면 온전한 상태로 돌아갈 수 없다. 조기발견, 조기대처만이 해결의 첩경이다. 이미 오염이 깊어진 생태계가 원래의 상태를 되찾으려면 장구한 세월이 필요하다.

이러한 환경오염과 그로 인한 생태계의 파괴는 물론 우리만의 문제가 아니다. 지구 전체가 병들어 있고 이런 상태로 가면 인류의 종말이 머지않았다는 진단이 나오고 있다. 그래서 21세기에는 생태계 문제가 인류의 존망을 좌우하는 화두로 자리잡을 것이라고 예견한다. 인간과 생명의 문제에 민감하게 반응하는 문학 역시 생태학적 상상력이 대두되면서 생태문학, 생태시라는 용어가 생겨났다. 특히 시는 인간과 자연의 합일에 바탕을 둔 신화적 세계관이 창조의 동력으로 작용하기 때문에 생태문학의 중심부에 놓이게 된다. 우리나라에서도 1990년대에 접어들면서 생태학적 상상력에 의거한 시들이 많이 쓰여졌다. 필자 역시 생태시에 대한 몇 편의 글을 발표했고 생태학적 인식을 암시하는 제목으로 평론집을 내기도 했다.[1] 그것을 바탕으로 생태시의 현황과 문제점을 점검하고 몇 가지 전망을 제시하려 한다.

2. 명칭

생태시에 대한 논의를 전개하기 전에 우선 생태시에 대한 개념을 명확히 해서 용어의 혼란을 정리하는 일이 필요하다. 임도한 역시 이러한 문제의식에 의해 '환경문학', '생명문학', '녹색문학', '자연문학', '문학생태학' 등 용어가 갖는 의미를 고찰하고 '생태문학' 이란 용어가 가장 타당할 것이라는 의견을 제시한 바 있다.[2] 필자도 생태문학, 생태시라는 명칭을 사용하는 것이 가장 합리적일 것이라고 생각한다. 그 이유는 다음과 같다.

우선 '녹색문학' 이라는 용어는 녹색을 비유적인 차원에서 사용한 것이기 때문에 의미의 명확성을 확보하지 못한다. 녹색문학이라는 용어는 그래도 어색하지 않지만 녹색시, 녹색소설이라고 하면 용어의 의미가 분산되어서 아주 어색한 명칭이 되어 버린다. '자연문학' 이라는 용어 역시 자연을 소재로 한 문학 전체를 지칭하는 것 같아서 우리가 생각하는 생태학적 상상력과 관련된 작품을 지칭하는 용어로는 적합하지 않다. 결국은 '환경문학', '생명문학', '생태문학' 의 세 용어가 가장 많이 쓰이는 명칭으로 남는다.

---

1) 「생태학적 상상력과 우리 시의 방향」, 『실천문학』, 1996. 가을호.
「우리 생태시의 새로운 가능성」, 『함께가는 길』, 1997. 9.
「둥근 생명의 원형, 환한 등불」, 『현대시』, 1997. 11.
「생태학적 상상력과 서정시의 본질」, 『문학과 교육』, 2000. 여름호.
『초록의 시학을 위하여』, 청동거울, 2000. 11.

2) 임도한, 「한국 현대 생태시 연구」, 고려대학교 국어국문학과 박사학위논문, 1999. 2, 27-57쪽.

고현철은 생태와 환경에 대한 인식을 총괄하는 의미로 '생태주의' 라는 개념을 설정하여 '생태주의 시' 를 상위 개념으로 잡고 그 하위 유형으로 '생명시', '생태시', '환경시' 의 세 유형을 설정하였다.[3] 그의 설명에 따르면, 생명시는 생명 자체를 노래함으로써 생명의 본질과 가치를 추구하는 시를 말하며, 생태시는 근대문명과 과학기술에 비판적인 태도를 취하면서 인간과 자연의 총체를 지향하는 생태학적 세계관의 시를 말하고, 환경시는 인간 중심과 환경배경이라는 관점을 견지하여 과학기술을 통하여 오염을 감소할 수 있다는 의식을 내포한 시를 말한다. 무질서하게 사용되는 개념을 정리하고 범주를 설정하여 논리적 체계화를 시도한 점은 높이 살 만하지만 이 유형 구분에도 문제가 있다.

생태주의라는 말은 생태학적 세계관을 중심으로 삼고 사회운동의 차원에서 그 세계관을 실현하려는 태도를 말한다. 일반적으로 '주의' 라는 말이 붙을 때에는 이념의 현실화라는 맥락이 반드시 포함된다. 가령 사회주의라고 하면 사회주의가 갖는 이념이 현실에서 실현될 수 있도록 하는 실천강령이랄까 행동지침이 따르기 마련이다. 이것은 문학의 경우에도 마찬가지여서 이미지즘이나 초현실주의 시의 경우에도 그 이념과 함께 실천강령이라고 할 수 있는 창작방법이 제시되었다. 그러니까 생태주의 시라고 하면 바로 그러한 운동의 차원, 이념과 실천의 병립이 동반되어야 하는 것이다.

그런데 생태주의라는 말이 아직 세계적으로 일반화되지 않았다는 점이 문제다. 생태학이란 용어가 처음 쓰인 것은 1869년의 일이고 20세기 중반을 넘어서면서 환경에 대한 관심이 생태계에 대한 관심으로 방향전환이 일어나기 시작했다. 따라서 생태학적 관점(ecological view), 생태학적 상상력(ecological imagination), 환경주의(environmentalism) 등의 용어는 있어도 생태주의(eco-

3) 고현철, 『현대시의 쟁점과 시각』, 전망, 1998, 17쪽.

ism)란 말은 아직 쓰이지 않는다. 또 우리나라에서 생태학적 관심이 제기된 것도 최근의 일이다. 이런 마당에 우리가 생태주의 시라는 용어를 먼저 만들어 쓰는 것은 적합하지 않다. 물론 생명주의 시라는 용어를 쓰는 사람도 있으니까 생태주의 시라는 용어도 못 쓸 것이 없다. 그러나 위의 구분에 의하면 생태주의 시는 하위유형으로 생명주의 시에 해당하는 '생명시'를 설정하고 있다. 여기에는 분명 범주의 오류가 있다. "생명사상이 바로 표현되어 있는 시"라면 그것은 생명주의 시라고는 할 수 있겠지만, 생태주의 시의 하위개념으로 소속되기는 어렵다. 생태주의 시의 개념을 크게 확장하면 되겠지만 그렇게 되면 생태주의 시라는 명칭의 의미가 희석되고 만다.

이 문제를 해결하는 길은 사고를 단순하게 하여 명칭의 기본적인 뜻을 알아보는 데서 열린다. 앞에서 말한 것처럼 환경이란 말은 오래 전부터 사용되어 왔고 생태학이란 용어는 19세기에 처음 사용되고 20세기에 일반화되었다. 환경이란 '생물을 둘러싼 외적 조건'을 뜻하며 생태학이란 '생물 상호간의 관계 및 생물과 환경과의 관계를 구명하는 학문'을 말한다. 여기서 우리는 환경과 생태학이란 개념이 지닌 중요한 의미의 편차를 확인할 수 있다. 그것은 '관계'라는 말이다. 생물과 생물의 관계, 생물과 환경과의 관계를 연구하는 것이 생태학이다. 인도의 전통사상에서 발전한 불교의 연기론의 핵심 명제는 "이것이 있으므로 저것이 있고, 저것이 있으므로 이것이 있다. 이것이 멸하므로 저것이 멸하고, 저것이 멸하므로 이것이 멸한다."이다. 이것이 바로 생태학적 인식의 기본 틀이다. 이러한 만물 유관성(有關性)과 상의성(相依性)의 인식에서 생태학적 사유가 출발한다.

아주 단순한 예를 들어보자. 예전에는 대기가 오염되면 그 오염을 줄일 수 있는 방안을 강구했다. 오염을 줄이는 대체 에너지를 개발한다든가, 오염이 빨리 제거될 수 있는 새로운 물질을 만들어낸다든가 하는 일을 했다. 이것은 환경학적 관심이다. 생태학에서는 이 오염이 유기체에게 어떤 영향을 미치며 그 결과 유기체에게 어떤 변화가 일어나고 그 변화는 다른 유기체에게 어떤 영향을 주는가를 탐구한다.

또 요즘 자주 발생하는 황사현상에 대해 생태학적으로 생각해보자. 전 지구적 대기오염에 의해 중국대륙 상공에 짙은 오염층이 형성된다. 기온이 올라가면 고비사막의 건조한 모래가 열을 받아 지면으로 떠오르지만 오염층에 막혀 상공으로 흩어지지 못하고 기류를 타고 한반도로 날아온다. 그 결과 황사바람이 불고 황사에 묻어온 여러 가지 오염물질이 떨어져 하천과 토양을 오염시킨다. 그런 오염에 의해 물고기가 죽고 새들이 알을 낳지 못한다. 사람에게 호흡기 질환과 안질이 유행하고 오염물질이 체내에 축적되어 악성종양이 발생하고 기형아를 출산한다. 그러면 고비사막 상공의 오염층은 우리와 무관한 것인가? 앞에서 본 대로 이미 우리나라는 오염물질을 발생시키면서 그것을 줄이려는 노력을 하지 않는 나라로 국제적인 평가를 받았다. 사정이 이러하므로 우리나라의 환경오염이 중국 대륙의 오염층과 무관하다고 장담할 수 없다.

이처럼, 생명과 환경의 유관성과 상의성을 탐색하는 것이 생태학이고, 그러한 인식에 바탕을 둔 상상력을 생태학적 상상력이라고 하며, 그것에 의거해 쓰여진 시를 나는 생태시라고 부른다. 이러한 '관계'에 대한 인식이 없는 시는 생명시라고 할 수도 있고 다른 무엇이라고 부를 수도 있지만 생태시라고 하기는 어렵다. 생태학이란 용어조차도 접해보지 못하고 쓰여졌을 서정주의 「국화 옆에서」를 생태학적 관점에서의 독해가 가능하다고 본 것도 바로 그러한 생각에서였다.[4] 그러면 다시 앞의 용어 문제로 돌아가서, 생태학적 상상력이 작용한 시는 생태시라고 부르고 생명 그 자체를 노래한 것은 생명시라고 부른다면 이 둘을 포괄하는 용어로는 무엇이 좋을까? 나는 그 둘을 굳이 포괄할 필요가 없다고 생각한다. 모든 시는, 표현방식과 의식의 수준에 차이는 있지만, 본질

---

4) 이승원, 『초록의 시학을 위하여』, 청동거울, 2000, 59-60쪽.

적으로 생명을 탐구하고 생명의 가치를 옹호한다. 생명을 죽이고 망치는 시는 없다. 우리가 생태시를 문제삼는 것은 20세기에 들어와서 전 지구적으로 발생한 생태계 파괴에 위기의식을 느끼고 그것을 극복할 수 있는 길을 생태학적으로 모색하는 단계의 시를 논의하기 위해서다. 따라서 그전부터 생명에 관심을 가지고 쓰여져온 시작품과 문명사적 문제의식을 바탕으로 쓰여진 시작품을 굳이 하나로 묶어 유형화하고 싶은 생각은 없다. 만일 어떤 시에 담긴 생명에 대한 관심이 생태학적 문제의식에 의해 촉발된 경우라면 그것은 그냥 생태시라고 불러도 무방할 것이다. 생태학적 문제의식에 촉발된 것은 아니지만 그 시의 생명인식이 생태학적 문제해결에 도움을 주는 경우라면, 조금 말은 길지만, 생태학적 상상력이 담긴 시라고 지칭하면 될 것이다. 어떤 경우든 생태시의 요체는 생명과 환경, 생명과 생명 사이의 관계 인식에 있다.

3. 현황

이제 구체적인 시작품을 읽어가면서 어떤 것이 생태시에 해당하고 그 중에서 뛰어난 작품이 어떤 것인가를 생각해보겠다. 생태시 중에는 길이가 긴 작품이 많다. 생명이 유린당하는 현장을 구체적으로 열거하다 보면 자연히 시의 길이가 길어지게 될 것이다. 신경림의 「이제 이 땅은 썩어만 가고 있는 것이 아니다」는 죽음의 벼랑에까지 와 있는 지구의 참상을 고발하며 인식의 전환을 호소하고 있는 장형의 작품이다. 지구환경 보고서에 나올 만한 이야기를 시의 형식을 빌려 들려주고 있다는 점에서 계몽적인 의미는 뚜렷하지만 한편의 시로서 완성도가 높은 것은 아니다. 역시 생태시는 집약적 이미지로 생태계의 문제를 감도 있게 드러내는 것이 핵심이다. 그런 점에서 최승호의 「공장지대」가 갖는 시로서의 집약성 및 충격의 강도는 상당히 오래 지속될 것으로 보인다. 그 시에는 무뇌아의 출산이 산업사회의 폐기물과 관련되어 있다는 인식이 전면에 드러나며 더 나아가 비인간적 환경이 인간의 삶을 왜곡하고 생태적 조건을 변화시킨다는 전언이 뚜렷한 울림을 지니고 있다.

짧은 시의 경우에도 긴장이 풀어져 단순한 생각을 드러내는 데 머문다면 그것도 좋은 생태시라고 하기는 어렵다. 정현종의 일련의 생태시들은 단순 소박하면서도 그 단순성이 오히려 생명의 실상을 알려주고 생명의 터전에 동화되고 싶은 시인의 지향을 효과적으로 드러내고 있어 개성적인 생태시의 자리를 확보하고 있다. 그러나 생명의 전체성에 대한 지향이 결여된 상태에서 환경오염에 대한 직선적인 고발로 일관한 작품은 적지 않은 문제를 야기한다.

우리 시대의 비는 계절과 무관하다.
시도 때도 없이
푸른 것은 모조리 갉아먹어 버리는
전천후 산성비.

그렇다 전천후로
비는 죽은 구근을 흔들어 깨워서
자꾸만 생산을 재촉하고 있다.
그래서 생산이 넘치고 넘치는
그래서 미처 다 소비도 하기 전에
쓰레기통만 가득 채우는 시대.

쓰레기통에서
장미가 피기를 기다린다고는
누군가 참 잘도 말했다.

한때는 선지자의 예언처럼 고독했던
그러한 절망이
이제는 도처에서 천방지축으로
장미처럼 요란하게 꽃피고 있는 시대.

죽은 자의 욕망까지 흔들어 깨우면서
그 위에 내리는
시도 때도 없는 산성비.

사람들은 모두 우산을 쓰고 있다.
일회용 비닐우산이 되어 버린
절망을 쓰고 있다.

비극이 되기에는
너무나 흔해빠진 우리 시대의 비
대량생산의 장미를 쓰레기통에 가득 채우는
전천후 산성비 오늘도 내린다.

— 이형기, 「전천후 산성비」 전문

이 시는 한반도에 산성비가 내리는 오염실태를 문명 비판적 시각으로 고발한 선구적인 작품이어서 생태시를 얘기할 때 자주 거론되는 작품이다. 그러나 "쓰레기통에서/장미가 피기를 기다린다고는/누군가 참 잘도 말했다."는 시구가 암시하는 것처럼 이 시는 절망의 제스처가 너무 강하다. 자조적인 어조가 두드러진 그의 일련의 문명비판시는 생명 옹호의 차원에서 문명의 폐해를 걱정하는 것보다는 이렇게 끝장날 수밖에 없는 인간의 비운을 예고하는 듯하다. "푸른 것은 모조리 갉아먹어 버리는" 전천후 산성비를 소재로 하여 이렇게 생명의 원형이 침식당하는 공해시대에 생명의 소중함을 강조함으로써 어떤 극복의 대안을 모색하는 작품으로 보기는 어렵다. 욕망의 과잉으로 쓰레기통만 가득 채우는 세태를 냉소적인 어투로 비꼬면서 절망이 꽃 피어나고 모두들 절망의 우산을 쓰고 있는 현실을 조소하고 있다. 비판적 어사에 내포된 부정의식은 종말론적이고 허무주의적이라고 진단하지 않을 수 없다.

이것은 유사한 제재와 문제의식으로 쓰여진 이문재의 「산성눈 내리네」와 비교하면 그 차이점이 분명히 드러난다. 이문재의 시 역시 산성눈 내리는 절망의 현실을 이야기하며 이것이 '사람의 죄악' 과 '시대의 무서운 속도' 에 의한 것임을 인정하지만, 시의 문맥 안에 '성가의 후렴' 이라든가 '내 몸과 마음의 서까래' 같은 유연한 인간적 정감을 배치함으로써 이 산성눈의 폭설이 '당분간의 두절' 이라는 희망을(혹은 시인의 소망을) 담아내려 했다. 요컨대 환경문제를 고발하는 경우에도 시인의 생각이 어떠한 전망을 지니는가에 따라 아주 다른 시작품이 제작되는 것이다.

관광객들이 잔잔한 호수를 건너갈 때
水夫는 시체를 건지려
호수 밑바닥으로 내려가
호수 밑바닥에 소리 없이 점점 불어나는
배때기가 뚱뚱해진 쓰레기들의 엄청난 무덤을,
버려진 태아와 애벌레와
더러는 고양이도 개도 반죽된
개흙투성이 흙탕물 속에
신발짝, 깨진 플라스틱통, 비닐 조각 따위를 넣고 배때기가

뚱뚱해진 쓰레기들의 엄청난 무덤을,

갈수록 시체처럼 몸집이 불어나는 무덤을

본다 폐수의 毒에 중독된 채

창자가 곪아가는 우울한 쇠우렁이를

물가에 발생했던 文明이

처리되지 않은 뒷구멍의 온갖 배설물과 함께

곪아가는 증거를

호수를 둘러싼 호텔과 산들의 경관에

취하면서 유원지를 향해

관광객들이 잔잔한 호수를 건너갈 때

— 최승호, 「물 위에 물 아래」 전문

이 시에는 한 화면에 두 개의 시선이 교차하고 있다. 유진 오닐(Eugene O'nell)의 표현주의극 「털복숭이 원숭이」(The Hairy Ape)에서 창백한 얼굴로 갑판에 누워 있는 젊은 여인의 모습과 배 밑 기관실에서 벌거벗은 몸으로 석탄을 화구에 집어넣는 야만적인 화부의 모습이 병치된 것처럼, 호수의 아름다운 경관에 취한 관광객들의 시선과 호수 밑바닥의 오물더미를 뒤지는 수부의 시선이 교차한다. 화자는 이 두 시선에 아무런 개입을 하지 않고 물 위와 물 밑의 모습을 보여줄 뿐이다. 앞의 「전천후 산성비」처럼 절망의 쓰레기통을 자조적으로 들춰내지 않으면서도 우리가 영위하는 평온한 삶 뒤에 쓰레기의 엄청난 무덤이 도사리고 있음을 충격적으로 전달한다. 화자 개입 없는 관조적 어법이 아이러니의 효과를 자아낸다.

이 시의 냉정한 시선이 갖는 압축미는, 문명이 곪아가는 증거를 볼 수 있는 사람은 호수 밑을 뒤지는 수부 한 사람이라는 것, 다수의 관광객들은 부패의 실체를 보지 못한 채 표면의 경관에 도취되어 있다는 사실과 정확히 대응된다. 우리의 일상이 이러하다면, 비가 내리건 눈이 내리건, 표면적 분위기와는 달리 그 모든 것이 부패의 징후고 쓰레기의 무덤이라면, 당연히 이러한 정황에 어떻게 대처하며 어디서 해결책을 찾아야 할 것인가 하는 물음이 제기되기 마련이다. 생태시는 그러한 질문에 대해서도 생태학적 인식에 바탕을 둔 답변을 마련할 필요가 있다. 막연히 개인적 감상에 빠지거나 근거 없는 낙관에 안주하는 것은 올바른 태도가 아니다.

봄에
가만 보니
꽃대가 흔들린다

흙밑으로부터
밀고 올라오던 치열한
중심의 힘

꽃피어
퍼지려
사방으로 흩어지려

괴롭다
흔들린다
나도 흔들린다
내일
시골 가

가

비우리라 피우리라.

— 김지하, 「중심의 괴로움」 전문

'생태학적 시의식의 심화'[5]로, '생명의 존재 원리에 대한 응축적 표현'[6]으로 평가되는 이 작품은 생태시를 논의할 때 빈번히 인용된다. 이 시는 환경오염이라든가 생태계 파괴를 비판하는 생각이라든가 생명의 유린을 고발하는 주제와는 거리가 멀다. 시인은 지금 봄에 지층을 뚫고 올라와 꽃을 피우려 흔들리는 식물의 모습을 관조하며 그것을 자신의 생활과 관련지어 해석하고 있다. 1연에서 3연까지는 꽃에 대한 일방적 서술이고 4연에서 비로소 서정적 자아가 등장하여 꽃과 자신의 관련성을 이야기한다. 4연의 서정적 자아의 개입이 없었다면 이 시는 식물의 움직임을 나타낸 시일 수는 있어도 우리가 생각하는 생태시의 범주에 포함되지 못했을 것이다. 앞에서 개념규정을 한 것처럼 생태시는 생명과 생명의 관계, 생명과 환경의 관계에 대한 생태학적 인식을 전제로 한다. 내가 보기에 이 시에는 그러한 인식이 담겨 있고 따라서 이 시는 훌륭한 생태시다. 그러나 한편의 시작품으로서 매우 뛰어난 작품이라는 생각은 들지 않는다. 생태학적 인식이 담겨 있다고 해서 그것이 필연적으로 성공작이 되는 것은 아니다. 항일독립정신이 담겨 있다고 해서 어떤 시를 무조건 훌륭한 작품이라고 평가할 수 없는 것과 같은 이치다.

그러나 이 시에 담긴 생태학적 인식과 그것에 바탕을 둔 서정적 자아의 대처방식은 이 분야에 관심 있는 사람들이 눈여겨보고 새롭게 활용할 만하다. 우선 시인은 꽃대가 흙밑으로부터 올라오는 것은 '치열한 중심의 힘'이라고 했

5) 임도한, 앞의 논문, 129-136쪽.

6) 홍용희, 『꽃과 어둠의 산조』, 문학과지성사, 2000, 179쪽.

다. 단단하게 굳은 땅을 뚫고 싹이 올라오는 것은 분명 치열한 힘에 의해 가능한데, 그것을 시인은 굳이 '중심의 힘' 이라고 불렀다. 봄에 싹을 내미는 모든 식물은 저마다 중심의 힘을 내장하고 있다. 어찌 식물뿐이랴. 동면을 끝내고 몸을 내미는 동물에서부터 알을 까고 나오는 어류와 벌레에 이르기까지 생명 가진 모든 만물은 신생의 봄을 맞이해서 저마다 중심의 힘을 발산한다. 일단 중심의 힘을 근거로 몸을 솟구친 생명은 다시 자신의 개체적 힘을 사방으로 펼치기 위해 괴롭게 흔들린다. 이것이 바로 '중심의 괴로움' 이다. 이 과정이 있어야 생명은 자신의 종족을 번식하여 생명의 윤회를 실현할 수 있다.

꽃을 통하여 이러한 생명의 움직임을 파악한 시인은 자신의 개체적 힘도 하나의 중심의 힘임을 깨닫고 '나도 흔들린다' 고 말한다. 자신도 굳은 땅을 뚫고 솟아오를 수 있는 중심의 힘을 지닌 존재이며 당연히 자신의 개체적 힘을 주위에 발산할 수 있는 존재이다. 여기서 '비우리라' 라고 말한 것은, 생명의 개체적 힘이 발산되기 위해서는 자신에 대한 집착을 포기하고 마음을 비우는, 다시 말하면 꽃처럼 자신을 사방으로 흩어지게 하는 과정이 필요하다는 것을 의미한다. 자신의 개체적 실존에 집착한다면 생명의 윤회는 불가능하다. 꽃은 피었다가 시들어 열매를 맺고, 열매는 떨어져 썩어 씨앗을 남기며, 씨앗은 땅에 묻혀 해체되면서 뿌리와 떡잎으로 모양이 바뀐다. 모든 존재는 자신에게 집착하지 않고 스스로 '비움' 으로써 '피움' 을 이룩하는 것이다. 시인은 식물의 움직임을 매개로 하여 생명의 원리를 깨달았다. 이것은 한 줄 꽃대와 한 점 사람이 상관되어 있다는 것을 인식하는 생태의식의 발로다. 이러한 의식에 의해 우리는 인간과 다른 생명의 연관성을 다시 한번 되돌아보게 된다.

해종일 꽈리를 트는
맹꽁이의 합창으로
새록새록 자라는 어린 벼들,

온 들을 뒤덮는 찔레 향기에
단내 겨운 숨결을
씻고 씻는 사람들,
또 저렇게 뻐꾹새는 뻐꾹거려선
풀 뜯는 소들, 먼산 보게 하듯
제 푸르른 숨결을 뽑아내
차르르 차르르 생바람을 일으키는
저 유월의 잎새들,
그렇다면 이 넘치는 저물녘에
서로를 속삭여주지 않는 것이
어디에 있으랴.
괜스리 글썽거려 하늘로 고개 들면
또 별들은 우르르 피어나
저희는, 저희는,
그대 눈물이 빚은 정금들이에요!
그러니 어쩌랴
우리도, 우리도 정녕 이쯤 해선
귀청 하나 맑게 열어
저쪽 마을의 등불들,
그 애절한 호명을 경청하지 않고
어찌 우주율 속에
한 목숨을 밀어넣으랴
시방은 저 능선도 꿈틀거려선
하늘과 교접하는 시간,
무장무장 꽈리를 트는

맹꽁이의 합창으로

천지간에 넘치는 불립문자들

— 고재종, 「저물녘의 우주율」 전문

제목 그대로 이 시에는 굉장한 우주율이 펼쳐진다. 맹꽁이의 합창으로 어린 벼들이 자라고, 찔레꽃이 피어 향기가 온 들을 뒤덮는다. 뻐꾹새는 사정없이 뻐꾹거리고, 유월의 잎사귀는 차르르 생바람을 일으킨다. 어둠이 짙으면 별들이 피어나 정금 같은 빛을 발하고, 어둠 속에 능선도 꿈틀거리며 하늘과 몸을 섞는 것 같다. 자연만물은 각기 독립적으로 존재하지 않고 이렇게 상호 유관한 상태로 연결되어 있다. 맹꽁이의 합창이 우연이 아니며 어둠 속 별들의 개화도 무정한 것이 아니다. 별들은 저마다 "저희는, 그대 눈물이 빚은 정금들이에요!" 하고 속삭이는 듯하다. 사람 마음속에 눈물어린 맑음이 없으면 별들이 저렇게 반짝이지 않으리라는 뜻이다. 이 자연만물은 그야말로 "천지간에 넘치는 불립문자들" 이다. 도저히 사람의 화법으로는 그 오묘한 뜻을 나타낼 수 없는 천지의 움직임들! 불교에서는 이 대자연의 화엄 경관을 천신(天神)이 연주하는 대합주악이라고 비유하였다.

그런데 이 넘칠 정도로 흥겨운 우주율과의 호응에 대해 시인이 전제로 삼은 것이 무엇인가? 시인은 이렇게 적었다. "귀청 하나 맑게 열어/저쪽 마을의 등불들,/그 애절한 호명을 경청하지 않고/어찌 우주율 속에/한 목숨을 밀어넣으랴". 우리가 대자연과 하나가 되어 우주율에 동화되기 위해서는 인간의 애환에 대한 이해, 인간의 세속사에 대한 애정이 전제가 되어야 한다는 것을 시인은 분명히 전제하였다. 사람들이 살아가는 형편을 제대로 이해하지 못한다면 천지간의 불립문자도 이해하지 못한다. 인간의 희로애락도 결국은 천지간의 불립문자의 일부에 해당한다. 인간을 떠난 자연은 얼마든지 존재할 수 있지만 그것은 이미 자연으로서의 의미를 상실한 추상의 공간이다. 인간 사랑의 지평

위에 설 때 비로소 자연은 황홀한 우주율이 된다. 이러한 인식은 참으로 중요하고 그 의미가 강조될 필요가 있다. 자연 없이 인간은 살 수 없지만, 인간 없이도 자연은 존재할 수 있다는 말은 물론 옳다. 그러나 그러한 생각은 자연을 절대화하여 에코파시스트적 독단[7]으로 비약할 위험도 있다. 자연의 아름다움과 인간의 애환을 대등한 차원에서 수용하려는 고재종의 의식은 교조적 환경중심주의의 늪을 비켜가게 하는 귀중한 지혜의 원천으로 작용할 수 있다.

4. 기대

생태시의 풍요로운 전개를 위해 세 가지 점을 제안하고자 한다.

첫째, 생태시를 쓰려는 시인들은 자연과 생명 현상에 대해 공부를 해야 한다. 최재천의 아름다운 책 『생명이 있는 것은 다 아름답다』(효형출판, 2001)를 관통하는 믿음은 '알면 사랑한다' 는 것이다. 우리는 자연과 생명에 대해 많은 것을 알아야 한다. 생태시가 유형화되고 도식성에 빠지는 것도 학습의 범위가 한정되어 있는 데 그 원인이 있을지 모른다. 자연의 의미가 무엇이고 그것이 생명과 어떤 관계가 있으며 우주적 공간 속에서 지구와 인간의 의미가 무엇인지 과학적이면서도 시적으로 사유해볼 필요가 있다. 그런 의미에서 시인도 즉흥적 감흥이나 직관에 의존하지 말고 탐구의 폭을 확대해야 한다. 우주과학에 대한 책도 보고 생명의 신비에 대한 과학서적도 읽으며 견문을 넓혀야 한다. 하다못해 동물의 왕국이라도 보면서 생명 가진 존재들이 어떻게 생명을 이어가는지를 구체적인 차원에서 파악해 볼 필요가 있다. 그런 점에서 최근 자연

7) 구승회, 「환경주의 이데올로기와 에코아나키즘」, 『오늘의 문예비평』, 1998. 겨울호.
8) 양동식, 「시적 상상력과 오류」, 『현대시학』, 2001년 1월호부터 연재.

을 소재로 한 시의 오류를 밝혀내는 작업이 이어지는 것[8]을 의미 있게 생각한다. 제대로 알아야 제대로 사랑할 수 있는 것이다.

둘째, 앞에서도 몇 번 했던 말이지만, 우주만물의 유관성에 대한 인식을 좀 더 깊게 가져야 한다. '지상의 꽃을 꺾으면 천상의 별이 아파한다'는 말이 상상적 허구가 아니라 만물의 유관성의 차원에서는 만고불변의 진리라는 것을 깨달아야 한다. 시야를 넓게 가지고 우주의 움직임을 명상해보는가 하면 작은 풀꽃을 들여다보며 생명의 윤회가 어떻게 이어지는가를 성찰할 필요가 있다. 이러한 인식은 생각만으로 끝날 것이 아니라 실천으로 이행되어야 한다. 생태시는 머리로 쓰여질 것이 아니라 실천으로 쓰여져야 한다. 실천으로 이행되는 과정에서 우러난 작품일 때 그것이 독자에게 인식의 깨달음을 주고 감동의 울림을 전파한다.

셋째, 표현 기법의 개발에 관심을 기울여야 한다. 생태시로 거론되는 작품들이 생태문제를 드러내야 한다는 목적의식에 치우쳐 시적 형상화의 측면에 약점을 보이는 예가 있다. 특히 환경오염을 고발하고 문명의 과잉증식을 비판하는 작품일수록 시적 감수성의 순도가 떨어지는 것은 안타까운 일이다. 압축적이면서도 심미적인 고도의 상징어법을 구사해 보기도 하고 지극히 구어적인 일상성을 도입해 보기도 하는 등 제재에 따라 표현방법을 적절히 변형시키는 과정이 필요하다. 고발과 비판만을 능사로 삼는다든가 현실의 정황을 그대로 복사해 놓는 단계에서는 이제 벗어나야 한다. 생태시를 쓰려는 사람들은 이 글에서 논의된 생태시의 개념을 정확히 파악하고 그 토대 위에서 시적 형상화의 방법을 강구해야 한다. 인간이 어떠한 관계와 맥락 속에 살아가는가를 깊이 알면 우리의 마음을 움직이는 시적 장치가 저절로 떠오를 것이다. 작위적인 전략의 개발이 아니라 유기적인 조화의 운동 속에 감동적 형상화의 길이 열리기를 기대한다.

시 교육과 상상력의 문제

1. 상상력 논의의 함정

상상력이 무엇인가에 대해서는 긴 논의를 할 것이 없다. 상상력이란 과거에 체험했던 사물의 이미지를 재생하거나 그것을 바탕으로 새로운 사상(事象)을 창조하는 능력이다. 어떤 상황에 의해 환기된 감정과 생각을 조합하고 변형하여 하나의 시작품으로 형상화해 내는 능력이 바로 시적 상상력이다. 시에서 상상력은 하나의 이미지가 다른 이미지로 전환되고 하나의 생각이 다른 생각과 접촉하면서 새로운 의미를 창출하는 모든 과정에 작용한다. 상상력은 시심을 발동시키고 사유를 발전시켜 구체적인 시작품으로 시상을 완결짓는 창조의 동력이라고 할 수 있다. 우리는 시작품을 통하여 시인의 상상력을 발견하고 그것을 우리의 것으로 수용한다. 수용 과정에는 물론 독자의 상상력이 작용한다.

최근 문학교육에서 작품을 감상하고 교육할 때 수용자(학습자)의 상상력에

---

1) 윤여탁, 「문학교육에서 상상력의 역할」, 『문학교육학』 3, 1999. 여름, 248쪽.

초점을 맞출 것을 주장하는 논의가 있었고[1] 이것이 교육과정에 그대로 반영되는 현상이 나타났다.[2] 지금까지의 문학교육이 수용자의 자발적 창조적 수용을 도외시하고 작가와 작품 중심의 일방적 해설과 주입식 감상에 치중한 것은 분명 시정을 요하는 일이다. 그러나 한쪽에 무게가 실린 것이 잘못되었다고 해서 그 무게를 반대편에 갖다 놓는다는 것도 옳은 일은 아니다. 문학 수용이론은 작가중심의 고정된 문학이해에서 벗어나 독자의 창조적 재해석을 중시함으로써 과거의 문학작품이 가진 의의를 재인식하고 문학사에 새롭게 자리매김하려는 의도에서 한스 야우스에 의해 제안된 것이었다. 이것이 볼프강 이저나 스탠리 피쉬 등에 의해 독자의 독서행위를 중시하는 방법론으로 개발되었다. 미국에서는 이러한 아이디어가 독자반응비평이라는 실용적인 비평방법으로 정착되어 학생들이 문학정전을 어떻게 읽고 어떻게 받아들이는가 하는 것을 실증적으로 조사하여 기존의 문학정전에 대한 정통해설과의 상이점을 검토하는 작업이 진행되었다. 이러한 시도에는 작가가 창작한 작품은 독자의 독서행위를 통해 비로소 그 의미가 실현된다는 생각이 바탕에 깔려 있다. 그러나 그렇다고 해서 작가의 창작행위와 그 소산인 작품의 중요성을 완전히 배제하는 일은 없다.

그런데 우리의 문학교육 이론에 이 아이디어가 적용되는 실태를 보면 작가중심의 접근보다 독자중심의 접근이 문학교육에 우선적으로 고려되거나 더 중시되어야 할 사항인 것처럼 강조하는 현상을 보게 된다. 이것은 결코 옳은 처사가 아니다. 수용자의 상상력을 제대로 발동시키고 그것을 적절히 고양하기 위해서는 먼저 작가의 상상력이 작품 안에 어떻게 작동하였는가를 제대로 알게 해야 한다. 그러한 사전 이해가 정립되지 않은 상태에서 작품을 던져 놓

2) 제7차 교육과정 고등학교 『문학』 교과서 교육목표와 교육내용을 보면 수용자 중심의 문학교육이 집필상의 필수적인 중요 사항으로 부각되어 있음을 알 수 있다.

고 수용자의 상상력을 발동시켜 보라고 주문하는 것은 교육적 효과를 기대하기 어려운 행위다. 진정한 문학교육이 이루어지려면 우선 작품을 둘러싼 기본 사항을 충분히 이해하게 하고 작가의 창작과정도 소개한 다음에 수용자(독자/학생)의 자유로운 해석을 유도해야 할 것이다. 문학교육은 작품에 대한 몽상이나 망상을 길러주는 것이 아니라 작품을 중심으로 한 문학적 상상을 확대하는 것이 목적이다. 그러한 목적을 이루기 위해서는 작가의 상상세계에 대한 이해가 선수적이고 필수적인 요소가 되어야 한다.

문학교육에서 상상력을 논의할 때 자주 거론되는 사항의 하나가 상상력은 언어에 의해 수행되며 문학의 상상력은 당연히 언어적 상상력으로 나타나고 문학적 상상력을 고양하는 학습은 언어학습에 해당한다는 논리이다.[3] 문학교육에 전념하는 사람들이 상상력을 언어와 관련짓고 문학적 상상력을 길러주는 것이 언어능력을 신장하는 것이라고 거듭 주장하는 데에는 상상력을 확대 고양하는 문학교육이 언어능력과 사고력을 증대하는 국어교육에서 상당히 큰 영역을 담당하고 있다는 것을 강조하려는 의도가 내재해 있는 것으로 보인다.

그러나 이러한 주장을 펼 때에도 논리가 뒤범벅이 되어서는 곤란하고 상상력과 언어의 관계가 좀더 뚜렷이 구분되어야 말발이 설 것이다. 상상력은 물론 언어를 통해 구성된다. 이것은 사고력이 언어에 의존하는 것과 마찬가지다. 언어와 사고가 뗄 수 없는 관계에 있는 것처럼 인간사고의 일환인 상상도 언어와 분리될 수 없다. 인간의 모든 사고는 언어를 통해 전개된다. 그러니까 상상도 언어를 통해 전개되고 유포되고 유통되는 것은 당연한 일이다. 구름을 보고 솜사탕을 상상했으면 구름의 형태와 솜사탕의 형태에 대한 지각 외에 각

3) 우한용, 「상상력의 작동구조와 교수 · 학습」, 『문학 교수 · 학습 방법론』, 삼지원, 1998, 326-7쪽.
윤여탁, 앞의 글, 256쪽.
유영희, 「시적 상상력의 어제 · 오늘 · 내일」, 『문학과교육』 16, 2001. 여름, 31쪽.

각의 사물에 대한 명명으로서의 언어와 그 둘을 이어주는 계사형태의 언어작용이 필요하다. 구름과 솜사탕의 흰빛에서 우유의 흰빛이 연상될 수도 있다. 이러한 기초적인 언어 작용의 틀 위에서 "하늘의 구름은 어제 먹던 솜사탕/할머니가 사주신 우윳빛 솜사탕" 이란 시행이 생산되었다고 하자. 이 시구에는 구름과 솜사탕과 우유가 동일한 축으로 연결되어 있다. 구름과 솜사탕은 형태의 유사성으로 연결되고 우유는 그 두 사물의 빛깔과 연결된다. 이러한 연결과 재결합을 가능하게 하는 것이 상상력임은 두말할 나위가 없다.

그러면 이 상상력은 언어적 상상력인가? 여기에 대해 나는 아니라고 말할 수밖에 없다. 왜냐하면 모든 상상이 언어에 의존하고 있기 때문에 문학의 상상력만 언어적 상상력이라고 부르는 것은 부당해 보인다. 앞에서 예시한 시행은 "하늘의 구름은 할머니가 어제 사주신 우윳빛 솜사탕처럼 보인다"라고 제시될 수도 있다. 이때 상상의 내용은 동일하다. 동일한 내용을 다른 언어형태로 표현한 것은 언어적 형상화의 문제지 이것을 언어적 상상력이라고 부를 수는 없다. 문학의 경우 상상의 결과가 언어로 표현된다고는 말할 수 있다. 미술에서 상상의 결과가 색채와 형태로 표현된다고 말하는 것과 같은 논리다. 그러나 위의 두 시행의 변이는 언어적 상상력의 차이 때문에 나타난 것이 아니다. 그것은 언어적 형상성의 차이에서 나온 것이다.

또 하나 짚고넘어갈 것은 시의 상상력은 생활 속의 상상력과 다를 바가 없다는 주장이다. 이러한 주장은 시의 언어가 일상의 언어와 본질적으로 구분되지 않는다는 입론과 흔히 연결된다.[4] 물론 일상의 언어와 시의 언어가 따로 존재하는 것은 아니다. 일상의 언어를 원용하여 조금 변형 · 조정한 것이 시의 언어다. 따라서 시의 언어는 일상의 언어와 어느 면 같고 어느 면은 다르다. 만일 어떤 시의 언어가 일상의 언어와 똑같다면 우리는 그것을 시라고 인지하지 않

4) 유영희, 앞의 글, 22-23쪽.

을 것이다. 반대로, 일상의 언어와 아주 다른 시어가 구사되었다면 그것은 독자들이 이해하기 어려운 난해시가 될 것이고, 극단적인 경우에는 독자와의 소통이 불가능해 질 것이다. 일상생활에도 광고나 드라마나 사람들이 주고받는 대화에서 시적인 언어가 많이 사용된다. 그러한 언어용례에 대해 사람들이 재미있다거나 특이하다고 생각하는 것 자체가 일상어와 시적 언어가 다르다는 증거다. 어떤 사람은 그런 언어 사용에 대해 "야, 그것 참 시적인데!"라는 반응을 보이기도 한다. 시의 언어가 일상어와는 판이한 어떤 유별난 세계에 속하는 것이라고 생각하는 것은 물론 잘못된 일이지만, 그렇다고 아무런 매개항 없이 시의 언어가 일상의 언어와 같다고 단정하는 것도 매우 잘못된 일이다.

상상력도 마찬가지다. "시적 상상력은 생활 곳곳의 장면에서도 나타난다"고 했는데,[5] 엄격히 얘기하면 시적 상상력이 나타난 것이 아니라 시적인 어법이 원용된 것이고 그 시적인 어법 속에 시에서 흔히 볼 수 있음직한 상상력이 내재해 있을 뿐이다. 상상력은 원래 경계나 구분이 없는 것이다. 살바도르 달리는 책상 위에 시계가 녹아 흐르는 장면이라든가 기린의 목에 크고 작은 서랍이 달려 있는 모습을 그림으로 나타냈다. 살바도르 달리의 상상세계가 그림으로 표현된 것이다. 서정주는 국화의 꽃핌과 소쩍새의 울음, 천둥의 울림, 가을날 서리내림이 다 상호관계가 있고 국화꽃의 모습이 젊음의 시련을 거치고 원숙한 자리에 이른 누님의 모습과 흡사하다는 내용의 시를 썼다. 서정주의 상상세계가 시로 표현된 것이다. 흔히 살바도르 달리의 상상력을 초현실주의적 상상력이라고 하는데 서정주의 상상력은 인과윤회적 상상력이라고 이름 붙일 수 있다. 이처럼 상상력 앞에 붙는 관형어는 상상력의 성격에 따라 방편적으로 붙이는 것이지 그것이 어떤 절대적 의미를 지니는 것은 아니다. 시적 상상력이란 어떤 고정적 실체를 가진 불변의 대상이 아니라 시에 나타난 상상력의

---

5) 유영희, 위의 글, 31-33쪽.

작용을 통칭하는 잠정적 용어다.

물론 시적 상상력에 그 나름의 특성이 없는 것이 아니다. 가령 서사적 상상력과 시적 상상력을 구분하면 그 둘은 상당한 차이를 지니고 있음을 알게 된다. 서사적 상상력의 경우 그것은 사건의 인과관계를 중심으로 상상력이 펼쳐진다. 어떤 가출한 아이가 있다고 하면, 그 아이가 왜 가출을 했느냐, 이제 떠돌다가 어떤 행동을 할 것인가 하는 데 상상의 초점이 모인다. 그러나 시적 상상력의 경우 대상의 현재 상태에 상상이 집중된다. 그 아이가 어떤 몰골이냐, 어떻게 울고 있느냐, 그 울음이 어떠한 느낌을 주느냐, 그 아이에 대해 어떤 반응을 보이느냐 하는 데 상상력이 모아진다. 그 반응이 때로는 서사적 상상력에서는 예기하지 못했던 방향으로 돌출되기도 한다. 서사적 상상력은 사건의 인과성을 중시하고 시적 상상력은 감정의 순간성을 중시한다. '저녁 안개가 켜놓은 등불' 이라는 시집 제목이 있는데 이 제목은 누가 봐도 시적이다. 현실의 논리로 보면 저녁에 안개가 짙게 깔리니까 등불을 켠 것이다. 그런데 시인은 그것을 안개가 스스로 등불을 켜놓았다고 상상한 것이다. 현실의 인과논리를 초월하여 자신의 감정을 극대화할 때 그것을 흔히 시적이라고 말하는데 그런 현상 속에 시적 상상력이 작용하고 있다.

2. 상상력의 작동 양상

시 교육에서 상상력을 가르칠 수 있는가? 즉 시적 상상력이 시 교육의 내용이 될 수 있는가? 한마디로 잘라 말하면 그럴 수 없다는 것이 내 생각이다. 우선 시적 상상력이라는 것이 실체가 없는 것이고 따라서 시적 상상력의 원리라든가 고유한 상상체계도 없으며, 교육의 내용으로 항목화될 수 없는 것이기에 시적 상상력을 가르친다는 말은 성립될 수 없다. 그러나 한편의 시에서 상상력이 어떻게 작동하는가, 그 상상력은 시에서 어떠한 기능을 하는가, 작품 속의 상상력을 추체험함으로써 우리는 무엇을 얻을 수 있는가 하는 것은, 교육의 내용으로 수용할 수 있고 학생들과 더불어 논의하고 탐구해볼 만하다. 우선 짧은 시 한 편을 통하여 상상력의 작동 양상을 살펴보도록 하겠다.

> 이 고요 속에 어디서 붕어 뛰는 소리
> 붕어의 아가미가 캬 하고 먹빛을 토하는 소리
> 넓고 넓은 호숫가에 먼동 트는 소리
>
> — 이시영, 「새벽」 전문

수용자 중심의 시 교육을 강조하는 추세를 감안할 때 이런 시의 경우에는 학생들의 자발적인 참여를 먼저 유도해보는 것도 좋을 것이다. 이 시에서 연상되는 것을 그림으로 자유롭게 나타내보라든가, 이 시에서 보이는 것과 보이지 않는 것을 구분해보라든가, 이 시와 관련된 자신의 체험을 이야기해보라든가, 이 시의 논리와 비논리를 따져보라든가 하는 등의 활동을 전개할 수 있을 것이다. 그런 활동을 전개하면서도 우리가 놓치지 말아야 할 사항은 문학교사인 우리는 이시영의 「새벽」이라는 작품을 중심으로 거기 나타난 상상세계의 특징을 가르치려는 것이지 이 작품과 거리가 먼 학생들의 자유로운 몽상까지 방치해두는 것이 아니라는 사실이다. 이시영이라는 시인의 상상력이 이 작품 한 편에 응축되어 있듯이 학생들의 상상활동도 이 작품이 발산하는 의미의 자장 내에 수렴되어야 한다. 문학교사는 그 점을 염두에 두고 학생들의 상상활동을 조정하고 향도해야 할 의무가 있다.

이제 이 삼 행의 시를 중심으로 상상의 세계를 펼쳐보자. 이 시의 시간적 배경은 어둠 속에 먼동이 터오는 새벽이고 공간적 배경은 넓은 호숫가이다. 이른 새벽에 시인(이 때는 굳이 시적 화자라는 말을 쓸 필요가 없을 것이다)은 낚시를 하는지 사색을 하는지 잠에서 깨어 붕어 뛰어오르는 소리를 듣는다. 붕어 뛰는 소리가 잠을 깨운 것이 아니라 분명 잠에서 깨어 있는 상태에서 붕어 뛰는 소리를 들은 것이다. 소리를 들을 수 있다는 것은 새벽 호수의 고요함 때문이다. 그러니까 이 시의 첫 행에서 강조하여 전하고자 하는 바는 새벽 호수의 '고요함' 이다. 그런데 어두운 새벽이라 사물이 분간이 안 될 텐데 뛰어오르는 것이 붕어인지 잉어인지 어떻게 알고 붕어라고 했을까? 수면의 물소리가 크지 않았기 때문에 붕어라고 했을 수 있다. 그러면 잉어새끼도 있을 것이고 누치라는 민물고기도 있을 텐데 굳이 붕어라고 한 이유는 무엇일까? 도대체 왜 붕어를 '상상' 한 것일까? 실제로 본 것은 아니니 상상한 것이 틀림없다. 호수에 서식하는 일반적인 어종으로 붕어가 가장 대표적인 물고기이기 때문에 붕어를 선택했다고 볼 수 있다. 잉어새끼나 누치보다 붕어가 어감이 좋아서 선택했을 수도 있다. 어감에 대한 고려는 엄밀히 말하면 상상력의 영역이 아니라 언어감각에 속하는 것이지만 상상력의 작동과정에 어감의 문제도 함께 작용한 것이다.

둘째 행에서 시인은 붕어의 아가미가 먹빛을 토하는 소리를 들었다고 상상했다. 붕어가 뛰는 소리는 충분히 들을 수 있는 소리고 그 소리를 내는 주체가 왜 하필 붕어냐 하는 점이 첫째 행에서 문제되었는데, 둘째 행에서는 그 소리가 완전히 상상의 소리라는 데 문제가 있다. 붕어의 아가미가 움직일 때 캬 하는 소리가 나는가? 붕어의 아가미가 먹빛을 토하는가? 문제는 이 두 가지다. 물 속에서 붕어의 아가미가 움직이는 것도 미세하지만 파동을 일으키는 것이므로 소리가 전혀 안 난다고는 할 수 없을 것이다. 그러나 그 소리는 지극히 미미해서 사람의 귀로는 들을 수 없다. 그런데 시인은 '캬' 라는 의성어를 써서 소리가 제법 크게 나는 것처럼 표현했다. '캬' 라는 의성어를 쓴 것은 '먹빛을 토한다' 는 정황을 나타내기 위해 선택된 것이다. 새벽의 어둠을 토해내는데 '캬' 하는 소리가 나는 것은 그 자체로는 자연스럽다. 그러니까 둘째 행은 붕어가 내는 소리보다 붕어가 먹빛을 토해낸다는 사실에 상상의 중점이 놓인다.

그러면 붕어가 먹빛을 토해낸다는 상상은 어떤 의미를 전달하는가? 밤이 어두운 것은 태양이 없기 때문이다. 밤과 새벽의 먹빛은 태양 광선의 차단 때문에 생긴 자연스러운 현상이다. 그런데 시인은 붕어의 아가미에서 먹빛이 터져 나온다고 상상했다. 그것은 어둠 속에 뛰어오르고 움직이며 아가미를 끊임없이 움직이는 물고기가 어둠과 어떤 관계를 맺고 있다는 상상이다. 먹빛 어둠 속에 생명체가 그냥 잠자고 있는 것이 아니라, 혹은 어둠과 생명체가 서로 무관한 상태에 있는 것이 아니라, 어둠과 생명체가 우리가 감지하지 못하는 어떤 신호를 주고받고 상생공존하는 접촉의 관계에 있으리라는 상상이 이러한 시행을 구성해냈다. 우리가 알지 못하는 자연의 움직임은 신비스럽게 느껴진다. 이 시의 둘째 행이 전하고자 하는 바는 바로 새벽 호수의 '신비로움' 이다.

첫 행에서는 멀리 분명치 않게 보이는 장면을 제시했고, 둘째 행에서는 볼 수 없는 상상의 장면을 제시했는데, 셋째 행은 여명이 밝아오는 가시적인 장면을 보여주었다. 그 장면은 물론 신비롭고 아름답다. 그런데 시인은 이 시각적 장면을 청각적인 소리로 전환 표현하였다. 시인의 시선은 붕어의 아가미를 들여다보던 근접의 시각에서 넓은 호숫가를 한눈에 둘러보는 원경의 시각으로 이동한다. 그래서 새벽이 밝아오는 것도 '먼동 트는' 원경의 감각으로 표현하였다. 서서히 어둠이 물러가기 시작하는 자연의 변화를, "넓고 넓은 호숫가에 먼동 트는 소리"라는, 공간감을 내포한 청각 이미지로 표현하였다. 동 트는 장면까지 청각으로 상상하자 우리가 듣지 못했던 자연의 신비로운 소리에 대한 관심이 극대화된다. 우리 주위에는 무수히 많은 다채로운 자연의 소리가 있는데 우리가 그것을 듣지 못하고 있는 것이 아닌가 하는 생각이 떠오른다. 그것을 듣지 못하는 것은 우리의 삶이 소란스럽고 우리의 마음이 각박하고 어수선하기 때문이고, 결과적으로 우리의 청각이 혼탁 속에 무뎌져버렸기 때문이라는 반성적 인식이 생긴다. 맑고 고요한 새벽 호수에 가면 우리의 둔탁해진 청각이 태고의 예민성을 되찾아 아가미가 어둠을 토해내는 소리나 먼동 트는 소리도 다 들을 수 있는 것인지 모른다. 결국 셋째 연은 동 트는 호수의 '아름다움' 을 통해 우리에게 자연을 다시 돌아보게 하는 '반성적 인식' 을 전달한다.

이 시가 우리에게 호수의 고요함과 자연의 신비로움과 여명의 아름다움을 보여주면서 결과적으로 우리를 재점검하는 반성적 지평으로 이끌 수 있었던 요인은 무엇인가? 어조, 이미지, 시행의 구조 등 시를 구성하는 여러 요소들이 긴밀히 결합하여 전언의 최대치에 도달할 수 있도록 중심적인 역할을 한 것은 바로 상상력이다. 시인의 상상이 그런 방향으로 작동하였기에 거기에 언어와 이미지와 구성이 호응한 것이다. 우리는 이 시에서, 작은 것에서 큰 것으로, 사소한 것에서 의미있는 것으로 움직이는 상상력의 흐름을 본다. 이 시의 교육은 상상력의 이런 흐름을 학생들이 스스로 이해하고 그 상상력의 흐름에 동참하는 방향으로 수행되어야 할 것이다.

3. 상상력의 작동과 인식의 국면

이제 조금 길이가 길고 상상력이 복합적으로 작용한 시를 통하여 상상력의 작동 양상과 그것이 지성적 인식의 단계로까지 상승하는 모습을 살펴보겠다.

> 까마득한 날에
> 하늘이 처음 열리고
> 어데 닭 우는 소리 들렸으랴
>
> 모든 산맥들이
> 바다를 연모해 휘달릴 때도

차마 이곳을 범하든 못하였으리라

끊임없는 光陰을
부지런한 季節이 피어선 지고
큰 강물이 비로소 길을 열었다

지금 눈 나리고
梅花 香氣 홀로 아득하니
내 여기 가난한 노래의 씨를 뿌려라

다시 千古의 뒤에
白馬 타고 오는 超人이 있어
이 曠野에서 목놓아 부르게 하리라

— 이육사, 「광야」 전문

앞에서 검토한 시가 새벽의 호수라는 비교적 단순한 자연정경을 대상으로 하고 있는데 비해 이 시는 '광야' 라는 거대한 대상을 거시적인 인간역사의 흐름과 관련지어 상상하고 있어서 이 시를 감상하는 차원에 있어서도 그러한 거시적 상상력을 동원할 필요가 있다. 참고로 말하면 이 시는 육사 생전에 발표된 것이 아니라 해방 후에 동생인 이원조에 의해 『자유신문』(1945. 12. 27)에 육사의 유작으로 발표된 작품이다. 따라서 이 작품에는 일제 말 억압과 굴욕의 시대 속에서 조국 광복을 염원하며 살아간 육사의 정신세계가 투영되어 있다. 단순한 자연정경이나 소박한 인간사를 다룬 것이라면 이 시의 어조가 이렇게 장중하고 처연할 필요가 없었을 것이다.

1연은 천지개벽의 순간을 상상한 것이다. 시인은 '까마득한 날' 에 '하늘이 처음 열리던' 장면을 상상하였다. 그 순간 닭 울음소리가 떠올랐던 것인데, 시인은 과연 '어디선가 닭 우는 소리가 들렸으리라' 고 상상한 것일까, 아니면 '어디서 닭 우는 소리가 들렸겠느냐' 고 생각한 것일까? 이 해석을 둘러싸고 학자들끼리의 이견이 충돌한 바 있다. 이 문제를 해결하기 위해서는 까다롭게 이치를 따질 것이 아니라 상상의 자연스러운 흐름에 우리 사고를 맡기면 된다. 지금 이 첫 연은 인간문명이 시작되기 전 태초의 적막과 혼돈, 그리고 그 적막을 뚫고 하늘이 처음 열리던 '장엄한' 순간을 나타낸 것이다. 그런데 적막을 깨뜨린 새로운 세계의 출발을 나타내는 것으로 닭 우는 소리를 상상한 것이라면 이것은 태초의 신비와 장엄함이 오히려 줄어드는 결과를 빚어내고 만다. 닭 우는 소리는 인간의 집단생활이 시작된 다음에 등장한 출발의 표지이지 창세기의 신비를 드러내는 징표가 아니기 때문이다. 인간의 흔적도 없는 그 태초의 순간을 표현하기 위하여 닭 울음소리를 배치한 것이라면 육사의 상상력은 상당히 빈곤하다는 평을 들을 수밖에 없다. 우리가 육사의 시를 해석하면서 그 의미의 정상적인 해석을 무시하고 시인의 상상력을 폄하하는 방향으로 해석할 이유는 없다. 역시 이 부분은 태초의 정적 속에 새로운 세계가 열리는 그 장엄한 순간을 그린 것이라고 해야 온당한 해석이 될 것이다.

2연에서는 광야의 원시적 광활함에 대한 상상이 전개된다. 산맥이 펼쳐진 것을 산맥이 바다를 연모해 휘달린 것으로 상상하였고, 태초의 고요와 장엄함을 그대로 간직한 광야이기에 그곳을 산맥도 차마 범할 수 없었다고 상상하였다. 이러한 상상을 통하여 광야의 웅혼함과 신성감이 투영된다. 휘달린다는 말은 무절제한 돌진의 모습을 연상케 하는데 그 산맥의 휘달림도 이곳에는 감히 발을 디디지 못하였다고 하였으니 산맥의 기세도 어쩌지 못하는 광야의 담대한 의연함이 크게 부각된다.

자연물을 의인화한 2연에 이어서 3연은 광음과 계절이라는 추상적 개념을 의인화하여 상상하였다. 광음은 밝음과 어둠, 낮과 밤의 교차에 의한 시간의 흐름을 나타내는 말인데, 그 시대의 현실에서 볼 때 이 말 속에는 매우 심중한 또 하나의 의미가 내장되어 있는 듯하다. 인간 역사의 흐름이 바로 밝음과 어둠의 교차였고 우리들의 삶이 또한 밝음과 어둠의 연속이 아니겠는가. 이육사가 처한 그 시대의 현실은 분명 어둠에 속해 있었으며 그는 밝음이 오기를 기원하는 상태에 있었다. 그러므로 이 말은 어둠의 시대가 시간의 흐름에 따라 광명의 시대로 바뀌리라는 이육사의 믿음을 상징적으로 반영하고 있다. 이육사는 무수한 세월이 흐른 다음에야 비로소 그 광야에 큰 강물이 길을 여는 장면을 상상하였는데, 3연까지 시인의 상상은 시간적으로는 태초로부터 현재에 이르고 공간적으로는 우람한 산맥과 드넓은 바다를 거쳐 큰 강물과 웅혼한 광야에 이르는 방대한 규모로 펼쳐졌다. 이러한 웅대한 스케일을 그 시대의 다른 시에서는 찾기 힘들다.

1연에서 3연까지가 과거에 대한 상상이라면 4연은 현재의 상황을 암시적으로 드러낸 것이다. 천지가 개벽하던 그 순간에는 닭 우는 소리조차 들리지 않는 태초의 정적이 감돌았고 바다를 향해 휘달리던 산맥도 이곳은 피해갔던 광활한 광야, 무량한 세월이 지난 다음 도도한 장강의 흐름을 허용했던 광야에 "지금 눈 나리고/매화 향기 홀로 아득"하다고 시인은 노래한다. 눈 내리고 매화 향기 홀로 아득한 상황이 당시의 현실을 암유한 것이라는 점에 대해서는 더 이상의 설명이 필요 없을 것이다. 그런데 홀로 아득히 풍겨오는 매화 향기는 구체적으로 무엇을 말한 것일까? 가난한 노래의 씨를 뿌리는 '나'를 지칭한 것인가, 고군분투 민족해방투쟁을 이끌어가는 어떤 지사를 상정한 것인가, 아니면 아직 꺼지지 않은 민족의 정기를 일반화하여 지칭한 것인가? 우리는 역시 시인의 상상의 흐름에 동승하여 의미의 자연스러운 이어짐을 따라가야 할 것이다. 때는 겨울. 휘달리는 산맥도 범하지 못하던 이 광야에 매서운 추위가 닥쳐와 천지가 얼어붙은 듯 적막한 가운데 눈까지 휘날리는 상황이지만 아득한 어느 곳에선가 매화 향기가 미미하게 풍겨온다. 경북 안동 퇴계의 후손으로 유학의 분위기에서 성장한 이육사에게 매화는 무엇을 의미하는 것일까? 다시 말하면 이육사는 매화 향기를 통하여 무엇을 상상한 것일까? 이것은 동결의 상황에서도 민족의 단심이 완전히 사라지지 않았음을 일깨워주는 비밀스러운 신호일 것이다. 절망의 상황 속에서도 웅혼한 광야의 기상을 회상하는 대륙의 선비 육사가 이 소식 앞에 어찌 둔감할 수 있겠는가. 그는 어디선가 풍겨오는 매화 향기에 호응하여 자신이 지닌 가난한 노래의 씨앗을 뿌리는 것이다.

'가난한 노래' 라니? 경제적 궁핍을 뜻하는 '가난한' 이라는 어휘를 노래를 수식하는 말로 사용한 것도 육사의 상상력의 소산이다. 그는 왜 풍성한 노래가 아니라 가난한 노래를 부른다고 했을까? 이왕 씨를 뿌릴 것이면 풍성한 노래의 씨를 뿌려야 나중에 풍성한 노래의 열매가 맺힐 것이 아닌가? 그는 가난한 노래밖에 몰랐던가? 그렇지 않다. 그는 「한개의 별을 노래하자」라는 시에서 "한개의 새로운 지구를 차지할 오는 날의 기쁜 노래를/목안에 핏대를 올려가며 마음껏 불러보자" 고 외쳤고 "찬란한 열매를 거두는 饗宴엔/예의에 꺼림없는 半醉의 노래라도 불러보자" 고 노래하였다. 미래의 어느 날, 찬란한 열매를 거두는 기쁜 날에는 우렁찬 노래를 부를 만하고 또 부를 수 있지만, 지금은 매화 향기 홀로 아득한 그런 상황, 천지사방 얼음과 서리로 뒤덮인 형국이 아닌가. 이런 상황 속에 그가 뿌리는 것은 가난한 노래의 씨앗일 수밖에 없다. 이것은 마치 만해가 「알 수 없어요」에서 그칠 줄을 모르고 타는 자신의 가슴을 누구의 밤을 지키는 '약한' 등불이라고 말한 것과 흡사하며, 윤동주가 「쉽게 씌어진 시」에서 "등불을 밝혀 어둠을 '조금' 내몰고" 라고 말한 것과 통한다. 자아의 존립을 위태롭게 할 정도로 외세의 위력이 막강한 마당에 어떻게 풍성한 노래가 나올 수 있겠는가. 추위와 어둠 속에 간직한 마음의 작은 씻나락, 민족의 얼을 가까스로 담아놓은 가난한 노래의 씨를 뿌릴 수밖에 없는 것이다.

씨를 땅에 뿌리는 것은 언젠가는 거기서 열매를 거두기 위함이다. 4연이 현재의 상황을 암시한 것이라면 5연은 미래에 대한 기대를 제시한 것이다. 노래의 씨를 뿌렸으니 언젠가는 노래의 열매가 열릴 터인데 열매가 맺히는 그날까지 천고의 세월이 흐를 것이라고 육사는 적었다. '천고'란 원래 천년 전의 옛날, 즉 아득한 옛날을 뜻하는데 여기서는 옛날은 아닐 것이니 아득한 세월을 뜻하는 말로 볼 수 있다. 그러면 육사는 왜 십 년 이십 년이 아니라 아득한 세월 뒤에 노래의 열매가 맺힌다고 했을까? 우리가 기대하는 세계가 그렇게 아득한 시간 뒤에 온다는 말인가? 그것은 결국 민족 해방의 그날은 상상 속에서만 가능하다는 말이나 같은 것이 아닌가? 이러한 의문 때문에 한 연구자는 이 '천고'를 민족의 영원한 역사, 즉 청사(青史)의 의미로 해석하였다.[6] 민족의 유구한 역사가 지속되는 미래의 어느 날 육사의 노래의 씨는 우렁찬 노래로 울려 퍼지리라는 해석이다. 이 해석은 물론 정당하다. 그런데 나는 여기에 또 하나의 상상을 덧붙이고 싶다.

여기에는 독립운동으로 일생을 보낸 육사의 투사적 정신이 담겨 있는 듯하다. 그리고 행동적 실천에 신명을 바친 시인 육사의 예언자적 통찰력을 우리는 본다. 우리가 바라는 유토피아가 단 시간 내에 이루어지지 않으리라는 것을 행동적 지식인 육사는 누구보다 잘 알고 있었을 것이다. 우리는 일제의 압제에서 벗어난 이후 50년 이상의 세월을 보냈다. 그러나 그 반세기의 시간은 민족과 국토가 둘로 나누어진 세월이었다. 우리는 지금 남쪽은 남쪽대로 북쪽은 북쪽대로 진정한 의미의 민족 자주적인 민주국가를 실현하지 못한 상태에 놓여 있다. 이 상태가 언제까지 지속될지 아무도 알 수 없고 민족이 통일되었다고 해서 금방 우리 민족의 이상적인 상태가 되리라고 누구도 장담하지 못한다. 그렇다면 육사의 통찰력이야말로 탁월하다고 경탄하지 않을 수 없다. 시인 육사가 그 암담한 상황 속에서 마음에 간직해온 노래의 씨를 뿌릴 때 그 노래가 의미한 것이 단순한 민족해방, 그것뿐이었겠는가? 그는 그 이상의 것, 민

---

6) 김용직, 「항일 저항시 해석의 한 방법」, 『개화기문학의 재인식』, 지학사, 1987.

족의 최상의 단계, 우리의 유토피아를 상상했을 것이다. 그것이 어찌 십 년 이십 년 후에 올 수 있을까? 정히 천고의 뒤에나 가능할 것이다. 먼 미래의 아득한 세월 속에 자신의 이상을 실어 전한 것이다.

우리는 여기서 다시 육사의 위대함을 본다. 자신의 생전에는 물론이고 자손대에도 보기 힘든, 결국은 아득한 미지의 세월 속에서나 실현될 이상세계라면 그 세계의 건설을 위해 누가 몸과 목숨을 바치겠는가? 그런데 육사는 그 일을 실천했고 그 의지를 시로 노래했다. 인간의 행복은 단기간에 성취되는 것이 아니며, 이상세계의 건설을 위해서는 고달픈 자기희생의 과정이 있어야 한다는 것을 그는 실천 속에 깨달았다. 역사는 그러한 자기희생의 고통과 영광을 광음(光陰)의 세월 속에 간직하고 있는 실체다.

역사의 의미를 모르는 사람은 이런 헛된 소리를 또 한다. 즉, 이 시에 나오는 백마나 초인은 조국해방투쟁에 투신한 사람의 시어로는 어울리지 않는 귀족주의적인 냄새를 풍긴다든가, 이것은 조선조 양반 유학자 출신인 그의 계급적 한계를 그대로 드러낸다든가, 미래의 이상을 비현실적 정황으로 나타낸 것은 그의 현실인식이 그만큼 공허하기 때문이라는 식의 발언이 그것이다. 그런데 이런 말을 하는 사람은 역사를 모를뿐더러 시를 모르는 사람들이다. 시는 비유를 통하여 풍성한 의미를 함축하는 진술방식이다. 백마 타고 오는 초인의 이미지는 여기서 다소 과장된 것이 사실이다. 그러나 경우에 따라 이런 과장을 얼마든지 허용하는 것이 바로 시다. 지금 이 이미지가 도입된 상황은 내일이나 모레의 가시적 상황이 아니라 천고의 뒤라는 비가시적 상황이다. 천고의 뒤 우리가 바라는 유토피아가 도래할 때, 조랑말을 탄 방자가 온다면 서민적이겠는가, 검은 말을 탄 임꺽정이 온다면 민중적이겠는가? 천고의 뒤 우리가 바라는 그날에는 우리의 기대치를 훨씬 초월한 백마를 탄 초인이 온다고 상상해도 좋지 않을까? 더군다나 그 초인이 오는 공간은 무량한 역사의 흐름을 간직한 광막한 광야이다. 그런 상황 속에서라면 백마 타고 오는 초인의 이미지가 훨씬 잘 어울릴 것이라는 사실은 삼척동자라도 알 수 있을 것이다.

이런 점에서 육사가 펼쳐낸 상상세계는 단순히 교묘한 언어로 짜여진 시적 상상이 아니라 육사의 투철한 현실인식과 탁월한 역사의식에 바탕을 둔 정신세계의 표상이라고 할 수 있다. 광야를 보고 단지 광활함을 상상하는 사람도 있고 무량한 역사의 흐름을 상상하는 사람도 있다. 광야를 인간 삶의 축도로 보고 그곳에서 인생의 단면을 상상하는 사람도 있을 것이다. 그런데 이육사는 시간적으로 무량하고 공간적으로 광대한 상상의 규모 속에 자신이 처해 있는 현실의 국면과 그것을 넘어선 미래의 염원을 담아 넣었다. 실제로 그는 하늘이 처음 열리는 태초의 공간도, 백마 타고 오는 초인도 보지 못했다. 이 시의 모든 것이 상상의 국면 속에 전개되었다. 그러나 그 상상력은 지적 인식을 기반으로 작동하였고 우리에게도 분명히 어떠한 인식을 갖게 해준다. 상상력이 인식의 국면과 결합되어 작동하는 양상을 우리는 이 시에서 분명히 목도하게 된다.

4. 상상력을 매개로 한 시 교육

우리에게 한 편의 시작품이 주어지고 그것을 학생들에게 가르쳐야 한다고 할 때 가장 먼저 할 일은 그 시의 언어구조를 설명하는 일이다. 학생들은 시의 어법에 익숙하지 않기 때문에 우선 시인이 독특하게 사용한 어휘라든가 언어의 생략, 압축 등에 대한 설명을 통하여 시의 일차적 문맥을 파악하게 하는 것이 중요하다. 앞에서 예로 든 두 편의 작품은 일차적 독해에 지장을 초래할 만한 까다로운 어법은 보이지 않는다. 이렇게 일차적인 문맥파악이 어느 정도 마무리되면 작품에 나타난 상상력의 작동 양상을 학생들이 찾아내게 한다. 학생들이 스스로 찾아내지 못하는 대목은 교사가 보충설명을 할 수밖에 없다. 수용자 중심의 수업이라고 학생들에게 모든 것을 방임해놓는다면 그것은 해석의 기대비평을 상실해버린 저급한 수용미학자의 오류를 반복하는 것이 된다. 해석의 다양한 가능성이 고급한 감식력을 가진 비평가의 건전한 상식 속에 수렴되어야 해석의 무정부 상태에서 벗어날 수 있다. 따라서 문학교사는 학생들에게 고급의 감수성과 건전한 문학적 상식을 갖춘 비평가의 모습을 보여주어야 한다. 교사는 작품을 중심으로 한 학생들의 상상적 해석을 조정하고 인도해줄 의무가 있다.

작품에 담긴 시인의 상상세계를 학생들이 충분히 공감할 수 있게 되면 이제 학생들 자신의 상상을 표현해보도록 유도할 필요가 있다.

「새벽」의 경우에는 자신이 어느 호숫가에서 새벽을 맞이한다고 상상하고 그 정경과 느낌을 삼행시로 표현해보라든가, 앞의 예시에서는 새벽이 배경이었는데 학생들은 호숫가의 저녁을 배경으로 시를 구성해보라든가, 아니면 바닷가의 새벽이나 저녁을 소재로 산문을 써보고 그 산문을 시의 형식으로 옮겨보라든가 등 여러 가지 과제를 부여할 수 있다. 여기에서는 자신이 설정한 정경과 그것에 대한 정서적 반응에 중점을 두고 상상이 펼쳐지도록 지도하는 것이 좋다.

「광야」의 경우에는 광야가 아니라 산맥이나 강물에 초점을 맞추어 민족의 상황을 상상해보라는 제안을 할 수도 있고, 일제 강점기가 아니라 현재 자신이 처한 상황을 자연물을 소재로 삼아 표현해보라는 과제를 낼 수도 있다. 그러한 시를 쓰되 시간적으로 과거, 현재, 미래로 이어지는 생각의 단락이 보이도록 연을 구성하라는 조건을 첨부할 수도 있다. 「새벽」의 경우와는 달리 대상에 대한 정서적 반응에 머물지 말고 자신의 삶과 현실의 한 국면, 혹은 역사적 상황에 대한 객관적 인식이 상상세계의 한 축을 이루도록 유도해본다.

이러한 시 교육을 통하여 학생들은 시가 자신의 생각이나 체험과 멀리 떨어진 구조물이 아니라 자신의 상상의 영역 속에 충분히 소화할 수 있고 자신의 힘으로 재창조할 수 있는 이해의 산물임을 깨닫게 될 것이다. 이러한 교육적 실천의 반복, 학습활동의 반복을 통해 학생들은 시에 담겨 있는 상상세계를 추체험하고 그 체험을 바탕으로 자신의 상상세계를 새롭게 창조하게 되는 것이다. 그 결과 타인의 삶을 이해하는 눈이 열리며 인생과 사회를 좀더 깊이 관찰하고 해석하는 능력이 자신도 모르게 형성된다. 이것이 바로 상상력을 통한 시 교육이 우리에게 가져다주는 깊은 이해의 선물이다.

현대시 속의 노래와 서정

1. 노래의 내력

태초의 혼돈을 거쳐 사람들이 집단생활을 시작하면서 언어는 의사전달의 유용한 수단이 되었다. 단순한 의사전달의 차원이 아니라 개인이나 집단의 감정을 호소력 있게 드러내고자 할 때, 말은 노래의 형식을 취하였다. 심령의 한 엑스타시(ecstasy)를 추구하는 혼합적인 가무형태에서 예술이 발원되었다. 단순하게 말하면, 문명의 발전은 혼합적인 상태가 분화되는 과정이다. 예술사의 발전이란, 춤과 노래와 말이 뒤섞인 원시가무형태에서 무용과 음악과 문학이 분화되어온 과정을 지칭한다. 문학은 다시 서정, 서사, 극의 하위양식으로 분화되었다.

이 중 서정양식, 즉 시는 음악과의 친연성이 가장 강하다. 동양이건 서양이건 고대의 서정시는 악기를 가지고 연주하는 노래의 가사로 존재했다. 악기가 없을 경우에는 흥얼거리는 노래 가락이 악기의 역할을 대신했다. 우리 문학 역시 향가로부터 이어지는 풍성한 노래의 전통을 지니고 있다. 유형화된 서정시가 집단적 노래의 영역에서 분화되어 개인의 내밀한 정서를 드러내는 양식으로 개별화되는 과정이 바로 근대 자유시의 정착과정이다. 우리나라의 경우 그러한 변화는 1910년 이후에 일어났다. 『학지광』, 『태서문예신보』, 『학우』 등의 지면에 실린 초기 자유시는 '우리의 노래' 에서 벗어나 '나의 시' 로 전환하려는 경향을[1] 뚜렷이 드러낸다. 이런 과정을 거쳐 1920년대에 이르면 관습적 율조와 고정된 정서에서 이탈하여 개성적이고 독창적인 어법을 개척하려는 시도가 다양하게 전개된다.

『학우』, 『창조』 등의 지면에 자유시를 발표하며 서구적 상징시와 독자적인 조선시의 결합을 모색하던 주요한은, 1924년 10월 『조선문단』 창간호부터 3회에 걸쳐 자신이 생각하는 이상적인 작시법을 소개하고 있는데, 그 제목은 공교롭게도 「노래를 지으시려는 이에게」였다. 상징주의와 낭만주의의 물결이 스쳐가고 새로운 경향사상이 대두하는 1924년 후반기의 시점에서, 주요한은 우리에게 필요한 시의 성격을 일종의 노래로 인식하고 있었던 것이다. 이 시론에서 주요한이 신시 운동의 목표로 강조한 것은 "민족적 정서와 사상을 바로 해석하고 표현하는 것" 과 "우리말의 힘과 아름다움을 새롭게 찾아내는 것" 이었다.[2] 그는 과거에 우리말의 아름다움을 제대로 표현한 노래가 극히 드물었다고 보고, 우리의 신시는 비록 외국시의 번역과 모방에서 비롯되었으나 이제는 우리말의 진정한 아름다움을 찾아가야 할 것이라고 역설했다. 이러한 시론에 입각하여 그가 시작의 기반으로 내세운 것이 민요라는 데에는 동의하기 어려운 논리의 비약이 있지만, 우리말의 힘과 아름다움을 담아내는 새로운 노래를 지어야 한다는 주장에는 귀담아 들을 만한 요소가 들어 있다.

김소월, 주요한, 홍사용 등 민요조의 율조에 의지하여 정서를 표현한 시에서 뚜렷한 윤곽을 드러내던 노래의 요소는, 1930년대에 들어와 정지용, 김기림,

---

1) 이승원, 「자유시 형성의 정신사적 의의」, 『현대시와 삶의 지평』, 시와시학사, 1993, 20쪽.

2) 정한모, 『한국 현대시문학사』, 일지사, 1974, 320쪽 참조.

김광균, 이상 등 지적인 감각과 전위적인 어법을 추구한 시인들의 등장으로 표면에서 잠복하여 내면화된다. 여기서 내면화라는 말을 쓴 것은, 노래의 요소가 완전히 사라진 것이 아니라, 비록 후위 혹은 측면의 자리에서지만 감각적·전위적 어법을 지원하고 보강해주는 기능적 역할을 수행하고 있음을 드러내기 위함이다.[3] 이상이나 김기림의 작품에도 그 나름의 노래의 요소가 일정한 작용을 하고 있음을 작품의 구체적 독해를 통해 충분히 감지할 수 있다. 요컨대 중심축으로서의 노래의 권위는 사라졌지만 시의 기본요소로서의 노래의 속성은 그대로 유지되어온 것이다.

그것은 60년대에 서정적 전통과는 일정부분 거리를 두고 지적인 자세로 시를 써온 김수영의 시에도 훌륭한 노래의 요소가 담겨 있음을 확인하는 데에서도 반증되는 사실이다. 김수영의 후기 작품인 「사랑의 변주곡」을 보자.

욕망이여 입을 열어라 그 속에서
사랑을 발견하겠다 도시의 끝에
사그러져가는 라디오의 재잘거리는 소리가
사랑처럼 들리고 그 소리가 지워지는
강이 흐르고 그 강 건너에 사랑하는
암흑이 있고 삼월을 바라보는 마른 나무들이
사랑의 봉오리를 준비하고 그 봉오리의
속삭임이 안개처럼 이는 저쪽에 쪽빛
산이

---

3) 그런 점에서 시와 노래의 불행한 결별을 강조하며 오늘날의 시가 노래를 잃어버리고 자기도취적인 난해시로 치달아갔다는 식의 설명(김대행, 『노래와 시의 세계』, 역락, 1999, 22쪽)에 대해서는 동의하기 어려운 점이 많다. 이 글에서 논술되겠지만, 난해시로 보이는 작품에도 노래의 요소가 분명히 존재하기 때문이다.

사랑의 기차가 지나갈 때마다 우리들의
슬픔처럼 자라나고 도야지우리의 밥찌끼
같은 서울의 등불을 무시한다
이제 가시밭, 덩쿨장미의 기나긴 가시가지
까지도 사랑이다

왜 이렇게 벅차게 사랑의 숲은 밀려닥치느냐
사랑의 음식은 사랑이라는 것을 알 때까지

난로 위에 끓어오르는 주전자의 물이 아슬
아슬하게 넘지 않는 것처럼 사랑의 節度는
열렬하다
間斷도 사랑
이 방에서 저 방으로 할머니가 계신 방에서
심부름하는 놈이 있는 방까지 죽음 같은
암흑 속을 고양이의 반짝거리는 푸른 눈망울처럼
사랑이 이어져가는 밤을 안다
그리고 이 사랑을 만드는 기술을 안다
눈을 떴다 감는 기술-불란서혁명의 기술
최근 우리들이 4 · 19에서 배운 기술
그러나 이제 우리들은 소리내어 외치지 않는다

복사씨와 살구씨와 곶감씨의 아름다운 단단함이여
고요함과 사랑이 이루어놓은 暴風의 간악한
信念이여

봄베이도 뉴욕도 서울도 마찬가지다
信念보다도 더 큰
내가 묻혀 사는 사랑의 위대한 都市에 비하면
너는 개미이냐

아들아 너에게 狂信을 가르치기 위한 것이 아니다
사랑을 알 때까지 자라라
人類의 종언의 날에
너의 술을 다 마시고 난 날에
美大陸에서 石油가 고갈되는 날에
그렇게 먼 날까지 가기 전에 너의 가슴에
새겨둘 말을 너는 都市의 疲勞에서
배울거다
이 단단한 고요함을 배울거다
복사씨가 사랑으로 만들어진 것이 아닌가 하고
의심할거다!
복사씨와 살구씨가
한번은 이렇게
사랑에 미쳐 날뛸 날이 올거다!
그리고 그것은 아버지 같은 잘못된 시간의
그릇된 瞑想이 아닐거다.

—「사랑의 변주곡」 전문

이 시는 도야지우리의 밥찌끼 같은 서울의 지저분함이라든가 그 속에서 살아가는 서민들의 슬픔, "가시밭, 덩굴장미의 기나긴 가시가지" 로 비유되는 소시민적 삶의 너저분함까지도 사랑의 마음으로 포용함으로써 이러한 실제의 생활 속에 우리가 이어가야 할 사랑의 정신이 있다는 것을 일깨우는 작품이다. 거창한 이념이나 문명의 힘이 중요한 것이 아니라 세속적 욕망에 이끌려 하루하루를 살아가는 일상의 삶 속에 진실이 있고 그 일상의 삶을 사랑으로 포용해야 하며 더 나아가 일상의 삶이 사랑 그 자체라는 것을 알아야 한다고 역설하는 내용이다. 그런데 시인의 뜻을 구호나 외침으로 내세우지 않았고 시적인 비유와 운율을 통해서 형상화했다. 겨자씨와 먼지와 풀의 비유는 이 시에서 복사씨와 살구씨와 곶감씨의 비유로 바뀌었으며 무엇보다도 이전의 김수영 시와는 다른 독특한 형식과 율동이 이 시의 주제를 밀고나가고 있다는 점이 특이하다.

1연에서 2연까지 기존 시의 행 처리방법을 무시하는 듯한, 꼬리에 꼬리를 물고 이어지는 시상 전개는, 언어의 이미지보다 의미의 역동성을 우위에 둔 다이내믹한 율동을 느끼게 한다. 평면적인 의미의 단락으로 보면, "욕망이여 입을 열어라 그 속에서 사랑을 발견하겠다/도시의 끝에 사그러져가는 라디오의 재갈거리는 소리가 사랑처럼 들리고/그 소리가 지워지는 강이 흐르고/그 강 건너에 사랑하는 암흑이 있고/삼월을 바라보는 마른나무들이 사랑의 봉오리를 준비하고/그 봉오리의 속삭임이 안개처럼 이는 저쪽에 쪽빛 산이" 로 구분되는 내용을 위처럼 의미단락의 가운데에서 행 구분을 해놓았다. 그렇게 되자 "도시의 끝에" 라는 구절은 "사랑을 발견하겠다" 와 "사그러져가는" 양쪽에 연결되고, "그 소리가 지워지는" 역시 "사랑처럼 들리고" 와 "강이 흐르고" 양쪽에 이어지는 듯한 인상을 전달한다. 그렇게 됨으로써 각 시행의 의미가 형태적으로 긴밀하게 결속되는 효과를 얻게 된다.

그뿐 아니라 1연 끝의 "산이" 는 짧은 두 음절의 행으로 1연의 함축적 종결을 짓는 듯하면서 다시 2연의 "무시한다" 의 주어가 됨으로써 "욕망이여 입을 열어라" 에서 출발하여 "서울의 등불을 무시한다" 까지 이르는 한 소절의 매듭을 짓는다. 그렇게 한 소절의 매듭을 지은 다음에 "이제 가시밭, 덩쿨장미의 기나긴 가시가지/까지도 사랑이다"라는 문장으로 전반부의 주제를 드러낸다. 이 주제문 역시 체언(가시가지)과 조사(까지도) 사이에서 의도적으로 행을 구분함으로써 의미의 강세와 호흡의 긴박을 고조시키는 음악적 처리를 하였다. '까지' 에서 행을 나누자 "이제 가시밭, 덩쿨장미의 기나긴 가시가지"까지 호흡을 높이며 읽고 그 다음 행의 "까지도"를 자연히 힘을 주어 읽게 됨으로써 시인이 노린 강세와 고조의 효과가 나타나게 되는 것이다. 이것이 바로 지성적 의미지향의 시인으로 알려져 있는 김수영이 창조한 음악이다.

그 음악은 4연 1행과 2행의 "아슬/아슬하게"의 구분에서도 나타나고, 아슬아슬하게 키워놓은 긴 시행이 "열렬하다/間斷도 사랑"의 짧은 시행으로 전환될 때 또 발생한다. 긴 시행의 빠르고 높은 호흡이 짧은 시행의 느리고 낮은 호흡으로 급변하면서 음률의 변화효과를 거두게 된다. 그러한 역동적인 음률은 "복사씨와 살구씨와 곶감씨의 아름다운 단단함이여/고요함과 사랑이 이루어놓은 暴風의 간악한/信念이여"에서 절정에 달한다. 그것은 이 부분이 후반부의 주제를 암시하는 문장이라는 사실을 알려준다. 마지막 음률의 부딪침은 6연의 느낌표가 표기된 두 문장(복사씨가~올거다)에서 일어나는데 그 부분에 미래에 거는 시인의 간절한 소망이 담겨 있다. 그래서 우리는 이 부분을 낭송할 때 정말로 "사랑에 미쳐" 날뛰는 기분으로 낭송해야 한다. 그것이 이러한 음악을 창조한 시인에게 바치는 우리의 예의일 것이다.

---

4) 최두석, 「이야기시론」, 『오늘의 시』, 현암사, 1989. 상반기. 『리얼리즘의 시정신』(실천문학사, 1992)에 재수록.

2. 심장과 뇌수의 결합

주요한이 노래를 지으려는 이를 상대로 자신의 시관을 밝힌 지 65년이 지나서, 최두석은 「이야기시론」[4] 이라는 글에서, 오늘날의 시는 노래로 불려지기보다는 읽히는 존재이고 시인이 삶과 사회에 관심을 가질 때 이야기가 시에 도입되는 것은 자연스러운 일이라고 하면서 사건 표현에 중점을 두는 이야기시를 쓸 것을 제안하였다. 이것이 "인생살이의 문제에 충실히 대응하는 방법" 이 될 수 있다는 것이 그의 생각이었다. 그는 이러한 생각을 자신의 시로 표현하여 선언적 의미를 표명하기도 했다.

노래는 심장에, 이야기는 뇌수에 박힌다
처용이 밤늦게 돌아와, 노래로써
아내를 범한 귀신을 꿇어 엎드리게 했다지만
막상 목청을 떼어내고 남은 가사는
베개에 떨어뜨린 머리카락 하나 건드리지 못한다
하지만 처용의 이야기는 살아 남아
새로운 노래와 풍속을 짓고 유전해 가리라
정간보가 오선지로 바뀌고
이제 아무도 시집에 악보를 그리지 않는다
노래하고 싶은 시인은 말 속에
은밀히 심장의 박동을 골라 넣는다
그러나 내 격정의 상처는 노래에 쉬이 덧나
다스리는 처방은 이야기일 뿐
이야기로 하필 시를 쓰며
뇌수와 심장이 가장 긴밀히 결합되길 바란다.

—「노래와 이야기」 전문[5]

노래가 마음에 직접적인 파동을 일으켜 감흥을 일으키게 하는 것이라면, 이야기는 전후의 사정을 머리로 생각하여 지성적 판단을 유도하는 힘을 갖는다. 노래가 순간의 강한 충격으로 정서적 폭발을 일으키는 데 비해, 이야기는 어떤 사건을 삶의 연속선 속에서 오래도록 곱씹어보게 한다. 그래서 시인은 "노래는 심장에, 이야기는 뇌수에 박힌다"고 했고, "이야기는 살아 남아/새로운 노래와 풍속을 짓고 유전해 가리라"고 말했다. 인간의 진정성이 사라진 시대에 심장에 직접 충격을 가하는 노래는 오히려 상처를 덧나게 할지 모른다. 상처와 고통의 근원을 탐색하며 새로운 전망을 찾는 데에는 이야기가 제격이다.

현인이 통치하는 이상적 공화국을 꿈꾸었던 플라톤은 시가 사람의 감정을 흥분시켜 격정을 일으키기 때문에 이성적 판단을 흐리게 하고 결과적으로 도덕생활에 방해가 된다고 생각했다. 요컨대 격정이 사색과 성찰에 지장을 준다고 본 것이다. 그런데 최두석은 격정의 상처를 다스리는 처방으로 이야기를 제시하였다. 이야기가 확보해주는 사색의 견인력을 통해 주관적 격정의 소용돌이에서 벗어날 수 있고 지성과 감성의 균형을 취할 수 있다는 생각이다. 시가 노래의 영역에서 완전히 벗어날 수는 없기 때문에, "뇌수와 심장이 가장 긴밀히 결합되길 바란다"는 안전선을 제시했다. 저항적 격정의 노래가 압도하던 80년대에도 최두석은 이야기로 시를 쓰며 시의 균형을 유지하려는 노력을 보였다.

그러면 80년대보다 정치적 문화적으로 훨씬 다변화되고 변화의 가속도가 증폭되어가는 지금도 노래는 시에 유효한 존재로 남아 있는가? 이미지를 중시하는 모더니즘 시가 낭송보다는 묵독을 권유하고, 난해한 해체시가 그나마 남

---

5) 최두석, 『대꽃』, 문학과지성사, 1984, 11쪽.

아 있던 노래의 여진을 완전히 소탕하는 듯한 포즈를 취한 지 오래되었다. 그런 과정을 거쳐 디지털 시대의 영상매체가 인간의 뇌수와 심장을 압도하고 있는 이 시대에도 저 아득한 미분화의 시절 원시적 집단가무의 혼융지대에 녹아 흐르던 노래의 요소가 시에서 유효한 작용을 한단 말인가? 나는 당당히 그렇다고 말한다. 노래의 요소가 없으면 시가 성립되지 않기 때문이다. 다만 노래의 틀이 좀 변했을 뿐이다. 트로트가 랩으로, R&B로 변하듯이 시에 담긴 노래의 요소도 현대적인 취향으로 변했을 뿐이다.

그러면 그 노래는 어떻게 존속되고 어떻게 변하였는가? 비교를 위하여, 우선 노래의 요소를, 다시 말해 전통적인 시의 내적 율조를 비교적 선명하게 유지하고 있는 시인의 작품부터 보자. 최근에 간행된 고은의 『두고 온 시』(창작과비평사, 2002. 1)에는 노래의 요소가 풍성한 작품들이 많이 실려 있다. 제목에서부터 「숲의 노래」, 「가을의 노래」, 「오늘 저녁의 노래」 등 노래를 표제로 내세우고 있는 작품이 많은데, 각각의 시편은 고은 시인의 폭발적인 낭송법을 언어로 그대로 재현하고 있는 듯하다.

한밤중 혼자 흐득흐득 울고 울었던
그 울음의 하얀 소용돌이 어디로 갔나
이토록 내 등뼈에는 슬픔이 없어졌다
모든 감탄사는 허망하다
날이날마다 한사코 달라붙던
구두 밑창의 오뇌도 없다
겨울 항구에는
떠나갈 짐과
들어온 짐 에워싸고 온통 바람 속인데
나에게는 이토록 아무것도 없이 텅 빈 가슴인가

달동네 난곡에는
그 숨찬 일인용 골목들 굶주리는 아이들이
멀뚱멀뚱 살아 있는데
뉴스 시간 텔레비젼 화면에서
아프간 아이들이 풀 한포기 없는 언덕에서
먼지 먹으며 살아 있는데
나는 배고프지 않다

지난날 얻어 마시는 술에 아첨한다는 것이
도리어 욕설을 퍼부어대고 마는 만취의
그 막막하던 순정의 시절도 사라졌다

지난날 30년
독재 그것이 내 생존의 개펄 같은 애욕이었을 줄이야
희망이었을 줄이야

바다 등져 이제 나에게는
세르게이 라흐마니노프의 그 늑골 으스러지는
현악의 한 고비도 남아 있지 않다
무덤들 지나, 내 넋의 프롤레타리아 황야에 무슨 영광 있으랴
오직 이대로 바람 속에 서 있는 장승일 따름이다

—「최근의 고백」 전문

이 시에는 많은 노래들이 교차하고 있다. 30년 민주화 투쟁 끝에 배고프지

않고 편안한 상태에 이르러 인간과 사회에 대해 구체적 열정을 쏟아붓지 못하는 자신에 대한 회한의 노래가 울려퍼지고 있으며, 반항적 순정의 시절을 떠나보내고 노년의 황야에 주저앉은 한 시인의 허망의 노래가 배음으로 흐르고 있다. 그런 회한과 허망의 노래 저편에는 아직 꺼지지 않은 울음의 소용돌이와 시들지 않은 만취의 열정이 현악의 음률처럼 출렁인다.

이 시의 첫 행, "한밤중 혼자 흐득흐득 울고 울었던"의 음률을 보라. 이 시인이 어찌 허망과 회한에 주저앉을 시인인가. 유성음과 결합된 'ㅎ' 음의 네 번에 걸친 반복 끝에 폐쇄음 'ㄱ' 으로 두 번 율조를 차단한 후 '울고 울었던' 의 유성음 연속으로 음조를 이어가는 시인의 노래는, 허망 속에 열정이, 회한 속에 순정이 아직 살아 있음을 생생하게 각인시킨다. 그것은 4연, "지난날 30년"의 짧은 시행과 "독재 그것이"로 이어지는 긴 시행의 연속에서 긴장 어린 양항의 충돌로 다시 한번 청각화된다. 이 장면은, 끈적이는 개펄의 밑바닥에서 희망을 찾아나아가듯 두 손을 불끈 쥐고 떨다가 두 팔을 벌려 처연하게 위로 솟구치는 시인의 낭송하는 모습을 그대로 연상케 한다. 그런가 하면, "세르게이 라흐마니노프의 그 늑골 으스러지는/현악의 한 고비"라는 구절은 또 얼마나 엄청난 강약의 역동성을 우리에게 전해주는가. 루트비히 반 베토벤도 아니요 피오트르 일리치 차이코프스키도 아닌 세르게이 라흐마니노프라는 이름도 그렇고, 가슴 무너지는 것도 아니고 나락으로 잦아드는 것도 아닌 '늑골 으스러지는 현악' 이라는 말도, 펄펄 살아서 요동치는 노래의 몸통을 선사한다. 라흐마니노프의 피아노 협주곡 1번 아니면 3번의 피아노 선율 뒤에 잠깐잠깐 비치는 바이올린 선율을 들은 사람이라면 이 시행에 꿈틀대는 노래의 육체를 감촉할 수 있을 것이다.

3. 해체의 노래

그러면 고은처럼 초기부터 가창적 육성이 두드러지던 시인이 아니라 우리 시의 전통적 가락과는 다른 차원에서 현대적 감각으로 시를 쓰는 시인의 작품에도 노래가 녹아 있는가를 검토해볼 필요가 있다. 다음에 인용할 작품은 이수명의 『붉은 담장의 커브』(민음사, 2001. 9)에 수록된 시인데, 그 시집의 표사에서, 신철하는 그의 시가 우리 시의 주류적 문법에서 훨씬 벗어난 자리에 놓여 있다고 했고, 김수이는 시간성이 제거된 의미의 완전한 몰락을 겨냥한다고 지적한 바 있다.

풀밭 위에서 식사를 했다.
바구니를 열고
샌드위치를 먹었다.
바구니는 금방 비었다.
풀밭 위에서 노래를 부르다가
기타를 떨어뜨렸다.
풀들이 이리저리 쓸려
기타를 찾을 수 없었다.
기타 없이 노래를 계속했다.
풀들이 자라
노래를 덮었다.
노래 위를 떠도는
입술을 덮었다.

—「소풍」 전문

우리 시의 문법에서 이질적인 자리에 있고 의미의 완전한 분해를 지향한다는 이 시를 읽어도 내 귀에는 선명한 노래 소리가 들린다. 물론 그 노래는 김소월이나 김영랑의 노래와는 아주 다른 것이기는 하지만, 그것은 분명 노래다. 어떻게 말하면 이 시는 의미의 요소를 분해하는 대신에 노래의 요소를 살려놓은 작품이라고 할 수 있다. 이 시에 나오는 핵심어는 '풀밭', '풀', '기타', '노래' 등 서너 개로 집약된다. 이 단순한 말들이 반복되면서 한편의 시를 엮어내고 있다. 또 13행으로 된 각 시행의 첫 음절만 모아 열거하면, '풀-바-샌-바-풀-기-풀-기-기-풀-노-노-입' 이 되는데, 역시 동일한 음절이 여러 번 반복되고 있다. 반복과 변화는 노래의 기본 자질이다. 그런 점에서 이 시는 동일한 말의 반복과 변화를 통해 의미를 희석시키고 그 자리에 노래를 대치한 형국이라 할 수 있다.

이수명의 시가 시간을 해체하려 한다지만 이 시에는 분명히 시간의 연속적 흐름이 존재한다. 그 시간의 연속적 흐름 위에 배치된 사건이 논리적으로 연결되지 않을 뿐이다. 이 시의 1행에서 6행, 즉 "풀밭 위에서 식사를 했다" 에서 "기타를 떨어뜨렸다" 까지는 논리의 모순이라고는 조금도 없는 시간의 순차적 진행이다. 그러니까 일상적 논리의 착종은 7행 이후, 즉 풀들이 쓸려 기타를 찾을 수 없었고, 풀들이 자라 노래를 덮고 입술을 덮었다는 진술에서 발생한다.

일상적 논리의 장면은 밝고 긍정적이다. 인상파 화가 에두아르 마네(Edouard Manet)가 그린 「풀밭 위의 식사」(1863)에는 정장을 한 두 사람의 신사와 완전히 발가벗은 여인이 숲 속에 음식을 펼쳐놓고 담소를 나누고 있거니와, 이 시의 전반부에는 바구니를 열어 샌드위치를 먹고, 다 먹은 다음에는 기타를 치며 노래를 부르는 행복한 장면이 담겨 있다. 여기에 비해 논리의 착종에 해당하는 7행 이후의 대목은 기타의 분실, 노래의 엄폐로 요약되는 불길한 좌절의 영상이 펼쳐진다. 그러니까 풀밭 위에서 식사를 하며 노래를 부르는 행복이 바로 그 풀밭의 폐쇄성에 의해 차단된 것이다. 이것은 우리가 누리는 삶이 한

순간 우리에게 포만과 열락을 주지만, 다음 순간 그것은 상실과 억압으로 돌변한다는 메시지를 전하는 것일지도 모른다. 여하튼 이 장면이 생의 모순된 양면성을 암시하는 것은 사실인데, 그러한 의미적 표시 이전에 짧은 소절로 이어지는 스타카토식 창법에 의해 생의 모순의 노래를 미리 들려준 것이다.

4. 침묵의 노래

김영승은 우리 시단에서 아주 유니크한 자리에 놓여 있는 시인이다. 시에 대한 호불호나 우열의 평가를 떠나 김영승의 시가 김영승만이 구사할 수 있는 독특한 어법과 착상으로 구축되어 있다는 것은 어느 누구도 부정할 수 없을 것이다. 그의 시는 일견 난해하고, 어떤 작품은 우리 난해시의 최전선에 놓일 만큼 기이하기까지 했는데, 오랜만에 내보인 그의 두꺼운 시집 『무소유보다도 찬란한 극빈』(나남출판, 2001. 10)[6]을 보면, 난해함으로 우리를 오인케 했던 외설적 담론이 많이 정돈되고, 비루한 자본주의 세상에서 극빈의 삶을 헤쳐가는 시인의 고민과 모색이 고도의 해학과 풍자의 어법으로 전개되고 있어, 이제는 친숙한 어조로 그의 시에 대해 이야기할 수 있을 것 같은 동질감을 느낀다. 더욱 놀라운 것은, 시집에 수록된 63편의 시에 실로 다채롭고 다양한 노래들이 무한하게 출렁거린다는 사실이다. 그 중 절제된 음악성을 보여주는 작품을 인용해 보겠다.

---

6) 이 시집의 제목은 '무소유보다 더 찬란한 극빈' 이라고 되어 있는데, 이것은 '무소유보다도 찬란한 극빈' 이 인쇄 과정에서 잘못된 것임을 시인 자신이 한탄 어린 어조로 해명한 바 있다. 비록 책은 그렇게 출간되었지만 시인의 진심을 존중하는 뜻에서 시집의 제목이 잘못되었음을 널리 알릴 필요가 있다고 생각한다.

내 오늘은 울리
그냥 울리
울면서 그냥
울리

얼어붙었는데

왜 울었냐 하면
모르네…

그저 TV에
어떤 불쌍한 아이들

아빠 없고
엄마 아픈

아파도 신장 이식해야 할 만큼 아픈
치료비도 없는
신장 떼어주려 해도
미성년자라서 안 되는

그 어린 세 자매 보고
운다

나는 잘

운다

하나님 아버지
울게 하시니
감사합니다,

웃게도 하소서.

—「겨울 눈물」 전문

시를 잘 읽는 사람은 이 시에 고도의 음악이 압축되어 있음을 감지할 수 있을 것이다. "오늘은 그냥 울기만 하겠다" 라는 산문적 진술을 "내 오늘은 울리/그냥 울리/울면서 그냥/울리" 라는 언술로 바꿀 때 선율이 발생한다. 애수의 소야곡이 흘러나온다. 연민의 비가가 울려 퍼진다. 노래가 시작되는 듯하다가 "얼어붙었는데" 에서 얼어붙은 듯 탁 막힌다. 무엇이 얼어붙었단 말인가? 겨울이니까 추위에 세상이 얼어붙고, 삭막한 세상이니까 인정이 얼어붙고, 가난에 자신의 삶도 얼어붙었다는 뜻이리라. 여하튼 그 구절에서 노래는 잠시 멈칫하다가 "왜 울었냐 하면" 에서 다시 시작된다.

조용조용 두 박자씩 읊조리듯 진행되던 노래는 "아파도 신장 이식해야 할 만큼 아픈" 에서 갑자기 상승한다. 한번 상승한 음조는 한두 번 더 높낮이를 오르내리다가 "나는 잘/운다" 에서 완전히 하강한다. 궁핍한 삶을 이어가는 시인이 그 세 자매를 위해 무엇을 할 수 있겠는가? 그저 울 뿐이다. 그것도 아주 낮게. 그리고 하나님께 기도할 뿐이다. "울게 하시니/감사합니다,//웃게도 하소서" 라고. 그들을 보고 울 수 있는 마음을 갖는 것도 하나님의 영광이고 은혜다. 그런 마음도 없이 사는 사람이 이 세상에는 얼마나 많은가. 세상은 온통 얼어붙었는데. 나도 언젠가는 그런 깡마른 존재가 될지 모르는데, 아직 이렇게 울 수 있다니, 하나님께 감사드릴 밖에! 그러나 하나님 이왕이면 좀 웃게도 하소서.

이 마지막 구절에서 시는 끝나지만 노래는 우리 마음에 계속 이어져 퍼진다. 만해의 시 「님의 침묵」은 "제 곡조를 못이기는 사랑의 노래는 님의 침묵을 휩싸고 돕니다"로 끝난다. 그것처럼, 제 곡조를 못이기는 겨울 눈물의 노래는 시의 침묵을 휩싸고 돈다.

여기까지 네 편의 시를 검토하면서 우리 시대의 시에 노래가 생생히 살아 있음을 확인하였다. 현(絃) 없는 현악기가 없듯 노래 없는 시는 없다. 다만 그 노래의 틀이 과거에 비해 많이 변했고 시인마다 각기 다른 노래를 만들어 쓸 뿐이다. 기존의 서정성에 모반을 꾀하고 시의 문법을 바꾸려는 사람도 노래를 버리지는 못한다. 노래를 버리는 순간 시가 소멸되기 때문이다. 시인이 전인미답의 새로운 경지를 추구하다 보면, 실험적 원심력이 서정의 축을 벗어나려 할 때가 있다. 그때에도 시 형식의 내부에 잠복해 있던 노래의 손길이 서정의 축 쪽으로 끌어당겨 원심(遠心) 운동의 궤도이탈을 막아준다. 그러므로 어떤 실험도 시에서는 불온하거나 불길하지 않다. 어떠한 실험적인 시에도 노래가 들어 있고, 노래는 보이지는 않지만 웅숭깊게 자리잡고 있는 서정의 원천을 늘 담보해주기 때문이다.

시와 선이 만나는 길

1. 참선과 화두

우리나라에서 선(禪)이라고 할 때 그것은 일반적으로 간화선(看話禪)을 의미한다. 간화선이란 화두(話頭)를 근거로 참구(參究)하여 깨달음에 이르려는 참선법을 말한다. 화두는 공안(公案)이라고도 하는데 불가의 수행자가 깨달음을 얻기 위해 골똘히 생각하는 화제다. 중국의 역대 공안 48개를 모아놓은 책이 『무문관』이고, 100개를 모아놓은 책이 『벽암록』인데, 이 책들은 간화선을 수행의 중심 방법으로 삼은 임제종의 참선 교과서 노릇을 했다.

『벽암록』에 가장 많이 등장하는 인물은 운문(雲門)이고 그 다음이 조주(趙州)다. 운문은 운문종을 개창한 10세기 전후의 승려다. 『벽암록』 6측에는 운문의 '日日好日' 이라는 공안이 나온다. 운문 화상이 대중들을 불러 말하기를, 15일 전에 대해서는 묻지 않겠으니 15일 후에 대해 한마디 해보라고 했다. 대중들이 말이 없자 운문은 "하루하루가 다 좋은 날이지"(日日是好日)라고 말했다. 무언가 오묘한 말을 기대했던 대중들은 이 단순한 말에 오히려 당황했을 것이다. 이 말은 평상심이 곧 도라고 생각한 선풍의 기본태도를 잘 나타내고 있다.

이 운문에게 한 납승이 와서 묻기를, 부처나 조사를 뛰어넘는 그런 대단한 말이 무엇이 있겠냐고 물었다. 운문은 간단히 "호떡" 이라고 대답했다. 조사나 부처도 감당하기 어려운 높은 경지인데 그것마저 넘어서는 어떤 미지의 경지가 있겠느냐고 묻는 납승에게 운문은 그의 기대를 깨뜨리는 엉뚱한 말을 하였다. 납승을 얽매고 있는 관념에의 집착을 끊어버리고자 한 것이다. 어쩌면 운문은 "호떡" 이라고 말한 것이 아니라 옆에 있던 호떡을 집어 납승의 입을 틀어막았던 것인지도 모른다. 혹은 아예 주먹을 들어 '먹어라' 하고 감자를 먹였는지도 모를 일이다.

조주는 '趙州無字' 의 공안으로 널리 알려진 선승이다. 불경에는 모든 중생에게 다 불성(佛性)이 있다는 구절이 나온다. 길바닥에 기어다니는 지렁이건 먹이를 탐하는 승냥이건 다 부처가 될 가능성을 지니고 있다는 말이다. 그런데 개에게도 불성이 있느냐는 제자의 질문에 조주는 '無' 라고 답했다는 것이다. 어째서 조주는 불경에 명시되어 있는 사실에 어긋나는 대답을 했을까? 조주의 '無' 는 어떤 뜻을 담은 것인가? 이것을 화두로 삼아 많은 선승들이 참구를 거듭해왔다.

조주의 스승은 남전(南泉, 흔히 '남전' 으로 읽는다)인데 그는 승려로서 금기시되어 있는 살생까지 한 것으로 기록되어 있다. 어느 날 남전의 문하에 있는 수행자들이 고양이 한 마리를 두고 두 패로 갈라져 다투었다. 그러자 남전은 고양이를 잡아들고 "한마디 제대로 이르면 베지 않겠다" 고 말했다. 그러나 대중들은 아무 말도 하지 못했고 남전은 즉석에서 고양이를 두 조각으로 베어버리고 말았다. 나중에 이 이야기를 조주에게 들려주며 자네라면 그때 어떻게 하였겠느냐고 묻자, 조주는 아무 말 없이 신발을 벗어 머리에 이고 밖으로 나가버렸다. 그 모습을 보고 남전은 "네가 그 자리에 있었으면 고양이를 살릴 수 있었을 텐데." 라고 중얼거렸다고 한다.

스승은 고양이를 두 동강 낼 정도로 괴팍한 면이 있었지만 조주는 평생 화한번 내지 않고 온화한 모습으로 제자를 가르쳤다. 어느 날 한 제자가 "선생님께서는 남전 화상을 친히 모시고 배웠다는데 사실입니까?" 하고 물었다. 조주는 "진주에서는 커다란 무가 나지."라고 대답했다. 진주는 조주가 사는 곳 가까이에 있는 무 생산지다. 그러니까 이 말은 '한산에서는 모시가 나지' 나 '흑산도에선 홍어가 유명하지' 등의 말과 유사한 뜻이다. 그는 매우 당연한 사실을 끌어들여 제자를 사로잡고 있는 관념의 망집을 끊으려 한 것이다. 그는 120세까지 살며 평상심이 곧 도라고 하는 선종의 가르침을 온몸으로 실천했다고 한다.

평상심이 곧 도라고 하는 것을 가장 잘 나타내는 이야기가 '차나 마시고 가게'(喫茶去)의 고사다. 어느 날 한 납승이 와서 불교의 진리를 물었다. 조주는 전에 이 절에 와본 적이 있느냐고 물었다. 납승이 처음이라고 하자 조주는 "차나 마시고 가게"라고 말했다. 또 다른 납승이 와서 비슷한 질문을 하자 조주는 다시 전에 이 절에 와 본 적이 있느냐고 물었다. 전에도 들른 적이 있다고 하자 조주는 또 "차나 마시고 가게"라고 말했다. 이것을 옆에서 지켜본 주지가, 스님은 처음 온 사람에게도 전에 왔던 사람에게도 똑같은 말씀을 하시니 어떻게 된 것이냐고 묻자, 조주는 "자네도 차나 마시고 가게"라고 말했다. 불교가 무엇이며 부처가 어떤 존재인가 하는 것은 관념적으로 탐구해서 얻어지는 것이 아니라 목마르면 차 마시고 배고프면 밥 먹는 것 같은 일상적인 삶 속에서 지각되고 실현되는 것임을 일러주고자 한 것이리라.

이러한 사실을 통해 우리가 이해하게 되는 것은, 사람들이 갖고 있는 대상에 대한 집착을 끊어버리려는 노력이 참선수행의 중심을 이룬다는 사실이다. 살아 있는 모든 중생에게 다 불성이 있다고 하면, 사람들은 불성이라는 관념과 모든 중생이라는 대상에 집착을 한다. 참선이 깨달음의 과정이라고 하면, 참선의 방법과 깨달음의 경지에 집착을 한다. 이러한 집착에서 벗어나서 우리가 대하는 일상적 현상의 참모습을 바로 볼 때 진정한 깨달음이 온다. 산을 그냥 산으로 보고 물을 물로 볼 때 올바른 인식에 가까이 다가서게 된다. 옛 선승들은 이 경지를 비유적으로 일컬어, 시냇물 소리가 진리의 속삭임이요, 푸른 산의 자태가 진리의 체현이라고 말하였다. 이러한 깨달음의 경지는 말로 표현할 수 없는, 다시 말하면 일상적 언어의 굴레에서 벗어난, 언어도단(言語道斷), 불립문자(不立文字)의 경지라고 한다. 이 경지는 일상의 어법으로는 도저히 표현할 수 없기 때문에 선승들은 압축적이고 상징적인 시의 형식으로 그 깨달음의 일단을 드러내기도 하였다. 소위 선시(禪詩)라고 하는 것이 그것인데 이것은 선종의 역사에서 뚜렷한 전통을 이룬 양식이다.

2. 선적 직관과 인식

일반적으로 시에서 선적인 요소를 발견할 수 있다든가, 선취(禪趣)가 담긴 시라고 하는 것은 무엇을 말하는 것인가? 시와 선은 발상의 전환을 통해 새로운 무엇인가를 발견한다는 점에서 공통점이 있다. 선이 기존의 관념을 떨쳐내고 새로운 시선에 의해 대상을 새롭게 인식하듯이 시도 틀에 박힌 사고방식에서 벗어나서 자신의 고유한 방식으로 대상을 인식하고 그것을 다시 독특한 방법으로 표현한다는 점이 유사하다. 또 선을 통한 깨달음의 경지가 일상적인 어법으로는 제대로 드러내기 어려운 모호함을 지니고 있듯이 시적 창조과정에서 얻어지는 새로운 인식과 방법 역시 명확한 산문적 서술을 회피한다는 공통점이 있다. 우리에게 익숙한 예를 하나 들면, 국화꽃을 그냥 가을에 핀 하나의 꽃으로 보는 데에서 벗어나 소쩍새의 울음과 천둥의 울림과 나 자신의 불면의 밤이 영향을 행사함으로써 피어난다고 상상하는 것이라든가, 젊음의 세파를 거쳐 자신의 자리로 돌아온 누님의 모습으로 국화꽃을 동일화하는 것은, 기존의 관념에서 벗어나 대상을 새롭게 파악한 선적 인식의 예로 볼 수 있다. 이런 점에서 모든 시는 선과 통한다고 말할 수 있다.

저 중에는 하루만 살고 가는 것들
그냥
아하, 이게 사는 거구나 하고 가는 것들
사는 게 그저
알에서 무덤으로 이사가는 것인
그런 것들
불빛의 반경 안에서
어지럽게 원을 그리는
도무지 뭐랄 수도 없는 것들

이 마음에는 순간만 살고 가는 것들
너무나 빨라서
사라지고 난 뒤에야 그 존재를 알리는 것들
그저 잉잉거리다 마는 것들
사라진 뒤에야
그 잔상이나 남기고 가는 것들
그마저 거두어지는.

— 장철문, 「한밤 갓등 아래」 전문

이 시의 화자는 불 켜진 갓등 주위에 몰려들어 잉잉거리다 사라져버리는 날벌레들을 이야기하고 있다. 아니 날벌레들만이 아니라 그 주위에 비산하는 먼지라든가 물기, 빛무리 등 확인할 수 없고 이름붙일 수 없는 것들의 존재양태까지 언술의 내포 속에 포함시키고 있다. 단 하루를 살고 가든, 그것도 안 되어 알에서 곧장 무덤으로 옮겨가는 것이든, 이 미미한 대상들이 생명을 가진 존재라는 점은 부정할 수 없다. 그것들은 남들이 다 자는 밤중에 불빛으로 달려들어 부산히 움직이다가 시간이 지나면 갓등 표면에 납작 달라붙어 생존의 흔적만을 남기고 사라진다. 어지럽게 원을 그릴 때는 대상의 실체를 볼 수가 없지만, 전등 유리에 남은 검은 흔적에 의해 살았을 때 어떤 모습이었는지 짐작할 수 있을 뿐이다. 과연 이들은 존재하는, 혹은 존재했던 것들인가? 갓등 표면에 검은 점으로 남기 위해 그렇게 잉잉거리며 몸부림쳤던 것인가? 이 검은 반점들이 그들이 존재했다는 증거란 말인가? 얼마 지나지 않아 검은 반점은 흔적도 없이 지워지고 만다. 지워진 그 위에 다시 날벌레들의 생존의 잔상이 덧붙여질 따름이다.

이처럼 이 시를 꼼꼼히 읽으며 시구에서 연상되는 사실을 따라가보면, 이 시가 단순히 현상의 단면을 소묘한 것이 아니라 현상 저편에 있는 존재의 비밀을 남몰래 드러낸 것임을 깨닫게 된다. 우리들은 갓등 아래 달려드는 날벌레들을 대수롭지 않게 보지만, 만일 사람에 비해 크기와 수명이 수천 배인 생명체가 있어 그 생명체의 눈으로 볼 때에는 사람도 한갓 하루살이와 같은 존재로 비칠 것이다. 만물의 영장이라고 자만에 겨워 부산히 움직이는 이 사람이라는 존재도 요람에서 무덤으로 이사가는 운명을 벗어날 수 없다는 점에서 갓등 아래의 날벌레와 다를 바 없으며, 생명을 마친 다음에야 그 존재의 잔상을 남긴다는 점에서도 다른 미물과 별 차이가 없는 것이다.

우리는 가끔 차도에 몸이 터진 채 찌그러진 고양이의 시체를 보거니와, 조금 전까지도 야옹대며 먹이를 탐하던 그 생물의 영은 어디로 갔나 하는 생각이 든다. 시간이 흘러가면 고양이의 몸은 지나가는 차륜에 밟히고 으깨어져 오징어처럼 납작해지고 결국은 차도의 아스팔트에 희미한 흔적만 남기게 되는데, 그 과정을 조금 빨리 돌리면 갓등 아래 잉잉거리다 사라지는 날벌레들의 운명과 다를 게 없을 것이다. 뉴욕의 쌍둥이빌딩이 무너져 내릴 때, 대구의 지하철이 불길에 싸였을 때, 그 짧은 순간에 잔상조차 남기지 못하고 죽음의 길로 사라진 억울한 영령들도 존재의 소멸이라는 점에서는 날벌레의 운명과 크게 다를 것이 없다. 이 시는 한밤 갓등 아래 날아드는 벌레를 이야기하면서 선적인 직관으로 존재의 실상을 은밀히 드러냈다. 여기서 시와 선의 관계를 새롭게 살필 수 있는 단서가 발견된다.

그는 바깥에 있다
밖은 가을이고
저녁 이발소 바닥에 내려앉는
내 유년의 잘린 머리카락처럼

지금
낙엽송 붉은 잎들은 지고 있다
소리 없이 가라앉고 있는
바깥의 풍경

바깥은 나를 있게 하고
나는 바깥을 상상하고 있다

그리고 그는 나에 대해
말이 아닌, 내가
잘 알아들을 수 없는
낯선 말로
나를 상상하고 있다

나는 바깥의 사유로 인해

접혀져 있다

소리 없는 세계의 장엄과

함께 있다

— 함성호, 「무지에 대하여」 전문

다종다양한 정보 매체에 둘러싸여 살고 있는 우리는 많은 것을 알고 있다고 생각한다. 그러나 사실 우리는 한치 앞의 일도 알 수 없는 절대 무지 속에 살고 있다. 소크라테스의 역설처럼, 우리가 아는 모든 것은 우리가 아무것도 모른다는 사실이다. 위의 시 역시 '무지에 대하여' 라는 평범한 제목으로 인간존재의 실상을 꿰뚫고 있다.

이 시에 담긴 상황은 우리가 일상에서 늘 대하는 장면이다. 나는 창 안에 있고 그는 창 밖에 있다. 그는 사람이어도 좋고 사물이어도 좋고 내가 바라보는 풍경 전체라고 해도 좋다. 밖은 가을이고 낙엽송 붉은 잎들이 지고 있다. 그 모습은 마치 어린 날 이발소 바닥에 잘려 떨어지던 내 머리카락을 연상시키기도 한다. 이러한 생각은 밖의 풍경과 자신의 내면 사이에 어떤 공유부분이 존재한다는 사실을 암시하는 듯도 하다. 비록 창의 경계에 의해 안과 밖으로 구분되어 있지만, 낙엽송 잎들이 지는 모습은 내 유년의 어떤 기억을 떠올리게 한다.

그러나 그것 자체가 상상의 소산이다. 낙엽송 잎들이 지는 것과 내 머리털이 잘려 떨어지는 것은 사실 아무 관계가 없다. 그것들 사이에 공유부분이 있다고 생각하는 것은 상상이고 비약이다. 사람은 상상을 통해 창 밖의 세계를 재구성할 뿐이다. 그러니까 창 밖의 세계는 그것을 바라보고 상상하는 나의 재구성 작업에 의해 비로소 현존하게 된다. 일체유심조(一切唯心造), 바로 그것이다. 사람은 늘 사람이 주체라고 생각하는데, 그것도 사람이 지닌 그릇된 선입견이고 착각일지 모른다. 창 밖의 존재들은 그것들 나름대로 창 안의 세상을 상상하며 재구성할지 모른다. 그러니까 나도 창 밖의 그에 의해 재구성되어 현존하는 것이다. 나의 말을 그가 알아듣지 못하듯이 그의 말을 내가 알아듣지 못할 뿐이다. 그러므로 밖의 세계는 나에게 침묵이고 부재인 동시에 나의 상상적 재구성에 의해 새롭게 이룩되는 활달한 장엄의 세계다. 그것을 시인은 "소리 없는 세계의 장엄"이라고 명명했다. 그러나 그 소리 없는 장엄 세계의 실체를 아는가? 또 저 소리 없는 장엄은 나의 실체를 아는가? 나와 세계는 이렇게 무지의 기반 위에 놓여 있고 무지의 관계로 얽혀 있다.

이러한 깨달음에 이르기까지 시인은 아주 많은 사색의 시간을 보냈을 것이다. 아침에 일어나 거울에 비친 자신의 모습을 볼 때, 지하철 손잡이를 잡고 이동하며 창 밖 풍경의 명멸을 볼 때, 밥상에 앉아 수저를 들며 식구들의 얼굴을 대할 때, 잠을 청하며 침상에 누워 어두운 천장을 응시할 때, 이것을 화두로 삼아 사색을 거듭했을 것이다. 시를 쓰는 과정도 선적 참구에 속한다면, 좌선(坐禪), 입선(立禪), 행선(行禪), 와선(臥禪) 외에 시선(詩禪)이라는 항목을 추가해야 할지 모른다.

3. 존재에 대한 구도자적 탐구

눈으로 보는 것이 상상의 소산이며 그 실체를 알 수 없다고 하지만, 실체가 어디 따로 있는 것이 아니다. 관념의 너울에서 벗어나 깨달음의 눈으로 다시 보면 사실은 우리가 바라보는 현상이 바로 실체고 참이다. 모순으로 가득 차 있는 것 같은 이 세계가 청정법신이요 진리의 체현이다. 그래서, 일상의 눈으로 볼 때 산은 산이요 물은 물이었는데, 기존의 알음알이를 떨쳐내는 참선수행의 과정 속에서는 산은 산이 아니고 물은 물이 아닌 것이 되었다가, 한 소식 깨달은 자리에서 보면 산은 산이요 물은 물이더라는 이야기가 전해지는 것이다.

그러나 말이 쉽지 산을 그냥 산으로 보고 물을 그저 물로 보는 자리란 얼마나 도달하기 어려운 경지인가? 사람을 그저 사람으로 보고 갑순이를 갑순이 그 자체로 보는 경지에 이르기 위해서는 대단한 도력(道力)이 요구되는 것이다. 우리 같은 평범한 사람의 시각으로는 청정하고 성스러운 세계가 따로 있고, 갈등과 번민으로 얼룩진 현실세계가 따로 있는 것으로 보인다. 그러한 두 세계의 대비를 통해 속(俗)에서 성(聖)으로 향하려는 의지도 솟아난다. 수행의 도정에서는 산과 물을 모두 부정하는 단계가 필요하다. 그것은 가시적 현상의 부정을 통해 참다운 실재에 도달하려는 몸부림이다.

땅 속을 흐르는 강이여,
앞에 단 얼굴만 다른 여러 꿈의 근원이여,
흘러가는 모든 것의 뵈지 않는 깊이여!
나는 언덕에 앉아
그대가 언덕에 오르려다 채 오르지 못하고
미끄러지듯 되내려가
마을을 몇 바퀴 돌며 숨 고르고
연(蓮) 하나 축 내민 못도 돌고
이윽고 방향 되틀어
언덕을 향해 달려오는 걸 본다.
초여름과 여름 사이
시퍼런 창(槍)들로 몸 꾸민 엉겅퀴만 피어 있다.
마지막 몇 뼘을 채 못 오르고
그대 다시 되지쳐 내려간다.
땅 속에 흘러내리는 성호(聖號) 그림자,
마을을 돌고 되달려 오르는 기호(記號) 그림자,

위아래서 엉겅퀴들이 서로 창 끝을 겨눌 뻔 한다.

— 황동규, 「땅 속을 흐르는 강이여」 전문

위의 시는 현상은 현상대로 받아들이면서 현상 저편의 보이지 않는 것에 관심을 둔다. '땅 속을 흐르는 강' 은 "얼굴만 다른 여러 꿈의 근원" 이며, "흘러가는 모든 것의 뵈지 않는 깊이" 이기도 하다. 그것이 우리 눈에 보일 리가 없다. 그 강은, 시간의 유구한 흐름일 수도 있고, 삶과 죽음의 무수한 반복으로 이어지는 생의 흐름일 수도 있고, 인간과 자연을 통섭하는 위대한 섭리일 수도 있다. 단순하게 생각하면, 지상에 존재하는 모든 생물은 죽으면 물과 흙으로 분해되고, 분해된 수분은 땅 속으로 스며들어 거대한 지하수의 흐름을 형성한다고 상상할 수도 있다. 이 시의 화자는 인간에게 보이지 않는 강의 깊이를 먼저 제시한 다음에 '그대' 라는 대상의 움직임을 이야기한다.

전후의 문맥으로 보면 여기서의 '그대' 가 바람을 지칭하는 것임을 짐작할 수 있다. 그러나 꼭 바람이라고 한정하지 말고 이 세상에서 흔히 접하게 되는 어떤 대상의 움직임을 나타낸 것으로 읽어도 무방하다. 그것은 자연 현상일 수도 있고 사람의 행동일 수도 있고 경우에 따라서는 시인 자신의 욕망과 좌절의 움직임을 나타낸 것일 수도 있다. "언덕에 오르려다 채 오르지 못하고/미끄러지듯 되내려가" 숨을 고르고, 마치 오르는 것은 포기했다는 듯 마을과 연못을 몇 번 돌다가, 방향을 틀어 다시 언덕을 향해 달려 오지만, 끝내 "마지막 몇 뼘을" 오르지 못하고 지쳐 내려가는 그대의 모습은 이 세상을 살아오면서 몇 번이고 확인했던 우리 자신의 모습이기도 하다.

그러면 언덕을 중심으로 한 주변의 모습은 어떠한가? "시퍼런 창(槍)들로 몸 꾸민 엉겅퀴만 피어 있다" 고 시인은 적었다. 엉겅퀴의 잎은, 끝이 깃처럼 갈라지고 잎 사이에는 톱니와 가시가 달린 것이 정말 창(槍)처럼 보인다. 어원적 의미는 알 수 없지만 엉겅퀴라는 풀이름 자체가 무언가 어수선하게 엉켜 있다는 느낌을 주며, 엉겅퀴의 한자어인 귀계(鬼薊)라는 말 역시 다소 음산한 느낌을 전달한다. 요컨대 시퍼런 창으로 몸을 둘러싼 엉겅퀴는 언덕에 오르려는 그대의 움직임에 대립되는 부정적 형상으로, 혹은 힘들게 올라와봤자 볼 것은 엉겅퀴밖에 없을 것이라는 허망의 표상으로 자리잡고 있다. 이것은 후반부 시행의 '성호 그림자' 나 '기호 그림자' 나 대립적 의미를 지닌 것으로, 작품을 떠받치는 상징적 기능을 수행한다.

그런데 "위아래서 엉겅퀴들이 서로 창 끝을 겨눌 뻔 한다" 는 마지막 시행의 의미는 무엇일까? 왜 창을 겨눈다고 하지 않고 '겨눌 뻔 한다' 고 했을까? 이쯤 되면 시를 읽고 해석하는 과정도 일종의 참선에 속한다고 할 수 있을 것 같다.

몇 번을 오르려다 지쳐 내려간 그대의 모습 저편 땅 속에 그것을 안쓰러워하는 듯 커다란 성호가 그려지고, 꺾이지 않는 인간의 희망처럼 다시 언덕으로 되달려 오르는 그대의 모습이 성호에 호응하는 기호처럼 다가올 때, 언덕 주변에는 시퍼런 창을 내민 엉겅퀴들이 바람에 흔들리며 서로 창을 겨누는 듯한 살벌한 풍경을 연출한다. 서로 창 끝을 겨눌 뻔한 엉겅퀴들은 갈등과 상처로 점철된 불안한 현실의 정황을 암시하는 듯하다. 현실의 부정적 상황은 엉겅퀴의 불안한 흔들림처럼 더 가혹해지는 듯하다가 어느 지점에서 멈추는 경우가 많다. 우리는 이 시에서 인간의 좌절과 미완의 꿈에 대한 연민, 불안정한 현실에 대한 의혹, 연민과 불안을 넘어서서 인간과 자연을 통섭하는 성스러운 절대성에 대한 믿음 등의 요소를 읽을 수 있다. 여기에는 속(俗)의 세계에서 성(聖)의 천공을 향해 나아가는 구도자적 탐색이 담겨 있다.

> 느타리 재배상의 썩은 볏짚 텃밭에 두엄 깐 며칠 뒤
>
> 막 해 뜨는 찰나, 우왓! 무지개빛 느타리버섯들
>
> 나는 땅에 납작 엎드려
>
> 손끝으로도 못 다칠 작고 영롱한 것들이

빽빽이 펼쳐진 우주적 장엄한 풍경을 보았다
숨 한번 못 내쉴 새
햇볕 따끈해지면 한꺼번에 탁 사라졌다.

헛것이다 호수의 안개와
붉은 햇살이 한순간 피워 올린 헛것이다.

나는 헛것이 텃밭 가득 지나가며 쿵쿵 뛰게 하는 가슴께로
손 얹고 한참 눈감았다 떴다.

— 이면우, 「헛것」 전문

나는 느타리버섯의 모양도 제대로 모르며 재배 방법에 대해서는 더욱 알지 못한다. 이 시의 문맥을 바탕으로 하여 사전을 찾아보니 볏짚을 발효시킨 후 종균을 배양하여 생장시킨다고 되어 있다. 버섯이 제대로 생장하려면 온도, 습도, 공기, 빛 등의 조건이 맞아야 하는데 그것을 맞추기가 여간 까다로운 것이 아니라고 한다. 위의 시에는 처음 목격한 어떤 장면에 매우 놀라서 당혹해하는 화자의 모습이 담겨 있다. 과학적으로 말하면, 이 시의 화자는 종균을 배양한 후 시간이 흘러 느타리버섯의 자실체가 처음 발생하는 장면을 본 것이다. 그런 장면에 해당하는 사진을 옆에 실어놓았다.

시의 문맥에 의하면, 처음에는 무지갯빛 영롱한 것들이 빽빽이 피어올랐는데 숨이 막힐 듯 장엄한 진경을 제대로 보기도 전에 볕살이 따끈해지자 한꺼번에 사라졌다고 했다. 버섯은 일단 발생했다가도 환경조건이 맞지 않으면 그대로 사그라지고 또 다른 균사에서 자실체가 발생하게 된다. 그러니 화자가 헛것을 보았다고 한 것도 과언이 아니다. 그는 자기가 본 장면을 "호수의 안개와

붉은 햇살이 한순간 피워 올린 헛것" 이라고 표현하였다.

그런데 문제는 헛것처럼 보이는 그것이, 분명 수많은 생명이 한꺼번에 피워 올린 자연의 장엄한 진경이라는 데 있다. 도대체 그 생명들은 어디서 와서 어디로 간 것인가? 우주의 어느 구석에서 태어나 어느 구석으로 사라진 것인가? 한갓 헛것처럼 보이는 그것이 이렇게 사람의 마음을 황홀케 하고 가슴을 쿵쿵 뛰게 하다니 도대체 살아 있음이란 무엇이고 소멸된다는 것은 무엇인가. 존재의 개현은 무엇이고 존재의 소실은 무엇인가. 요컨대 그 한 순간의 무지갯빛 장엄이 비할 수 없이 영롱하고 황홀하다는 데 의미가 있는 것이 아니라 그것이 이런 존재론적 물음을 끝없이 유발한다는 데 의미가 있다. 물론 이 시는 그런 물음은 한 마디도 시행에 집어넣지 않았다. 그러나 신비로운 우주의 환영을 설파한 시의 문맥 여기저기에 우리가 참구해야 할 소중한 화두들이 침묵으로 도사리고 있다. 『벽암록』이 따로 있는 것이 아니요 『무문관』이 따로 있는 것이 아니다.

여기까지의 검토에서 얻은 요지는, 시에는 선적인 직관, 선적인 통찰과 각성, 구도자적 탐구, 더 나아가 화두로 삼을 내용까지 모두 녹아들어 있다는 사실이다. 거기서 한 걸음 더 나아가 시를 읽으며 의미를 탐구해 가는 과정이 참선과 통한다는 얘기까지 했다. 어쩌면 시와 선이 만나는 길은 우리의 육안으로 다 살필 수 없을 만큼 무량하게 펼쳐져 있을지 모른다.

시의 절정, 시인의 초월
— 원로들의 대표시

1. 대표작의 운명

시인의 전신(前身)은 샤먼(shaman)이었다. 넓은 뜻의 샤먼은, 중앙아시아나 동아시아의 강신무만 뜻하는 것이 아니라, 신과 인간의 매개자 역할을 맡은 존재를 통칭하는 개념이다. 신의 뜻을 인간에게 전해주고 인간의 기원을 신에게 전달하는 존재가 바로 샤먼이다. 그렇기 때문에 원시공동체에서 샤먼의 말은 절대적이었다. 여기에는 신성하고 절대적인 존재에 대한 인간의 선망과 신성한 존재의 명령에 의해 자신의 실존적 문제를 해결하려는 심리적 욕구가 담겨 있다. 인류문명의 초기에는 샤먼과 통치자가 동일인이었지만 문명이 발달하면서 현상을 합리적으로 해석하려는 경향이 확대되면서 샤먼은 통치자의 자리에서 물러나 주술적인 일을 관장하는 역할만 맡게 되었다. 주술적인 일이라고 했지만 여기에는 인간의 지혜로 해결될 수 없는 어떤 오묘한 일에 대한 계시와 그것의 의미를 구체화하는 계몽의 역할이 포함된다. 그런 의미에서 샤먼은 예언자이자 교사였다.

인류 문명이 분화되면서, 샤먼이 맡았던 세속적인 일은 모두 사회 정치적 맥락에 흡수되었고, 그가 맡았던 비세속적 · 주술적 · 영적인 일은 종교의 영역으로 승화되었다. 이렇게 해서 신성사와 세속사가 분화된 것이다. 그런데 신성사와 세속사로 분화될 수 없는, 신성과 세속의 분기점에서 양자의 연결 고리 역할을 하는 독특한 영역은 '시' 라는 이름으로 살아남았다. 그런 의미에서 시는 다른 예술, 음악이나 미술이나 무용과는 다르다. 음악, 미술, 무용은 문명의 분화 이전 단계부터 세속적 영역에 속하는 것이었다. 그것은 신성하고 절대적 존재를 매개하는 것이 아니라 인간의 현세적 효용과 관련된 것이었다. 샤먼의 '말' 이 지닌 신성성과 절대성 지향의 요소는 '시' 에 그대로 전이되었다. 시는 종교의 영역으로 넘어가지 않은 상태에서 인간의 세속적 삶 속에서 신성성과 절대성을 지향하는 인간의 심리적 욕망을 드러낸다.

다시 인류 문화가 분화되면서 시는 소설과 드라마로 분화되었는데, 그것은 또 하나의 시의 세속화 과정이다. 그러한 세속화 과정 속에서도 시는 신석기 시대 이후 오천 년의 역사를 거쳐 오늘에 이르렀다. 그렇기 때문에 시에는 현세적 환멸과 초월에의 지향이 본질적으로 내재해 있으며 어떤 도취적 상황(ecstasy)에서 영통(靈通)을 꿈꾸는 욕망이 태생적으로 잠복해 있다.

일생을 시업(詩業)에 바친 시인이 자신의 대표작을 한편 고를 때 시인으로서의 집단무의식 속에 잠재된 샤먼적 요소가 스스로도 느끼지 못하는 상태에서 스며나올 것이라고 나는 믿는다. 그것은 신성하고 절대적인 세계에 대한 영적 교통을 지향하는 일이며, 덧없는 환멸의 육신을 넘어서서 영원으로 나아가려는 초월의 몸짓이며, 앞을 내다보지 못하는 대중들에게 갈 길을 제시하는 예언자의 육성이며, 모르는 것이 많은 대중들에게 참다운 지혜를 일깨워주는 랍비(rabbi, 교사)의 가르침이다.

그러나 어떤 무의식의 작용에 의해 한 작품이 선정되었다고 했을 때, 그 작품을 선택하게 된 표면적 이유는 의식의 차원에서, 달리 말하면 논리의 차원에서 충분히 논증되고 설명될 수가 있다. 아무리 절대적 차원으로 시를 부상시킨다 해도 시는 결국 인간의 상상력이 창조해낸 언어구조물이며, 시인의 내면을 압축적인 언어로 드러낸 고백의 양식이라는 점을 벗어나지 못한다. 따라서 시인이 어느 한 작품을 선정했을 때, 그 이유는, 그 작품에 담긴 내면의 절실성에 있거나, 강렬하고 인상적인 고백의 형식에 있거나, 독자적이고 개성적인 표현 방법에 있거나 하는 세 항목 중의 하나로 귀결된다. 예를 들어, 그 시에 나타난 연모의 감정이 실제의 체험이었기 때문에 나이가 들수록 더욱 간절하고 생생하게 떠오른다든가, 자신의 비밀스러운 경험이나 고민을 시의 형식을 빌려 과감하게 드러냈다는 고백의 특이성에 큰 비중을 둔다든가, 그 시에 구현된 표현방법이 과거의 것과는 다른 독창적 전환을 보였다는 점에 의미를 두고서 시를 고르게 되는 것이다.

그런데 이러한 시인의 대표작 선정이 독자의 안목과 행복하게 부합하는 것은 아니다. 왜냐하면 독자의 독서행위에는 언제나 독자의 체험이 작용하고 독자의 내면이 투영되기 때문이다. 말하자면 독자들은 자신의 시각과 방법으로 작품을 읽는다. 자신의 체험에 부합하는 작품에서 쉽게 공감을 얻으며, 자신의 고백충동을 대상적으로 충족시켜주는 작품을 명작이라고 생각하는가 하면, 자신의 어법에 친숙하게 다가오는 표현방법을 선호하는 경향을 보인다. 그렇기 때문에 독자들이 생각하는 시인의 대표작과 시인이 내세운 대표작이 일치하리라는 보장은 기대하기 어렵다. 이번에 육필로 제시되는 여섯 편의 작품에서도 독자들은 그러한 사실을 발견하게 될 것이다.

비평가는 문학적 훈련과정을 밟은 일종의 고급독자인데, 그의 안목은 일반 독자들과 또 다르다. 비평가는 개인의 주관적 기호보다는 중립적 시각을 견지하려고 노력하며 판단의 객관성을 유지하려고 한다. 그는 항상 문학작품을 균형 잡힌 시각으로 보기를 원한다. 그렇기 때문에 체험의 절실성에 국한해서, 혹은 고백의 강렬성에 근거해서, 혹은 표현방법의 독특성에 의거해서 작품을 천거하는 일은 거의 없다. 그는 이 세 가지 요소가 균형과 조화를 이룬 하나의 '작품'을 찾아내려고 하며, 문학성과 예술성을 염두에 두고 그 실현의 정도가 수준에 이른 작품을 찾아내려고 한다. 그러한 비평가의 합리주의적 시각은 시인의 초월주의적 무의식과 상당부분 충돌한다. 그렇기 때문에 비평가의 시각은 독자의 시각보다도 시인의 생각과 더 멀리 벌어지게 될 가능성이 많다. 이것이 바로 시인이 고른 대표작에 대해 많은 비평가들이 고개를 갸우뚱거리게 되는 이유다. 그런 의미에서 시인이 고른 대표작은 그의 시 작업의 어떤 지점에서의 절정을 보여주는 것이며, 동시에 또 하나의 도약을 예비하고 있는 것이기도 하다.

2. 격절(隔絶)의 순결성

김상옥의 「白瓷」에는 까마득히 현기증 일어나는 정신의 한 극점이 포착되어 있다. 그러기에 하나하나의 시어는 절제되어 있고 각 연의 끝은 '~다'라는 단호한 어조로 마감된다. 시정(市井)의 속기(俗氣)에서 벗어나 침묵으로 절대에 도달하려는 예각(銳角)의 시선이 돌출된다. 여기에는 그의 초기 작품인 「봉선화」나 「백자부」, 「옥저」, 「사향」 등에 보이는 애틋하면서도 풍요로운 서정의 유로도 차단되어 있다. 그 대신에 몽롱한 신비로움과 절세(絶世)의 고고함이 자리잡고 있다. 그 첫 연은 다음과 같이 시작된다.

雨氣를
머금은 달무리
市井은 까마득하다

달무리는 달 주위에 동그랗게 나타나는 빛의 띠를 말한다. 이것은 대기 중에 떠 있는 빙정(氷晶)에 의해서 빛이 굴절·반사되기 때문에 나타난다. 빙정이란 대기 중에 떠 있는 얼음결정을 말하는데, 이것이 녹으면 비가 되고 언 상태로 내리면 눈이 된다. 그렇기 때문에 달무리나 햇무리가 생기면 비가 내리는 경우가 많다. 그런 의미에서, "雨氣를 머금은 달무리"라는 구절은 자연현상에 부합하는 표현이다. 그러나 이 구절은 자연현상을 나타내기 위한 것이 아니다. 그것은 물기를 머금은 듯, 혹은 달무리가 비치는 듯, 미묘하고 모호한 기색을 드러내는 백자의 외형을 드러내기 위한 비유다. 이 신비로운 아름다움은 당연히도 시정(市井)의 잡사(雜事)와 까마득히 먼 거리를 둘 수밖에 없다. 이것은 "인간을 돌아보니 머도록 더욱 됴타"고 한 「어부사시사」의 세계인식이기도 하다.

맵시든
어떤 品位든
아예 가까이 오지 말라

2연에서는 시정의 세계에 속하는 가치범주인 '맵시'나 '품위'를 거부하고 있다. 맵시란 어떤 대상의 멋진 모양을 말하며, 품위란 그 대상이 지니고 있는 가치나 등위를 말한다. 맵시가 대상의 여성적 미감을 뜻한다면 품위는 대상의 남성적 기품을 뜻할 것이다. 어떤 것이 멋지다든가 품격이 높다든가 하는 것은 일정한 기준에 의해 대상의 규격을 정하는 행위다. 대부분의 미술품은 이런 두 가치 기준에 의해 그 등급이 판정된다. 그러나 우기를 머금은 달무리처럼 몽롱하게 보이는 대상에 대해서는 그런 세속의 잣대를 들이댈 수가 없다. 말하자면 백자는 세속의 가치기준을 초월한 자리에 놓이는 것이다. 그러한 백자의 탈속적 성향에 대해 다음과 같이 간략한 사실을 제시하며 시상은 종결된다.

이 寂寞
범할 수 없어
꽃도 차마 못 꽂는다

시인은 백자의 탈속의 형질을 한마디로 '적막'이라고 단언했다. 이것은 여항(閭巷)의 훤소(喧騷)와 정면으로 대립된 자리에 놓인다. 그것은 시정과 단절된 자리에서 자신의 결벽을 지키려는 격절(隔絶)의 의지다. 남들과 어울려 파안대소(破顔大笑)하거나 장광설(長廣舌)을 늘어놓는 것은 백자의 세계와는 정면으로 대립된 행동이다. 세상이 어떻게 변하든 우기 머금은 달무리를 둘러쓰고 침묵을 지키는 것이야말로 지상의 가치까지 초월하는 순결 추구의 극치다. 여기에는 일상의 용도 따위는 터럭 한 끝도 들이밀지 못한다. 백자에는 간장된장은 물론이요, 생활 박물(博物)도 문방사우(文房四友)도, 아름다운 피륙이나 향기로운 꽃도 담아놓을 수가 없다. 그 침묵의 공간은 일상적 용도 자체를 폐기해버린다. 그럴 때 백자는 현세의 공간을 초월한 절대의 사물이 된다.

백자를 시로 표현한 이 작품은 앞에서 얘기한 예술과 시의 차이점을 설명할 수 있는 좋은 예가 되기도 한다. 솔직히 말하면 백자는 어느 도공에 의해 빚어진 현세의 사물이다. 그것이 지극히 신비로운 아름다움을 머금고 있다 하더라도 그것은 지상에 존재하는 유형(有形)의 물품일 뿐이다. 지상에 존재하는 한 그것은 성주괴공(成住壞空)의 과정을 벗어나지 못한다. 그런 점에서 그것이 아무리 뛰어난 예술품이라 하더라도 절대성이나 신성성의 차원으로 이행할 가능성은 없다. 그 무정(無情)한 대상에 절대성과 신성성의 아우라(aura)를 드리워주는 것은 샤먼의 말이요 시인의 시다. 시는 그렇게 세속과 신성을 매개하는 샤먼의 진언(眞言) 역할을 하는 것이다.

3. 원초적 언어의 주술성

김춘수의 「처용단장 제2부」는 그가 추구한 무의미시에서 한 단계 더 나아가 무의미시의 묘사적 이미지조차 지워버리고 무의식이 연주하는 주술적 리듬에 언어의 몸을 맡긴 작품군이다. 이것을 시인 이승훈은 '적나라한 실존의 현기' 라고 부른 바 있다. 이것은 의미의 절망을 넘어 이미지로, 이미지의 절망을 넘어 리듬으로 탈주해간 한 샤먼—시인의 진언이요 염송이다. 육필로 제시된 작품은 「처용단장 제2부」 연작 중 숫자 '5' 로 표시된 작품이다. 이 한 작품만을 따로 떼어 읽기보다는 「처용단장 제2부」 전작을 통째로 읽는 것이 작품의 실상을 제대로 이해하는 올바른 방법이 된다. 다음에 인용한 작품은 「처용단장 제2부」의 「2」와 「3」인데, 이 작품을 보면 「처용단장 제2부 5」가 어떠한 위상에 놓인 것인지 이해할 수 있다.

구름 발바닥을 보여다오.
풀 발바닥을 보여다오.
그대가 바람이라면
보여다오.
별 겨드랑이를 보여다오.
별 겨드랑이의 하얀 눈을 보여다오.

—「처용단장 제2부 2」 전문

살려다오.
북 치는 어린 곰을 살려다오.
북을 살려다오.
오늘 하루만이라도 살려다오.

눈이 멎을 때까지라도 살려다오.

눈이 멎은 뒤에 죽여다오.

북 치는 어린 곰을 살려다오.

북을 살려다오.

—「처용단장 제2부 3」 전문

이 두 편의 작품은 어떤 현실적 의미를 전달하기 위해 구성된 것이 아니다. 앞의 시는 '보여다오' 라는 말이 갖는 일차적 의미와 음성적 울림에, 뒤의 시는 '살려다오' 라는 말이 갖는 일차적 의미와 음성적 울림에 의존하고 있다. 그러니까 「처용단장 제2부」를 이루는 시편은 샤먼이 사용했던 원초적 언어의 주술성을 재현하고 있는 것이다. 인류문명의 초기단계에서 사람들이 사용한 말(원초적 언어)은 숭엄한 울림을 지니고 있었다. '해' 나 '물' 이라는 말은 단순한 지시어가 아니라 '해' 와 '물' 이라는 사물을 그 안에 품고 있는, 다시 말하면 말이 곧 사물 자체로 인식되는 상태에 있었다. 원초적 언어의 문맥에서는 '보여다오' 라는 말의 반복은 실제로 보는 행위가 되며, '살려다오' 라는 말의 반복 역시 살려내는 행위가 된다. 말 자체에 그러한 숭엄한 힘이 내재해 있는 것이다.

불러다오

멕시코는 어디 있는가,

사파타는 사파타, 멕시코는 어디 있는가,

사파타의 누이는 어디 있는가,

말더듬이 一字無識 사파타는 사파타

멕시코는 어디 있는가,

사파타의 누이는 어디 있는가,

불러다오.

멕시코 옥수수는 어디 있는가,

—「처용단장 제2부 5」 전문

「처용단장 제2부 5」는 '어디 있는가' 의 반복이 두드러지고, '사파타' 와 '불러다오' 의 반복이 뒤를 잇는다. 음성 지각적으로 볼 때 '아' 음이 시 전체를 지배하고 있다. 1행과 8행을 제외한 나머지 일곱 행이 모두 '아' 음으로 끝나고 있으며, 3, 4, 5, 7 행은 '아' 음이 시행의 첫머리에 배치되어 있다. 그러니까 '사파타' 란 사람의 이름도 실제로 멕시코 농민혁명에 참여한 사람의 이름이라서가 아니라 그 음감 때문에 선택되었을 공산이 크다. 원래 사파타(Emilano Zapata, 1879~1919)는 1910년대에 멕시코에서 일어난 농민혁명의 지도자 중 한 사람이다. 극적인 생애를 살다간 사람이기 때문에 그를 주인공으로 한 영화가 여러 편 제작되었다. 1952년에 엘리아 카잔 감독에 의해 「사파타 만세」(Viva Zapata)가 제작되었으며, 1971년에 율 브린너가 주연한 「사바타여 안녕」(Adios Sabata)이란 영화가 제작되기도 했다. 이런 점에서 사파타는 멕시코와 밀접한 관계가 있는 인물임에 틀림없는데 그렇다고 이 시에 사파타라는 인물의 개인적 내력이 개입해 있는 것은 아니다.

이 시의 지배적 우성소로 작용하는 '아' 음 다음으로 음성적 가치를 실현하는 음절은 '우/오' 다. 이것은 '불러다오' 의 '우/오' 의 반복에서 확인된다. 사파타의 '누이' 나 '옥수수' 도 '우/오' 음 때문에 선택되었을 가능성이 높다. 갑자기 누이나 옥수수가 등장할 이유가 없기 때문이다. 요컨대 '아' 와 '우/오' 음의 교차에 의해 이 시의 주술적 음감이 형성되는 것이다.

한편, 유성음과 무성음의 대립이라는 지표에 의해 이 시의 음성적 울림을 살펴보면, 1행, 5행의 첫 구절과 8행이 유성음으로 되어 있어서 '멕시코', '사파타' 등 폐쇄음이나 파열음으로 되어 있는 어구와 대립적 음감을 환기하는 것을 알 수 있다. 요컨대, '불러다오' 라는 유성음의 청유형 다음에 "멕시코는 어디 있는가"라는 폐쇄 · 파열음이 이어지고, 5행의 '말더듬이' 라는 유성음 다음에 "一字無識 사파타는 사파타"라는 구절이 이어짐으로써 음상의 변화에 의한 주술적 음감이 형성된다. 여기서 '말더듬이' 라는 말도 유성음적 효과 때문에 선정되었을 것이다.

이러한 언어의 주술적 구사는 원초적 언어의 시대 이후 상실하게 된 언어의 사물성을 회복하려는 시도다. 시인은 동일한 음감의 언어를 반복 사용함으로써 소리가 사물을 형성하고 사물을 창조하는 기적을 실현한다. '사파타는 사파타' 라는 말을 통해 사파타라는 존재가 우리 눈앞에 현존하게 된다. 결국 시인의 실존은 의미의 영역을 배제한 채 소리와 직접 마주서게 된다.

이 시가 포유하고 있는 시적인 요소는 여기서 멈추지 않는다. 시의 중앙에 자리잡고 있는 '一字無識' 이라는 한자는 쉬운 우리말로 엮어진 이 시 전체의 흐름에 일종의 변이 형태로 자리잡는다. 그 변이형태의 존재 때문에 이 시는 단순한 언롱(言弄, word play)의 시에서 벗어나게 된다. 또 하나의 변이적 시어는 '옥수수' 이다. 옥수수는 멕시코에서 가장 많이 재배하는 식물이자 농민들이 주식으로 삼는 곡식이다. 제법 장중하고 엄숙한 어조로 질문이 되풀이되다가 마지막에 지극히 흔한 일상적 사물을 제시한다는 점에서 이 시어는 무거운 긴장을 풀어던지게 하는 유머의 요소로 자리잡는다. 이러한 요소들이 이 시를 과거의 시와는 다른 차원에 놓이게 했다. 물론 한국시의 전개는 이러한 시 경향을 다시 한번 뒤집고 뛰어넘는 방향으로 전개되었지만, 그러한 시간의 흐름 속에서도 이 시의 유니크함은 여전히 빛을 발한다.

4. 우국(憂國)으로서의 애국(愛國)

김남조의 시에 대해서는 관용적으로 따라 붙는 수식어들이 있다. 사랑, 기도, 구원 등의 어사가 결합된 말들이다. 그는 사랑의 목마름을 노래하고 생명의 근원에 닿을 것을 기도하며 참혹한 세상에서 영원의 세계로 구원될 것을 꿈꾼다. 그러한 작품으로 우리는 「목숨」을 꼽을 수 있고, 「情念의 旗」를, 「雅歌」를, 「겨울바다」를, 「雪日」을, 그의 많은 기도 시편을, 또 무엇을 꼽을 수 있을 것이다. 그런데 시인은 「조국」이라는 애국시를 뽑았다. 나는 이 시의 선택에 남성중심적 한국사회에서 여성시인으로 평생 시를 써온 한 시인의 보이지 않는 무의식이 작용했다고 생각한다. 그것은 이 시에 나오는 "배우지 않고 사랑할 줄 아는 나라", "역사에서 제일 슬픈", "이적지 핏속에 울리는" 이라는 구절 때문이다.

그는 1927년 경북 대구에서 태어나 초등학교를 마친 후 일본에서 여학교를 졸업하고 해방이 되자 서울대학교 예과를 거쳐 서울대학교 사범대학 국문학과를 정식으로 졸업한 여성 엘리트이다. 1953년 첫 시집을 출간하면서 바로 세인의 인정을 받는 시인이 되었으며, 1955년에 두 번째 시집을 내면서 스물여덟의 나이에 숙명여자대학의 전임 교수가 되었고, 숙명여대에서 만 38년을 봉직하고 정년퇴임하였다. 한국시인협회 회장, 한국여성문학인회 회장을 지냈고 서강대에서 명예문학박사학위도 받았으며 현재 예술원 종신회원의 자리에 있다. 이러한 이력으로 보거나 그가 남긴 방대한 작품의 중량으로 보거나 그가 6·25 전쟁 이후 한국 시단의 중심에서 정상의 자리를 지켜온 시인이라는 점을 부정할 사람은 아무도 없다. 그는 한국의 정상급 여성시인이 아니라 그냥 일급의 시인인 것이다.

사정이 이러함에도 불구하고 나는 남성중심적 한국 사회의 여성 억압적 구조가 김남조 시인으로 하여금 「조국」이라는 애국시를 선정하게 했고, 이 시의 창작에 여성적 정감이 배어들게 했다고 생각한다. 이 한편의 시에는 남성적 애국과는 다른 여성적 애국의 정한의 정조가 담겨 있다고 생각하는 것이다. 이것은 어쩌면 지극히 주관적인 판단에 속하겠지만, 바로 이런 여성적 애국의 정조가 70대 중반을 넘기는 노시인의 마음을 무의식의 차원에서 움직이게 하여 사랑과 정념과 기도와 구원의 시를 제쳐놓고 이 작품을 대표작으로 지목하게 했을 것이라는 것이 내 생각이다.

남성과 여성은 성에 의해 대비되는데 그 이항대립은 다른 여러 쌍의 이항 대립을 파생시킨다. '남성 : 여성 → 이성 : 감정 → 강직 : 온유 → 사회적 지향 : 내면적 응축 → 현실 참여 : 이상향 동경 → 저항 : 희생' 등으로 이어지는 이항 대립의 항목을 열거할 수 있다. 지금은 많이 달라졌지만 1980년 이전의 한국사회는 이런 이항대립의 간극이 메우기 힘든 두 개의 협곡으로 갈라진 형국을 나타냈다. 남성은 사회에 나가 굳세게 일하며 어려운 일이 있을 때는 그것에 맞서 싸우고 매사를 합리적으로 처리하는 것이 표준이 되었다. 이에 비해 여성은 온유한 마음으로 가정을 지키며 집안의 대의를 위해서는 스스로 기꺼이 희생이 되기도 하고 언제나 앞날의 평화를 기원하며 현재의 상황을 참고 견디는, 그러면서도 모성애적 본능으로 가족들을 감싸안는 인내와 순종의 여성상이 표준이 되어 왔다. 그렇기 때문에 애국이라는 영역도 원래 남성의 영역에 귀속되어 왔다. 3 · 1 운동 때의 유관순 누나가 유명한 것은 여성의 몸으로 애국항일운동에 뛰어들어 희생되었다는 점에 그 이유가 있다. 시대는 다르지만 서양의 잔 다르크의 경우도 이와 유사하다.

한국인의 행동양식을 분석해 보면 전반적으로 감정적이고 충동적인 성향이 우세하다고 한다. 이것은 2002년 월드컵 축구 때의 붉은 악마를 중심으로 한 응원 열풍, 2002년 11월 이후 전개된 장갑차 희생 여중생에 대한 촛불 추모 시위, 노사모가 중심이 된 선거 열풍 등을 통해 확인되는 사실이다. 이런 대중적 열풍의 출발은 이성적 판단에 의한 것이었지만 그 운동이 전개되는 과정에 대단한 감정의 선풍이 개입한다. 감정의 열풍이 거세어지면 출발의 거점 노릇을 했던 이성적 판단도 흐려질 때가 많다. 이러한 감정 우위의 사회 현상 속에서 그 사회 현실에서도 소외된 여성들의 경우에는 감정의 영역이 더욱 과잉발달하게 될 가능성이 많다. 학교교육이라든가 사회참여에서 소외된 여성일수록 감정적 편향은 더욱 강해진다. 어떤 경우 그들의 심리경향은 비이성적이 아니라 반이성적인 속성까지 드러낸다. 이것은 여성의 잘못이 아니라 사회에서 여성을 소외시킨 남성중심 사회구조의 탓이다.

이러한 여성차별의 상황 속에서도 김남조 시인이 정상의 자리에 오를 수 있었던 것은 시라는 양식 자체가 여성적 정감에 의존하는 성향이 강하기 때문이다. 그가 도전한 영역이 정치나 경제 쪽이었다면 오늘의 김남조 시인이 선 위치에 오를 수 없었을 것이다. 그러나 이제 시력(詩歷) 오십 년을 헤아리는 자리에서 자신의 대표작을 육필로 남기라 할 때 그는 여성적 정감의 시를 제쳐놓고 '애국' 이라는 남성적 주제의 시를 한 편 고른 것이다. 여기에는 남성중심 사회에서 여성적 정감을 무기로 자기 자리를 지켜온 노시인이 남성의 영역에서도 내 목소리를 낼 수 있다는 자의식, 내 대표작이 어찌 여성적 정감의 시뿐이겠느냐는 도전적 반발감이 무의식의 차원에서 개입했을 것이다.

그 무의식의 작동이야말로 시인의 집단무의식 속에 흘러온 샤먼적 체질이다. 그는 샤먼의 직관으로 이 시대에 필요한 것이 나라를 걱정하는 일임을 자각했다. 한국 사회의 커다란 전환이 예고되는 시점에서 이것은 매우 놀라운 직관이다. 그에게 나라를 사랑한다는 것은 나라를 위해 싸우는 것이 아니라 나라를 걱정하는 것이다. 그것은 배우지 않고 사랑하는 본능적 사랑이요, 불붙는 숯불 밑에 몸을 누이는 자기희생적인 행동이며, 역사에서 제일 슬픈 3·1 만세의 외침 소리를 핏속에 계속 울리는 일이다. 이것은 여성적 사랑과 희생과 슬픔으로 이루어진 여성적 우국이요 모성적 애국이다. 마치 어머니가 어린아이를 걱정하고 그 어린아이를 살리기 위해 기꺼이 숯불 위에 몸을 눕히는 모성애로서의 나라사랑. 이것이 남성시인의 애국시와 다른 이 시의 특징이다. 시대가 바뀐 미래의 어느 날 또 하나의 여성 시인에 의해 쓰여질 장쾌하고 호한한 애국시를 기대해본다. 시의 절정은 시인의 초월을 예고하는 것이기에.

5. 반어의 지혜

홍윤숙의 「사는 法 2」는 반어의 어법으로 어떤 메시지를 전하고 있다. 반어라면 말을 뒤집어 하는 것인데 처음에는 반어의 어법으로 출발하지만 나중에는 그 반어가 다시 진담이 되는 독특한 어법을 구사하고 있다. "날지 못할 날개는 떼어 버려요/지지 못할 십자가는 벗어놓아요"라는 처음의 두 행을 보면, 화자는 날개도 떼고 십자가도 벗어 놓은 채, 다시 말하면 더 나은 생에 대한 희망이라든가 자신이 반드시 해야 한다는 의무감 같은 것은 다 버린 채 세속의 삶에 몸을 맡기고 나날의 삶을 이어가라는 뜻으로 읽힌다. 그 다음에 이어지는 시행들은 처음의 독해 내용을 다시 보강해준다. 양심에 연연해 할 필요도 없고 자신이 감당하지 못할 삶의 부하도 다 팽개쳐 버리고 빌라도처럼 무책임의 변명으로 살아갈 것을 이야기한다.

홍윤숙의 시 역시 김남조의 시처럼 가톨릭 신앙의 자세가 시의 곳곳에 스며 있다. '십자가'와 '빌라도'는 가톨릭 신앙에서 정반대의 의미를 지닌 상징적 대상이다. 예수는 십자가를 짊어지고 골고다 언덕을 걸어 올라가 십자가에 못 박혀 죽었다. 십자가는 고통과 시련 속에서도 수행해야 할 의로운 과업을 상징하며 자신의 희생을 통하여 많은 사람을 진리로 인도하는 속죄와 구원의 상징물이다. 빌라도는 예수가 죄가 없다는 사실을 알면서도 사실을 밝히려 하지 않고 판관으로서의 책임을 외면한 채 예수가 불의한 무리들에게 죽도록 방조한 비겁한 인물이다. 십자가를 버리고 빌라도로 살라는 것은 인간으로서의 의

무와 책임을 포기하고 시류에 영합하는 비겁한 존재로 나서겠다는 뜻이다. "한 사발의 목숨 위해 날마다 일심으로/늙기만 해요"라는 구절이 바로 그러한 뜻을 단적으로 진술한 것이다.

여기까지의 문맥만 보면 비상의 꿈이라든가 신앙인으로서의 책임이라든가 인간의 양심 같은 것은 다 팽개치고 그저 목숨만 부지하며 하루하루를 살아가라는 뜻으로 읽힌다. 이것을 반어적 문맥으로 읽으면, 인간으로서 꿈도 양심도 저버린 채 해야 할 일도 다 집어던지고 비겁하고 무책임한 존재로 살아갈 수밖에 없다는 의미가 내포되어 있다고 해석할 수 있다. 그런데 그 다음 시행들은 이렇게 겉으로 비겁하고 무력해 보이는 태도가 그 나름의 삶의 방식이 될 수 있다는 점을 암시한다. 이렇게 되면 앞의 진술은 긍정을 전제로 한 부정의 반어가 아니라, 부정적 태도 자체가 삶의 지혜가 될 수 있다는 뜻으로 이해된다. 말하자면 침묵 속에 목숨을 부지하고 나날의 삶을 살아가는 것이 '겨울'로 상징되는 참혹한 시대에는 오히려 삶의 지혜가 될 수 있다는 논리가 성립되는 것이다.

이러한 해석을 가능케 하는 시어가 '진군'이라는 단어다. 시인은 "형제여 지금은 다친 발 동여매고/살얼음 건너야 할 겨울 진군"이라고 적었다. 진군(進軍)이란 군대가 앞으로 나아간다는 뜻이다. 그러니까 현재의 상황은 화자 혼자 목숨을 부지한 채 살벌한 현실을 건너는 것이 아니라 많은 사람들이 함께 참혹한 상황을 버티고 나아가야 할 시점인 것이다. 만일 십자가를 지겠다고, 혹은 양심을 지키겠다고 앞으로 나섰다가는 많은 사람이 한꺼번에 목숨을 잃을지 모르는 상황이다. 이처럼 살벌하고 참혹한 상황 속에서는 "되도록 몸을 작게 숨만 쉬"는 것이 오히려 현실을 견뎌 살아남는 지혜로운 태도일 수 있다. 그래서 "바람 불면 들풀처럼 낮게 누워요"라고 말하는데, 김수영의 시 「풀」과도 관련이 있는 이 구절은 참혹한 시대를 견디는 서민의 생존 방식을 잘 나타내고 있다.

들풀처럼 몸을 낮추고 간신히 숨만 쉬면서 광포한 시대의 삭풍을 견디는 것이 비겁하고 무책임한 일처럼 보이지만, 그렇게 한 시대를 견뎌 넘어야 비로소 날개도 달 수 있고 십자가도 질 수 있는 또 다른 시대가 오는 것이다. 새로운 봄의 시대를 맞이하기 위해서는 살얼음 진 겨울 강을 건널 수밖에 없다. 시인은 "혼만 깨어"라는 말을 세 번 반복하여, 비록 몸을 낮추고 비겁한 자세를 취하는 것 같지만, 자신의 혼은 깨어 있는 상태로 겨울을 견뎌야 한다는 점을 강조하였다. 비겁과 유약과 침묵의 자세를 취하지만 사실은 그 내면에 살아 있는 혼을 간직하고 겨울 강을 건너는 것을 시인은 간절히 희구하고 있다. 그런 의미가 내포되어 있기 때문에 겨울 강을 건너는 행위를 '겨울 진군' 이라고 표현하였다. 패배의 도주처럼 보이는 그 나약한 태도가 사실은 다 함께 겨울 강을 건너 봄을 맞이하는 행위임을, 이것이 참혹한 시대를 버티는 삶의 지혜임을 말하고자 한 것이다.

6. 부정적 상황의 우회적 표현

시인은 리트머스 시험지요 잠수함 속의 토끼다. 리트머스 시험지는 산과 알칼리에 민감하게 반응하여 색깔의 변화를 일으킨다. 잠수함 속에 산소가 부족할 때 토끼는 사람보다 먼저 그것을 알아차리고 특이한 반응을 보인다. 시인은 보통 사람보다도 상황의 변화에 민감하게 반응하며 특히 부정적 상황에 처했을 때 거부감과 고통을 더 먼저 더 확실하게 드러낸다. 앞에서 본 홍윤숙의 「사는 法 2」도 가혹한 시대의 고통에 민감하게 반응하는 시적 자아의 모습이 나타났지만 김종길의 「黃沙現象」에도 부정적인 삶의 조건을 예민하게 지각하는 자아의 모습이 나타난다.

「사는 法 2」에서는 몸을 낮추고 숨소리도 죽인 채 겨울 강을 넘는다고 했는데, 이 시에서는 겨울이건 봄이건 다 부정적인 양태로 제시되었다. 1연에 나오는 "금계랍 같은 눈"이란 표현은 겨울에서 봄으로 이어지는 계절의 변화가 결국은 비정상적 상태의 두 단면임을 암시하는 구실을 한다. 금계랍은 학질 치료제로 쓰이는 염산키니네란 약제를 말하는데, 하얀 가루로 되어 있고 맛은 아주 쓰다. 그래서 이유기의 어린아이에게 젖을 떼고자 할 때 엄마의 젖꼭지에 이 약을 발라서 쓴 맛을 보게 하여 떼기도 하였다. 학질은 고열과 오한이 주기적으로 반복되는 질병이다.

이 시에서 겨울의 눈은 오한과 관련되고 봄의 복사꽃은 발열로 비유되어 있다. 오한과 발열은 학질의 발병현상이고 금계랍은 학질을 치료하는 약제다. 그러니까 이 시의 화자에게는 겨울의 눈도 아름다운 것이 아니라 쓰디쓴 금계랍 가루처럼 비쳐진 것이고, 겨울과 봄의 정경은 오한과 발열을 반복하는 학질 환자의 병세로 보인 것이다. 이것을 보면 시인이 현실을 대하는 태도가 지극히 부정적임을 알아차릴 수 있다. 봄에 꽃이 피는 것은 아름답고 긍정적인 일로 제시되는 경우가 많기 때문이다.

이렇게 현실의 정황이 학질 환자의 발병상태로 비유되었기 때문에 대지는 "앓는 대지"가 되며 봄의 가뭄도 "목이 타는 봄 가뭄"이 된다. 봄에 피어나는 복사꽃이 긍정적으로 묘사되는 것처럼 봄 들판에 피어오르는 아지랑이도 흔히 긍정적 현상으로 제시된다. 그러나 이 시에서는 아지랑이조차 "眩氣症 나는" 상태로 제시되었다. 그러니까 이 땅 전체가 발병상태고 거기서 살아가는 사람들 또한 건강한 상태가 아니라는 것이다. 설상가상으로 목이 타는 가뭄 속에 황사바람이 불어와 시야를 황사로 가려버린다.

시인은 상황의 가혹함을 강조하기 위해서 '만'이라는 한정의 조사를 두 군데에 썼다. "眩氣症 나는 아지랑이만 일렁거리고"와 "며칠째 黃沙만이 자욱히 내리고 있다"가 그것이다. 이 '만'이라는 조사는 그것 외에는 다른 것이 없다는 제한적 의미의 말이다. 아지랑이만 일렁거릴 뿐 다른 것은 없고, 황사만 자욱히 내릴 뿐 다른 것이 없다는 뜻이다. 선택의 여지를 차단한 채 나아갈 전망이 보이지 않는 암울한 의식을 이 조사를 통해 나타냈다. 이러한 극한적 의미의 조사는 앞의 「사는 法 2」에도 나왔다. "혼만 혼만 깨어 혼만 깨어"가 그것이다. 그런데 「사는 法 2」의 '만' 은 혼만은 꼭 지닌 채라는 긍정의 의미를 강조하는 데 비해서 이 시의 '만' 은 부정의 상황을 강조하는 구실을 한다. 그만큼 이 시의 상황 인식이 더 절박하고 암울한 상태에 있음을 알 수 있다. 앞의 시에 보이는 '渡江' 의 의미가 이 시에 보이지 않는 것도 그런 점에서 당연한 일이다. 상황의 암울함이 나아갈 지평의 제시를 차단해버린 것이다. 부정적 상황을 구체적으로 표현하는 것도 용납이 안되는 시기이기에 황사와 아지랑이를 매개로 하여 우회의 어법을 구사하였다. 그러한 암울한 시대를 관통해온 우리들은 이 시의 표현의 의미를 잘 잘고 있다.

7. 고독이 주는 축복

임강빈의 「낙숫물 소리」는 어린 날의 회상이다. 지금 칠십대 이상 세대 중 어린 날을 가난으로 떠올리지 않는 사람은 거의 없을 것이다. 새로 이사한 집은 사글세 집이고 지붕에는 양철이 덮여 있다고 했다. 이것은 가난한 집안형편을 암시한다. 필자도 어린 시절 추녀가 나지막한 양철지붕 집에서 자랐다. 여름에는 양철이 달구어져 뜨거운 기운이 후끈거렸고 비가 오면 양철지붕을 두들기는 빗소리가 정겨웠다. 겨울에는 양철 위에 눈이 쌓여 눈 녹은 물이 천장으로 스며들었다. 여름에는 집 안 여기저기에 세숫대야나 양동이를 놓고 지붕 틈으로 스며들어 떨어지는 빗방울을 받았다. 빗방울이 똑똑 떨어지는 소리도 듣기가 싫지 않았다.

임강빈의 시에는 비 새는 소리는 나오지 않고 추녀 끝에 떨어지는 낙숫물 소리가 나온다. 양철지붕의 상태가 좋았던 모양이다. 낙숫물 소리가 들리기 전에 '개복숭아 꽃잎' 이 비에 젖는 장면이 나온다. 그냥 복숭아가 아니라 '개복숭아' 라고 한 것은 '사글세 집' , '양철지붕' 과 관련되어 가난과 소외와 누락의 이미지를 환기한다. 비에 젖은 개복숭아 꽃잎은 빈 방에 혼자 앉아 낙숫물을 바라보고 있는 어린아이와 대응적 관계에 있다. 고독과 소외상태에 있는 자아에게 외부의 정황은 사소한 것도 의미 있게 다가온다.

3연은 주어가 생략되어 있다. 추녀 끝으로 서둘러 모여드는 주체는 말할 것도 없이 빗방울이다. 그런데 왜 그 주체를 생략한 것일까? 이 시 전체에서 움직이는 심상이 뚜렷이 나타난 것은 3연이 유일하다. 서둘러 모여드는 그것도 결국은 뚝뚝 소리를 내며 허전하게 떨어지고 만다는 것. 그 정신의 허기(虛氣)를 주어가 생략된 3연이 암시한다. 3연은 "추녀 끝으로/서둘러 모여들었다" 로 되어 있다. 여기 '빗방울이' 라는 주어를 넣은 경우와 넣지 않은 현재의 시행을 비교해 읽어보면 주어가 생략된 현재의 시행이 뒤에 이어지는 허망의 누락감을 더 잘 나타낸다는 것을 알 수 있다.

텅 빈 방에 혼자 있는 아이이기에 빗방울의 빠른 움직임도 더 잘 보이고 떨어지는 낙숫물 소리도 선명하게 들린다. 그 미미한 자연의 움직임이 더 잘 보이고 더 잘 들린다는 것도 고독이 베풀어준 은혜일지 모른다. 낙숫물 떨어지는 정경 및 소리는 어리고 외로운 자아에게서 소외와 쇠락의 공허감을 덜어주는 벗과 같은 위안의 의미를 지닌다. 낙숫물 소리를 들으며 홀로 있음을 잊을 수 있고 낙숫물 소리를 통하여 폐쇄된 방에서 벗어나 외부의 공간으로 시선이 이동될 수 있었을 것이다. 어린 날 들었던 낙숫물 소리는 자아의 내면에 각인되어 시간을 초월해 현재까지 시인의 의식에 존재하고 있다. 그것은 어린 자아의 고독을 달래준 매개물이자 노년의 시인에게도 시심의 첫 출발을 떠올리게 하는 고독의 축복(the bliss of solitude)이다. 그 낙숫물 소리만 떠올리면 어떤 외로움의 국면에서도 마음이 느긋해지며 안온한 평온을 되찾을 수 있다. 이것이 바로 고독이 주는 축복이 아니겠는가?

영국의 낭만파 시인 워즈워스(W. Wordsworth)는 「수선화」라는 시에서 다음과 같이 노래하였던바, 수선화의 너울거림을 들여다볼 수 있는 것이 고독이 주는 축복임을 깨닫는 것도 시인의 무의식 속에 이어지는 샤먼적 통찰력 덕분이리라.

For oft, when on my couch I lie
In vacant or in pensive mood,
They flash upon that inward eye
Which is the bliss of solitude;
And then my heart with pleasure fills,
And dances with the daffodils.

II

폐허 속의 축복

—김종삼

1. 시정신의 뿌리

김종삼의 시는, 칼로 내리긋듯 직선으로 뻗친 필체, 특유의 안짱다리 걸음, 찌그러진 베레모, 말년의 술에 얽힌 일화와 더불어, 타인이 모방할 수 없는 그만의 독특한 개성을 뿜어낸다. 겉으로 보면 논리적 분석을 거부하는 듯한 그의 시는 언어와 이미지의 세공에 의해 제작된 것인데, 그 특이한 공법(工法) 때문에 그의 시는 고립의 성채에 내장된 희귀한 구슬처럼 보이기도 한다. 그러나 그 내면을 들여다보면 그의 시는 식민지 기간으로부터 1980년대 중반까지 한국사의 격랑을 헤쳐간 한 연약한 자아의 내면과 그 내면에 투영된 한국인의 사회적 역사적 상흔을 고스란히 간직하고 있다. 따라서 초기시든 후기시든 그의 시를 '인간 부재, 자아 부재의 시 혹은 비인간화, 탈인간화의 시'[1]로 해석하는 것에 대해 나는 동의하지 않는다.[2]

겉으로는 시대적 정황과 절연된 채 자기만의 세계를 괴팍스럽게 천착해간

---

1) 이경수, 「부정의 시학」, 『김종삼전집』, 청하, 1988, 262-3쪽.

문인이라 하더라도 그의 문학행위는 어떤 경로를 통해서든 사회적 역사적 문맥과 연결되기 마련이다. 예컨대 이상(李箱)의 경우, 스스로는 현실의 문제와는 무관한 듯 자폐적 포즈를 취했지만, 그의 문학적 결과물은 현실의 문제를 표면에 내세운 작품 못지않은, 혹은 그 이상의 사회적 함의를 지니고 있다. 거기에 비해 김기림은 여러 가지 사회문제에 대해 논평을 가하고 문단현상이라든가 문학인의 책무에 대해 관심을 표명했지만, 정작 그의 시는 풍경의 표면만 소묘하는 데 그쳤지 한 시대를 살아가는 인간의 실존적 고민을 형상화하는 데까지 나아가지 못했다. 김종삼은 본격적인 전쟁시나 사회시를 쓴 적도 없고 자신이 살아온 시대나 사회현실에 대해 논평을 가한 일도 없다. 그러나 그의 시에 반복되어 나타나는 음울한 음영은 한국사의 수난기를 거쳐 온 사회적 자아의 고난과 상처를 대변해준다.

『김종삼전집』의 연보에 의하면, 1921년 황해도 은율에서 태어난 김종삼은 평양의 숭실중학교를 다니다가 이 학교를 중퇴하고 1938년 4월에 일본으로 건너가 동경에서 해방될 때까지 생활한 것으로 되어 있다. 이 기간에 동경 도시마(豊島) 상업학교에 편입하여 졸업하고, 동경문화학원 문예과에서 음악공부를 하려고도 했는데 부친의 반대로 뜻을 이루지 못했다고 한다. 해방 후 귀국하였지만 해방은 곧 분단이었고 고향 상실이었다. 지식인이고 기독교인이었던 그의 부친은 북쪽에서 견디지 못했을 것이고 어느 해인지는 알 수 없으나 그의 가족은 월남하게 된다. 이렇게 보면 그는 18세 때 고향을 떠나 객지생활을 계속했음을 알 수 있다. 그의 방랑은 이때부터 이미 시작된 것이다.

어릴 때 일본 유학을 하고 음악을 전공하겠다는 생각을 가진 것으로 보아 그

---

2) 이승원, 「김종삼 시의 내면구조」(『근대시의 내면구조』, 새문사, 1988) ; 「김종삼 시에 나타난 죽음과 삶」(『현대시와 삶의 지평』, 시와시학사, 1993)은 이 점에 대한 불만으로 쓰여졌다. 앞의 글은 현실과 무관해 보이는 김종삼의 시가 어떻게 삶과 관계를 맺는가를 분석하였다. 그래서 『20세기 한국시인론』(국학자료원, 1997)에 이 글을 수록할 때 「김종삼 시의 환상과 현실」로 제목을 바꾸었다.

의 가정환경은 생활에 대한 걱정은 안 해도 될 정도로 여유가 있었던 것 같다. 그러기에 피난민 시절에도 하숙방의 더러운 요와 베개를 신문지로 싸서 사용했을 정도로 깔끔했으며,[3] 와이셔츠 하나도 마음에 드는 것을 사기 위해 시내를 다 돌아다닐 정도로[4] 호사가적 면모를 보였을 것이다. 이러한 그가 월남 후 피난민으로 전락하여 실업자로 전전하는 것은 견딜 수 없는 일이었다. 피난체험과 그 뒤로 이어진 전쟁체험은 그에게 심각한 정신의 외상으로 남아 영혼과 육체의 추락감, 세상에서 소외된 방랑자 의식, 죽음에 대한 과도한 반응 등을 낳게 하였다. 현실 속에서 과거의 자기 위상을 회복할 가능성을 찾지 못할 때 자포자기적 방임과 자조가 형성된다. 김현의 지적대로 세계를 변화시킬 수도 수락할 수도 없을 때 그가 택할 수 있는 것은 방황이다.[5] 이런 체험을 가진 사람이라고 다 그런 것은 아니지만, 음악과 예술을 애호한 그의 예민한 자의식은 환경변화에서 오는 충격에도 민감하게 반응했던 것이다.

그는 식민지 체제에서 성장하여 1938년 이후에는 일본에서 지냈고 해방 후 귀국했을 때에는 벌써 스물다섯의 성인이었다. 엄밀히 말하면 그는 소년기 이후에는 정상적인 한국어 교육을 받지 못한 사람이다. 이 세대의 사람들이 해방 후 대학을 다시 다니거나 식민지 체제하의 교육을 한국어로 재수용하는 노력을 기울였는데 그에게는 그럴 기회도 없었다. 그의 초기시에 비문법적 구문이 나오고 난해한 한자어가 나오는 것은 표현의 새로움을 추구한 결과가 아니라 한국어 구사의 미숙성에서 온 것이다. 이 점에서 있어서는 김수영이나 전봉건도 마찬가지다. 그렇기 때문에 이 시인들은 정황의 서술보다는 이미지에 의존할 수밖에 없었다. 이미지로, 혹은 무의식의 영상으로 시를 구성

---

3) 강석경, 「문명의 배에서 침몰하는 토끼」, 『김종삼전집』, 288쪽.

4) 위의 책, 279쪽.

5) 김현, 「김종삼을 찾아서」, 『김종삼전집』, 240쪽.

한다는 모더니즘의 방법론은 한국어에 미숙한 시인들에게 너무나 매력적인 조항이었다.

음악 애호가로서의 딜레탕트적 심미성, 미션 계통의 성장과정에서 온 서구적 지향성, 뿌리 뽑힌 떠돌이로서의 무정착성, 한국어 구사의 미숙성 등은 그의 시를 국적불명의 모호한 이미지와 난해한 어구, 비문법적 구문으로 출발케 하였다. 그러나 그는 곧 자신의 난점을 정리하고 정제된 형식미와 집약적 이미지로 시를 구성하기 시작했다. 그는 특히 이미지와 환상을 중시했는데, 그것은 "萬有愛와도 絶緣된 나의 意味의 白書 위에 노니는 이미쥐의 어린이들, 幻想의 領土에 자라나는 植物들, 그것은 나의 貴重한 詩의 素材들이다"[6] 라는 발언에서도 확인된다. 그는 이미지와 환상을 직조했지만 우리는 그것을 통하여 내면의 윤곽을 엿볼 수 있다.

2. 실향민 의식과 소외자에 대한 연민

그는 분단과 전쟁 때문에 남쪽으로 피난 와 고향을 잃은 사람이다. 고향은 떠났어도 부모 밑에서 보살핌을 받고 성장한 사람이 아니라 성년의 어느 날 고향을 잃었고 동시에 유복한 가정과 안온한 삶까지 함께 잃어버린 사람이다. 안정적인 삶으로부터의 추락감, 세상에서 버림받았다는 소외감은 세상과 자신이 어긋나 있다는 분리의식을 갖게 하고 자기도 모르게 세상에 죄를 지었다는 막연한 죄의식으로 자리잡는다. 이미 고향을 잃어버렸고 고향으로 돌아갈 가능성도 막혀버렸기에 고향은 늘 신기루 같은 환상으로 나타날 뿐이다. 「글짓기」에서처럼, 때로 고향은 평화롭고 아늑한 모습으로 등장하기도 하지만,

---

6) 김종삼, 「意味의 白書」, 『김종삼전집』, 230쪽.

그것은 죽은 다음에야 갈 수 있는 격절(隔絶)의 공간으로 제시된다. 계속되는 병고 때문에 죽음을 예감한 말년에도 "나는 이 세상에 맞지 아니하므로/....../머지 않아 죽을거야"(「그날이 오며는」)라고 말한다. 세상과 어긋나 있다는 생각을 그는 평생 지니고 산 것이다. 그러한 의식의 기원이 다음 작품에 새겨져 있다.

며칠만에 한 번만이라도 어진
말솜씨였던 그인데
오늘은 몇 번째나 나에게 없어서는
안 된다는 길을 기어이 가리켜 주고야 마는 것이다.

(중략)

안쪽과 周圍라면 아무런
기척이 없고 無邊하였다.
안쪽 흙 바닥에는
떡갈나무 잎사귀들의 언저리와 뿌롱드 빛깔의 果實들이 평탄하게 가득 차 있었다.

몇 개째를 집어 보아도 놓였던 자리가 썩어 있지 않으면 벌레가 먹고 있었다.
그렇지 않은 것도 집기만 하면 썩어 갔다.

거기를 지킨다는 사람이 들어와
내가 하려던 말을 빼앗듯이 말했다.

당신 아닌 사람이 집으면 그럴 리가 없다고—.

—「園丁」 부분

이 시는 1953년에 지면에 발표한 그의 첫 작품이다. 여기 어색한 어법이 쓰인 것은 앞에서 말한 대로 한국어 구사의 미숙성 때문이다. 시의 문맥에 의하면 '그' 라는 사람이 나에게 길을 가르쳐준다. 그는 "며칠만에 한 번만이라도 어진 말솜씨"를 보여주던 사람이다. 그러니까 그렇게 친절하지 않은, 다소 퉁명스러운 사람인데, 그가 나에게 "없어서는 안 된다는 길" 즉 상당히 중요한 길을 일러주면서 그 길을 꼭 가보라고 몇 번씩이나 당부했다는 것이다. 그래서 나는 그가 가르쳐준 대로 과수원 길을 지나 유리 온실을 향하여 걸어갔다. 거기서 떡갈나무 잎사귀와 노란색 과실들이 평탄하게 쌓여 있는 아늑한 장면을 목격한다. 그러나 과일 몇 개를 집어든 순간 그 아늑함은 깨어진다. 내가 집어 들기만 하면 과일이 썩어갔던 것이다. 이 시에서 중요한 것은 마지막에 나오는 "내가 하려던 말을 빼앗듯이 말했다"는 대목이다. 즉 자신에게 문제가 있다는 것을 스스로가 이미 알고 있다는 사실이다. 불행한 결말은 이미 운명으로 예정되어 있었다. 그러기에 나에게 길을 알려준 '그' 는 주인공에게 불행한 운명을 알려주는 민담 속의 예언자 같은 느낌을 준다.

손이 닿기만 하면 모든 과일이 썩어간다면 지상의 어느 것에도 그는 손을 댈 수가 없다. 그는 세상으로부터 철저히 소외되어 천형의 죄의식에 시달린다. 아무리 아름다운 것도 그의 소유가 될 수 없고 아무리 풍성한 과실도 그의 양식이 될 수 없다. 그는 세상을 떠돌며 세상과의 거리를 유지하려고 한다. 그의 시에 과수원이 자주 나오는 것으로 보아 북쪽의 고향집에 과수원이 있었는지도 모른다. 그러나 그는 그 풍족한 공간으로부터 유리되어 과일 한 알도 소유할 수 없게 되었다. 여기서 그의 방랑이 시작된다.

그 자신이 세상을 떠도는 약자였기에 소외된 약자를 보면 동질감을 느낀다.

이 동질감은 약자끼리의 연대의식을 통하여 어긋난 현실을 개조해보자는 변화의 의지가 담긴 것이 아니다. 나도 떠돌이인데 너도 떠돌이구나 하는 약자끼리의 연민 어린 동류의식에 해당한다.

물먹는 소 목덜미에
할머니 손이 얹혀졌다.
이 하루도
함께 지났다고,
서로 발잔등이 부었다고,
서로 적막하다고,

—「墨畵」 전문

발잔등이 부을 정도로 일을 많이 하고 그러면서도 쓸쓸함을 벗어나지 못하는 할머니와 소가 교감을 이루며 연민을 느끼는 내용이다. 소외된 약자끼리의 교감을 나타낸 이 시는 시인이 이 두 대상에게 느끼는 공감을 역으로 표현한다. 「오학년 일반」에 나오는 시골의 가난한 모자(母子), 「스와니江이랑 요단江이랑」에 나오는 초가집의 나이 어린 소년, 「북치는 소년」에 나오는 가난한 아이, 「그리운 안니 · 로 · 리」에 나오는 얼마 못가서 죽을 아이 등은 모두 시인의 유약한 소외감과 세상과의 거리감, 스스로 떨치지 못하는 죄의식의 표상이다.

소외된 약자에 대한 연민은 후기시로 갈수록 더욱 빈번하게 표출되는데, 이것은 방송국에서의 퇴직 이후 자신의 소외감과 빈한함을 더욱 강하게 느끼고 삶의 의욕이 감퇴되면서 나타난 현상이다. 「掌篇 1」에서는 인파 사이로 '열심히' 따라가는 염소의 모습이 나오는데, 여기서 시인은 '열심히' 라는 단어를 통하여 이 연약한 존재에게 다가올 비극적 결말을 반어적으로 암시하였다. 두 마리 염소가 걸음소리와 울음소리를 내며 '열심히' 걷지만 결국 그들에게 닥

쳐올 운명은 죽음뿐이다. 그들은 죽음이 앞에 놓인 줄도 모르고 그렇게 귀여운 모습으로 그렇게 '열심히' 걷고 있는 것이다. 이들을 보고 "나 같으면 어떤 일이 있어서도 녀석들을 죽이지 않겠다"고 단언한 것은 당연한 일이다. 그 염소의 모습에 시인 자신의 모습이 병치되었기 때문이다. 「掌篇 2」, 「앞날을 향하여」, 「맙소사」, 「내가 재벌이라면」, 「소공동 지하상가」 등에는 가난으로 고생하는 약자의 모습을 보여주고, 「實記」, 「추모합니다」, 「연주회」 등에서는 예술가의 비참한 삶을 통해 역시 소외된 약자로서의 동질감을 표현한다. 이처럼 소외된 약자를 동정받을 존재로, 혹은 탁월한 예술가로 묘사한 것은 그 소외된 약자가 바로 시인의 분신이기 때문이다. 다음의 작품은 예술가이자 소외된 약자인 시인의 내적 자존(自尊)을 스스로 시인이 아니라는 반어의 어법으로 표현한 예이다.

누군가 나에게 물었다. 시가 뭐냐고
나는 시인이 못됨으로 잘 모른다고 대답하였다.
무교동과 종로와 명동과 남산과
서울역 앞을 걸었다.
저녁녘 남대문 시장 안에서
빈대떡을 먹을 때 생각나고 있었다.
그런 사람들이
엄청난 고생 되어도
순하고 명랑하고 맘 좋고 인정이
있으므로 슬기롭게 사는 사람들이
그런 사람들이
이 세상에서 알파이고
고귀한 인류이고

영원한 광명이고

다름아닌 시인이라고.

—「누군가 나에게 물었다」 전문

시인의 처지를 생각하며 표면적 문맥만으로 읽을 때, 삼십 년 동안 시를 써 온 시인이 스스로 시인이 못된다고 말하는 대목은 가슴을 저리게 한다. "인생은 살기 어렵다는데/시가 이렇게 쉽게 씌어지는 것은/부끄러운 일이다."(「쉽게 씌어진 시」)라는 윤동주의 순정한 고백이 떠오르기도 한다. 그러나 조금 거리를 두고 약자에 대한 연민이 시인의 동류의식의 표현이라는 점을 의식하고 다시 읽으면, 이 시 속에 시인으로서의 무시 못할 자존이 숨어 있음을 알아차리게 된다. 그는 표면적으로는 시인이 못된다고 얘기했지만, 남대문 시장 안에 자진해서 걸어 들어가 빈대떡을 사 먹음으로써 어느덧 그들의 일원이 되고 스스로 세상의 '알파이자 고귀한 인류, 영원한 광명, 진정한 시인' 의 자리에 이르게 된 것이다. 소외된 약자로서의 유약함이 어느덧 진정한 시인의 자리로 부상하는 대담한 자존심을 우리는 이 시에서 본다. 이것은 「앞날을 향하여」에서 가망이 없다는 통보를 받았지만 돈이 아무리 들어도 남편에게서 산소호흡기를 떼어서는 안 된다고 되풀이하는 가난한 아낙네의 순정한 내면을 강조한 것과 같은 맥락이다. 비록 가난하고 세상에서 소외된 약자에 불과하지만 풍성하고 부유한 어느 사람보다도 내면은 아름답다는 이야기를 전하고 싶은 것이다. 이것은 지금 이렇게 가난과 병고에 시달리지만 어느 넉넉한 시인보다 내가 더 진정한 시인이라는 자긍(自矜)의 담론에 해당한다.

3. 전쟁 체험과 죽음 충동

그는 고향을 등지고 월남한 후 다시 6 · 25의 참상을 겪었다. 6 · 25를 겪은 사람이라면 누구나 가지고 있는 피난의 고달픔과 정신적 피해의식이 그에게는 더욱 깊은 상흔을 남겼다. 특히 전쟁과 관련된 죽음의 공포는 그의 일생의 시작업을 지배하는 중요 모티프로 작용하였다. 6 · 25의 죽음체험은 워낙 강렬하게 그의 의식을 사로잡고 있어서 그가 소년기에 겪었던 죽음체험까지 잠재의식 속에서 불러냈으며 그의 평생의 시작을 죽음 주위에 맴돌게 하였고 평화로운 정경 주위에도 죽음의 배경이 깔리게 하였다.[7]

6 · 25 전쟁과 관련된 죽음이 직접적으로 표현된 작품은 「어둠 속에서 온 소리」, 「민간인」, 「달 뜰 때까지」 등이고, 6 · 25는 아니지만 전쟁으로 인한 참상이 암시된 작품은 「地帶」, 「아우슈뷔츠1」, 「아우슈뷔츠2」, 「아우슈뷔츠 라게르」 등이다. 전쟁과 직접적인 관련이 없어 보이는 시에도 고아원이나 병원, 가엾은 아이들, 고생하는 어머니 등이 나오면 그것은 시인의 무의식에 자리잡은 전쟁의 궁핍 체험, 혹은 피난 체험의 표출임을 알 수 있다. 「휴가」에 나오는 물새 사냥 장면이라든가 「두꺼비의 轢死」에 나오는 두꺼비가 차에 깔려 죽는 장면 같은 것도 무자비한 폭력에 의해 삶이 유린될 수 있다는 의식이 투영된 것이다. 이것은 그의 6 · 25 전쟁 체험의 연장이다. 전쟁 체험이 얼마나 깊었으면 70년대에 쓴 다음과 같은 상쾌한 작품에도 전쟁의 음영이 비치어 있겠는가.

헬리콥터가 지나자
밭 이랑이랑
들꽃들이랑

---

7) 이승원, 『현대시와 삶의 지평』, 시와시학사, 1993, 119쪽.

하늬바람을 일으킨다

상쾌하다

이곳도 전쟁이 스치어 갔으리라.

―「序詩」 전문

들꽃이 하늬바람에 나부끼는 상쾌한 장면을 제시하고서도 그는 "이곳도 전쟁이 스치어 갔으리라" 고 말한다. 이것은 평화롭고 안온해 보이는 모든 곳에 전쟁의 상처가 드리워져 있다는 의식의 표현이고 그의 내면이 이 문제 때문에 시달려왔음을 암시하는 대목이다. 말년에 육신의 고통에 시달리는 자신을 '죄인' 이라고 지칭하며 수억 년간 "惡靈들과 昆蟲들에게 시달려왔다" (「꿈이었던가」)고 말했을 때, 그 악령과 곤충의 정체는 가난이나 병고보다는 바로 이 6·25 전쟁의 후유증이었다. 전쟁의 상처가 그를 죽음의 심연으로, 자학을 통한 만성 자살(chronic suicide)로 이끌어갔다.

내면에 자리잡은 강렬한 죽음 체험은 어린 시절에 겪은 두 가지의 죽음, 즉 7살 때쯤 병으로 죽은 개똥이와 역시 어릴 때 세상을 떠난 친동생에 대한 기억을 불러일으켜 시로 표현케 하였다. 이 두 작품은 『전쟁과 음악과 희망과』(1957)에 수록된 「개똥이」와 『누군가 나에게 물었다』(1982)에 수록된 「운동장」이다. 삼십 년 가까운 세월에도 소년기의 죽음 체험이 지워지지 않고 그대로 이어짐을 볼 수 있다. 특히 개똥이의 죽음과 관련하여 다음과 같이 마무리를 짓는 부분은 어릴 때 겪은 죽음의 공포가 어른이 된 시인에게 생생하게 남아 있음을 알려준다.

저기

어두워 오는

북문은 놀러 갔던

아이들을 잡아 먹고도
남아 있습니다.

빠알개 가는
작은 무덤만이
돋아나고 나는
울고만 있습니다.

—「개똥이」 부분

울고 있다는 감정적 표현을 한 것도 그의 시로서는 특이한 일이지만, 어두워 오는 북문, 빠알개 가는 작은 무덤이 환기하는 죽음의 두려움과 애잔함은 30대의 시인에게 떨치지 못할 표상으로 각인되어 있음을 알려준다. 이 북문과 무덤은 비단 어릴 때의 공포 체험의 환기가 아니라 시인이 성인으로서 겪은 6·25 전쟁의 공포체험과 관련되어 있다. 말하자면 북문과 무덤은 어릴 때의 공간이자 그가 얼마 전에 겪은 6·25의 공간이고, 지금 그의 내면에 자리잡은 불길한 죽음의 공간인 것이다.

이와 더불어 아우의 죽음은 형 김종문의 죽음 및 모친의 죽음과 결합되어 말년에 그의 죽음이 예고될수록 더욱 강한 영상으로 떠오른다. 그의 자살 체험을 다룬 「아침」에서는, 약을 먹고 자살을 기도했다가 며칠 만에 깨어났을 때 "죽은 아우 〈宗洙〉의/파아란 한쪽 눈이 나를 지켜보고 있었다/오랫동안 나에게서 잠시도 떠나지 않고 노려보고 있었다"고 동생의 이름을 한자로 명기하며 선명한 영상으로 제시하였다. 나를 노려보는 동생의 파아란 눈 때문에 다시 깨어나 고된 발걸음을 옮기기 시작했다는 내용이다. 말하자면 어릴 때 죽은 아우가 지니고 있었던 냉혹한 죽음의 음영이 자기를 죽음에서 건져냈다는 이야기인데, 이러한 전후 사정을 보면 그가 죽음의 문제에 얼마나 몰두해 있었는가를 알 수 있다.

그의 내면에 자리잡은 죽음의 공포 체험은 깊어지는 신병과 함께 더욱 극적인 양상으로 변모한다. 「등산객」, 「벼랑바위」 등에서는 자신의 죽음을 목전에 임박한 분명한 기정사실로 받아들인다. 때로 그것은 "나 지은 죄 많아/죽어서도/영혼이/없으리"(「라산스카」)라는 참담한 자학으로 돌출되기도 하지만, 어떤 때에는 평화롭고 고요한 죽음을 환상하는 장면으로 변주되기도 한다. 죽음에 대한 공포가 편안한 죽음에 대한 동경으로 전환되는 것을 볼 때, 세계에 뿌리를 내리지 못하고 고통스럽게 방랑한 그의 내면에 편안한 죽음에 대한 동경이 도사리고 있었음을 알 수 있다. 환상 속에 떠올린 다음과 같은 죽음의 장면은 그가 좋아한 음악처럼 아름답고 순정하다.

싱그러운 巨木들 언덕은 언제나 천천히 가고 있었다

나는 누구나 한번 가는 길을
어슬렁어슬렁 가고 있었다

세상에 나오지 않은
樂器를 가진 아이와
손쥐고 가고 있었다

너무 조용하다.

—「풍경」 전문

4. 생의 아이러니와 시의 축복

김춘수는 김종삼의 시에 대해 언급하면서 "감상을 훨씬 넘어서는 存在者의 근원적 슬픔"을 느낄 수 있다고 하면서 이 슬픔이 '存在의 빛'을 드러낼 수 있다고 보았다. 이어서 "가장 효용이 약한 듯이 보이는 김종삼의 시편들에서 시의 가장 근본문제를 발견"할 수 있다는 점을 암시하였다.[8] 오형엽은 김종삼 시의 '인간부재 의식'에 '인간 전체에 대한 연민'과 '절대적 존재의 감춤'이 내재해 있다고 보았다.[9] 이러한 지적은 김종삼 시의 진면목을 이해하는 데 큰 도움이 된다. 특히 사회적 윤리적 효용이 약해 보이는 김종삼의 시에서 존재의 빛을 얻을 수 있다는 김춘수의 지적은 깊이 음미해볼 만하다.

김종삼의 시는 끊임없이 그를 방랑으로 몰아세운 실향민 의식과 그 결과로 갖게 된 약자에 대한 연민, 그의 내면에 지속적으로 작용한 죽음 의식 등을 표면에 드러냈다. 그러나 그 이면에는 생의 본질이 무엇인가를 우리에게 일깨우고 그러한 생의 테두리에서 인간이, 혹은 시인 자신이 어떻게 살아야 할 것인가를 성찰케 하는 높은 효용성을 내장하고 있다. 그는 이미지와 환상 속에 자신이 인식한 독특한 생의 단면을 배치해 놓은 것이다. 그리고 그 단면은 실향과 피난과 전쟁과 방랑을 거친 독특한 체험의 산물이기 때문에 한국사의 수난기를 거쳐온 한국인의 보편적 체험 및 사유와 연결된다. 그 사유의 내용을 한 마디로 잘라 말하면 생의 아이러니와 양가성(兩價性, ambivalence)의 인식이다.

심청일 웃겨 보자고 시작한 것이
술래잡기였다.

---

8) 김춘수, 「김종삼과 시의 비애」, 『김춘수 전집 2 시론』, 문장, 1982, 437쪽.
9) 오형엽, 「풍경의 배음과 존재의 감춤」, 『1950년대의 시인들』, 나남, 1994, 337쪽.

꿈 속에서도 언제나 외로웠던 심청인
오랜만에 제또래의 애들과
뜀박질을 하였다.

붙잡혔다
술래가 되었다.
얼마 후 심청은
눈 가리기 헝겊을 맨 채
한 동안 서 있었다.
술래잡기 하던 애들은 안 됐다는 듯
심청을 위로해 주고 있었다.

—「술래잡기」 전문

이 시는 김종삼이 지각한 생의 아이러니가 어떤 것인가를 잘 나타내주는 작품이다. 심청일 웃겨보자고 시작한 놀이가 결과적으로는 심청이를 더 슬프게 하는 현실. 이것이 김종삼이 지각한 삶의 모습이다. 세상이 이런 판국이라면 누구를 위해서 무엇을 한다든가, 새로운 삶을 도모한다든가 하는 것도 다 부질없는 일이 된다. 어떻게 행동해도 인간은 슬픔과 외로움을 벗어날 수 없는 것이다. 그렇다면 인간은 아무런 일도 하지 말고 침묵과 부동의 자세로 있어야 하는가. 인간인 이상 그럴 수는 없다. 이 허망한 세상에서 술래잡기라도 해야 하고 아버지를 위해 인당수 푸른 물에 몸을 던지기라도 해야 한다. 덧없어 보이는 세상에서 모차르트나 베토벤 같은 위대한 음악가들은 영원불멸의 아름다움을 창조하였다. 이렇게 세상에는 밝음과 어두움이 함께 존재한다. 그 둘이 따로 있는 것이 아니라, 밝음 속에 어두움이 어두움 속에 밝음이 존재한다. 그래서 나의 본적은 "푸른 눈을 가진 한 여인의 영원히 맑은 거울" 이자 "차원을 넘어다니지 못하는 독수리"(「나의 本籍」)라고 했다. 이것이 바로 삶의 부조리이고 아이러니다. 이것을 김종삼은 독서를 통해 관념적으로 습득한 것이 아니라 삶의 과정 속에 스스로 깨달았다. 이것은 자신에 대한 인식에도 그대로 적용된다. 앞에서 약자에 대한 연민 속에 시인으로서의 자존심이 드러난다고 한 그 양면적 인식이 바로 그것이다. 그러면 이러한 아이러니의 상황 속에서 역시 모순된 존재인 인간이 어떻게 살아가야 하는가? 다음의 시는 그것에 대한 답변이다.

바닷가에 매어 둔
작은 고깃배
날마다 출렁거린다
풍랑에 뒤집힐 때도 있다
화사한 날을 기다리고 있다
머얼리 노를 저어 나가서
헤밍웨이의 바다와 老人이 되어서
중얼거리려고

살아온 기적이 살아갈 기적이 된다고
사노라면
많은 기쁨이 있다고

—「漁夫」 전문

여기 나오는 "살아온 기적이 살아갈 기적이 된다"는 말이 바로 그를 방랑과 자조의 삶 속에서, 혹은 만상 자살 충동의 삶 속에서 그를 지켜온 삶의 동력이다. 지금까지 살아온 것이 기적인데 앞으로도 그런 기적이 일어날 것 아닌가?

세상이 정말 그런 것이라면 "인간되었던 모든 시련 모든 추함 다 겪고서"(「라산스카」)도 살아갈 수 있고, 또 살아볼 만한 것 아닌가! 그렇게 살아가면 '화사한 날' 이 그야말로 기적처럼 다가올지도 모른다. 그때 하늘의 구름 속에서 "평화로운 和音" 이 "바보가 된 나에게도/무슨 신호처럼"(「소리」) 들려오기도 한다. 악령과 곤충에 시달리면서도 사람이 살 수 있는 것은 바로 이 환상의 아름다움, 기적에 대한 의존 때문이다. 그 기적의 환상에 기대어 사람들은 음악을 창조하고 시를 창조한다. 이 넝마 같은 삶 속에서 찬연하고 풍성한 창조가 이루어지는 것도 분명 아이러니다!

> 한 골짜기에서
> 앉은뱅이 한 그루의 나무를
> 보았다
> 잎새들은 풍성하였고
> 색채 또한 찬연하였다
> 인간의 생명은 잠깐이라지만
>
> —「한 골짜기에서」 전문

어떻게 생각하면 순간에 불과한 인생길에 이렇게 시라도 쓸 수 있게 된 것은 축복인지 모른다. 시는, 그리고 시인은 비유컨대 앉은뱅이 나무 같지만, 덧없이 지나가는 인생길에 풍성한 잎새와 찬연한 색채를 보여주는 놀라운 기적을 실현한다. 여기서 우리는 죽음의 계곡을 넘어서는 시인의 자존을 본다. 비록 남들에게는 자기 시는 시도 아니고, 취미로 시를 쓴다고 자조했지만,[10] 다음의 구절들을 보면 자신의 냉소와는 달리 시에 대한 자긍심이 대단했던 것을 알

10) 강석경, 앞의 글, 290쪽.

수 있다.

그 동안 무엇을 하였느냐는 물음에 대해

다름아닌 人間을 찾아다니며 물 몇 桶 길어다 준 일밖에 없다고

—「물 桶」 부분

오늘은 찾아가보리라

死海로 향한

아담橋를 지나

거기서 몇 줄의 글을 감지하리라

遼然한 유카리나무 하나.

—「詩作노우트」 부분

김종삼은 다른 사람들에게 스스로를 엉망이라고 자조했듯, 시에서도 자신의 속뜻이 생경하게 내비치는 것을 경계해왔기 때문에, 우리는 인용된 각 시구의 앞뒤에 배치된 위장적 이미지의 틈을 뚫고 그 속에 숨어 있는 시인의 숨결을 찾아내야 한다. 시인의 은폐의 노력에도 불구하고 시에 대한 긍지가 그 모습을 드러낼 때가 있다.

「물 桶」에서는 '인간을 찾아다니며' 라는 말에 유의해야 한다. 그냥 물을 길어다 준 것이 아니라 인간을 찾아다니며 물을 길어다 준 것이라면 이것은 대단히 적극적인 행동이다. 그의 산문 「이 空白을」에서는 추락한 비행기 조종사의 잔등에서 불을 꺼주는 장면을 상상했지만, '인간을 찾아다니며' 에 담긴 메시

지는 그것보다 훨씬 크고 강하다. 인간을 찾아다니며 물 몇 통 길어다 준 일이 곧 시 쓰기라면 그것은 대단히 적극적인 사랑의 실천이다. 이런 시를 인간 부재의 시라고 할 수 있을까? 자조와 방랑의 언행 속에서도 그는 자신의 시 쓰기를 헌신적 사랑의 행위로 자인했다.

「詩作노우트」의 인용된 시구 앞부분에는 이 시각까지 무엇을 하며 살아왔느냐는 자책의 발언이 나온다. 그 다음에 나온 발화가 인용된 부분이다. 죽음의 바다(死海)로 향해 있는 원초적인 다리(아담교)를 지나 생명의 끝판, 존재의 근원에 도달하여 그 궁극의 지점에서 몇 줄의 글을 감지해보겠다는 선언은 김춘수가 얘기한 '존재의 빛' 을 찾는 구도자의 자세를 연상시킨다. 그는 의도적으로 '감지' 와 '요연한' 이라는 말을 썼다. 거기서 몇 줄의 글을 손으로 만지고 마음으로 느낄 때 비로소 존재의 시원의 모습이 어렴풋이 떠오르는 것이다. 그는 이러한 존재 탐구의 의지를 분명히 내비치고 있다.

> 그렇다
> 非詩일지라도 나의 職場은 詩이다.
>
> 나는 진눈깨비 날리는 질짝한 周邊이고
> 가동中인
> 夜間鍛造工廠.
>
> 깊어가리만치 깊어가는 欠谷.
>
> —「制作」 전문

> 나는 속으로 치열하게 외친다
> 부인터 공동 묘지를 향하여

어머니 나는 아직 살아 있다고

세상에 남길 만한

몇 줄의 글이라도 쓰고 죽는다고

그러나

아직도 못 썼다고

불쌍한 어머니

나의 어머니

―「어머니」 부분

스스로 자신의 시는 시가 아니라고 말한 김종삼 시인이 「制作」에서는 '그렇다' 라는 강한 긍정의 어사와 함께 "나의 職場은 詩" 라고 선언하고 있다. 그 직장은 비록 진눈깨비 날리는 질척한 변두리에 있지만 밤에도 쉬지 않고 물건을 만들어내는 공장이다. 계속 이어지는 철야작업을 통하여 상처처럼 갈라진 계곡(흠곡)도 깊어질 수 있는 데까지 깊어진다. 이 얼마나 치열하고 철저한 시정신인가. 그는 무력한 방랑자로 흠(欠)을 지니고 살았지만 그가 이루고자 한 시의 계곡은 이렇게 웅숭깊었다.

「어머니」는 그가 병고에 시달리며 몇 차례의 자살 기도까지 벌인 마지막 단계에 쓴 시다. 한번도 치열한 육성을 들려준 바 없는, 언제나 나직한 풍경의 배음만을 들려주던 그가 여기서는 "치열하게 외친다" 고 했다. 죽음을 예감하며 이미 죽음의 세계로 간 아우와 형을, 그리고 어머니를 떠올리며 세상에 남길 만한 몇 줄의 글을 써야 한다고 그래서 이대로 죽을 수는 없다고 처절하게 울부짖는 것이다. 그러나 이 울부짖음도 '속으로' 외친다고 그는 적었다. 그는 자신의 생각을 속으로 뭉쳐 넣을 뿐 겉으로 울부짖는 사람이 아니었다.

그는 평생 소외된 약자였고 삶의 그늘을 찾아다닌 사람이었다. 그늘의 빈한함에 시달리면서도, 인간을 찾아다니며 물 몇 통 건네주길 원했고, 죽음의 세계를 넘어선 생명의 나무를 꿈꿨고, 밤을 새워 세상에 남길 시를 쓰길 원했다. 그러한 자기 욕망의 한쪽에서는 좌절된 실패자라는 허무감이 상승하려는 의욕을 낚아채기도 했다. 그의 내면 자체가 파멸과 신생이 교차하는 아이러니의 공간이었다. 그 고통의 아이러니 속에서 우리의 마음을 울리는 시가 창조된 것은 그의 표현대로 기적이고 축복이다. 이 기적과 축복의 시가 1950년대 석탄 같은 폐허의 시대에서 1980년대 신기루 같은 외화(外華)의 시대까지 펼쳐졌다. 그것은 한 개인의 삶의 굴절을 반영함과 동시에 폐허와 번화 사이에 펼쳐진 시대적 굴곡까지 반영한다. 김종삼의 시는 그런 개인적 시대적 의미를 끌어안고 있다.

바람의 은어에서 시인의 모자까지

—임영조

1. 은어의 출항

본명이 임세순(任世淳)인 임영조 시인은 1943년 충남 보령에서 태어났다. 태어난 것은 분명 양띠 해인 1943년 10월에 태어났으나 호적에 1945년 2월 27일생으로 등재되어 실제 나이와 학령상의 나이가 두 살의 차이가 난다. 세 번째 시집인 『갈대는 배후가 없다』(세계사, 1992)를 간행할 때까지도 저자 약력에 '1943년 충남 보령 출생' 으로 적었으나, 1993년에 현대문학상, 1994년에 소월시문학상을 받은 이후 공식적인 약력 발표에 언제나 '1945년 충남 보령 출생' 으로 출생연도를 표기하였다.

1967년에 서라벌예대 문예창작과를 졸업한 그는 1970년 『월간문학』 신인상에 「출항」이 당선되고, 1971년 〈중앙일보〉 신춘문예에 「목수의 노래」가 당선됨으로써 당당히 시단의 일원이 된다. 〈중앙일보〉 심사평에 의하면, 투고자들의 작품이 발상에 새로움이 없고 유행어구를 답습하는 데에서 식상을 느꼈으나, 「목수의 노래」는 비교적 무리가 없고 "건강한 윤리로 작품의 무게를 더한 점" 때문에 당선작으로 천거하였음을 밝히고 있다.

그 이후 틈틈이 시를 발표하며 1975년에 '육성' 동인으로 활동하던 그는 1976년 동인이 해체되면서 시 쓰는 일을 중단하게 된다. 그의 표현을 따르면, 먹고사는 일 때문에 시작활동을 밀쳐두었던 것인데, 시작을 재개한 것은 1984년부터다. 이러한 사정은 등단 15년 만에 출간한 첫 시집 『바람이 남긴 은어』(고려원, 1985)에 제시된 상세한 서지사항을 통해 확인할 수 있다. 꼼꼼한 성격인 그는 시집에 수록된 작품의 출전을 빠짐없이 밝혀 놓았는데 그것을 통하여 10년이 넘는 그의 시작과정을 한눈에 파악할 수 있다.

첫 시집의 제목인 '바람이 남긴 은어'는 거기 상응하는 표제작이나 시구를 찾을 수 없다. 그러나 그의 초기시에 바람의 이미지가 자주 등장하고 있어서 제목이 뜻하는 바는 짐작할 수 있다. 그의 데뷔작 「출항」은 고난을 딛고 일어선 새 아침의 출항을 다룬 것으로 배와 돛과 바람의 이미지가 중심을 이루고 있고, 「바람의 탈」, 「땡감에게」, 「이발을 하며」, 「시간 속에 바람 속에」 등 여러 편의 시에 바람이 등장하고 있다. 여기서 바람은 고난과 역경을 암시한다. 그의 초기시에 바람이 시련의 상징으로 자주 등장하는 배경적 사실을 드러내주는 것이 〈중앙일보〉 당선소감이다. 충남 보령 출생의 양반의 후예답게 그는 "玉不琢이면 不成器라, 人不學이면 不知道라"는 『예기』의 어구로 글을 시작하였다. 그 다음에 그가 한 말은 가난에 대한 것이었다. 부모님에게 물려받은 유일한 선물이 가난이며 지금까지는 그것을 굉장한 설움으로 알았는데 이제는 가장 멋진 액세서리로 믿고 싶다고 술회하였다. 신춘문예 당선의 채찍도 그와 다를 바가 없다고 덧붙였다. 이로 볼 때 가난이 불러일으킨 세상의 어려움에 대한 인식이 바람의 이미지로 표출되었음을 이해할 수 있다.

그러면 '은어'란 무엇인가? 은어(隱語)의 사전적 의미는 "어떤 계층이나 부류의 사람들이 다른 사람들이 알아듣지 못하도록 자기네 구성원들끼리만 빈번하게 사용하는 말"로 규정되어 있다. 그러니까 시집의 제목이 함축하고 있는 뜻은 '시련의 세월이 남겨놓은 비밀스러운 말'로 요약된다. 그러면 그는 자신의 시를 왜 '비밀스러운 말' 이라고 생각했을까? 여기에는 60년대 중반에 시 창작 지도를 받고 70년대 초에 등단한 시인의 시대적 분위기가 관련되어 있다. 그 당시 시 창작의 경향은 일상적인 생활의 단면과는 멀리 떨어진 상태로 전개되었다. 독특한 비유와 개성적인 이미지를 구사하여 미묘한 내면세계를 드러내는 것이 시작의 중심을 이루었다. 그러니 일상어의 차원에서 보자면 그것은 시인들만의 은어를 구사한 것이라 할 수 있다. 얼마나 세련된 은어를 창조하는가가 시작의 성공을 보장하는 것처럼 여겨졌다. 임영조 시인은 당시의 시단 분위기를 그대로 수용하여 자신의 시집 제목을 '바람이 남긴 은어' 라고 정하였다. 이후 펼쳐진 그의 시 창작의 전개과정은 바로 이 '은어' 의 단계에서 '일상어' 의 단계로 변화하는 과정이라고 할 수 있다. 다시 말하여 미묘하고 독특한 이미지를 창조하는 세계에서 평범하고 일상적인 삶의 진실을 표현하는 쪽으로 그의 시세계가 변화해간 것이다.

2. 일상어의 추구

1984년부터 시작을 재개한 그는 첫 시집 출간 후 더욱 창작에 열의를 쏟아 1986년과 1987년에 많은 작품을 발표하여 시단의 주목을 끌었다. 힘차게 발동이 걸린 창작의 동력은 2년간의 작품을 모아 두 번째 시집 『그림자를 지우며』(현대문학, 1988)의 간행으로 결집되었다. 말하자면 그는 40대에 들어서서 창작의 불이 붙고 시작의 신명이 일어나게 된 것이다. 문학청년의 습작기 티를 벗지 못했던 초기작의 머뭇거림, 눈치 봄 등은 씻은 듯이 사라지고 활달하고 난숙한 어조로 자신이 말하고자 하는 바를 토로하는 새로운 지평이 열린 것이다. 두 번째 시집의 제목 역시 그것에 해당하는 표제작이나 시구가 보이지 않는다. 나는 그 시집 제목의 뜻을 '은어' 로 상징되는 허상의 '그림자를 지우며'

남긴 선명한 일상어의 추구라고 이해하고 싶다. 다음과 같은 작품의 활달하고 호쾌하고 선명한 육성은 분명 은어의 세계와는 멀리 떨어진 것이기 때문이다.

또 시작한다
멀리서 무언가 모의하던
야성의 사내들이
알몸으로 퍼렇게 勃起한다

수천 수만 횡대로
스크럼을 짜고 허옇게 달려든다
(자유가 아니면 죽음을 달라)
물 맑은 함성으로 격돌하다가
이내 부서져 水泡로 돌아간다

다시 모여 시작한다
절벽은 여전히 끄떡없는데
사무치는 그리움 하나로
온몸을 내던지는 사생결단

어쩌자고 그들은 늘
하릴없는 절망과 대결하고 사는가
스스로 소멸하는 눈먼 사랑은
오히려 깨끗해서 좋구나

그렇다,

아무튼 부딪치고 볼 일이다
우리네 사는 일도 그와 같다면
당당히 대결하고 끝장을 보듯
슬픔은 모두 깨놓고 살 일이다
뇌관처럼 뜨거운 가슴이라면.

—「파도」 전문

마치 20대 청년 시인의 작품처럼 보이는 이 시에서 우리는 절망과 대결하여 끝장을 보겠다는 가열한 의지의 육성과, 뇌관처럼 뜨거운 가슴에서 울려나오는 결곡한 외침소리를 듣는다. 40대 중반의 나이에 이런 육성이 가능했던 것은 그의 마음속에 불붙은 뜨거운 창작의 동력 때문이다. 청년의 정신으로 시작에 임했기에 야성의 사내들의 알몸의 발기를 거침없이 보여주었으며 스크럼을 짜고 돌격하다가 수포로 돌아가는 소멸의 사랑을 당당하게 선언하였다. 메시지가 전면에 돌출되어 시적인 윤기는 줄어들었지만, 은어의 모호함에서는 분명히 벗어난 것이다.

3. 반성적 자의식

그로부터 4년 후 세 번째 시집 『갈대는 배후가 없다』(세계사, 1992)가 간행되었는데, 잡담 제하고 말하면, 이 시집이 그의 출세작이다. 이 시집으로 1993년에 현대문학상을 받았으며 타오른 창작열의 여세를 몰아서 쓴 「고도를 위하여」로 1994년에 소월시문학상을 받았기 때문이다. 이 시집에서 시라는 형식에 얽매이지 않고 생활의 현장 속에서 솔직하고 담백하게 자신의 생각을 이야기하고 있는 화자의 모습을 발견하게 된다. 여러 가지 다양한 양상으로 시상이 변주되기는 하지만 이 시집에 일관되게 흐르는 주제는 자신에 대한 정직한 성찰이다. 나라는 존재는 무엇이며, 이 세계 속에서 나는 어떻게 살아야 하는가 하는 문제가 시작의 중심을 이룬다.

그런데 나라는 존재는 허공중에 고립되어 있는 것이 아니다. 나는 자신을 둘러싼 세계와 일정한 관계를 맺고 있다. 그런데 시인이 부딪치며 살아가는 세계는 마치 미로와도 같다. 늘 다니는 길도 낯설게 보이고 출구가 어디인지 몰라 헤매고 있는 꼴이다. 그의 시 「미로 찾기」는 미로 속을 헤매는 것 같은 우리들 삶의 허망한 양태를 잘 나타내고 있다. 그러한 미로를 헤쳐가는 시인 자신의 허약한 모습은 「안전선 밖에서」라는 시에 잘 표현되어 있다. 이 시에서 시인은 지하철역에 티켓을 사들고 하행선 열차를 기다리는 중년 소시민의 모습으로 나타난다. 지하철에 열차가 들어올 때는 안전선 밖으로 물러서라는 메시지가 나온다. 시인은 이 메시지를 들으며 시대의 격변기마다 현장에서 한 걸음 물러서 거리를 유지하고 안전하게 살아온 자신의 처지를 떠올린다. 어떤 것이 옳은지 판단할 능력은 아직도 없지만, 시대의 고비마다 안전하게 보신해온 소시민적 나약함을 자인하고 그것에 대해 반성하는 어법을 보여준다. 그는 이 외에도 여러 편의 시에서 자신의 소시민적 나약성을 고백하는 내용을 표현하였다. 그의 반성적 자기인식은 나날의 삶에 안이하게 대처해 가는 우리 자신의 모습을 그대로 드러낸다. 요컨대 자신이 먼저 약자임을 정직하게 노출함으로써 우리 모두의 현재적 위상을 반성케 하는 기능적 효과를 유도하는 것이다.

올 데까지 왔구나
막다른 골목
피곤한 사나이가 홀로 서 있다

훤칠한 키에 창백한 얼굴

이따금 무엇엔가 쫓기듯
시계를 자주 보는 사나이
외투깃을 세우며 서성거린다

꽁꽁 얼어붙은 천지엔
하얀 자막처럼 눈이 내리고
허둥지둥 막을 내린 드라마
올해도 나는 단역이었지
뼈빠지게 일하고 세금 잘 내는

뒤돌아보지 말자
더러는 잊고
더러는 여기까지 함께 온
사랑이며 증오는
이쯤에서 매듭을 짓자

새로운 출발을 위해
입김을 불며 얼룩을 닦듯
온갖 애증을 지우며 가자
이 춥고 긴 여백 위에
이만 총총 마침표 찍고.

—「12월」 전문

이 시는 자기반성과 자기확인의 주제가 절제의 어법과 정제된 형식으로 완결미를 거둔 드문 작품 중의 하나다. "시계를 자주 보는 사나이"라는 디테일을 통해 일상적 도시인의 시간에 대한 강박관념을 나타내는가 하면 "올해도 나는 단역이었지"라는 말에서 경쟁 속에 살고 있는 직장인의 허망한 연말결산의 심리를 잘 나타냈다. "입김을 불며 얼룩을 지우듯/온갖 애증을 지우며 가자"라는 시행과 "이 춥고 긴 여백 위에/이만 총총 마침표 찍고"라는 시행의 의미상의 대비는 작품의 결구로서 효과적인 구조적 기능을 수행한다. '입김'과 '춥고 긴 여백'의 대조, '지우며 가자'와 '마침표 찍고'의 의미상 대조를 통해 대립과 충돌에도 불구하고 결국은 허망하게 빈손으로 한해를 매듭짓는 도시 소시민의 심정을 간명하면서도 정감 있게 형상화하는 데 성공했다.

4. 존재론적 탐구와 직언의 정신

그의 네 번째 시집 『귀로 웃는 집』(창작과비평사, 1997)은 또 하나의 도약과 진경을 보여준 시집이다. 이 시집에는 소월시문학상 수상작인 「고도를 위하여」와 「봄산행」, 「나비」 등 정신의 경지와 언어의 자유를 추구하는 시편과 그 이후에 쓴 이소당 시편 연작이 함께 수록되어 있다. 그런 점에서 『갈대는 배후가 없다』가 그의 출세작이라면, 이 시집은 그의 원숙한 시세계를 보여주는 대표 시집으로 꼽을 수 있을 것이다.

「고도를 위하여」는 1994년 근무하던 회사를 사직하고 동작구 사당동에 방 한 칸을 얻어 '이소당'이라는 택호를 걸고 시작에 몰두하게 된 체험을 시로 표현한 작품이다.

면벽 100일!
이제 알겠다, 내가 벽임을
들어올 문 없으니

나갈 문도 없는 벽
기대지 마라!
누구나 돌아서면 등이 벽이니

나도 그 섬에 가고 싶다
마음 속 집도 절도 버리고
쥐도 새도 모르게 귀양떠나듯
그 섬에 닿고 싶다

간 사람이 없으니
올 사람도 없는 섬
뜬구름 밀고 가는 바람이
혹시나 제 이름 부를까 싶어
가슴 늘 두근대는 절해고도(絶海孤島)여!

나도 그 섬에 가고 싶다
가서 동서남북 십리허에
해골표지 그려진 금표비(禁標碑) 꽂고
한 십 년 나를 씻어 말리고 싶다

옷 벗고 마음 벗고
다시 한 십 년
별으로 소금으로 절이고 나면
나도 사람 냄새 싹 가신 등신(等神)
눈으로 말하고

귀로 웃는 달마(達磨)가 될까?

그 뒤 어느 해일 높은 밤
슬쩍 체위(體位) 바꾸듯 그 섬 내쫓고
내가 대신 엎드려 용서를 빌고 나면
나도 세상과 먼 절벽섬 될까?
한 평생 모로 서서
웃음 참 묘하게 짓는 마애불(磨崖佛) 같은.

—「고도(孤島)를 위하여」 전문

이 시는 초기시에 보이던 관념성이라든가 형식적 완결성에 대한 강박관념이 사라지면서 정신의 내부에서 자유롭게 샘솟아 오르는 활달한 상상력이 창작의 새로운 경지를 열어 보인다. 여기에는 그야말로 절해고도에서 배수의 진을 치고 시를 통해 존재의 가치를 실현하려는 철저한 장인정신이 빛을 발하고 있다. 직장을 그만두고 홀로 몇 달을 지내면서 얻은 자신의 일상적 체험을 인간의 존재론적 의미와 결부시켜 절제된 표현으로 승화시킨 이 작품은 일상적 체험이 예술적 창조로 전환되는 모범적 사례를 보여준다. 이 작품이 성공할 수 있었던 것은 시인의 절박한 위기의식이 작용한 탓이다. 내 존재를 밝히는 길은 이제 시 쓰는 일밖에는 없다는 생각, 이제는 시에 마지막 승부를 걸고 여기서 결판을 내야겠다는 의식이 있을 때 진짜 좋은 시가 나오는 법이다. 화려한 이미지나 돌출적 시어를 무절제하게 배치해놓고 그것이 마치 새로운 세계를 탐구해낸 결과인 양 착각하는 겉멋 든 시인들은 깊이 반성해야 할 것이다. 정신의 치열함이란 몇 개의 자극적인 어구로 표현되는 것이 아니라 시 전체에 녹아든 어떤 정신의 자세에 의해 감지되는 것이다.

이 시에서 중요한 의미의 층위를 이루는 시어는 '벽', '절해고도', '씻어 말람', '등신', '달마', '절벽섬' '마애불' 등이다. 시인은 자신의 고립을 벽으로 인식하고 더 나아가 인간존재가 등 돌린 벽처럼 고립된 것임을 깨닫는다. 벽처럼 가로막혀 출입의 창구마저 봉쇄된 고립성, 이것이 바로 인간의 존재론적 실상이다. 벽의 심상은 자연스럽게 섬의 심상으로 전이되고 그것은 해풍에 씻기고 햇살에 말리어져 '사람 냄새 싹 가신 등신', '눈으로 말하고 귀로 웃는 달마', '한평생 모로 서서 웃음 참 묘하게 짓는 마애불'로 형상화된다. 이 세 형상이 인간 욕망의 흔적을 지워버린 달관과 무욕과 탈속의 한 경지를 드러낸다는 것은 분명하다. 그리고 이러한 형상의 창조가 시의 새로운 혈로를 뚫으려는 시인의 지속적인 노력에 의해 얻어진 것이라는 점도 두 말할 나위 없는 진실이다.

시인은 절해고도를 "간 사람이 없으니/올 사람도 없는 섬"이라고 표현하였다. 아무도 오가지 않는 고립된 섬이라는 뜻인데 그것을 이렇게 대구형식으로 표현해놓으니 마치 그 고립의 단절성을 즐기고 그것에 흥겨워하는 듯한 인상이 전달된다. 그 다음에 이어서 "뜬구름 밀고 가는 바람이/혹시나 제 이름 부를까 싶어/가슴 늘 두근대는 절해고도"라는 구절이 나옴으로써 고립 속에 묻혀 사는 것의 은밀한 즐거움을 드러내고 있다. 그러한 탈속의 생활을 한 이십 년 하면 달마처럼 세상의 모든 것을 웃음으로 받아들이는 경지에 도달하겠느냐고 시인은 자문한다. 그리고 아예 그 섬을 내쫓고 자신이 절벽섬이 되겠다고 말하고 있다. 이것은 자신의 아픈 부분을 깎아내서라도 신선한 형상을 창조하겠다고 하던 처녀작의 세계로부터 멀리 벗어난 태도처럼 보이기도 한다. 그러나 자기 존재를 탐구하는 자세가 이러한 선회를 한 것이라고 생각하면 그 연관성을 충분히 감지할 수 있다.

이외에 「봄산행」, 「나비」 등의 자연시편에서 보이는 자유분방한 상상력과 언어의 편력은 그야말로 무애 자재하여 성과 관련된 색정어에서 불교의 법어, 신세대의 경박한 어법, 단호한 웅변적 구호 등 다양한 스펙트럼을 펼쳐낸다. 특히 「나비」의 1연과 2연의 율동과 형상은 읽는 사람의 마음까지 봄바람에 취하게 한다. 공중을 나는 나비를 '천하에 바람둥이' 라 표현한 사람 아직 없으며 '건들건들', '어질어질' 이라는 홍겨운 의태어로 나비의 동작을 묘사한 시인도 나는 아직 보지 못하였다. 대저 대상을 정밀하게 관찰하여 새롭게 드러내는 것이 시인의 직분 중 하나라고 하는데, 임영조 시인은 그 직분의 하나를 충실히 이행하였으니 그것만으로도 이 시대의 탁월한 시인이라 할 만하다. 시인의 개성적인 묘사와 넘실대는 가락에 나 또한 한 차례 색이 동하니 이것도 시인이 준 혜택이 아니겠는가.

이 시집에서 활달하고 자유로운 언어 구사의 묘미를 보인 압권의 작품은 「익명의 스냅」이다.

봄소풍 나온
할머니들 대여섯이
오순도순 화투를 친다
손주같은 햇살이 아장아장
걸음마를 배우는 잔디밭에서
노년을 말리듯 화투를 친다
이미 색 바랜 光과 남은 소망을
한 장씩 탁탁 던지고 나면
왠지 허전하고 저린 손이여
못내 아쉽고 덧없는 세월이여
송학이 앉았다 날아간 자리에
매화가 피고 지고
객혈하듯 벚꽃이 온건한 방석
때아닌 국화, 철 이른 모란 난초
덩달아 피고 지는 화무십일홍

하느님도 구경하기 심심하신지
싸리순 몇끗 짐짓 내미는 봄날
이런 날은 더 이상
보탤 것도 뺄 것도 없는
단순한 기쁨이 좋다
익명의 스냅이 좋다.

—「익명의 스냅」 전문

앞에서 임영조 시에 인간 사랑의 정신이 스며 있다고 말한 바 있거니와 이 시에도 유머의 감각 이면에 대상을 보는 따스한 시선이 비쳐나는 것을 볼 수 있다. 봄소풍 나온 할머니들이 따스한 햇살을 받으며 화투를 치는 모습부터가 정겨운데 그것을 묘사하는 시인의 눈길은 더욱 정겹다. "손주같은 햇살이 아장아장/걸음마를 배우는 잔디밭" 이라는 구절은 수사법의 전범으로 제시될 만한 경구다. 이 시구는 할머니들의 모습과 조화를 이루면서 봄날의 정취와 생의 온기를 동시에 느끼게 한다.

세상을 살 만큼 살아 소망도 꿈도 저편으로 사라져버린 할머니들이 화투를 치는 모습은 어느 면 안쓰럽기도 하다. 중장년층의 내기 화투라면 언성이 높아지기도 하고 고함이 오고가기도 하겠지만 할머니들의 화투는 노년의 한적을 그대로 보여주는 심심풀이에 지나지 않는다. '아쉽고 덧없는 세월' 의 한 끝에서 '허전하고 저린 손' 으로 던지는 화투짝에는 온갖 꽃들이 난무한다. 그러나 결국은 '화무십일홍' , 손에 남는 것은 아무 것도 없다. 노년의 적막과 화투 치는 동안 느끼는 잠깐 사이의 기쁨, 다시 밀려오는 허전함을 이 '화무십일홍' 이라는 말보다 더 적실히 나타내는 말은 없다. 화투패의 꽃모양을 열거하다가 '화무십일홍' 으로 끝을 낸 시인의 상상력에 경탄할 따름이다. 그런데 그보다 정겹고 재미있는 것은 그 다음 대목, "하느님도 구경하기 심심하신지/싸리순 몇끗 짐짓 내미는 봄날" 의 배치다. '싸리' 는 화투 패에 나오는 것이어서 여기 등장하는 것이 아주 자연스럽다. 하느님도 화투놀이에 동참하려고 봄날의 싸리순을 몇끗 내민다는 익살스런 표현에는 노년에 대한 시인의 친화감과 인간적 연민이 담겨 있다. 시인은 익명의 스냅과도 같은 이 장면에서 단순한 기쁨을 느낀다. 그 기쁨은 「고도를 위하여」에 잠시 제시된 '웃음 참 묘하게 짓는 마애불' 의 백제의 미소, 그것이 지닌 단순한 기쁨일 것이다.

이뿐만 아니라 이 시집에는 시인이 추구하는 정신의 경지가 선명한 양상으로 제시되어 있다. 그것은 '타협을 거부하는 깨끗한 정신' 이다. 이것은 그의 세 번째 시집에도 타협을 거부하는 반골정신으로 나타난 바 있었던 것인데 이 시집에서 더욱 선명한 형상으로 자리를 잡았다. 대표적인 작품이 "타협을 거부하고 일사천리로/세상의 귀를 뚫는 직언" 에 대한 관심이 드러난 「직소폭포」다. 나는 그의 가계에 대해 잘 알지 못하지만 그의 시의 어떤 단면은 불의와 타협하지 않는 강개한 선비의 정신, 직소를 서슴지 않는 지사의 풍모를 연상시킨다. 「직소폭포」에는 바로 그러한 직소의 정신이 드러나 있다. 그 정신의 단면은 시의 끝부분에 제시되는데 그 대목에 이르기까지 펼쳐지는 산길의 묘사는 앞에서 이미 본 바 있는 시인의 흥겨운 어법으로 이어져 있다.

> 가시려면 부디 몰래 가시라
> 훔쳐보는 현장이 더 생생하니
> 추측은 버리고 혼자 가시라
> 숨겨둔 내연을 만나러 가듯
> 내소사로 가는 척 그 길 버리고
> 슬그머니 좌로 꺾어 인적 드문 길
> 그림자도 버리고 몸만 가시라
> 한식경쯤 당도하는 재백이고개

잠시 땀 닦고 심호흡 다음
무위에 들 듯 어슬렁 숲길로 들면
풋풋한 처녀림이 몸 받아준다
(중략)
은밀하고 속 깊은 사랑이란
저 아찔한 절벽도 서슴지 않는
숨길 수 없는 본능의 그리움인가
화음인가 아니면 가벼움인가
팽팽한 물기둥이 쏴 그 아래 누운
용소(龍沼)의 중심을 정확히 내리꽂자
온 산이 신음하듯 몸을 뒤튼다
오, 사방을 제압하는 물 맑은 잠언
서늘한 일갈을 들어보니 알겠다
물은 속으로만 스미는 게 아님을
때로는 타협을 거부하고 일사천리로
세상의 귀를 뚫는 직언도 있음을.

—「직소폭포」 부분

이처럼 이 시는 처음부터 독자의 호기심을 자극하면서 산 속의 내밀한 길로 독자를 이끌어 간다. 내소사로 오르다 옆길로 오르는 노정을 '숨겨둔 내연을 만나러 가듯', '슬그머니 좌로 꺾어 인적 드문 길' 로 오른다고 표현한 것부터가 시인 특유의 해학적 여유를 느끼게 한다. 그런데 그런 익살스런 언술 다음에는 '그림자도 버리고 몸만 가시라' 같은 형이상학적 차원의 시행이 배치됨으로써 시적 의미의 변화를 꾀한다. 재백이고개를 넘어 숲으로 들어서자 부식토로 덮인 푹신한 숲길이 나타난다. 이것을 시인은 '풋풋한 처녀림의 뭉클한

쿳션' 이라고 표현하였는데 이러한 육감적 표현은 그 숲길이 발에 닿는 감각을 생생한 인상으로 전달해준다. 또한 그 다음에 이어지는 "고사리 새순이 조막손 펴니/지레 놀란 햇살이 부서져 튄다"는 표현은 대상을 정밀하게 점묘하면서 자연의 아름다움과 그것을 대하는 시인의 사랑어린 눈길을 복합적으로 드러내고 있다.

작품의 후반부에 나오는 폭포 묘사는 임영조 시인이 자주 사용하는 성적 교합의 메타포로 처리되었다. 이것은 이미 앞에 나온 '훔쳐보는 현장' '숨겨둔 내연' '물 젖은 흙살' 등의 말에서 암시되던 것이기도 하지만 폭포를 남성으로, 산을 여성으로, 그리고 용소를 여성의 은밀한 중심으로 변용시킴으로써 자연 전체가 역동적인 공간으로 다가온다. 그러면서도 그것은 생명운동의 한 절정을 연상케 할 뿐 외설적이라는 느낌은 주지 않는다. 그렇기 때문에 그 성적 교합의 현장에서 울려오는 소리가 '물 맑은 잠언', '서늘한 일갈' 로 인식될 수 있는 것이다. 자연이 우리에게 보여주는 생명운동의 절정상태에서 새로운 계몽적 각성을 얻는 것은 결코 낯선 일이 아니기 때문이다. 시인이 직소폭포를 보고 새롭게 깨달은 바는 '타협을 거부하고 일사천리로 세상의 귀를 뚫는 직언' 의 상징성이 담겨 있다는 것이다. 공자는 지혜 있는 사람의 덕성을 물에 비유한 바 있거니와 그것은 지혜 있는 사람이 바로 물처럼 융통자재하고 모든 것에 통달한 속성을 보인다는 뜻이었다. 그런데 물에서 타협을 거부하는 직언의 속성을 포착한 것은 임영조 시인의 독창적인 발견이다. 그는 타협을 거부하는 직언의 정신력을 폭포의 표상 속에 발견한 것이다.

5. 끝없는 탐색과 탈속의 길

그의 다섯 번째 시집 『지도에 없는 섬 하나를 안다』(민음사, 2000)와 『시인의 모자』(창작과비평사, 2003)는 3년 간격으로 출간되었다. 그는 부지런히 시를 발표하였고 출판사에 교섭하여 아름다운 두 권의 시집을 간행하였지만, 나는 속으로 그가 시간의 여유를 더 갖기를 원했다. 그것은 『귀로 웃는 집』에서 이룩한 정신과 언어의 높은 경지와 커다란 그늘까지 거느린 그 위상을 유지하기 위해서는 또 한 차례의 시숙의 과정이 필요하다고 생각했기 때문이다. 특히 각 시편마다 반복되는 형태상의 유사성을 극복하여 시의 호흡과 형식과 내재율에 변화를 보여주기를 간절히 바랐다. 그러나 그는 무엇에 쫓기듯 서둘러 시를 썼고 서둘러 작품집을 간행하였다. 현대문학상과 소월시문학상을 받은 그에게 이토록 조바심을 갖게 한 요인은 무엇일까? 나는 그것이 바로 그를 죽음 쪽으로 더 일찍 다가서게 한 동인이라고 생각하는데 그 구체적 맥락에 대해서는 아직 명확히 설명할 수가 없다.

여하튼 그는 시에 대한 절대적 탐구의 자세를 유지하려고 했고 그러한 노력의 일환으로 「그대에게 가는 길」 연작을 시도하였다. 「그대에게 가는 길」은 시인이 새롭게 구상한 연작에 해당하는데 도입부의 네 작품을 보면 연가의 형식을 취하고 있어서 그때까지의 임영조 시와는 많이 다르다는 것을 알 수 있다. 그의 시는 사물과 존재의 본질을 탐색한다든가 현실적 삶 속에서 자아의 위상을 천착하는 정신적 경향을 보였다. 그러면서 우화적 요소를 채용하기도 하고 재미있는 표현을 구사하기도 했지만 그대에 대한 그리움이라든가 그대에게 가고 싶다든가 하는 감정은 별로 시에 표현되지 않았던 것이다. 그런 점에서 임영조 시인의 연작시는 그의 또 다른 변신을 보여주는 전초적 사례에 해당하는 것이었다.

「그대에게 가는 길」이라는 제목이 암시하는 것처럼 이 연작시는 두 가지 특징을 드러낸다. 하나는 그대에 대한 간절한 마음의 지향을 드러낸 점이고 또 하나는 여행의 모티프를 채용한 점이다. 여행은 많은 시인에게 시작의 기폭제 역할을 해왔다. 임영조에게 있어서 여행은 시의 목적이 아니라 시 창작의 매개물로 설정된다. 시인의 의식은 언제나 그대를 향하고 있고 여행은 그대에 대한 향심을 북돋우어주는 배경의 역할을 한다.

이 연작시의 여러 부분에서 시인의 장기인 표현의 묘미가 빛을 발한다. 예컨대 "풍기 봉화 영양 스쳐 길을 계속 당기면/나 홀로 세 들다 뜨고 싶은 곳/갯마을의 고요가 나를 당기네"(「그대에게 가는 길 1」)라든가, "열에 들떠 홍분한 칠갑산 한 자락/슬그머니 끌어덮다 화상을 입고"(「그대에게 가는 길 2」), "전생에 만났다가 헤어진 여자 같은/씨방을 막 날려버린 민들레와 걸었네"(「그대에게 가는 길 3」) 같은 표현은 우리의 찌든 마음을 신선하게 씻어주는 좋은 표현들이다.

이러한 표현을 거쳐 「그대에게 가는 길 4」(『현대시』, 1997.8)에 이르면 "그대를 죽어라 사랑하고 싶은데/가장 절실한 말을 몰라 허둥대던 날" 이라는 연가적 표출의 정점과 만난다. 시인은 그대에게 가는 길을 찾아 대부도 뻘밭 방파제에 이르러 '온몸을 짓찧고 물러서는' 파도의 '눈시린 투신' 을 본다. 이 시는 그 정감의 면에 있어서나 구성적 완결미에 있어서 한편의 연시로서도 높은 자리를 점유할 것이다. 그런데 그 다음에 나오는 「그대에게 가는 길 5」를 보면 이 연작시가 단순한 사랑의 시가 아니라는 것을 알 수 있다.

> 가다 보면 길들은 자주 끊기네
> 끊어진 길은 때로 아련한 기억 속
> 메꽃빛 등불로 사운대거나
> 벼랑 끝에 이르면 언어로 집을 짓네
> 먼 마을 스치는 구름의 기척에도
> 마음 벽 쩍쩍 금이 가는 집
> 온 채가 제 무게로 기우뚱거려도
> 모든 길은 집에서 나와 집으로 돌아가네

가파른 삶은 때로 길을 비뚤게 하고
고행은 서역처럼 멀고도 쓸쓸하나
더러는 가슴 아린 열락을 덤으로 얻네
이녘은 조용한데 밤낮 치대는 파도
그 소리 좀 엿듣다가 오던 길 놓고
한결 순해진 귀로 그대에게 가는 길
아직도 위험한 불씨를 감춘
그대 뜨거운 언어의 중심으로 들어가
나 화려하게 자폭하리라, 그 후는
바다에 떠 출렁이는 그리움 되리
오래된 시집처럼 해어진, 그래서
눈길보다 추억이 먼저 닿는 섬
허나, 제부도는 늘
물때를 알고 가야 길을 내주네.

—「그대에게 가는 길 5」 전문

이 시를 음미해보면 그대가 단순한 사랑의 대상이 아니라 시인 자신이 심혈을 기울여 추구하는 어떤 대상, 참된 삶의 국면이라든가 진정한 시 쓰기의 자리를 뜻하는 것임을 알게 된다. 말하자면 그대에게 가는 길은 시를 찾아 가는 길이고 진정한 삶을 찾아 가는 길이다. 때문에 가파른 삶이 때로 길을 비뚤게 하지만 고행 끝에 가슴 아린 열락을 덤으로 얻을 수 있는 것이다. 그래서 '그대 뜨거운 언어의 중심으로 들어가' 진정한 시를 한 줄이라도 쓸 수 있다면, 혹은 삶의 진정한 의미를 깨닫게 된다면 '나 화려하게 자폭' 해도 좋다는 단호한 결의를 표명하게 된다. 이것은 아침에 도를 들으면 저녁에 죽어도 좋다는 동양적 구도의 자세다. 시인의 입장에서 말하면 아침에 진짜 시 한편을 쓰면 저녁에 자폭해도 좋은 것이다.

그러나 진정한 시에 이르는 길, 참된 삶에 이르는 길이 아무 때나 열리는 것은 아니다. 제부도로 가는 길은 때만 맞추어 가면 열린 물길을 찾을 수 있다. 그러나 그대에게 가는 길은 때가 따로 정해져 있는 것이 아니다. 끝없는 투신과 탐색 속에, 아름다운 환멸과 허망한 욕망의 교차 속에 비로소 제부도 물길이 열리듯 비의(秘義)의 길이 환히 열릴 것이다.

시집 『시인의 모자』에서 「그대에게 가는 길」 연작과 여러 면에서 공통점을 보이는 작품이 「오이도」다.

> 마음속 성지는 변방에 있다
> 오늘같이 싸락눈 내리는 날은
> 싸락싸락 걸어서 유배 가고 싶은 곳
> 외투 깃 세우고 주머니에 손 넣고
> 건달처럼 어슬렁 잠입하고 싶은 곳
> 이미 낡아 색 바른 시집 같은 섬
> — 오이도행 열차가 도착합니다
> 나는 아직 그 섬에 가본 적 없다
> 이마에 '오이도' 라고 쓴 전철을
> 날마다 도중에 타고 내릴 뿐이다
> 끝내 사랑을 고백하지 못하고
> 가슴속에 묻어둔 여자 같은 오이도
> 문득 가보고 싶다, 그 섬에 가면
> 아직도 귀 밝은 까마귀 일가가 살고
> 내내 기다려준 임자를 만날 것 같다
> 배밭 지나 선창가 포장마차엔

곱게 늙은 주모가 간데라 불빛 쓰고
푸지게 썰어주는 파도소리 한 접시
소주 몇 잔 곁들여 취하고 싶다
삼십여 년 전 서너번 뵙고 타계한
지금은 기억도 먼 나의 처조부
吳利道 옹도 만날 것 같은 오이도
내 마음 자주 뻗는 외진 성지를
오늘도 나는 가지 않는다, 다만
갯벌에는 나문재 갈대꽃 피고 지고
토박이 까치 무당새 누렁이랑 염소랑
나와 한 하늘 아래 부디 안녕하기를.

—「오이도」 전문

"마음속 성지는 변방에 있다"는 첫 시행은 「그대에게 가는 길」 전편에서 되풀이된 구도의 자세를 함축한다. 아무리 절대의 경지를 추구해도 그것은 저 먼 변방, 내 손이 닿지 않는 아득한 외곽에 있고 그대에게 가는 길은 눈보라 흩어지는 벌판 속에 아득할 뿐이다. 매일 오이도행 열차가 도착한다는 안내방송을 들으며 그곳에 대한 여러 가지 상상을 계속하면서도 오이도에 한번도 가지 않는 자신의 모습은 절대의 성지를 늘 외곽에 밀어놓는 인간의 한계를 그대로 표상한다. 설사 오이도에 가 본다고 해도 오이도의 모습은 머리로 그리던 그 모습이 아닐 것이다. 마음속 성지는 이렇게 변방에 있고 우리는 아무도 그 곳에 가본 적이 없다.

특히 이 시의 마지막 구절 "나와 한 하늘 아래 부디 안녕하기를."은 가슴을 울린다. 생전에 가보지 못한 그 평화의 공간, 그저 한 하늘 아래 안녕하기를 바랐던 그곳에 이제 그는 발을 들여놓을 수 있었던가. 삼십 년 전에 타계한 오이도 옹도 만나고 귀 밝은 까마귀 일가와 더불어 내내 기다려준 임자도 만날 수 있었는가. 그가 먼저 발 디딘 저승의 공간이 누렁이랑 염소랑 사이좋게 노니는 오이도의 상상처럼 평안하기를 바랄 뿐이다.

그의 세 번째 시집부터 옹골차게 모습을 드러내 네 번째 시집에서 더욱 뚜렷한 윤곽으로 자리잡은 타협을 거부하는 직소의 정신, 깨끗한 노후를 기대하는 탈속의 정신은 이 시집에서 「나의 다비는」이라는 한 작품 속에 오롯이 응결된다. 그는 이미 자신의 죽음을 예비하며 탈속의 다비를 마련해놓은 것이다.

> 이 다음 나 세상 뜨고 나면
> 깨끗이 태워 화장하려면
> 생나무 장작불론 타지 않으리
> 그 동안 나는 너무 오래
> 조마조마 속 태우고 살아서
> 잘 마른 장작불로 태워야 하리
> 옹기 굽는 화력으론 안되고
> 백자 굽듯 관 불로 태워야 하리
> 안면도 야산 송림 한 채 다 태울
> 소나무 장작불로 태워야 하리
> 원하건대, 나의 다비는
> 건성으로 부르는 찬송가 사절
> 목탁만 멍이 드는 독경도 사절
> 내 생의 옹이마저 온전히 태워
> 비로소 완성되는 존재의 가벼움
> 내 안의 기억까지 가루가 되는.
>
> —「나의 다비는」 전문

내 안의 기억까지 가루가 되는 완전한 소진, 그것을 통한 존재의 탈속을 그는 꿈꾸었다. 그의 다비는 마치 옛날 도공이 백자를 굽는 것 같은 정결한 의식이기를 바랐다. 그의 내부에는 세파에 시달리며 조마조마 속 태우고 살아온 생의 옹이가 도사리고 있고 그 옹이를 완전히 태우는 길은 바로 도공이 백자를 굽는 듯한 정결한 의식을 통해서 가능하다고 믿은 것이다. 따라서 건성으로 부르는 찬송가라든가 목탁만 멍이 드는 독경 같은 것은 이 정결한 의식에 끼어들어서는 안 된다. 그 정결성은 타협을 거부하는 직소의 정신에 의해 마련될 수 있다. 정결한 다비가 이루어지지 않는다면 그의 육신은 소진되지 않고 생의 옹이 또한 선명히 남아 세상의 더러움에 맞서 싸운 항거의 상징으로 자리잡을 것이다. 그것은 그가 강원도 정선 몰운대 너럭바위에서 보았던 "아찔한 벼랑 딛고 우뚝 선 삼백년생 옹고집"(「벼락맞은 소나무」)의 표상과 같은 것이다. 이제 그의 육신은 경기도 벽제리에 묻혀 어두운 땅속에서 육탈의 길을 걷고 있지만 그가 남긴 생의 옹이들이 '토종감 한 알' 같은 시의 등불을 켜고 세상의 어둠을 밝히고 있으니 이 땅에 더 이상 미련은 없으리라.

우화적 상상력과 시의 진실
—김종철

1. 조숙한 청년 시인

1968년 〈한국일보〉 신춘문예 당선작 「재봉」은 김종철 시인의 조숙한 상상력의 일단을 잘 보여주는 작품이다. 이때 그는 스물한 살의 문학청년으로 온몸이 터져나갈 정도의 젊음을 누리고 있던 시절인데, 천연덕스럽게도 난동(暖冬)의 빨간 열매가 수실로 뜨이는 겨울날 아내의 재봉 일을 엿듣고 있다고 했으며, 회잉(懷孕)의 고요 안에 아직 태어나지 않은 알몸의 아이들이 눈부신 장밋빛 몸을 굴리며 노래하는 것을 그려냈으니, 이 어찌 조숙한 천재의 등장이라고 하지 않을 수 있겠는가? 어떤 사람은 이 시를 읽고, 결혼하여 임신 중인 아내가 있는 나이든 사람의 작품일 것이라고 했고, 상당히 오랜 습작 과정을 거친 침착한 장년 신사의 작품일 것이라 짐작했으나, 정작 시상식장에 나타난 사람은 부산 사투리를 억세게 쓰고 머리와 얼굴이 온통 까만 앳된 청년이었다.

그가 부산의 어느 고등학교를 다녔으며 어떻게 문학에 입문했는지 나는 들은 바가 없다. 그와 많은 술자리를 가졌지만, 그의 젊은 시절에 대한 이야기로 화제를 몰아가려 하면 재빨리 다른 방향으로 이야기를 돌려버려, 나는 그저 고개를 끄덕이며 웃다 술에 지쳐 코를 박고 잠이 들 뿐이었다. 그래서 그냥 문학이 좋아서 전국의 문인 지망생이 몰려든 서라벌예대에 입학했으리라고 내 나름대로 이해했고, 또 한편으로는 그가 문학에 이끌린 데에는 일찍이 시단에 입성한 그의 가형 김종해 시인의 영향이 있지 않았을까 혼자 생각해왔을 뿐이다. 그럼에도 불구하고 분명 가난하고 힘든 소년기를 거쳐 역시 가난하고 지친 청년기를 버텨가고 있었을 이 시인 지망생이 어떻게 이렇게 순정한 상상력을 펼쳐냈는지 자못 궁금하고 경탄스럽기까지 하다.

「재봉」의 첫 구절은 이렇게 시작된다.

> 사시사철 눈오는 겨울의 은은한 베틀 소리가 들리는
> 아내의 나라에는
> 집집마다 아직 태어나지 않은 마을의 하늘과 아이들이 쉬고 있다.

이 첫 구절에는 사람들을 끌어들이는 시적 전략이 도사리고 있다. 어리석은 사람들은, '사시사철 눈오는 겨울' 이라는 구절을 두고 어떻게 겨울에 사시사철 눈이 오느냐고 의아해 하기도 한다. 그러나 '사시사철' 은 '들리는' 을 수식하는 말이다. 즉 아내의 나라에는 '눈오는 겨울의 은은한 베틀 소리가' 사시사철 들린다는 뜻이다. 도시에서 태어나 베틀 소리라고는 들어보지 못한 나도 이 정경이 매우 시적인 느낌을 준다는 것은 감지할 수 있다. 그리고 베틀 소리는 이 시의 주제이자 아내의 창조 작업인 재봉과 연결되어 시적 호응을 이루는 이미지가 된다. 그런데 시인은 '사시사철' 을 '들리는' 앞에 놓지 않고 시행의 첫머리에 배치하여 미묘한 음감과 의미의 엇갈림이 일어나도록 조직하였다. 이런 시적 전략에 의해 셋째 시행의 신비감이 자연스럽게 조성된다. 셋째 행의 첫구 '집집마다' 는 '사시사철' 과 같은 기능을 한다. '사시사철' 은 시간적 연속성을 나타내며, '집집마다' 는 공간적 편재성을 나타낸다. 아내의 나라에는 눈오는 겨울의 은은한 베틀 소리가 '언제나' 들리며, 아직 태어나지 않은 마을의 하늘과 아이들이 '어디서나' 쉬고 있는 것이다. '아직 태어나지 않은 아이들' 이라고 하지 않고, '아직 태어나지 않은 마을의 하늘과 아이들' 이라고 한 것도 시적인 전략이다. '마을의 하늘' 이라는 말이 들어감으로써 공간적 신비감이 확대되며 태어날 아이들이 모두 저마다의 새로운 마을과 하늘을 누릴 것 같은 온화한 희망을 전달한다.

2. 우화적 형식의 발견

이렇게 유연한 신화적 상상력으로 시의 출발을 보인 김종철 시인은, 현실을 비판하는 시도 쓰고 세상을 풍자하는 시도 쓰고 소외계층에 대한 연민을 담은 시도 쓰고 자기부정의 절망적 시편도 쓰다가, 세 번째 시집인 『오늘이 그날이다』(1990)에 와서 우화의 형식을 발견한다. 즉 이야기의 틀을 외부에서 가지고 와서 그 틀을 통해 자기가 하고자 하는 말을 담아 넣는 방식이다. 우화의 형식에 중요한 기틀을 마련해준 것이 불란서 작가 생텍쥐페리의 『어린 왕자』 독서 체험이다. 「어린 왕자를 기다리며」라는 다섯 편의 연작은 『어린 왕자』에 나오는 모티프를 축으로 하여 세상을 살아가는 시인의 체험을 나타냈다. 따라서 이 우화적 시편의 배면에는 '어린 왕자' 이야기의 잔광(殘光)이 깔려 있다.

> 뱀 얘기는 정말 싫습니다
> 그러나 보아구렁이는 예외입니다
> 속이 보이는 보아구렁이와
> 속이 보이지 않는 보아구렁이 그림을 보고 있으면
> 웃음이 나와 참지 못할 것 같습니다

중절모 하나와
수줍은 코끼리 한 마리가
어른과 아이를 너무 쉽게 구분시켰기 때문입니다

붕붕 달리는 버스를 보고 있으면
보아구렁이 속에 들어가 있는
수줍은 코끼리가 문득 떠오릅니다
달리는 코끼리 옆구리에
창문을 여러 개 그려놓고
사람들이 조롱조롱 매달려 있습니다
정류장마다
코끼리 복부에서 우루루 쏟아지는
작은 사람을 보고 있으면
차라리 행복해 보입니다
그것이 더구나 그림 동화라면

오늘도 아침 출근시에
만원버스 속에서 구두가 짓밟히고
웃옷의 단추가 떨어져 나갔습니다
보아구렁이 속도 이처럼 갑갑했을 것입니다
코끼리를 삼킨 무서운 보아구렁이가
아직도 모자로 보이는 시대에
우리들의 만원버스 속의 지옥과 인생도
언제까지나 모자를 쓰고 다닐 것입니다

—「어린 왕자를 기다리며 2」 전문

이 시는 세 단락으로 나누어져 있다. 첫 단락은 『어린 왕자』에 나오는 보아구렁이 이야기를 소개한 것이다. 아이의 천진한 상상력과 어른의 진부한 일상성을 쉽게 구분한 그 이야기를 읽고 시인은 "웃음이 나와 참지 못할 것" 같다고 했다. 이것은 시인의 상상력이 어린이의 천진성에 가까이 다가가 있다는 것을 반증한다. 그는 양을 넣어둔 상자 그림을 보면, "양이 갑갑하겠다. 창문도 달아주어야지" 하고 네모난 창문도 그려주고, 그 그림에 귀를 기울이며 "야, 양이 잠들었는걸. 숨쉬는 소리가 들리는데" 라고 말할 수 있는 단계에 와 있다.

둘째 단락은 현실을 어린이 같은 동화적 천진성으로 구성해보았다. 우리가 타는 버스를 보아구렁이 뱃속에 들어간 코끼리로 보고 코끼리 옆구리에 창문도 그려놓고 그 안에 사람들이 매달려 있는 모습을 상상해본 것이다. 어쩌면 초등학교에 다니던 그의 딸이 실제로 이런 재미있는 그림을 그렸는지도 모른다. 우리의 현실이 이런 그림 동화와 같다면 만원버스의 고통도 없고 현실의 시달림도 없을 것이다. 그러나 그것은 동화 속의 이야기일 뿐 현실에는 행복한 그림이 존재하지 않는다. 행복한 그림은 어린이의 천진한 상상 속에서만 존재한다.

셋째 단락은 현실을 현실 그대로 제시하였다. 만원버스는 현실에서 절대로 코끼리 그림이 될 수 없다. 구두가 짓밟히고 웃옷의 단추가 떨어져 나가는 부딪침과 다툼의 공간이 현실이다. 현실의 시각으로 보면 보아구렁이 속은 답답한 지옥이고 그 답답한 지옥을 일상의 천으로 가린 겉모습이 모자로 보일 뿐이다. 코끼리를 삼킨 보아구렁이 그림을 모자로 보듯 우리 어른들은 이 끔찍한 삶을 평범한 일상으로 대하며 사는 게 결국은 이런 것 아니냐고 그럭저럭 하루하루를 영위해간다. 참혹한 삶을 모자로 볼 뿐더러 우리 자신이 모자를 쓰고 참혹한 삶의 실상을 보는 눈을 가리고 살아간다. 시인은 자신을 포함한 나약한 소시민들을 우화의 형식을 통해 풍자하고 비판하고 있다.

어린 왕자에 나오는 보아구렁이 이야기를 축으로 하여 2연에서는 코끼리의 동화적 관점을, 3연에서는 모자의 현실적 맥락을 제시한 시인의 상상력의 전환이 매우 재미있다. 3연의 조용한 풍자를 통하여 일상성에 찌들어가는 현실의 실상을 반추하게 되고 아울러 갑갑한 세상에서 천진한 상상의 회복을 기대하게 된다. 우화에 바탕을 둔 상상력은 이렇게 그의 어깨에 들어간 힘을 빼주었다. 그래서 그의 시는 비장한 풍자나 절망의 토로에서 벗어나 한결 가뿐해지고 날렵해진다. 이것을 그는 시집 「자서」에서 "시를 무겁지 않게 쓰는 법이 열렸다"고 표현했다. 모친의 타계를 소재로 시를 쓸 때에도 감상의 어법을 배제하고 우화의 형식을 빌려 절제의 어조를 보여준다.

어린 시절, 어머니에게 물었습니다
내일은 언제 오나요
하룻밤만 자면 내일이지
다음날 다시 어머니에게 물었습니다
오늘이 내일인가요?
아니란다 오늘은 오늘이고 내일은
또 하룻밤 더 자야 한단다

고향에서 급한 전갈이 왔습니다
어머니 임종의 이마에
둘러앉아 있는 어제의 것들이 물었습니다
애야 내일까지 갈 수 있을까?
그럼요 하룻밤만 지나면 내일인 걸요
어제의 것들은 물도 들고 간신히 기운도 차렸습니다
다음날 어머니의 베갯모에
수실로 뜨인 학 한 마리가 날아오르며 다시 물었습니다

오늘이 내일이지

아니에요 오늘은 오늘이고 내일은

하룻밤을 지내야 해요

이제 더 이상 고향에서 급한 전갈이 오지 않았습니다

우리집에는

어머니는 어제라는 집에

아내는 오늘이라는 집에

딸은 내일이라는 집에 살면서

나와 쉽게 만나는 법을 알고 있기 때문입니다

—「만나는 법」 전문

이 시도 세 단락으로 구성되어 있다. 첫 단락은 어린 시절의 이야기. 매일매일이 오늘의 연속인데, 우리는 내일이 언제냐고, 하룻밤만 자면 내일이냐고 되묻곤 했다. 어린 시절 우리의 관심은 내일에 있었다. 내일이면 또 무슨 새로운 일이 있으리라. 내일이면 아버지가 오신다고 했다. 내일이면 새 신이 생기리라. 내일이면 또 무엇이 있으리라. 그런 기대를 갖고 하루하루를 보냈다. 그러나 어른이 되면서 우리에게는 내일이 없고 오늘만 남았다. 오늘 하루를 살아남는 것이 우선이고 오늘 하루를 버텨야 내일을 맞을 수 있었다. 그러한 사연은 그의 시 「오늘이 그날이다」에 선명한 어법으로 표현되어 있다. 여하튼 1연은 우리가 어린 시절 흔히 겪던 이야기를 축으로 하여 현재의 상황으로 우리를 안내하는 우화적 가교역할을 한다.

둘째 단락은 어머니를 떠나보내는 임종의 현장이다. 죽음을 앞둔 어머니의 베갯머리에 어제와 오늘과 내일이 머물고 있다. 어제까지 살아온 어머니가 지금 막 세상을 떠난다면 어머니에게는 오늘은 없고 어제까지만이 존재한다고 할 수 있다. 그런 점에서 어머니는 어제의 시간 속에 놓여 있다. 나와 가족들은 오늘을 지나 내일 이후도 계속 존재하게 될 대상들이다. 죽음과 삶은 오늘을 경계로 어제와 내일로 갈라지게 된다. 그러니 어머니 임종의 이마에는 '어제의 것' 들이 둘러앉아 있다. 죽음이 임박한 어머니에게 어찌 내일이 있을 수 있겠는가? 어머니는 어제의 시간 속에 존재하고 어제의 시간을 살고 있다. 이런 상황 속에서 "얘야 내일까지 갈 수 있을까?" 라는 어머니의 물음은 애처롭고, "그럼요 하룻밤만 지나면 내일인 걸요" 라는 아들의 대답은 더욱 가슴 저리다. 그 문답은 철없던 어린 시절 모자가 정겹게 주고받던 내용의 시간적 역전을 보여주는 것이기에 삶의 아이러니를 각인시키기도 한다. 삶의 아이러니는 다음날 어머니가 세상을 떠나는 장면에서 더욱 선명하게 부각된다. 어머니의 죽음을 베갯모에 수실로 뜨인 학 한 마리가 날아오르는 것으로 묘사한 대목은 가슴 뭉클한 감동을 불러일으킨다. 베갯모에 수실로 뜨인 학의 이미지는 그의 등단작 「재봉」에 제시된 아내가 수실로 뜨던 영원한 꿈의 무늬가 아니던가. 그는 꿈의 무늬를 이십 년 넘게 간직했다가 어머니의 임종의 장면에 화사하게 펼쳐 놓았던 것이다.

셋째 단락은 현재의 일상을 보여준다. 어머니이건 누구이건 아무리 소중한 사람이 떠나갔다 하더라도 죽는 그 순간에는 영원히 못잊을 것처럼 비통해 하다가도 시간이 지나면 일상의 삶 속에서 모두 어제의 일로 잊혀진다. 일상의 시간에는 늘 오늘이 중요하다. 어머니는 어제의 시간 속에 완전히 봉합된다. 죽은 사람은 오늘이나 내일에 대해 물을 권리도 없다. 세상을 떠났다고 하지만 그는 오늘의 시간을 떠나 내일로 간 게 아니라 오늘의 시간에서 어제의 시간으로 이동해간 것이다. 오늘은 산 자의 시간이다. 그러므로 어제의 추억이 담긴 고향에서 어제의 사람에 대해 알리는 전갈은 올 리가 없다. 나는 편의에 따라 세 집을 들락거린다. 어머니를 만나고자 하면 어제의 집에서 만나고, 아내는 오늘의 집에서 수시로 만나고, 시인의 어린 시절처럼 내일이면 좋은 일이 있겠거니 하고 사는 딸은 내일의 꿈을 간직한 상태로 적절히 만나며 살고 있는 것이다.

우리들이 겪는 육친의 사별과 살아가는 일상의 삶에 대해 이렇게 담담하게 서술하면서도 정곡을 찔러 표현하기란 결코 쉬운 일이 아니다. 어제와 오늘이라는 일상의 시간을 통해 죽음과 삶을 구분 지으며 그 사이에 모친의 사별이라는 기막힌 사연을 배치하는 수법, 세상을 살아가는 세대간의 삶의 차이를 일상적 시간의 세 차원과 관련지어 간명하게 표현하는 수법은 그가 수사적 재치나 언어의 세공만으로 시를 쓰는 사람이 아님을 단적으로 드러낸다. 좌중을 휘어잡는 그의 폭소와 재담이 그의 진면목이 아니며 그 떠들썩한 난장 뒤에는 남모를 기도와 묵상의 시간이 가로놓여 있음을 우리는 간파해야 한다. 그러한 묵상과 자성의 시간 속에 「못에 관한 명상」 연작이 쓰여졌을 것이다.

3. 반성적 지평과 초월의 지평

못을 뽑습니다
휘어진 못을 뽑는 것은
여간 어렵지 않습니다
못이 뽑혀져 나온 자리는
여간 흉하지 않습니다
오늘도 성당에서
아내와 함께 고백성사를 하였습니다
못자국이 유난히 많은 남편의 가슴을
아내는 못 본 체하였습니다
나는 더욱 부끄러웠습니다

아직도 뽑아 내지 못한 못 하나가

정말 어쩔 수 없이 숨겨 둔 못대가리 하나가

쏘옥 고개를 내밀었기 때문입니다

—「고백성사」 전문

못의 상징성에 대해서는 시집 『못에 관한 명상』(1992)의 해설을 쓴 김재홍 교수의 다각적인 분석이 이미 이루어져 있어 반복하지 않으려 한다. 다만 나는 이 시에서 세 개의 시어에 주목하고 싶다. 그것은 '휘어진', '오늘도', '더욱' 이라는 세 시어다.

못이 휘어지는 것은, 박을 때 잘못 박았거나, 시간이 많이 경과되어 형태의 변형이 생겼거나, 이전에 뽑아내려 했는데 제대로 뽑히지 않은 경우에 생긴다. 세상을 살면서 사람들은 여러 가지 잘못을 저지르기도 하고 뜻하지 않은 일로 상처를 받기도 한다. 때에 따라서는 잘못을 곧 바로잡기도 하지만 대개의 경우 잘못을 바로잡을 기회를 놓쳐 그냥 과거의 아픔으로 가슴에 묻어둔 채 세월을 보내는 수가 많다. 오랜 시간이 지나면 자신이 어떠한 잘못을 저질렀는지 잊혀지기도 하지만, 아련한 기억 속에 죄의식이 상처로 남아 있다가 뜻하지 않은 경우에 날카롭게 솟아오르기도 한다. 지금 시인은 휘어진 못을 뽑으려 하는데 휘어진 못이기 때문에 뽑혀 나온 자리에는 지저분한 흉터가 생긴다. '휘어진' 이라는 말 속에는 자신의 삶에 대한 반성적 인식과 반성을 통해서도 자신의 상처가 완전히 치유되지 않으리라는 안타까움이 배어 있다.

'오늘도' 성당에서 고백성사를 하였다는 말은 그의 속죄가 하루이틀에 끝날 것이 아니라 거의 매일 반복되는 차원의 것이고 앞으로도 그렇게 지속될 것이라는 사실을 암시한다. 도대체 그는 무슨 죄의식과 상처가 그렇게 많아 계속해서 고해를 행한단 말인가? 여기에는 세상의 작은 상처에도 몸 둘 바 몰라하고 사소한 오점이라도 그것을 자신의 내면에서 정화하려고 하는 시인의 민감한 자의식이 도사리고 있다. "못자국이 유난히 많은 남편의 가슴"이라고 했지만 그것은 사실 자체의 지시가 아니라 민감한 자의식의 광선에 감광된 내면의 형상일 따름이다. 좌중을 압도하는 목청으로 호쾌하게 모임을 이끌어가는 그의 내면에는 이토록 섬세하고 예민한 시인적 감성이 자리잡고 있는 것이다.

'더욱'이란 말도 그와 유사한 의미를 지닌다. 못자국이 유난히 많은 남편의 가슴을 보고도 못 본 체하는 아내의 태도에서 그는 '더욱' 심한 부끄러움을 느낀다. 일반적으로 사람들은 그러한 아내의 반응에 안심을 하거나 위안을 얻거나 하는데 그는 거꾸로 더 큰 부끄러움을 느끼는 것이다. 그것은 '어쩔 수 없이 숨겨둔 못대가리 하나'가 가슴에 감추어져 있기 때문이다. 어쩌면 아내의 너그러운 반응 때문에 깊이 감추려 했던 못 하나가 고개를 내민 것인지도 모른다. 나로 말할 것 같으면, 가슴에 감추어 둔 크고 작은 못이 여러 개가 있고, 그것이 겉으로 드러나지 않기만을 바랄 뿐, 뽑아낼 생각은 하지 않고 산다. 만일 아내에게 숨겨둔 못이 발각될 경우에는, 그것은 못이 아니라 압핀이라고, 이렇게 쉽게 뽑히지 않느냐고 둘러댈 생각이다. 그런데 김종철 시인은 날마다 못을 뽑아가며 살고, 못자국이 유난히 많은 것 때문에 부끄러움을 느끼고, 숨겨둔 못 하나가 있다는 사실 때문에 더욱 괴로워한다. 사정이 이러하므로 그는 '못의 사제'가 될 자격이 충분하다.

못은 그의 시에서 남성의 성기를 상징하는 사물로 등장하기도 한다. 「굴뚝과 나일론 팬티-못에 관한 명상 10」에는 공장 굴뚝과 검은 연기로 상징되는 국가 재건기의 어린 시절을 회상하면서 "나일론 팬티가 질겨서 좋다는 그때는, 새벽마다 대못처럼 굴뚝처럼 빳빳하게 발기도 잘 되는 그때는"이라는 말로 시를 끝맺고 있다. 의학적으로 볼 때, 남자가 40대 후반이 돼서 갱년기에 접어들면 가장 먼저 나타나는 현상이 잠자리에서의 성력감퇴라고 한다. 빳빳한 대못 같았던 것이 밋밋한 가래떡처럼 늘어져 그만 사람을 황당하게 만드는 것이다. 못에 관한 명상을 하던 김종철 시인은 나이 오십이 되어 육체의 전환기를 맞자

성문제에 관심을 갖고 '못' 에서 '음경' 으로의 독특한 발상의 전환을 보여준다. 그것이 「소녀경」 연작이다.

지천명(知天命)에
소녀경을 읽었다
처음부터 끝까지 쉬어가며 다 읽었다
나이 오십 되어
맨 처음 읽은 책이
하필이면 소녀경이라니!

소녀경을 경처럼 달달 외우기에는
한창 늦은 나이
돋보기 너머 소녀경의 앞섶을 펼쳐보니
바알간 젖꼭지가 보인다
한 열 명쯤 자주 여자를 바꿔보라는
소녀경의 지침 따라 강을 건너다보니
아직도 강 저편에는 못 사내들이
한 여인만 등에 업고 있었다

—「강 저편에서는-소녀경 시편 1」 전문

「못」 연작을 통하여 인생과 사회의 다양한 단면을 독특한 방법으로 드러냈던 시인은 '소녀경' 을 발상의 축으로 하여 사색의 경지를 열어 보인다. 그의 「소녀경」 연작은 중국의 고전적 성교본서인 『소녀경』에서 여러 가지 일화를 끌어오고 있어서 익살과 해학이 두드러지지만 인간의 본질적 조건을 탐구한다는 기본자세는 변함이 없다. 나이 오십에 공자는 천명을 알았다고 하는데 시인은 『소녀경』을 읽었다. 『소녀경』에서 시인이 발견한 것은 방중술의 묘법이 아니라 일상적 성에 대한 환멸과 남녀관계에 대한 새로운 인식이다. 이제 불혹을 지나 지천명의 나이에 이르렀으면 한 여자에 집착하지 말고 여러 여자와 자유로운 사랑을 나눌 만도 한데 뭇사내들은 아직도 한 여자만 등에 업고 강을 건너고 있다. 철저하게 관습적 성에 구속되어 살고 있는 것이다. 그렇다고 시인이 자유연애를 꿈꾸는 것은 아니다. 성에 대한 집착이 오히려 인간을 성에 구속시킨다는 사실을 이야기하고자 하는 것이다.

돋보기 너머에 보이는 '바알간 젖꼭지'는 지천명의 시각에 들어오는 젊음의 때묻지 않은 천진성이다. 이제 '바알간 젖꼭지'를 성애(性愛)의 대상으로 바라보지 않고 하나의 작은 꽃봉오리처럼 아름다운 형상으로 인식하고자 한다. 이런 경지에 이르면 못의 남근적 상징성은 의미를 잃는다. 바알간 꽃봉오리 앞에 빳빳한 대못이건 늘어진 가래떡이건 그것이 무슨 의미가 있겠는가? 모든 여인을 평등하게 보고 그들의 바알간 젖꼭지를 생명의 아름다움으로 관조하는 대승적 포용의 자세가 의미를 지닐 뿐이다.

가톨릭 신자인 시인이 대승적 삶의 자세를 꿈꾸며 허망한 삶의 물굽이 속에서 그래도 무언가 대못처럼 견고한 버팀목을 찾으려 묵상할 때 중국 양자강 남쪽 구화산을 여행하게 되고 거기서 신라 왕자 김교각 스님의 등신불을 친견하게 된다. 김교각 스님의 등신불은 김동리의 소설 「등신불」에 나오는 것 같은 소신공양에 의한 등신불이 아니라 스스로 항아리 속에 들어가 육신이 그대로 불상이 되는 독특한 방식의 등신불이다. 김교각은 신라 33대 성덕왕의 태자라고 하는데 서기 719년 24세 때 당나라로 건너가 지장이란 법호를 받고 75년 동안 중국 각지를 돌며 수행과 중생 교화에 몸 바치다가 99세 되는 해 7월 30일, 스스로 항아리 속으로 들어가 입적했다고 한다. 그 후 3년 만에 항아리를 열어보니 호흡과 심장만 멎어있을 뿐, 생존시의 모습 그대로였다고 한다. 김종철 시인은 구화산 여행에서 이 등신불을 목격하고 삶과 죽음의 경계를 넘는 초월적 구도의 세계에 대해 관심을 갖는다. 죽음과 삶의 초월은 성적 집착의 초월보다는 훨씬 단수 높은 것이고 기도와 묵상으로 살아가는 시인에게 깊은 각인을 남겼을 것임에 틀림없다. 그의 시적 편력은 어린 왕자의 우화에서 못의 우화로, 소녀경의 우화를 거쳐 등신불의 우화로 비상해간다.

> 등신불은 심심하다
> 온종일 앉아 있어 더욱 심심하다
> 이런 날에는 하릴없이
> 아랫도리의 연장을 만지작거리다가
> 인기척에 깜짝 놀라 눈만 감는다
> 그러나 때는 늦었다
> 숨겨둔 대가리 하나가 불쑥 불거져나와
> 왼쪽으로 구부러져 있는 길 하나를 가리킨다
> 오, 세상의 똥구멍을!
>
> —「심심하다—등신불 시편 4」 전문

시인의 상상력은 자못 기발하다. 그는 이미 승과 속을 초월한 듯하고 현세와 피안을 다 함께 넘어선 듯하다. 수많은 불도들의 경배의 대상인 구화산 등신불의 신비성을 무너뜨리고 갑남을녀의 범속한 차원으로 등신불을 끌어내린다. 이것은 아들 낳게 해달라고 기도하는 아낙네 옆에서 염불을 해주다가 "이쯤 했으면 아이 하나 낳게 해줘" 하고 불상의 머리를 쥐어박던 옛 고승의 행적, 결국은 날이 추워지자 목불을 장작으로 만들어 보온용으로 불살라버린 대덕의 무애행을 연상케 한다.

김교각이건 누구건 육신이 말라붙어 꼼짝 못하고 등신불이 되었으니 그 얼마나 갑갑하고 심심할 것인가. 아무 일도 없이 진종일 앉아 있다가 등신불은 아랫도리를 만지작거린다. 어린 시절에는 손만 대도 대못처럼 빳빳해지던 그것을 만지작거리다 누군가 오는 기척이 나자 시침을 떼고 눈을 감는다. 그러나 그새 대가리를 내민 연장은 비죽 불거져나와 무엇인가를 가리킨다. 그것이 가리키는 것은 왼쪽으로 구부러져 있는 '세상의 똥구멍' 이다.

이것이 상징하는 바는 무엇인가? 아무리 초월적인 것을 꿈꾸어도 사람은 비속한 세상을 벗어나지 못한다는 뜻인가? 아니면 진정한 깨달음이라는 것도 결국은 세상의 똥구멍으로부터 비롯된다는 사실을 일깨우는 것인가? 세상의 똥구멍을 알아야 세상의 정수리를 깨달을 수 있는 것인지 모른다. 사람들이 아무리 깨끗한 척하고 잘난 척하지만 인간은 어머니의 사타구니를 통해 피칠갑을 하고 태어났다. 그 이후 입으로는 닥치는 대로 먹고 똥구멍으로 똥 싸며 오늘에 이르렀다. 저 노쇠한 연장으로 세상의 똥구멍을 가리키는 등신불의 가르침을 좇아 우리는 세상의 똥구멍을 제대로 보고 거기서 연꽃을 찾아내야 할지 모른다.

4. 희망과 믿음

김종철 시인은 『못에 관한 명상』의 「자서」에서 '못의 사제' 가 될 것을 약속하며 못에 관한 5부작을 완성하고 시를 끝낼 것을 다짐하였다. 그가 이렇게 호언장담을 하게 된 데는 그의 문우 김재홍 교수의 영향이 컸을 것이다. 못의 상징성에 대해 얼마나 어깨에 힘을 주고 열변을 토했으면 어린 왕자의 천진성을 흠모하던 김종철 시인이 후속 작업으로 '못의 사회학' 을 쓰겠다고 단언했을 것인가. 그러나 그는 '못의 사회학' 대신 등신불과 소녀경과 산중문답 시편을 내놓았다. 그 사이에 8년의 세월이 흘렀고 그는 많은 출판인들이 부러워하는 자리에 앉게 되었다. 그 자리에 이제 못은 없다. 가슴에 흉하게 남아 있던 못자국도 없다. 못자국을 짐짓 외면하는 아내의 모습에 더욱 부끄러워하던 순정한 어린 왕자는 없다.

나는 그가 못의 관념을 내던지고, 등신불과 소녀경의 초월의 포즈까지도 내던지고, 「하노이연가」의 세계로, 「시화호를 바라보며」의 세계로, 「오줌을 누며」의 세계로 돌아오기를(나아가기를) 희망한다. 「하노이연가」에 나오는 젊음의 회한과 눈물, 「시화호를 바라보며」에 나오는 썩어가는 생명에 대한 연민, 「오줌을 누며」에 나오는 아무리 털어도 떨쳐지지 않는 슬픔, 여기에 그가 찾아야 할 진정한 시의 자리가 있다고 나는 믿는다. 그것은 그가 발 디디고 살아가는 일상적 삶의 자리이고 저 구화산 등신불이 노쇠한 연장으로 가리킨 비속한 세상의 길이다. 그 속에 시의 불씨가 있을 것이다.

그는 이제 분주한 세상사의 틈새마다 혹시 내가 세상의 똥구멍을 헤매고 있는 것은 아닌가 생각할 것이다. 모든 게 잘 나간다고 생각할 때 문득 세상의 똥구멍 속으로 더 깊이 빠져드는 것은 아닌가 자문하게 될 것이다. 그러한 자문과 명상의 망설임 옆에 시가 야릇한 냄새를 풍기며 꿈틀댈 텐데, 그것을 잘 움켜쥐느냐 마느냐 하는 것은 전적으로 그에게 달렸다. 나는 지금까지 세상을 긍정적으로 살아왔고 앞으로도 희망을 가지고 살아가려 한다. 그래서 김종철 시인이 시의 매끄러운 날갯짓을 잘 추슬러 세상의 기쁨과 슬픔을 엮어낼 것이라고 믿는다. 그뿐 아니라 미래의 어느 즐거운 날 시의 사제에게 바치는 또 한 줄의 헌사를 쓰게 될 생각에 마음은 벌써부터 홍감해지는 것이다.

여행과 육체의 시학

—문인수

1. 육체의 접촉

문인수 시인과 여행에 동참한 적이 몇 번 있다. 내가 둔한 몸을 일으켜 무거운 발을 몇 번 옮길 때 그는 벌써 저 앞에 가 새로운 경관을 음미하고 그것이 주는 감흥을 나에게 설명하곤 했다. 나는 술이 덜 깬 눈을 껌벅이며 그 부드럽게 순치된 경상도 억양에 말려들어 고개를 끄덕일 뿐이었다. 여행이 끝나면 그는 우리보다 먼저 모습을 감춘다. 서울이나 지방에 문학 행사가 있을 때도 그는 남들보다 먼저 왔다가 먼저 사라진다. 늦게 와도 먼저 사라진다. 대구행 야간 열차를 타야 하기 때문이리라.

여행을 좋아하는 사람은 움직이는 것을 좋아한다. 여행 자체가 끊임없는 이동을 요구하기 때문이다. 가만히 머물러 있는 것은 여행이 아니다. 정해진 목적지가 있건 없건 새로운 것을 찾아 앞으로 나아가는 것이 여행이다. 그래서 여행을 즐기는 사람은 몸이 날렵하고 발걸음도 가볍다. 발과 몸은 여행의 필요충분조건이다. 발을 움직여 몸을 어느 곳으로 이동시키면 거기서 새로운 대상의 육체를 만난다. 불국사에서 석굴암으로 몸을 이동시키면 거기서 석굴암의 육체를 만나게 된다. 그런 의미에서 여행은 한 육체가 또 하나의 육체를 만나는 과정이다. 몸과 몸의 접촉이라는 점에서 그것은 대상과의 친화요 대상과 사랑을 나누는 과정이다.

그뿐 아니라 여행지에서 대상을 면밀히 관찰하면 고정되어 있는 무정한 자연물들이 몸과 몸으로 접촉하는 양상까지 포착하게 된다. 말하자면 자연물도 어떤 여로를 거쳐 지금의 현장으로 이동해 와 몸과 몸으로 만나는 것을 발견하게 되는 것이다. 저 멀리 떨어져 멍청하게 서 있는 자연물이 아니라 서로 눈짓하고 몸 비비는 자연물의 여행경로와 육체의 접촉을 여행자 시인의 눈을 통해 볼 수 있다.

> 허리까지 물에 들어간 왕버들 여러 그루가 다 늙도록, 썩어 자빠지도록 나오지 않고 있다.
>
> 눈보라, 비바람의 세월을 뚜벅뚜벅 걸어 여기 당도한 보폭이겠다.
>
> 저 악산 늠름한 전모가 물에 비쳐 온전하지만 가파르다, 사납다라는 아버지에 대한 기억까지 물오리 한 마리를 풀어 금세 다 지우시는
>
> 어머니, 이승에 홀로 남아 지금 깊으시다.
>
> 잘 섞였으므로, 사랑이란 말조차 이 일대의 바닥없는 고요를 이루는데
>
> 금세, 물에 녹아 풀릴 것처럼 한 사내가
>
> 카메라를 자동셔트로 맞춰 세운 뒤 애인 속으로 걸어 들어가고 있다.
>
> —「주산지」 전문

경북 청송 주왕산 자락에 있는 주산지를 소재로 한 이 시는 여행이 발과 몸을 이용한 육체의 운행임을 단적으로 드러낸다. 짧은 시에 연이어 나오는 '물에 들어간', '뚜벅뚜벅 걸어', '당도한', '보폭', '걸어 들어가고 있다' 등의 시어는 자연정황과 그것을 바라보는 시인의 시선이 정적인 데 머물러 있는 것이

아니라 쉬지 않고 움직이는 보행의 상태에 있음을 알려준다. 삼백 년의 세월을 버텨온 이 저수지가 산 그림자를 고즈넉이 안고 그윽한 수면을 드러내고 있었을 터인데 그 고요한 정경을 시인은 이렇게 역동적인 육체의 화폭으로 그려낸 것이다.

평지에서나 볼 수 있는 왕버드나무 수십 그루가 호수 주위에 수림을 이루고 있는데 어떤 왕버들은 아예 호수 안에 몸이 반쯤 잠겨 있다. 이것을 시인은 왕버들이 스스로 물에 들어가 허리를 담그고 썩어 자빠지도록 나오지 않는다고 보았다. 그의 눈에는 왕버들의 육체와 주산지의 육체가 만나 백년이 넘는 세월을 버티며 함께 걸어온 동행의 여로가 보이는 것이다. 왕버들을 껴안은 호수의 몸에 주왕산의 몸까지 겹친다. 가파르고 사나워 보이는 주왕산의 남성적 풍모가 이 대지모신(大地母神) 같은 주산지 몸에 비치자 어느새 그것은 어머니의 품안에서 부드럽게 순화된 천진한 아이의 형상으로 바뀐다. 그 위에 물오리의 몸까지 떠다니며 주왕산 몸의 흔적을 지운다.

이렇게 몸과 몸이 섞여 하나로 뒤흔들리는 것이 바로 사랑이다. 여기서 사랑은 대상을 바라보는 시인의 태도만이 아니라 주산지를 둘러싼 몸의 형상들이 지닌 태도를 지칭한다. 크고 작고 분명하고 모호한 모든 것들이 서로를 끌어당기며 서로를 녹여 사랑의 깊이를 이루고 있다. 시야에 지각되는 모든 대상들이 서로 사랑하고 있기에 주산지를 바라보는 한 사내가 주산지를 애인으로 삼아도 이상할 것이 없다. 주산지 육체의 공간 속에는 각각의 개별자가 모두 애인이요 서로들끼리 절절한 사랑을 나누고 있기 때문이다. 카메라를 맞춰놓고 애인의 몸 속으로 걸어 들어간 사내가 시인인지 제삼자인지 그것도 중요하지가 않다. 이 육체의 공간 속에서는 보는 자나 보이는 자나 모두 녹아 풀어져 하나가 되기 때문이다. 이 융합의 공간에 도달하기 위해서는 시정의 잡답(雜沓)에서 벗어나 고립의 자리를 지키는 탐색가(quest)의 정신이 필요하다. 설화의 전통에서 여행자와 탐색가는 대부분 동일한 모습으로 나타난다.

2. 몸의 존재방식

여행자 시인의 시선이 「철자법」에서는 겨울 포도원의 포도나무 덩굴에 멈추었다. 잎이 다 떨어지고 덩굴을 지탱하던 철선을 따라 각질층을 벗겨낸 근골처럼 빈 덩굴만 뒤틀려 있는 포도나무 덩굴. 그런데 시인은 이 덩굴들이 "삐뚤삐뚤 끌려가고 있다"고 적었다. 무엇에 의해 어디로 끌려간다는 것인가? 이 근골만 남은 육체를 끌어가는 또 하나의 육체는 무엇인가? 거친 계류처럼 울퉁불퉁 펼쳐진 이 덩굴을 끌고가는 동력은 바로 그 육체의 내부에 도사리고 있는 "결박당하지 않는 血行"이다. 어느 한 곳에 머물러 있지 않고 끊임없이 움직이는 피의 움직임. 이것은 또 하나의 여행의 이미지다. 우리 육체가 버틸 수 있는 것은 몸 안에서 혈액이 계속 운행하고 있기 때문이다. 피의 몸이 우리 몸 안을 샅샅이 접촉하기 때문이다. 그와 마찬가지로 바싹 말라붙은 것 같은 포도나무 덩굴에도 피가 흐르고 있고 그 피에 끌려 덩굴이 철선을 따라 벋어가는 것이다.

이것은 사르트르의 『구토』에서 손에 쥔 조약돌 하나에도 존재의 낯설음에 구토를 일으키던 로캉탱이 공원의 마로니에 뿌리를 보고 비로소 존재의 우연성과 허망함을 감지하는 것과 유사하다. 겨울 포도원에 남아 있는 포도덩굴의 겉모습은 철선처럼 낯설고 흉칙하다. 그러나 미라 같은 그 근골의 안에 붉은 피가 돈다는 생각을 하자 그것은 계속 길을 뚫고 앞으로 나아가는 육체의 형상으로 다가온다. 그것은 공원의 마로니에 뿌리처럼 그렇게 뒤틀린 채로 '존재'한다! 그것이 바로 포도나무 덩굴의 사랑을 찾는 여행이고 그 궤적을 자필로 선명하게 남겨 놓은 자취가 바로 삐뚤삐뚤한 필법인 것이다.

「섬」은 씻김굿이 막 끝난 새벽의 바다가 무대다. 씻김굿은 망자가 이승에서 풀지 못한 원한을 씻어주어서 극락으로 천도하는 내용의 굿이다. 진도 지방에서 주로 행해지는 씻김굿은 보통 하룻밤 내내 행해지고 새벽녘에야 끝난다.

애절한 길 닦음 노래를 거쳐 종천으로 끝나는 씻김굿을 본 시인의 시선은 이제 일출의 기미가 몰리는 한 점 섬을 바라본다. 섬은 바다라는 커다란 육체에 떠 있는 또 하나의 작은 육체다. 그러기에 그 육체 역시 주위의 육체와 교섭을 갖는다. 수평선 아래 끓는 파도의 육체를 전부 끌어모으고 바다의 거죽을 지그시 끌어당겨 자기 몸에 걸쳐 두르는 이 섬의 몸 동작은 한을 풀어버리고 해한의 세계로 승천하는 혼령의 움직임을 암시함과 동시에 바다의 육체와 동화되려는 시인의 욕망을 중첩시킨다. 바다의 겉몸을 끌어당겨 걸쳐 입고 싶은 존재는 섬처럼 외롭게 떠 있는 시인 자신이기도 한 것이다. 외부 경관을 탐색하는 시인의 시선은 언제나 자신의 내부로 향할 준비가 되어 있다. 좀더 분명히 말하면 여행자의 시선에는 내부와 외부의 경계가 없다. 외부 경관 속에 자신의 존재가 늘 담겨 있기 때문이다. 시인은 자신의 몸의 존재 방식에 대해 명상한다.

말이 되지 않는다. 손아귀에 꽉 꽉 꽉 구겨 쥔 에이포 용지를 냅다 방구석으로 던졌다. 어, 처박힌 종이 뭉치에서 웬 관절 펴는 소리가 난다. 뿌드드드 드드 부풀어오르다, 부풀어오르다. 이내 잠잠해진다.

종이도 죽는구나

그러나 입 콱 틀어 막힌 그 마음의 밑바닥에 얼마나 오래 눌어붙어 붙어먹었으면, 그리고 그 무거운 암흑의 産道를 얼마나 힘껏 빠져 나왔으면 그토록 환하게
뼈 부러지게 기뻤을까

神이여, 날 구겨 한번 멀리 던져다오
나도 한 순간, 희게 꽃피고 싶다.

—「꽃」 전문

이 시에 나오는 '암흑의 産道' 라는 말을 음미하면 이 시인의 육체에 대한 관심이 대단히 깊은 상태에 있음을 알 수 있다. 산도란 태아가 모체 안에서 밖으로 나올 때 거쳐가는 길을 말한다. 인간의 경우 그 길은 자궁하부, 자궁경관, 질 및 골반근육으로 이루어져 있다. 인간 육체의 가장 민감한 곳을 거쳐 태아는 태어나는 것인데, 그 산도는 어딘가로부터 여행해 온 태아의 육체가 어머니의 육체와 접촉하여 몸부림의 흔적을 남기고 새로운 여행을 시작하기 위해 통과하는 상징적 경로로서의 의미를 지닌다.

이러한 통과의례의 상징성을 지닌 산도를 빠져나온 대상은 이 시에서 사람이 아니라 뜻밖에도 구겨진 종이다. 그것은 말을 이루어내려다 뜻을 이루지 못한 시인 마음 밑바닥에 눌어붙어 있던 언어 이전의 그 무엇이다. 마음 밑바닥에 도사리고 있었던 미정형의 그 무엇이 육체의 형상을 얻어 산도를 거쳐 가시적 세계로 던져진 것이다. 하이데거는 인간을 피투성(被投性, Geworfenheit)의 존재로 보았다. 어딘가로부터 이 세상으로 돌멩이처럼 내동댕이쳐진 존재가 바로 인간이라는 것이다. 그렇게 인간처럼 내동댕이쳐진 그 종이는 제법 관절 펴는 소리도 내고 살아 있는 것처럼 몸을 부풀다 잠잠해진다. 여기 나오는 '꽉 꽉 꽉' 이라는 의태어의 반복, '뿌드드드 드드' 라는 의성어의 사용은 무기물인 종이의 육체가 움직이는 모습을 두드러지게 드러내려는 장치다. 내 몸이 종이의 몸을 움켜잡아 꽉 꽉 구겨 방구석으로 던졌고, 종이의 몸은 관절 펴는 소리를 내며 부불어오르다 죽었다. 말하자면 종이의 몸은 내 몸에 의해 죽음을 당한 것인데, 그것을 시인은 육체의 생명탄생 경로인 산도를 거쳐 생의 세계로 나왔다고 보았다. 이 아이러니 속에 이 시의 비밀이 있다.

텅 빈 공간으로 고정되어 있던 백지가 구겨져 던져질 때 그것은 새로운 육체성을 갖는다. 가만히 있는 백지는 아무런 소리도, 움직임도 나타낼 수가 없다.

그것은 죽은 몸이다. 그런데 내 몸이 달려들어 변형을 가하자 그것은 새로운 생명의 몸짓을 보여주었다. 비록 그 살아 있는 몸짓의 지속시간이 매우 짧았지만 그 간발의 시간 동안 그것은 새로운 육체의 꽃을 피웠던 것이다. 여기서 시인은 자신의 육체도 탈바꿈을 하여 새로운 육체의 꽃을 피울 것을 꿈꾼다. 그러기 위해서는 종이의 몸을 구긴 자신의 몸처럼 자신을 구겨줄 다른 몸이 필요하다. 시인은 그 제삼의 몸을 신으로 설정하였다. 신의 몸에 자신의 몸을 맡기고 암흑의 산도를 통과할 꿈을 꾸는 것이다. 그런데 새로운 존재의 꽃핌이 종이처럼 죽음으로 끝난다면 어찌할 것인가. 여행은 몸을 그대로 유지하면서 새로운 육체로 자신을 이행시키는 장점이 있다. 그러한 장점에도 불구하고 여행은 자신의 몸과 대상의 몸이 접촉하는 경이감은 주지만 존재의 완벽한 전이를 가져오지는 못한다. 공백의 종이가 움직이는 꽃으로 피어나려면 존재의 전환이 필요하고 그것은 안타깝게도 죽음을 전제로 한다. 고통의 산도를 뚫고 나온 새 육체의 희열은 결국 죽음으로 끝난다. 그러나 그러한 존재의 전환이 없으면 육체는 텅 빈 백지처럼 정지되어 노쇠한 하강의 시간을 맞을 뿐이다. 새로운 육체에의 갈망과 낡은 육체의 안온한 존속은 갈등을 일으킨다.

방파제 위를 걷는 노인을 소재로 한 「등대」는 그 점에서 상징적이다. 구부정한 어깨로 방파제 위를 왕복하는 노인의 몸은 오랫동안 지속되어 온 낡은 육체의 전형과 같다. 그런데 노인이 걸어가는 방파제 양쪽은 상이한 풍경을 펼쳐낸다. 방파제 안쪽은 잔잔하고 바깥쪽은 파도가 몰아쳐 들끓고 있다. 노쇠한 정지의 시간과 역동적인 신생의 시간이 부딪치고 있는 것이다. 이 갈등의 공간을 시인은 '비대칭의 탄탄대로' 라고 명명했는데 그 위를 노인은 오랫동안 왕복한다. 매우 불안해 보이는 걸음걸이지만 육체의 노쇠를 주춤주춤 밀어붙이고 노인은 드디어 방파제 한 끝에서 불쑥 일어서는 장대한 등대와 붉은 새처럼 하늘로 떠오르는 거대한 노을을 본다. 그 노을을 시인은 노인이 몸을 던져 하늘에 펼쳐놓은 그물로 보았다. 그러니까 그 노을은 노인의 노쇠한 육체와 바다의 육체가 접촉하여 이루어낸 초월의 형상이다.

3. 우주의 몸과 하나 되기

사람은 모두 초월을 꿈꾼다. 백지처럼 창백한 몸으로 살다 이 세상에 주저앉기를 바라는 사람이 어디 있겠는가? 정신만 내세로 이어져 어떤 다른 몸으로 태어나는 것보다는 이 육체 그대로 지상을 초월하여 영생을 얻기를 바란다. 불로초를 찾아다닌 신선도의 추종자들이 그러했고 예수의 이름으로 구원을 얻어 하나님의 나라에 들어가고자 하는 기독인들이 그러하다. 불교 역시 윤회전생의 굴레에서 벗어나 이 몸으로 해탈하기를 바란다. 그러한 초월의 길 중에 이 몸과 우주의 몸이 하나가 되기를 꿈꾸는 방법이 있을 것이다. 이것은 고대인도 우파니샤드 사상의 염원이기도 하였는데, 이 몸이 우주의 몸과 하나가 된다면 그대로 무시무종 영원하여 죽고 사는 일의 되풀이에서도 벗어나게 될 것이다. 다음의 시는 노쇠한 몸이 어떻게 우주의 몸으로 접근해가는가를, 늙은 몸이 어린이의 몸이 되어 우주의 한 끝으로 스며들어가는가를 감동적으로 보여주고 있다.

그의 상가엘 다녀왔습니다.

환갑을 지난 그가 아흔이 넘은 그의 아버지를 안고 오줌을 뉜 이야기를 들었습니다. 生의 여러 요긴한 동작들이 노구를 떠났으므로, 하지만 정신은 아직 초롱같았으므로 노인께서 참 난감해하실까 봐 "아버지, 쉬, 쉬이, 어이쿠, 어이쿠, 시원허시겄다아" 농하듯 어리광부리듯 그렇게 오줌을 뉘었다고 합니다.

온몸, 온몸으로 사무쳐 들어가듯 아, 몸 갚아드리듯 그렇게 그가 아버지를 안고 있을 때 노인은 또 얼마나 더 작게, 더 가볍게 몸 움츠리려 애썼을까요. 툭, 툭, 끊

기는 오줌발, 그러나 그 길고 긴 뜨신 끈, 아들은 자꾸 안타까이 따에 비끄러매려
했을 것이고 아버지는 이제 힘겹게 마저 풀고 있었겠지요. 쉬,
쉬! 우주가 참 조용하였겠습니다.

—「쉬」 전문

이 시에 반복되는 '몸' 이란 시어는 시인이 몸의 문제에 얼마나 많은 관심을 보이는가를 뚜렷이 드러낸다. 몸이야말로 정신을 관통하여 인간의 삶을 우주에 이어주는 매개물이기 때문이다. 몸이 없다면, 다시 말하여 몸과 몸의 접촉이 없다면, 인간은 허깨비에 불과하다. 허깨비가 사랑을 하고 우주적 초월을 꿈꾼다는 것은 아예 불가능하다. 어린아이의 경우 몸의 접촉으로 말하자면 어머니와의 접촉이 먼저고 더 지속적이고 강도도 강했겠지만, 아버지의 몸도 갓난아기 아들과 늘 붙어 있었다. 아기가 칭얼대면 아들의 몸을 배 위에 얹어 흔들어주고 목 위에 목말 태우고 오줌 누이고 따뜻한 물에 목욕시키지 않았던가. 갓난아기 시절 몸과 몸으로 접촉한 이후 육십 년의 세월이 흘러 아버지가 어린애의 몸이 되었을 때 아버지와 아들은 다시 몸의 접촉을 이룬다. 정신은 말짱하나 몸이 말을 듣지 않는 늙은 아버지가 민망해 하지 않도록 환갑이 지난 아들은 스스로 어린애가 된 듯 어리광을 부리며 아버지를 안고 오줌을 누이는 것이다.

이 육체의 접촉을 시인은 "온몸으로 사무쳐 들어가듯" "몸 갚아드리듯" 이라고 썼다. 아들의 몸이 아버지 속으로 들어가고 아버지의 몸이 자신의 속으로 들어오는 장면이 바로 이 오줌 누이는 장면이고 그것이 어린 시절 자신이 기대었던 몸의 은혜를 갚는 길이라는 것이다. 우리는 여기서 아들과 아버지가 마음과 마음으로 이어지는 것이 아니라 몸과 몸으로 연결된다는 사실을 깨닫는다. 그 몸의 접촉은 툭툭 끊기는 오줌발 속에서도 길고 뜨겁게 이어지는 인연의 끈을 각인시킨다. 그 몸의 인연이 지상에 좀더 이어지기를 아들은 바라

고 노구에 지친 아버지는 힘겨운 인연의 끈을 거두어 지상에서 벗어나기를 바란다. 결국 두 사람의 마음의 움직임도 몸을 중심으로 서로 다른 방향으로 진행하고 있음을 보게 된다. 몸을 지상에 묶어두는 방식과 몸을 지상에서 풀어놓는 방식. 이러한 장면 앞에 우주의 몸도 숙연해지고 침묵을 지키는 것은 당연한 일이다. 이 육체의 의식을 받아들일 준비를 우주의 육체도 갖추어야 하는 것이다. 정지용의 「예장」(禮裝)에서처럼 예장을 갖춘 장년신사의 죽음 앞에 자연도 흰눈을 덮어 예의를 갖추는 것과 마찬가지의 논리다.

우리는 이들 신작시편에서 문인수의 시법이 새로운 측면을 타개하고 있음을 보게 된다. 그의 장기인 절제와 압축의 미학은 그대로 유지하면서도 육체에 대한 관심을 시에 강하게 끌어옴으로써 생의 근원적인 문제로 사유가 이동하고 있다. 그는 한때 황잡하고 번쇄한 시정의 누항에서 벗어나 고삽한 예술창조의 길로 나아가는 듯한 모습을 보였다. 그것은 맹목의 고통을 감내하며 예술의 한 경지를 이루어내려는 창신(創新)의 길이기도 했다. 이러한 예술적 염결성의 추구는 분명 우리 시의 이채로운 성취에 해당한다. 그것이 보람 있는 창조작업이라는 것을 부정하지 않으면서도 한편으로 우리는 예술적 절대성에 대한 천착이 자기폐쇄의 유미주의로 가라앉지 않기를 바랐다. 그는 우리의 기대와 희망을 저버리지 않고 생의 육화된 감각을 육체의 시학으로 완성하였다. 자연의 아름다움 속에 현실의 육체를 보고 생의 육체 속에서 마음의 아름다움을 관조하였다. 이렇게 환한 회통(會通)이 이루어지게 된 것은 그의 끝없는 탐색의 결과이다. 오늘도 지속되는 그의 여행이 바로 육체의 시학을 구체화하는 탐색의 도정이었음을 그의 신작시를 통해서 새삼 깨닫는다.

생명의 원형성과 시의 절대성

—정일근

1. 소월시문학상에 이른 길

20년에 이르는 시작과정을 통하여 정일근의 시는 뚜렷하지는 않지만 몇 차례의 변화를 보여주었다. 그가 20대의 꼬리표를 막 떼는 시점에 낸 첫 시집 『바다가 보이는 편지』(1987)는, 80년대에 출발한 시인의 작품답게, 고통으로 얼룩진 이웃의 삶에 대해 연민과 애정의 눈길을 보내며 그들에 대한 공동체적 연대감이 행동으로 전환되지 못하는 것에 대한 부끄러움과 슬픔을 노래한 작품들로 채워져 있다. 두 번째 시집 『유배지에서 보내는 정약용의 편지』(1991) 역시 이러한 경향을 이어받고 있지만, 고통이나 분노나 비애를 삶의 현실적 국면과 더욱 밀착시킴으로써 추상의 자리에서 벗어나려는 노력을 보였다. 그는 이 두 권의 시집에서 분단문제라든가 교육문제, 사회문제와 관련된 '발언'을 정직하고 성실하게 드러내려고 했다.

앞의 두 시집이 발언을 우위에 두었기 때문에 시적 표현의 세부에 대한 고려가 어느 정도 유보된 감이 있었는데, 세 번째 시집 『그리운 곳으로 돌아보라』(1994)에서는 시의 표현문제에 깊은 관심을 기울여 의성어와 의태어를 활용한 생동감 있는 표현이라든가 정황 자체를 섬세하게 묘사하는 언어의 묘미를 보여주게 된다. 기자로서의 취재과정에서 얻은 다양한 소재가 시로 다루어지며 개인적 가족사의 일부를 드러내는 고백의 형식을 취한 작품도 들어 있다. 그의 시적 감성은 더욱 섬세해져서 힘겨운 삶 속에서 겪는 상실의 감정이라든가 상처받은 영혼이 추구하는 미지의 세계에 대한 그리움을 노래한 작품도 상당수 수록되어 있다.

네 번째 시집 『처용의 도시』(1995)의 시편들은 세 번째 시집을 낸 지 일 년만에 나온 시집이어서 앞 시집의 연장선상에 있다. 그런데 이 시집에는 처용의 도시로 상징되는 황잡한 세상에 대한 환멸감과 경주 남산 및 감은사지로 표상되는 정갈하고 영원한 공간에 대한 지향이 충돌한다. 그는 황폐해가는 도시에서 영혼의 안식, 정신의 구원에 해당하는 어떤 피안으로의 이행을 꿈꾼다. 경주 남산과 감은사지를 답파하여 역사적 공간에 도사리고 있는 정신의 실재를 찾으려 하고 그것을 자신의 울타리 안으로 포용하려 한다. 이 시집에 유달리 마음, 혹은 영혼이라는 말이 자주 사용되고 있는 것도 중요한 변화의 하나다. 이것은 시인이 마음의 문제에 깊은 관심을 기울이고 있다는 사실을 암시한다.

이 마음의 문제가 경주 남산이 갖는 상징성과 결합되어 삶의 심층을 탐색하는 중요한 자원으로 응결된 시집이 다섯 번째 시집 『경주 남산』(1998)이다. 그는 경주 남산의 유적과 아름다운 자연 풍광에서 시간을 초월하여 현존하고 있는 인간정신과 소망의 흔적을 확인한다. 남산 돌부처가 천진한 웃음을 자아내고 있듯이 자연은 자연대로 정겨운 눈짓을 하고 유혹의 눈길을 보낸다. 자연과 조화를 이룬 여러 유적은 시인의 마음을 드맑게 씻어주는 것 같다. 이것은 영원에 대한 갈망으로 시인을 이끈다. 참으로 안타까운 것은, 한국시에서 탐색적 명상의 절정을 보여준 이 시집이 간행되기 직전 IMF 경제위기가 대한민국을 강타함으로써 이 시집의 가치가 제대로 평가받지 못했다는 사실이다. 설상가상으로 시인은 건강을 상하여 큰 수술을 받았다. 이 때문에 이 시집은 귀중한 가치에도 불구하고 독자들의 관심에서 소외되었다.

그는 생의 아찔했던 고비를 넘기고 건강을 되찾기 시작했고 그의 시선은 생명의 근원을 향해 더욱 깊어졌다. 일자리에서 해방되어 자유인이 된 그는 답답한 일상에서 벗어나 경개 좋은 산천을 유람하고 중국과 히말라야 지역을 여행하기도 했다. 그러한 여행체험은 신성한 세계에 대한 탐구가 어떤 절대의 자리에서만 이루어지는 것이 아니라 일상의 맥락에서도 충분히 진행될 수 있다는 인식을 가져오면서 구도적 탐색을 일상화시키는 계기가 되었다. 그의 여섯 번째 시집 『누구도 마침표를 찍지 못한다』(2001)에 그러한 작업의 결실이 담겨 있다.

2. 자연의 이름에서 생명의 신성(神性)으로

최근의 작품 중 「쑥부쟁이 사랑」은 자연에 대한 그의 접근방법을 잘 알려준다. 시인은 가을 들길에 지천으로 피어난 쑥부쟁이 꽃을 보며 "이름 알면 보이고 이름 부르다 보면 사랑하느니/사랑하는 눈길 감추지 않고 바라보면, 모든 꽃송이/꽃잎 낱낱이 셀 수 있을 것처럼 뜨겁게 선명해진다" 고 말한다. 자연물의 이름을 알게 되면 자연을 사랑하는 길이 열린다는 이 생각은 공자의 다음과 같은 말을 떠올리게 한다.

> 詩, 可以興, 可以觀, 可以群, 可以怨. 邇之事父, 遠之事君, 多識於鳥獸草木之名

『논어』 '양화편(陽貨篇)' 에 나오는 이 말을 효용론적인 관점에서만 해석하는 경향이 있는데, 나는 이 짧은 구절에 시에 대한 매우 근원적이고도 통찰력 있는 식견이 담겨 있다고 생각한다. 그래서 이 구절을 다음과 같이 해석한다.

시라고 하는 것은 어떤 것에 감흥을 일으키게도 하고, 어떤 것을 자세히 살펴보게도 하고, 여러 사람이 화합을 이루게도 하고, 잘못된 것에 대해 비판하는 마음을 갖게도 한다. 시를 공부하면 가까이는 부모를 잘 섬겨 가정의 도리에 충실하게 되고, 멀리는 임금을 제대로 섬겨 사회·국가적 윤리에도 충실하게 될 뿐만 아니라, 새, 짐승, 풀, 나무의 이름을 많이 익혀 사물을 이해하고 사랑하는 마음까지 기를 수 있다.

여기서 마지막 구절의 의미를 음미해보면 정일근의 「쑥부쟁이 사랑」도 이와 유사한 생각을 담고 있음을 이해하게 된다. 2500년의 세월을 건너뛰어 공자의 생각이 정일근의 시심에서 부활하고 있음을 본다. 이것은 우연이 아니라 그의 구도자적 탐색이 도달한 사색과 관찰의 결과다. 그의 자연관찰이나 대상에 대한 명상은 정적인 상태에 머물지 않는다. 본래 경주 남산을 밤마다 오르내리던 열혈 남아였던지라 자연과의 동화를 꿈꾸는 그의 상상력은 역동적이고 활달하다. 첫눈 맞는 겨울산을 흰털 세운 한 마리 산짐승으로 본 그는 다음과 같이 백두대간을 달리는 장쾌한 꿈을 꾼다.

첫눈 내리는 날 한반도 모든 산줄기들
흰털 하얗게 곧추세워
하얀 능선 위를 달려가고 있으니
그 놈의 등에 덥석 올라타는 꿈이여
겨울산과 한 몸의 날렵한 산짐승 되어
지리산에서 백두산까지 튼튼한 등뼈를 밟고
한걸음에 달려가는 즐거운 꿈이여

—「겨울산」 부분

눈 덮인 겨울산을 노래한 사람은 많아도 벌떡 일어나 산줄기를 휘달리는 야수의 움직임으로 상상한 시인은 별로 없으리라. 그런데 정일근 시인은 이렇게 백두대간을 휘달리는 호방한 꿈을 꾸었다. 이 상상력은 어디서 온 것일까? 이것은 풍요의 감각으로 열리는 「가을 전어」의 낭만적 상상과도 다르고 침묵 속에 꽃문을 여는 「저녁」의 신비로운 관조와도 다르다. 이것은 지리에서 백두까지 백두대간 큰 줄기를 자신의 한 몸으로 받아들이는 생명 합일의 의식에서 비롯된 것이다. 히말라야 산지에서 자연 합일의 신성함을 체험했던 시인은 눈 내리는 백두대간 산줄기에서도 자연과 한몸으로 나뒹구는 원시 본연의 꿈을 꾼다.

자연의 이름을 통해 자연을 사랑하게 되면 자연의 미세한 움직임 속에서도 생명의 신성(神性)을 발견한다. 눈 내리는 산줄기도 무정한 사물이 아니라 나를 등에 업고 휘달리는 신성한 역동체이며, 저녁에 꽃문을 열어 만개하는 목련꽃도 자연의 비밀스러운 섭리를 전해주는 신성한 상징물이다. 자연의 섭리 중 가장 본능적이면서도 가장 위대하고 가장 친근하면서도 가장 신성한 것이 바로 모성(母性)이다. 그는 「저 母性!」이라는 시에서 누구에게 배운 바도 없는데 첫 새끼를 낳고 본능적으로 새끼를 보살피는 개에게서 신성(神性)보다 앞선 모성을 발견하고 예찬한다. 아무리 하찮아 보이는 미물이라 하더라도 생명을 잉태하고 출산하고 양육하는 모성은 어디에도 비할 수 없는 신성함을 지니며 새로 태어난 생명체는 아기 예수의 탄생이나 다름없이 그 자체로 무한한 가치를 지닌 등불임을 역설하는 것이다.

'생명의 등불' 을 밝히는 모성에 대한 관심이 온 식구가 둘러앉아 화목하게 음식을 나누어 먹는 두레밥상으로 이어졌다. 그런 점에서 「둥근, 어머니의 두레밥상」은 깊이 음미해볼 만하다. '두레' 라는 말은 둥글게 모인다는 뜻에서 유래했을 텐데, 일반적으로 농촌에서 여러 사람의 힘이 필요한 농사일을 할 때 공동작업을 하기 위해 만든 조직을 가리키는 말로 쓰인다. 이 말에서 여러 사람이 둘러앉아 먹는 것을 지칭하는 두레 먹는다는 말이 파생되었고 거기서 두레상이란 말이 형성되었을 것이다. 둥글게 둘러앉아 밥을 먹는 모습은 누구에게나 평화와 안식의 장면으로 다가온다. 영국의 아서왕도 자신을 왕으로 옹립한 기사들과 평등하고 원만하게 회의를 한다는 뜻에서 기사들과 원형 탁자에 둘러앉았다고 한다. 생명의 가장 온화한 모습은 원형이고, 모든 둥근 모양은 평화와 안식을 가져다준다. "어머니의 둥근 두레판에 앉고 싶다"는 시인의 소망이 소박해 보이지만 우리가 살고 있는 모난 밥상의 아수라장이 너무나 살벌하기에 그 소박한 꿈이 오히려 절실해 보인다.

3. 절대탐구의 시정신

둥근 밥상에 둘러 앉든 모난 밥상에 각을 지고 앉든, 우리는 밥을 먹어야 산다. 밥을 먹는 것은 생명유지의 기본요소지만 사람은 밥만으로는 살 수가 없다. 밥 외에 옷도 있어야 하고 집도 있어야 하고 그 외에 또 무엇이 있어야 한다. 시는 밥 외에 우리를 살게 하는 또 다른 그 무엇의 하나다. 시를 써서 밥을 벌 수도 있지만 본질적으로 시는 밥과 무관한 자리에 놓인다. 「피아니스트」라는 영화를 보면, 2차대전 때 수용소를 탈출한 유태인 피아니스트가 단말마적 상황에서 극한의 고통을 견디다가 음악을 연주하며 마음의 위안을 얻는 장면이 나온다. 음악이 굶주림에 시달리는 그에게 밥을 준 것은 아니다. 음악은 밥과는 무관한 자리에서 그에게 위안을 준 것이다. 시 역시 우리의 배를 채워주지는 않지만 먹고사는 일과는 무관한 자리에서 우리에게 위안과 감동을 준다. 음악처럼 우리 심령에 직접 충격을 가하는 것은 아니지만 시도 언어를 매개로 하여 마음에 파문을 일으킨다.

정일근 시인은 자연을 역동적으로 상상하며 생명의 절대성에 대담하게 접근해가듯이 시를 탐구하는 데 있어서도 어떤 절대의 경지를 추구한다. 가난과 상처로 얼룩진 이십대의 젊은 시절 방황 속의 유일한 피난처였던 진해시 대천동 흑백다방. 그곳은 그가 처음으로 시인을 꿈꾸며 습작의 첫발을 내디딘 시의 회임지(懷妊地)이자 배양지(培養地)이다. "내가 숨쉬기 위해 숨어들던 그곳"(「흑백다방」)을 이십 년이 지난 오늘 다시 떠올리는 것은 그의 시작의 출발점을 확인함으로써 오늘의 좌표를 새롭게 설정하기 위함이다. 「다시, 학동」에서 "푸른 스무 살" 처음 시를 쓴 바다를 다시 찾아가보는 것도 자신의 과거 시작의 근거를 확인하고 자신에게 시가 무엇인지를 철저하게 확인하려는 탐색의 행위이다. 그런 탐색의 끝판에서 만나는 시창작의 다짐은 다음과 같이 무서운 기상으로 새겨져 있다.

> 겨울산을 면벽 삼아 수좌들 동안거에 들고
> 생각 놓으면 섬광처럼 날아와 눈알 뽑아버릴
> 독수리 한 마리 제 앞에 날려 놓고
> 그도 물잔 속의 물처럼 수평으로 앉았을 것이다.
> 조금이라도 흔들리면 잔 속의 물 다 쏟고 마는
> 그 자리에 내 시를 들이밀고, 이놈 독수리야!
> 용맹스럽게 두 눈 부릅뜨고 싶을 때가 있다.
> 나도 그들처럼 죽기를 살기처럼 생각한다면
> 마주하는 산이 언젠가는 문짝처럼 가까워지고
> 영축산은 또 문짝의 문풍지처럼 얇아지려니
> 그날이 오면 타는 손가락으로 산을 뻥 찔러보고 싶다.
>
> —「날아오르는 산」 부분

영취산은 원래 석가모니가 법화경을 설법하였다는 인도의 산이다. 신령스러운 독수리란 생사의 굴레를 끊고 자유롭게 비상하는 깨달은 사람의 경지를 상징하기 때문에 그런 이름이 붙여졌을 것이다. 국내에 영취산이란 이름을 가진 산이 많은데 양산 통도사가 있는 산도 영취산이다. 그 산의 형상이 독수리가 날아가는 모습을 닮았다고 한다. 부처의 진신사리가 봉양되어 있고 많은 승려가 득도한 사찰이기에 스님들의 용맹정진이 그치지 않는다.

이 시는 영취산을 중심으로 한 수좌들의 용맹정진과 시의 해탈을 이루려는 시인의 정진을 대비적으로 표현한 작품이다. 선승들은 좌선에 몰두하여 다리가 썩는 것도 몰랐으며 세상의 번뇌를 떨치기 위하여 손가락에 불을 붙이는 연비(燃臂) 의식을 행하기도 하였다. 육신의 껍질이 탈각되고 촉루만 남았을 때 비로소 진정한 구원의 길이 열린다는 각오로 구도에 매진했던 것이다. 시인은 지금 그러한 선승들의 상상을 초월한 구도 행각을 떠올리며 자신도 시의 구도 행위에 나서려고 한다. 그래서 언젠가는 지상의 한계를 벗어나 우주로 날아오르는 자유의 시정신을 염원하는 것이다. 이러한 시의 절대성 탐구의 경지는 다음 시에도 선명한 육체를 드러내고 있다.

> 죽비는 마음을 치는 뜨거운 警策
> 이 놈 시야, 내 이제 너를 잡을 것이니
> 게을러 질 때마다 스스로 어깨 죽지를 내리치며
> 木魚인 양 두 눈 부릅뜨고 너에게로 가려니
> 솔발산이 보이는 창가에 죽비를 걸어 놓고
> 서쪽을 향해 무릎을 꿇는다
>
> —「죽비」 부분

선방 사람들이 참선을 하다가 졸면 죽비를 경책 삼아 어깨를 내리쳐 잠을 깨우고 참선에 정진케 했다. 그처럼 시인도 목어인 양 눈 부릅뜨고 시에게로 달려가겠다고 선언한다. 그는 시라는 화두를 짊어지고 그 비밀을 깨치기 위해 발가락이 떨어질 때까지 참선에 매진하는 선승의 자세를 취하고 있는 것이다. 이러한 절대적 탐구의 자세는 일찍이 한국시사에서 모습을 드러낸 적이 별로 없다. 어느 면 도락적이고 풍류적인 자세로 여유 있게 시를 써온 것이 시단의 일반적인 관례였다. 그런데 정일근은 지금 백척간두에서 진일보하여 독수리로 우주를 비상하겠다는 다짐을 내세우며 두눈 부릅뜨고 시의 정수를 사로잡겠다고 단언한다. 참으로 용맹스럽고도 무서운 선언이다.

그는 스스로 시의 순교자가 되기를 자처한다. 선승의 용맹정진을 표방한 앞의 시들이 치열한 어법을 보이지만 오히려 호방한 어법 때문에 비현실적인 느낌을 주는 데 비해서, 시를 쓰다 죽겠다는 결의의 표현은 일상적인 일을 서술하듯 아주 태연한 어법을 채용했기 때문에 그것이 주는 충격은 오히려 더 선명하다.

시를 생각하다 잠이 들고
시의 꿈을 꾸다 새벽이 오는
이 직업병, 지독한 병처럼 앓을 것이니
마침내 이 병의 마지막이 오면
신문에 실릴 내 부고기사 속의 사인은
오직 시이기를
시를 사랑한 즐거운 지병이기를

—「즐거운 직업병」 부분

자연을 사랑하여 자연과 하나가 될 꿈을 꾸었듯이 그는 시를 사랑하여 시와 하나가 될 꿈을 꾼다. 자연과 하나가 되면 생명의 근원을 들여다보는 눈을 얻게 된다고 했는데, 시와 하나가 되면 지상의 생에 대해서는 하직을 고하는 것인가. 시가 생명의 등불을 밝히는 것이라면 그것도 분명 자기를 버리고 남을 끌어안는 모성애의 측면을 지니고 있을 것이다. 세상만사를 은유하는 시인으로서의 과업은 '침묵의 비밀'을 터득하여 생명의 가치와 아름다움을 만방에 알리는 데 있다. 그것은 매우 보람찬 일이기에 그 일에 따르는 어려움을 직업병이라고 할 수가 없다. 직업병을 지독하게 앓겠다는 시인의 말은 생명의 등불을 밝히는 시인의 말로는 어울리지 않는다. 병 속에 든 새의 비밀을 깨치는 날 독수리처럼 우주로 날아오를 꿈을 꾸는 그에게 무슨 지병과 직업병이 있겠는가.

그러니 정일근 시인이여, 시 때문에 병을 앓다 죽는다는 말은 제발 하지 말아다오. 좋은 시를 많이 쓰기 위해 오래 오래 살아야겠다는 말로 바꾸어 말해다오. 지금까지 살아오면서 많은 존재들의 이름을 익혔으니 산다는 것은 이름을 아는 일이며 이름을 아는 것은 사랑하는 일이다. 세상을 사는 것과 세상을 사랑하는 것이 둘이 아니니 그대의 마음을 어디에 점 찍을 것인가. 할(喝)!

자연의 이름으로 사랑하는 방법

—고재종

『논어』를 읽을수록 그 안에 담겨 있는 지혜의 폭과 깊이에 감탄하게 된다. 『논어』 '양화편(陽貨篇)' 에는 시에 대한 언급이 나오는데, 고재종의 신작시 일곱 편을 읽으며 그 구절을 다시 떠올리게 되었다. 그 구절은 다음과 같다.

공자가 말하기를, 젊은이들이 어찌 시경을 공부하지 않는가? 시라고 하는 것은 어떤 것에 감흥을 일으키게도 하고, 어떤 것을 자세히 살펴보게도 하고, 여러 사람이 화합을 이루게도 하고, 잘못된 것에 대해 비판하는 마음을 갖게도 한다. 시를 공부하면 가까이는 부모를 잘 섬기게 되고 멀리는 임금을 제대로 섬기게 될 뿐만 아니라, 새, 짐승, 풀, 나무의 이름을 많이 익혀 사물을 이해하는 마음까지 기를 수 있다.

공자가 아들 백어에게 말했다. 너는 시경 첫머리에 나오는 주남과 소남 시편을 공부했느냐? 사람으로서 주남 소남 시편을 공부하지 않으면, 마치 막힌 담장을 바라보고 그대로 서 있는 꼴이 되느니라.

(子曰, "小子何莫學夫詩. 詩, 可以興, 可以觀, 可以群, 可以怨. 邇之事父, 遠之事君, 多識於鳥獸草木之名." 子謂伯魚曰, "女爲周南召南矣乎. 人而不爲周南召南, 其猶正牆面而立也與.")

이 문장은 매우 함축적이어서 사람에 따라 해석이 각기 다른데, 나는 늘 위와 같이 해석한다. 내가 고재종의 시를 읽으며 이 구절을 떠올린 것은 그의 시에 조수초목(鳥獸草木)의 이름이 많이 나오기 때문이다. 그런데 공자의 말에서 '조수초목의 이름을 안다' 는 것은, 단순히 이름을 안다는 뜻이 아니라, 자연만물에 대한 올바른 이해에 도달한다는 뜻을 내포하고 있다. 말하자면 그 이름은 사물에 대한 정당한 이해로 안내하는 일종의 관문이고 상징이다. 공자는 정명(正名)이라는 개념을 제시한 바 있다. 이름을 바로잡는다는 것은 이름과 실제가 일치하도록 바로잡겠다는 뜻이다. 요즘말로 하면 명분을 바로잡는다든가 가치관을 바로잡는다는 뜻에 해당한다. 그러니까 조수초목의 '이름' 이라고 했을 때도 그 이름은 단순히 소니 말이니 하는 사물의 명칭이 아니라 그 이름에 부합하는 사물의 내재성을 통틀어 일컫는 말임을 알 수 있다.

공자의 말을 염두에 두고 볼 때, 고재종의 시 일곱 편에 모두 여러 가지 조수초목의 이름이 나오는 데에도 그 나름의 충분한 근거와 의미가 있다고 생각하게 되었다. 이제 고재종의 시를 순서대로 읽으며 거기 제시된 조수초목의 이름이 그의 생각과 어떤 관계에 있으며 그 이름을 통하여 그가 환기하려 한 바가 무엇인가를 내 나름대로 밝혀가려 한다.

> 웬 마음이 지펴서 묵은 길을 여는가.
> 능구렁이 한 마리가 느릿느릿
> 앞을 트고 난 뒤의 오솔길에는
> 칡과 싸리, 갈참들이 짓어 으슥하지만
> 무엇보다도 솔바람 소리가 나를 이끈다.

엊그제 유골을 이장해간 무덤자리에
오늘은 웬 할머니가 배추모종을 옮기는
그 삶의 아찔함을 지나쳐
나는 장닭꿩 한 마리가 꿩꿩,
산을 뒤흔든 뒤 낳은 고요에 놓인다.
또 시누대 무더리가 우수수,
바람과 사무쳐 빚은 그 쓸쓸함으로
길도 마음도 또박또박 깊어가는 길,
예까지 와서도 몸이 무거워진 나는
급한 김에 엉덩이를 까 내리다
때마침 톡, 듣는 밤톨 하나 줍는 다람쥐와
눈을 맞추는 바람에 후끈해진다.
후끈해져도 이제 길은 한결 환해지는가.
나는 빨간 맹감 몇 알을 따서 씹노라니
나뭇잎 사이로 쏟아지는 빛살들이
보아라, 푸나무서리에 반짝이거나
어치 소리에 튀는 길들을 낸다.
그리하여 나도 들국 점점에 맺히는 길의
그 몇몇 螢光쯤은 잠시 밝혀보고 싶고
내 세간의 서러움 지핀 마음 파장도
솔바람에 좀 씻어볼까 하는데, 아뿔싸!
웬 밀렵꾼이 올가미에 치인 고라니를
올가미째 메고 오는 참혹함에 놓이고,
오솔길 밖 저 두멧집에서는
오늘도 저녁밥 짓는 시간이 피어오른다.

—「오솔길의 몽상 1」 전문

「오솔길의 몽상 1」에 나오는 조수초목의 이름을 순서대로 열거하면, 능구렁이, 칡, 싸리나무, 갈참나무, 장닭꿩, 시누대, 밤톨, 다람쥐, 맹감, 어치, 들국, 고라니 등이다. 능구렁이는 우리나라 산지에서 가장 흔하게 볼 수 있는 뱀인데, 남획과 환경파괴로 요즘은 수가 많이 줄었다. 고라니도 수가 많이 줄었다고 하는데 시인이 거니는 광주 근교의 야산에서도 아직 잡히는 모양이다. 장닭꿩이란 말은 사전에 나오지 않는데, 장닭이 수탉을 의미하는 말이니 장닭꿩은 수꿩인 장끼를 지칭한 것이겠다. 맹감은 청미래덩굴의 열매로 가을이면 빨갛게 익는다. 어치는 우리가 흔히 산까치라고 부르는 새로 옆에 사진이 나와 있다.

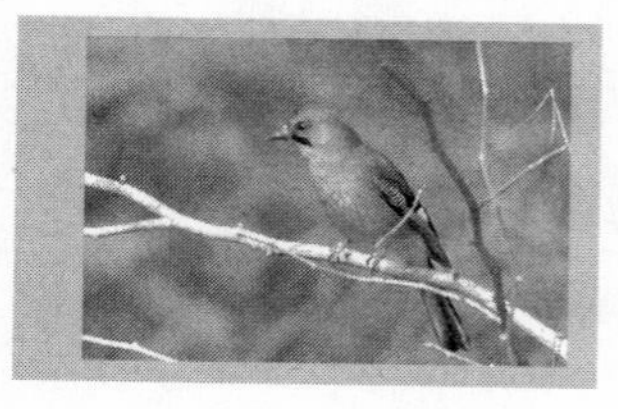

이 자연물들은 오솔길 주변에 전개된 자연공간의 구성물들이다. 말하자면 그들은 그 자연공간의 주인이다. 산책가인 나는 오솔길을 통해 잠시 그들의 삶의 공간에 끼어들 뿐이다. 시인은 "무엇보다도 솔바람소리가 나를 이끈다"고 적었다. 싸리나무, 갈참나무 즐비한 모습도 으슥하여 보기 좋고, 시누대가 바람에 흔들리는 모습도 소슬하여 마음이 깊어지기도 하지만, 무엇보다도 그의 마음을 이끈 것은 맑은 솔바람소리다. 그는 솔바람소리를 통하여 맑고 그윽한 마음을 가져보려고 한다. 또 하나 그의 마음을 잡아당긴 것은 "나뭇잎 사이로 쏟아지는 빛살"이다. 그는 쏟아지는 빛살의 반짝임을 통해 자신이 걸어가는 길도 환하게 밝혀보려 한다. 그러나 "내 세간의 서러움 지핀 마음 파장"을 반짝이는 빛살과 맑은 솔바람에 씻어보려던 시인은 두 가지 장면 때문에 마음이 다시 어두워지고 다리에 힘이 빠진다.

그 두 장면이란, 엊그제 유골을 이장해 간 무덤 자리에 배추모종을 옮기는 장면과, 웬 밀렵꾼이 올가미에 치인 고라니를 올가미째 메고 내려오는 장면이다. 무덤이란 옛날에는 유택(幽宅)이라고 해서 죽은 자가 기거하는 집으로 인식하여 함부로 접근하는 것을 피해왔다. 그런데 오래된 허묘(墟墓) 터도 아니고 바로 엊그제 유골을 이장해 간 무덤자리에 배추모종을 옮기는 인간의 비루한 욕망이란 도대체 무엇이란 말인가? 모종을 옮기는 사람이 다름아닌 할머니라는 사실도 아이러니컬하다. 할머니는 무덤에 대해 보수적인 관념을 가지고 있을 것 같고 자신도 언젠가는 땅에 묻히리라는 생각 때문에 무덤에 대한 경건성을 지니고 있을 것 같은데, 그 할머니조차 무덤 자리에 배추를 심어 먹으려 하다니 먹고살기 위한 인간의 욕망은 죽음에 대한 예의나 경건성마저도 저버리게 한 것인가. 시인은 이 장면을 '삶의 아찔함' 이라고 표현했다.

두 번째 장면도 그 정경이 더욱 참혹하게 보이는 것은 죽은 고라니를 올가미에 꿴 채 메고 내려온다는 점 때문이다. 짐승을 잡아도 죽은 생명체에 대해 지켜야 할 예의라는 것이 있다. 나는 릴 낚시 하는 사람들이 잡은 물고기의 아가미를 고리에 꿰어 굴비 두름처럼 엮어가지고 허리에 차고 다니며 계속 낚시하는 장면을 보고 대경실색한 적이 있다. 계류에 릴을 던지고 물가를 왔다갔다 할 때마다 물고기들은 바윗돌에 이리 부딪치고 저리 부딪치고 하였다. 어차피 매운탕 거리로 사라질 물고기인데 그것이 무어 대수냐고 생각할지 모르지만, 목숨 가진 생명체를 그렇게 유린해서는 안 되는 것이다. 그 물고기라고 하는 것이 낚시꾼에게는 낚시하는 즐거움을 안겨주는 고마운 생물이 아닌가. 더군다나 맛있는 매운탕으로 끓여져 술맛을 돋우는 안주가 된다고 생각하면 정말 얼마나 고마운 생물인가. 그런데 물고기에게 고마워 할 줄은 모르고 죽어가는 물고기를 이리저리 끌고 다니면서 머리와 몸통이 터지게 하니 인간의 탐욕은 정말 잔혹한 것이다. 위의 밀렵꾼도 토끼나 오소리보다 훨씬 값이 나가는 고라니를 잡았으니 횡재를 얻은 셈이다. 그런데 그 고마운 고라니를 올가미에 치인 채로 메고 오다니 인간의 탐욕은 이렇게 포악스럽다.

그러한 삶의 아찔함과 참혹함은 자연의 청정함 반대편에 있다. 그는 세간의 서러움에서 벗어나 마음의 불빛을 찾으려 자연의 주인에게 허락도 받지 않고 오솔길을 잠시 거니는 것인데, 또 한쪽에서는 인간이 자연의 주인들을 이렇게 유린하고 있다는 사실이 당혹스럽기만 하다. 오솔길 아래 두멧집에는 밥 짓는 연기가 피어오르고 삶의 시간이 변함없이 흐르고 있지만, 삶의 내용이 이렇게 참혹함과 아찔함으로 가득차 있다면 사람의 마을로 내려가는 것 자체가 부끄러울 뿐이다.

「오솔길의 몽상 2」는 자신이 붙잡고 있는 것들을 "놓아버리고 싶은" 심정을 표현했다. 여기에는 억새, 속새, 거미, 소쩍새, 휘파람새, 머루, 다래, 돌배, 오목눈이 등의 자연물이 제시된다. 오목눈이는 옆에서 보는 것처럼 참새만한 크기의 귀여운 새인데, 여러 마리 오목눈이가 "오락가락 야단법석"을 떠는 모습은 생각만으로도 즐겁다. 그런데 그 오목눈이의 부산한 움직임을 보면서 시인은 오히려 "무언가 잃어버린 듯 막막하던 날들"이 떠오른다. 엄밀히 따져보면 자신이 많은 것을 소유한 적도 없어서 더 이상 버릴 것이 무엇이 있겠나 하는 생각도 든다. 어쩌면 그는 많은 것을 소유하고 그것을 주체하지 못하는 세상 사람들을 대신하여 자기가 지닌 것을 버려야 한다고 생각했는지 모른다. 아니면 또 한번의 자기 변모와 갱신을 위하여 지금까지의 것을 버려야 한다고 생각했는지도 모른다.

그러한 생각으로 걸어나가는 오솔길에는 "설렁설렁 바람만이 수만 길을" 낼 뿐이다. 자연은 이처럼 모든 것을 버리고 유유하고 표표하게 자신의 길을 간다. 이렇게 자기 것을 놓아버린 상태라야 사람도 자연에 몸을 담을 수 있다. 그런데 이 담채색의 명상을 깨뜨리는 또 하나의 아찔한 장면이 무덤 뒤쪽에 보이는 것인데, 그것을 시인은 "웬 커다란 엉덩이가 잦은 방아를 찧어대며/밑에 깔린 숨결을 자꾸만 결박하고 있다"고 표현했다. 무덤 뒤에서 벌어지는 남녀의 정사장면을 이렇게 감칠맛 나게 암시적으로 표현한 것은 시인의 노련한 솜씨의 결과지만, 그 장면은 바람처럼 모든 것을 풀어버리려는 시인의 마음을 어지럽게 하는 또 하나의 탐욕적 추태로 다가온다. 이것은 로렌스 소설에서 보는 것 같은 자연과 동화된 본능적 생명력의 분출이 아니라 비천한 성욕의 배설 행위일 따름이다.

「오솔길의 몽상 3」에서는 다시 자연의 고요하고 쓸쓸한 정경을 보여주면서 '오롯하다는 것'의 의미를 캐묻고 있다. '오롯하다'는 말은 '모자람이 없이 온전하다'는 뜻이다. 시인은 오롯한 것의 예로 "새새끼 다 날아가버린 뒤의 텅 빈 둥지 같은 것"을 제시한다. 모든 것을 다 버린 빈 공간이 오히려 시인에게는 충만하고 온전한 공간으로 인식된 것이다. 억새가 여름날의 무성한 '푸른 항변'에서 벗어나 고개 숙인 채 소슬바람에 쓸리고 잔광에 반짝이는 정경이 오히려 생명의 충만함을 드러낸다. 그것은 바로 욕망의 부재, 욕망의 무화 때문이다. 「오솔길의 몽상 2」에서 제시된 욕망의 버림이라는 주제가 이 작품에도 지속되고 있음을 보게 된다.

「오솔길의 몽상 4」는 그 주제를 "사상을 입었으나", "바람으로 풀어진" 파르티잔의 형상으로 바꾸어 나타냈다. 이것은 삶의 경험적 진실에서 멀어져 어떤 추상의 세계로 이탈해가는 것이 아닌가 하는 주변의 비판적 시각, 혹은 시인 스스로 가지고 있는 자성적 문제의식에 대한 일종의 자기해명의 의미가 담긴 것으로 보인다. 인간을 위한다는 사상이나 이념이 그럴듯한 명분을 앞세우지만 결과적으로는 인간을 억압하는 사태로 귀결되는 것을 우리는 보아왔다. 현실의 삶을 핍진하게 드러낸다는 것도 삶의 실체성이라는 관념에 사로잡힌 것이고 그것을 문학평가의 기준으로 삼는 것도 상상력의 자유를 일정부분 제약하는 것이다. 그러니까 고정된 사상체계에서 벗어나 바람의 자유를 얻는 일이 우리에게 필요할지 모른다. 특히 자연에서 길을 찾으려는 산책가에게는 바람으로 자신을 분해시키는 과정이 필요하다. 인간은 어차피 자연의 주인이 못되는 것이니까.

이 시에는 자연물로 황조롱이와 구절초가 나온다. 구절초는 우리 산야에서 아주 흔하게 볼 수 있는 식물이다. 아래 사진을 보면 알겠지만 구절초라는 이름은 몰라도 가을 산야에서 이 꽃을 많이 본 기억이 있을 것이다. 그런데 황조롱이는 그렇게 흔하게 볼 수 있는 새가 아니다. 이 새는 길이 30cm 정도 되는 매과에 속하는 맹금류로 우리나라에서는 천연기념물 제323호로 지정되어 보호받고 있다. 울음소리는 '킷, 킷, 킷' 하고 날카로운 소리를 낸다는데 시인은 황조롱이 '노래' 라고 표현했다. 그는 정말 이 새를 보고 울음소리를 들은 것일까? 뒤에 날다람쥐도 나오는 것으로 보아서 직접 본 것이라기보다는 머리에 떠오른 영상에 중점을 두고 시를 엮어간 것인지도 모르겠다. 여기 황조롱이와 구절초의 사진이 있다.

「오솔길의 몽상 5」가 모든 나무의 울음에 초점이 모아져 있어서 열거되는 조수초목의 이름이 제 구실을 못하고 있는 데 비해, 「오솔길의 몽상 6」은 하나하나의 자연물이 각기 독특한 기능을 수행한다. 그래서 조수초목의 이름이 생생하고 발랄하게 살아 있다.

> 강아지풀은 이삭을 끄덕이며 제 길을 수긍한다
> 산국은 꽃 점점의 형광으로 제 길을 밝히고
> 은사시나무는 우듬지를 흔들어 길을 드높인다

동박새는 또 목청을 가다듬어 제 길을 노래하고
살쾡이는 튀는 발이 날래어 없는 길도 뚫는다
시방 물들고 시드는 숲에서도 길은 닫히지 않는다
추풍 치고 잎 덮이는 그 밑에선 땅개미가 길을 판다
시방 이 숲에서 숨 타지 않은 길은 하나도 없어
보이는 길도 보이지 않는 길도 썩 깊고 아득할 뿐!

—「오솔길의 몽상 6」 전문

강아지풀은 바람이 불면 이삭을 끄덕이며 자기의 길이 어떤 것인가를 순순히 받아들이고, 산국은 환히 빛나는 꽃을 피워 자기의 길을 스스로 밝힌다. 은사시나무는 하늘로 향한 우듬지를 흔들며 자신의 길을 더 높여가고, 동박새는 고운 음색으로 자신이 갈 길을 노래한다. 살쾡이는 날렵한 몸짓으로 길도 아닌 길 사이를 뚫고 달아나고, 나뭇잎 떨어진 땅 밑에선 땅강아지가 흙을 헤쳐 자신의 갈 길을 뚫는다. 자연의 주인들은 저마다 자신의 길을 열심히 찾아간다. 그러므로 숲의 길은 사방으로 열려 있고 어디에서도 막히지 않는다. 자신의 길이 어떤 것인가를 몰라 길을 찾아 헤매는 사람은 그렇기 때문에 자연의 주인이 될 수 없다. 천지팔황(天地八荒)으로 퍼져나가 스스로 숨쉬고 저절로 깊어가는 자연의 길 앞에 사람은 숙연해질 수밖에 없다.

그러면 인간은 왜 자신의 길을 계속 찾아가야 하는가? 그것은 욕망 때문이다. 인간의 간지(奸智)가 일구어내는 온갖 욕망 때문에 사람은 잠시도 제 자리에 있지 못하고 이리 저리 배회하며 길을 찾아 헤맨다. 동박새와 살쾡이는 자신의 길을 가는 것 외에는 번잡한 욕망이 없다. 짝을 찾고 싶으면 울고, 배가 고프면 들쥐를 잡을 뿐이다. 지금까지 건설해 온 인간의 문명은 맹목의 회로 속에 갖가지 길을 뚫어온 인간 욕망의 궤적이다. 자연의 주인에게는 없는 욕망 때문에 문명사회를 이룩했지만 그 과정을 거치면서 인간은 자연으로부터 완전히 소외되어 자연에게 동냥을 구하는 거지꼴이 되어버렸다. 이제 인간에게는 자신의 주검이 묻힐 한 뼘 땅조차 없게 되었다.

「오솔길의 몽상 7」은 수리부엉이가 주인공이다. 수리부엉이 역시 우리 산야에서 점점 사라져가기 때문에 천연기념물 제324호로 지정되어 보호를 받고 있다. 옆의 사진에서 보는 것처럼 크고 형형한 눈이 특징이다. 시인은 수리부엉이가 어디에 있느냐고 거듭 묻는다. 여기서 수리부엉이는 상징적 존재다. 그것은 '막막 철벽', '칠흑적막', '깜깜 무명' 등으로 상징되는 이 황폐한 시대에 형형한 눈빛으로 새로운 정기를 밝힐 의연하고 장엄한 정신을 표상한다. 날카로운 발톱과 매서운 부리로 집쥐, 들쥐, 도마뱀은 물론이고 두발부리(머리털을 끌어잡고 싸움)하는 두억시니(사나운 귀신)까지 한목에 몰아낼 엄정한 정신이다. 시인은 어딘가에서 새벽을 쪼고 있는 수리부엉이를 상상한다.

그러나 멸종되어가는 수리부엉이를 찾아내기 힘들 듯 시인의 상상이 실현될 가능성은 없어 보인다. 그렇게 모든 것을 끝장낼 존재는 지상에 존재하지 않기 때문이다. 비루한 인간 존재를 일거에 혼비백산하게 할 장엄한 존재는 우리 주위에 있지도 않고 있을 수도 없다. 오히려 강력한 힘에 대한 과도한 의존은 또 하나의 절대성을 용인하는 결과를 가져올지 모른다. 이 작품의 의의는 현재의 인간 현실을 사나운 귀신들이 창궐하는 부정적 상황으로 표현하였다는 점에서 찾아야 한다. 여기서 더 나아가면 자연의 자연스러움이 오히려 깨어지고 자연이 물신화된다.

인간 욕망의 악착스러운 자기증식성을 부정하고 비판하려는 시인의 의지가 수리부엉이의 힘과 빛을 불러냈을 것이다. 그러나 자연의 거지로 전락해버린 인간은 어떠한 일이 있어도 자연의 주인이 될 수 없다. 인간이 자연의 주인이 되겠다는 생각은 가장 위험한 발상이다. 만일 인간이 자연의 주인이 되겠다고 굳게 마음먹고 어떤 일을 실행한다면 그날이 바로 지구가 끝장나는 날이 되고 말 것이다.

인간의 소란한 욕망 저편에 자연의 고요한 이법이 있다. 그가 의식했건 안 했건 이러한 이항대립이 그의 시편 속에 자리잡고 있다. 그가 걷는 오솔길은 물론 무욕의 자연계에 속하지만 오솔길을 걷는 그는 욕망을 가진 인간이다. 그는 인간 욕망을 부정하려는 욕망을 갖고 있다. 인간은 욕망을 버릴 수 없다. 욕망을 버린다 해도 버리려는 그 욕망은 어찌할 것인가! 침묵과 동화되겠다는 그 욕망은 또 어찌할 것인가! 자연은 다만 현실적 욕망의 불길을 '잠시' 가라앉히는 반성적 매개물일 따름이다. 그가 오솔길에 오래 머물 수는 없는 일일 터인데, 앞으로 그의 오솔길의 몽상이 어떻게 변화할지 여러 가지로 궁금하다.

여기까지 얘기를 끌고 오니 앞에서 인용한 공자의 말이 다시 떠오른다. 시를 공부하지 않으면 막힌 담장을 바라보고 그대로 서 있는 꼴이 된다고 공자는 가르쳤다. 고재종의 시를 읽고 공부하며 나는 자연의 막힌 담장 너머에 있는 조수초목의 이름을 알게 되었다. 그 조수초목의 이름을 통하여 자연물의 외양과 생리와 습성을 알게 되었다. 알면 사랑하게 된다고, 최재천 교수는 그의 아름다운 책 『생명이 있는 것은 다 아름답다』에서 말했거니와, 고재종의 시에 나오는 자연물을 알아가면서 나는 그것이 인간과는 다른 차원에서 자신의 의미를 당당히 실현해가는 가치 있는 존재라는 점을 깨달았다. 그러한 깨달음은 자연히 그것에 대한 사랑으로 이어진다. 그 사랑을 나누기 위해 나는 이 글에 여러 장의 사진을 집어넣었다. 사진을 통해서라도 시인의 사랑을 전달하고 싶었다.

시를 공부하면 담장 안을 훤히 들여다보는 눈을 갖게 된다고 했다. 이 글을 읽은 사람들은 낚시를 가더라도 물고기를 허리에 차고 끌고다니는 일은 하지 않을 것이다. 쏘가리의 살점을 삼키면서도 쏘가리의 몸이 내 몸 가운데로 녹아든다고 생각하며 황홀한 고마움을 느낄 것이다. 사랑은 그렇게 퍼져간다.

동화적 상상력과 언어의 묘미

—안도현

1. 동화적 상상의 힘

안도현의 일곱 번째 시집 『아무것도 아닌 것에 대하여』(2001)의 해설을 쓴 김수이가 정확히 짚어낸 것처럼, 90년대 후반에 나온 『그리운 여우』(1997)와 『바닷가 우체국』(1999)은 안도현 시의 새로운 국면을 열어 보였다. 이 세 권의 시집은 시의식과 표현방법의 공분모를 지니고 있는데, 나는 그것을 동화적 상상력에 바탕을 둔 생의 탐구라고 이해한다. 나의 관점에서 보면, 김수이가 현실성과 낭만성이라는 대립적인 두 축을 설정하여 "현실성을 전경화할 때는 호평과 찬사를 받지만, 낭만성에 기울어지면서 종종 부정적인 평가를 듣게 된다"고 말할 때, 그 찬사와 부정적인 평가는 각각 누구의 것인지 묻지 않을 수가 없고, 정반대의 관점에서 보면 그 찬사와 부정적인 평가가 뒤바뀔 수 있는 것인지 궁금하기도 하다. 그렇다면 안도현의 시는 『그리운 여우』를 고비로 긍정과 부정이라는 상대적 가치 평가의 자리에 놓일 수밖에 없는 것이고, 어떤 관점에서건 안도현의 시는 절반의 실패를 자인해야 하는 운명에 놓인다는 말인가? 심지어 "일각에서는 그가 대중을 얻은 대신 비평가를 잃었다는 비판을 내놓기도 했다" 고 말할 경우 그 일각의 사람이 누구인지는 알 수 없으나 이것은 시인에게 매우 가혹한 지적이라는 것은 부정할 수 없다.

그러면 안도현이 얻었다는 대중이란 무엇인가? 그의 시가 얻은 대중적 인기의 이유로 "변함없이 잘 읽히며 쉽고 호소력이 있기 때문" 이라고 김수이가 지적하고 있는데, 잘 읽히며 쉽고 호소력이 있다는 것은 상찬의 대상은 될지언정 폄하의 조건이 될 수는 없다. 정호승의 시에 대해서도 했던 말이지만, 시집을 읽는 독자가 많다는 것은 자랑스러워할 일이지 지탄받을 일이 아니다. 독자를 많이 확보하면서도 서정시로서의 높은 수준을 유지한다면 그것은 대중에게서 멀어진 현대시가 어떻게 대중에게 다가가야 하는지를 모범적으로 보여주는 사례로 특별히 천거되어야 할 일이다.

우리는 여기서 안도현의 시구 하나를 음미해볼 필요가 있다. 그는 "내가 산길을 걷는 것은/인간들의 마을에서 쫓겨났기 때문이 아니라/인간들의 마을로 결국은 돌아서기 위해서다" (「눈 그친 산길을 걸으며」)라고 말했다. 그러니까 자연을 대상으로 한 그의 낭만적 상상은 인간의 현실로 돌아가기 위한 전제작업이며, 시를 쓴다는 것은 낭만적 상상을 통하여 인간적 현실에 대한 가르침과 깨달음을 얻는 것이라는 이야기가 성립된다. 그는 여러 편의 시에서 자연에게서 많은 것을 배운다고 고백하고 있다. 공부하여 얻은 내용은 자연에 되돌려주는 것이라기보다는 인간의 삶에 이용할 것들이다. 그의 동화적 상상력은 삶이란 무엇이고 자연이란 무엇이며 시란 무엇인가를 계속 질문한다. 겉으로 보면 비합리적이고 허황되어 보이는 동화적 상상력은 논리적 사고 구조로는 제기하지 못할 가장 궁극적인 질문을 우리에게 연속적으로 던진다.

그는 「낭만주의」라는 시에서 시인이 무엇인가를 간접적으로 이야기했다. 시인은 시집의 인세를 털어 낡은 폐선을 하나 사서 육지로 끌고 올라와 그 배를 밀고 가는, 그런 터무니없는 행동을 하는 존재다. 배를 육지로 밀고 올라갈 방도를 찾느라고 20년 동안이나 끙끙대며 시를 쓴 것 같다고 고백한다. 그러니까 이런 비합리적이고 허황되어 보이는 일이 시 쓰기라는 것을 깨닫는 데 20년의 시작과정이 필요했다는 것이다. 20년의 시작과정을 거쳐 이르게 된 종착점이 바로 배를 산으로 밀고 올라가는 시인의 자리, 즉 동화적 상상력의 세계다. 자신이 시인이 아니라 항해사였다면 "배를 데리고 수평선을 꼴깍, 넘어갔을" 거라고 말한다. 그런 합리주의의 세계에 사는 것이 직업인이고 생활인이다. 시인은 어처구니없는 동화적 상상을 통해 합리의 세계에 충격을 주고 반성을 꾀하게 한다. 현실적 용도가 전혀 없어 보이는 시는, 그 무용(無用)의 방법으로 현실에 강력한 충격을 가한다. 이것을 안도현은 이십 년의 시작체험에서 깨달은 것이다.

이와 함께 우리가 뚜렷이 인식해야 할 것은 안도현이 지니고 있는 시의 언어에 대한 생각이다. 그는 『바닷가 우체국』 끝부분에 「언어의 게임」이라는 짤막한 글을 남겼는데, 거기서 시 쓰는 것을 연 날리는 것에 비유하여 설명하면서 "적어도 시인이라 하면 언어를 갈고 다듬으며 살리는 데 공력을 들여야지 언어를 흔들고 내팽개치며 혹사시키는 일에 나서서는 곤란하지 않겠는가. 시는 언제까지나 언어의 게임이 아니겠는가."라고 단언하고 있다. 특히 연날리기에 견주어 자신의 시작을 반성하는 말도 했는데, "한때 나는 그 긴장의 끈을 지나치게 잡아당겨 팍팍한 고구마 같은 시를 썼는가 하면, 또한 그것을 지나치게 풀어놓아 헛헛한 무 같은 시를 쓰기도 하였으니 살펴 경계해야 할 일이다."라는 말이 그것이다. 요컨대, 현실에 대한 생경한 육성을 그대로 토해내는 것도 경계할 일이고, 긴장이 풀어져 평범한 언술에 머무는 것도 경계할 일이라는 것이다. 이같은 언어에 대한 뚜렷한 자각은 그의 시작에 그대로 반영되어 말 하나하나를 적재적소에 배치하려는 철저한 장인의식으로 발현된다. 이러한 시작업에 대해 "비평가를 잃었다는 비판"을 가하는 것은 그리 온당한 태도라고는 할 수 없다.

2. 관계에 대한 인식

얼마전 생태시에 대한 글을 쓰면서 나는 생태시의 개념을 분명히 규정한 바 있다. 즉 생태학이란 생명과 환경의 관계를 탐구하는 학문이고, 그러한 인식에 바탕을 둔 상상력을 생태학적 상상력이라고 하며, 그것에 의거해 쓰여진 시를 생태시라고 규정했다(『동강문학』, 2001. 창간호). 이러한 '관계'에 대한 인식이 없는 시는 생명시도 될 수 있고 다른 무엇도 될 수 있지만 내가 보기에 생태시는 아니다. 그런데 안도현의 시는 일찍부터 '관계'에 대한 인식을 뚜렷하게 보여준다. 그는 사물과 사물, 사물과 사람, 사람과 사람의 관계에 깊은 관심을 보인다. 이런 관심의 소산으로 『관계』(1998)라는 산문집이 간행된 바 있거니와, 관계에 대한 인식을 보여주는 그의 시는 가장 자연스럽고 우아한 방식으로 생태시로서의 특성을 드러낸다. 그래서 나는 『그리운 여우』에 수록된 시편들을 "서정시의 맑은 기상을 보여준 점에서도 특출하지만 우리 생태시의 새로운 가능성을 열어주었다는 점에서도 그 가치가 새롭게 평가되어야 할 것"(『함께 가는 길』, 1997. 9)이라고 언급했던 것이다.

> 어린 눈발들이, 다른 데도 아니고
> 강물 속으로 뛰어내리는 것이
> 그리하여 형체도 없이 녹아 사라지는 것이
> 강은,
> 안타까웠던 것이다
> 그래서 눈발이 물위에 닿기 전에
> 몸을 바꿔 흐르려고
> 이리저리 자꾸 뒤척였는데
> 그때마다 세찬 강물소리가 났던 것이다

그런 줄도 모르고
계속 철없이 철없이 눈은 내려,
강은,
어젯밤부터
눈을 제 몸으로 받으려고
강의 가장자리부터 살얼음을 깔기 시작한 것이었다

—「겨울 강가에서」 전문

이 시에 반복되는 '것'의 어법은 상황을 간접적으로 보고하는 느낌을 불러일으켜 시에 펼쳐진 상황이 실재의 것이 아니라 시인에 의해 해석되고 변형된 동화적 상상세계라는 것을 알려주는 구실을 한다. 김소월은 "산에는 오는 눈, 들에는 녹는 눈"(「산」)을 발견하였는데 안도현은 강물 위에 녹는 눈을 발견하였다. 들판에 떨어지면 얼마 동안 형체를 유지하고 남아 있을 눈이, 강물 위에서는 떨어지자 마자 녹아 없어져버린다. 지극히 평범한 이 정황을 두고 시인은 눈과 강을 의인화하는 동화적 상상력을 발동하였다. 어린 눈발들이 철없이 강으로 뛰어내려 형체도 없이 사라지는 것을 안타까워한 강은 보통 사람보다 예민하고 깊은 동정심을 가졌다. 강은 눈을 피해보려고 이리저리 몸을 뒤척이다가 결국 수면에 살얼음을 깔아 눈을 제 몸으로 받으려고 한다. 우리는 여기서 강과 눈이라는 전혀 무관한 두 사물이 끈끈하고 도타운 정으로 이어지는 장면을 보게 된다. 물론 그 장면은 시인의 동화적 상상에 의해 창조된 국면인데, 그런 상상을 통해 우리는 모든 사물이 이렇게 유관성(有關性)과 상의성(相依性)으로 이어져 있음을 이해하게 되고, 결과적으로 우리 사람은 이들 사물과 어떤 관계를 맺을 것인가를 생각하게 되는 것이다.

그는 「나의 희망」이라는 시에서 학생들과 호박씨를 심으며 그것이 땅속에서 싹을 틔워 솟아날 것을 기대한다. 그러한 기대의 내용을 시인은 "이 세상하고 다시 관계를 맺어주기를/얼마나 조마조마 기다렸는지 몰라" 라고 표현하고 있다. 호박씨와 나와의 관계를 넘어서서 호박과 나의 관계로 발전하여 덩굴손도 톡 건드려보고, 호박꽃의 벌로 붕붕대기도 하다가 호박 익어가는 소리까지 듣는 그런 밀착된 관계가 맺어지기를 희망하며, "우리 반 여학생들 궁뎅이 같은 놈이나/드문드문 열렸으면" 좋겠다고 상상한다. 이처럼 이 시는 호박이 인간 세상과 관계를 맺는 다양한 방식을 상상하고 있다. 이러한 관계 맺음을 통하여 호박과 사람의 개체변이가 실현되고 존재의 확장이 이루어진다. 이 관계가 없다면 호박은 호박이고 나는 나로 고정되어 있을 뿐이다. 그러니까 관계란 존재자의 존재의의를 확장시켜주는 역할을 한다. 관계와 관계 맺지 않으면 사람이건 사물이건 허수아비가 된다!

그의 관계에 대한 지각과 탐색은 「강과 연어와 물푸레나무의 관계」, 「아주 작고 하찮은 것이」, 「살구나무가 주는 것들」, 「늦여름 저녁」 등의 시에서 더 깊어지고 윤택해진다. 강과 연어는 밀접한 관계가 있지만 물푸레나무와는 별 관계가 없어 보인다. 그러나 시인은 물푸레나무를 강과 연어의 관계 속에 엮어 넣는다. 연어떼가 물푸레나무 줄기를 타고 상류로 거슬러오르고, 그 거슬러오르는 소리에 나무가 세차게 흔들리기도 하고, 알을 낳고 죽은 연어는 이듬해 봄 물푸레나무 가지 끝에 수많은 연초록 이파리의 눈을 틔운다는 것이다. 그런가하면 도꼬마리 까실까실한 씨앗이라든가 처마 끝에 떨어지는 낙숫물 소리 같은 하찮은 것도 내 몸에 들어와 나와 관계를 맺으면 가슴을 긁고 서러움을 일으키게 된다고 생각한다. 상상의 파장은 확대되어 꽃과 잎과 열매를 보여준 뒤에 온몸을 벌레들에게 내주어 전신보시를 하는 살구나무의 대자대비를 보여준다. 감나무가 풋감을 마당에 떨구고 나서 일찍 떨어진 그 풋감이 걱정이 되어 "구부정한 팔을 뻗어 이리저리 손을 내두르면서/풋감을 찾고 있는 것을" 목격하기도 한다. 이쯤되면 시인의 상상은 자연을 대상으로 한 신선놀음의 경지다. 그야말로 아무것도 아닌 것들이 서로 긴밀한 관계를 맺고 인간과의 사이에서 소중한 의미를 주고받는 것이다.

이러한 관계인식은 결국 삶과 생명에 대한 명상으로 이어진다. 이것은 「고래를 기다리며」나 「숭어회 한 접시」, 「바닷가 우체국」 등의 시에서 기다림이나 외로움, 사랑에 대한 낭만적 술회로 표출되기도 하고, 「양철 지붕에 대하여」에서 삶과 사랑을 같은 축에 놓고 표면과 이면의 우여곡절을 은유의 방법으로 형상화하기도 하지만, 다음처럼 비교적 명확한 존재의 인식을 시로 드러내놓기도 한다.

호두가 아구똥지게
껍질을 뒤집어쓰고 있는 것,

감자가 덕지덕지
몸에다 흙을 처바르고 있는 것,

다 자기 자신이 물집이라는 것을 숨기기 위해서다

터뜨리면 형체도 없이 사라질 운명 앞에서
좌우지간 버텨보는 물집들

딱딱한 딱지가 되어 눌어붙을 때까지
生이 상처 덩어리라는 것을
알면서도 모른 척한다

그래서, 나도 물집이다
불로 구워 만든 물집이다

나도 아프다

—「물집」 전문

모든 존재는 언젠가는 형체도 없이 사라진다. 지금 잠시 어떤 형태를 유지하고 있는 것은 언젠가는 사라질 운명을 속으로 감춘 채 실재의 영속성을 위장하고 있을 뿐이다. 땅에 뿌리를 벋은 고구마건, 딱딱한 껍질을 뒤집어쓴 갑충류건, 날카로운 이빨과 발톱으로 무장한 맹수류건, 겉으로 드러난 존재의 가혹성은 그만큼 쉽게 자신이 허물어질 것이라는 사실을 숨기기 위한 위장의 전략이다. 시인은 모든 존재의 실상을 '물집'으로 인식하였다. 터뜨리면 형체도 없이 사라져 딱딱한 딱지로 눌어붙게 될 물집이 곧 우리의 모습이다. 그렇게 모든 생은 크고 작은 상처를 지니고 있고 종국에는 커다란 상흔만 남기고 허물어진다. 이렇게 생각하면 존재한다는 것은 고통스럽고 허망한 것이다.

그러면 허망과 고통을 숙명으로 지닌 존재자는 어떠한 방식으로 세상에 존재해야 하는가. 그 대답에 해당하는 것이 바로 관계맺음이다. 사물과 사물, 사물과 사람이 서로 관계를 형성함으로써 각각의 존재자는 자신의 상처보다 상대방의 상처에 관심을 갖게 되고 상대방의 아픔을 감싸안는 자세를 갖게 된다. 고립의 처소에서는 지각할 수 없었던 생의 귀중한 덕목이 관계의 인식 속에 조용히 피어오른다. 강물에 떨어져 자취를 감추는 눈에 대한 안타까움이 강위에 살얼음을 지피게 하고, 알을 낳고 죽은 연어가 물푸레나무 가지에 연초록 잎을 피운다는 상상은, 물집에 불과한 인간이 그 허망함을 넘어서려는 내면적 추동의 결과다.

3. 언어표현의 묘미

안도현의 시는 결국 삶과 존재에 대한 성찰, 생명에 대한 명상으로 주제가 집약된다. 그런데 앞에서 말한 것처럼 그는 시를 단순한 발언이나 진술로 보지 않고 언어의 게임으로 보았다. 그가 염두에 둔 언어 표현의 묘미는 특히 짧은 소품에서 생기 있게 감촉되는데, 반어적 상황을 설정하여 인간 감정의 이중적 측면을 솜씨 있게 형상화한 단시에서 그 뛰어난 예를 찾아볼 수 있다.

> 네가 떠난 뒤에 바다는 눈이 퉁퉁 부어올랐다
> 해변의 나리꽃도 덩달아 눈자위가 붉어졌다
> 너를 잊으려고 나는 너의 사진을 자꾸 들여다보았다
>
> —「연락선」 전문

> 보고 싶어도
> 꾹 참기로 한다
>
> 저 얼음장 위에 던져놓은 돌이
> 강 밑바닥에 닿을 때까지는
>
> —「봄이 올 때까지는」 전문

이 두 편의 작품을 보면 그리움이라는 상투적 감정이 언어의 절제 속에 놀라울 만큼 신선한 격조로 승화하는 것을 목격하게 된다. 사랑하는 사람이 떠난 후 울다가 자신의 눈자위가 붉어지고 눈두덩이 퉁퉁 부어올랐다고 말하지 않고, 바다가 눈이 퉁퉁 부어올랐다고 하고 해변의 나리꽃이 눈자위가 붉어졌다고 했는데, 이것은 만조로 수위가 높아진 바다와 해변의 붉은 나리꽃을 현상적으로 나타내는 동시에 그 속에 자신의 행동을 은유적으로 병치시키는 수법을 쓴 것이다. 너를 잊으려고 너의 사진을 자꾸 들여다보았다는 역설적 표현도 사실은 세상의 이치를 사실적으로 드러낸 것이기도 하다. 떠난 사람을 그냥 잊을 수는 없는 것이고 사진이라도 들여다보면서 추억의 공간 속에 점차적으로 망각의 지평을 넓혀가는 것이 바로 우리 사람의 일이 아니던가.

보고 싶어도 만날 수 없는 경우에는 참고 기다리는 일도 필요하다. 그 기다림의 시간을 "얼음장 위에 던져놓은 돌이/강 밑바닥에 닿을 때까지" 라고 표현한 것도 놀랍다. 이 짧은 시는 놀라울 정도로 완벽한 은유의 구도를 지니고 있다. 지금의 만날 수 없는 상황은 얼음장 깔려 있는 겨울로, 다시 만날 수 있는 상황은 얼음이 녹고 물이 흐르는 봄으로 비유된다. 그 얼음장은 화해할 수 없이 단절된 너와 나의 관계를 의미하고, 강 밑바닥에 닿는다는 것은 자신의 진심이 통하여 재회의 가능성이 보이는 상태를 의미한다. 보고 싶은 마음 간절하지만, 얼음장처럼 동결된 상황 속에서는 만날 수 없는 것이고, 지극한 마음의 깊이에 다다를 때 비로소 만남의 길이 열릴 것이다. 그때까지는 말 그대로 꾹 참는 것이 상책일 수밖에.

내 겨드랑이에 날개 대신 숭숭 자란 검은 털아,

50센티미터만 뛰어오른 뒤에는 어찌하지 못하고 추락하는 술통 같은 몸아,

그동안 너무 많이 걸어다녀서 굳은살이 박인 발바닥아,

슬퍼도 자지러지게 울어본 적 없고 분노 앞에서도 핏발 서지 않는 눈아,

한 번도 알 껍질을 쪼아본 적이 없는 입술아,

—「내가 저 여린 싸리나무 가지 끝에 날아가 앉을 수 없는 이유를 아느냐」 전문

이 시는 시행 구성의 새로운 국면을 모색하는 시인의 탐구정신을 보여준다. 제목이 시 전체의 질문에 해당하고 각 시행에는 질문의 대상을 제시했다. 즉 내가 여린 싸리나무 가지 끝에 날아가 앉을 수 없는 이유에 대해 처음에는 겨드랑이의 털에게 물었고, 다음에는 술통 같은 몸에게, 굳은살 박인 발바닥에게, 눈에게, 입술에게 물었다. 그 이유는 한 마디로 말하여 내가 새가 아니기 때문이다. 이 단순한 대답을 구체화하여, 대상을 묘사하는 각각의 어구들에 의해 불가능한 이유의 세목을 드러낸다. 즉, 겨드랑이엔 날개 대신 검은 털만 숭숭 돋아 있고, 50센티미터도 뛰어오르지 못하는 술통 같은 몸과, 지상의 삶에 얽매인 굳은 발바닥과, 슬픔과 분노를 속시원히 터뜨려보지 못한 눈과, 새처럼 알 껍질을 쪼아 생명을 탄생시켜본 적 없는 입술을 가지고 있기 때문에, 다시 말하면 비천한 인간이기 때문에 그 순연한 생명의 기운에 접촉할 수 없는 것이다. 자연의 순결한 생명성에서 이탈한 인간의 비속함을 추상적으로 서술하지 않고 구체적인 묘사와 결합된 질문의 형식으로 시를 구성한 데 이 시의 독창성이 있고 묘미가 있다.

이처럼 안도현의 시는 언어의 신기만을 추구하지도 않고 주제의식의 노출에 경도되지도 않는다. 방패연의 연줄을 적절히 풀고 당겨 겨울 창공에 팽팽한 긴장의 몸놀림을 보여주는 것처럼 언어의 게임과 사유의 중력 사이의 균형을 취한다. 그 균형을 가능하게 하는 요소가 바로 동화적 상상력이다. 동화적 상상력은 천진성의 바탕 위에서 사유와 언어의 조화를 꾀하면서 시와 삶과 생명에 대한 궁극적인 질문을 이끌어낸다. 어린이의 직관이 어른의 논리를 무색하게 하는 경우가 있듯이 그의 동화적 상상력은 때로 일상의 늪에 무디어져 가는 감성의 심연을 드러낸다.

그러나 그 동화적 상상력이 고정화되어 그의 우려대로 "아득함에 취해 함부로 세상 밖을 동경하는 일" 이 일어나서는 안 되겠다. 동화적 상상력의 고착을 막기 위해서는 현실적 상상력 쪽으로의 일정한 선회가 필요하다는 생각을 하게 되는데, 이 점에 대한 시인의 진지한 성찰이 이어지기를 기대한다.

허깨비 세상의 즐거움

—이원

1. 이원과의 만남

한반도 남반부가 축구 열풍으로 화끈 달아올라 있을 때(정확히 말하면, 2002년 6월 17일 월요일 오후 3시) 시인 이원에게서 전화가 왔다. 이름이 어찌 천원도 아니고 백원도 아니고 이원이란 말인가. 그러나 그 이름은 내 이름자에서 가운데 '승' 자를 뺀 이름과 같아서 매우 친숙하다. 그의 작품만 보았을 뿐 한번도 그를 만난 적이 없다. 이메일도 교환한 적이 없다. 목소리도 물론 처음 들었다. 그의 음성은 조금 떨렸다. 제가 상을 받게 되었어요. 아, 상을 받게 되면 누구든 조금 떨리리라. 나는 축하한다고 말하고 대뜸 상금이 얼마냐고 물었다. 오백만 원이라고 했다. 상금이 꽤 많네요. 나는 이 젊은 문인이 상금을 오백만 원이나 받는다는 것이 내심 부러웠다. 그렇지만 그에게 부럽다고 말할 수는 없었다. 참 잘되었다고, 다시 한번 그에게 말했다. 그가 이제 본론을 시작할 것이다. 나는 마음의 준비를 하였다.

아니나 다를까 작품론을 써 달라는 것이다. 그의 시에 대한 평이라면 못 쓸 것이 없다. 다만 시간이 문제였다. 7월호에 실어야 하기 때문에 일주일밖에 시간이 없다고 했다. 일주일? 나는 『현대시』에 넘겨야 할 시집 서평도 아직 못 끝낸 상태였다. 그리고 대한민국이 16강에 들어 다음날(6월 18일 화요일) 이탈리아와 경기를 한다고 해서 한반도 남반부가 온통 들떠 있는 상황이었다. 축구 구경은 좋아하지 않지만 들뜬 분위기가 문제였다. 애들과 아내가 텔레비전 앞에서 연신 소리를 질러대지 않는가. 빨간 꼬마 악마들이 거리를 질주하지 않는가. 축구중계를 보느라고 디지털 텔레비전이 동이 났다고 하지 않는가. 나 역시 분위기에 휩쓸려 축구중계를 보며 미쳐돌아갈 것이다. 시간을 운용할 자신이 없었다. 나는 시간이 문제라고 했다. 네, 너무 급히 부탁드려 죄송합니다. 그런데, 그 동안 선생님께서 제게 대해 쓰신 글에서 가장 많은 공감을 얻었어요. 제 생각과 일치하는 바가 많았거든요.

일치와 공감? 전국민이 하나가 되어 응원을 하는 감격스러운 장면이 텔레비전 화면과 신문에 연일 보도되는 마당에 이 사람은 지금 무슨 구름 잡는 말을 하고 있는 것인가? '대~한민국 짜짝 짝 짝짝'의 함성소리를 뒤로 하고 둘만의 은밀한 교감을 글로 써보라는 것인가. 여기서 내 마음은 흔들렸다. 날짜만 하루이틀 늦춰주면 써보겠습니다. 그리고 머리를 빠르게 움직였다. 어쩌면 축구 경기가 득이 될 수도 있겠다. 축구 열풍이 분 이후 도로도 한산해지고 만나자는 약속이나 청탁도 눈에 띄게 줄지 않았던가. 내일도 이탈리아와의 경기 때문에 대한민국은 거의 개점 휴업상태에 돌입할 것이다. 대한민국이여 이왕이면 이겨라. 그러면 토요일까지 내게 간섭하는 사람이 별로 없으리라. 월요일 아침까지 쓰겠습니다. 일요일 오후까지라도 좀 부탁합니다. 『현대시학』 편집기자 전창하의 말이었다.

2. 전자사막의 자화상과 산해경의 어법

공감을 준 바가 많았다고 하는 이원에 대한 글을 다시 읽기 위해 컴퓨터 전원을 켰다. 컴퓨터가 웅하는 소리를 내며 부팅을 시작했다. 윈도우98 화면이 뜨고 무어라고 문자가 흘러가더니 바탕 화면에 아이콘이 주르르 모습을 나타냈다. 훈글97 아이콘을 클릭하자 훈글97 윈도우가 열렸다. 파일 → 문서찾기 → 직접찾기로 가서 '이원'을 써넣고 엔터를 쳤다. 많은 파일이 찾아졌는데 정작 시인 이원에 대한 글은 다음 세 편이었다.

이원의 시는 전에도 여러 편 보았는데 너무 시를 장난스럽게 쓰는 것 같아서 그냥 스치듯 읽고 말았다. 그래서 『현대시』(2000. 5)에 실린 「나는 클릭한다 고로 나는 존재한다」도 그냥 쭉 읽어내려 갔다. 그것은 컴퓨터의 사이버 공간에서 신문을 보고 이메일을 보내고 인터넷 전화를 걸고 상품주문을 하는 과정을 보여주면서 이러한 삶의 양태 속에 '나'라는 개별자가 어떻게 존재하는가를 묻고 있다. 열거된 내용 자체가 컴퓨터를 사용하는 사람이면 누구든 알고 있는 내용이고, 그것을 드러내는 데 특별한 시적 장치가 동원되지도 않았고, '나는 클릭한다 고로 나는 존재한다'는 명제도 지금의 상황에서는 진부한 것이기에, 이렇게 일상적 소재 열거의 시를 쓴다면 하루에 열 편 이상도 쓸 수 있겠다는 생각을 했다. 그러나 그 다음에 실려 있는 「전자사막에서 살아남기 위해」, 「단단한 것에 대하여」, 「사이보그」 연작시 등을 읽고, 이 시인의 대단한 재능에 경탄하며 한번 읽은 시를 두 번 세 번 거듭 읽었다. 그랬더니 그 각각의 시편들은 읽으면 읽을수록 재미나고 맛있고 멋있었다. 그의 재능을 한 마디로 말하면, 심각하고 침중하게 고민해야 할 문제를 가볍게 터치(이 외래어 외에는 다른 적절한 말이 떠오르지 않는다)하고 지나가는데 그 경쾌한 접촉법이 대단히 격조 높고 깊이 있는 시적 파장으로 이어진다는 점이다. 남들은 심각하게 고민하며 그 고민의 내용을 과장된 어휘로 수다스럽게 떠드는데도 핵심에 도달하지 못하는데 비해, 그는 겉보기에 무의미한 듯한 일상적인 사례를 열거하면서 우리들이 몸담고 있는 생의 본질을 뚜렷이 드러낸다.

—「시와 삶에 대한 최근의 단상」, 『문예연구』, 2000년 여름호

이원의 「낙타의 육봉 속에는 모니터가 들어 있다」(『인스워즈』 2001. 5)에도 4월은 벚꽃잎이 하수구로 흘러드는 환멸의 시간으로 설정되어 있다. 이원은 전자사막을 살아가는 현대인의 자화상을 누구보다 예리하게 포착해내는 시인이다. (중략) 전자사막을 걸어가는 사람들은 낙타인데, 그 낙타는 아예 사막을 짊어지고 있고 몸의 사방에 검은 허공을 주렁주렁 매달고 있다. 낙타가 걸어가는 4월은 봄의 무덤에서 낙타의 무덤에 이르기까지 몇 층의 무덤이 겹쳐 있는 형국이다. 이런 환멸의 풍경을 건너 '불빛 하나 없는 고원' 을 낙타가 지나간다. 육봉 속에 모니터를 넣고 낙타는 전자사막을 걸을 수밖에 없다. (중략) 그 몸 속에는 "푸른 액정이 출렁거리는 모니터" 까지 들어 있다. 이 낙타의 사막 건너기에는 그래도 희망이 있다.

—「환멸의 풍경」, 인터넷 웹진 『인스워즈』, 2001년 6월호

이원의 『야후!의 강물에 천 개의 달이 뜬다』는 열 권의 시집 중 가장 다층적인 상상력을 펼쳐낸다. 평소 내 성향을 잘 아는 사람들은 내가 어떻게 이 시집을 포함시켰나 의아해 할지도 모른다. 그러나 나는 이 시집에 매혹당했다. 그의 시는 사실적이면서 환상적이고, 탐구적이면서 즉물적이다. (중략)

그의 시가 사실적이라는 것은 우리가 사는 세상의 모습이 그대로 재현된다는 점을 뜻한다. 컴퓨터 모니터 앞에서 인터넷으로 메일을 주고받고 신문을 보고 다이얼패드로 전화를 하고 인터넷 서점에 책을 주문하고 야후에서 정보를 검색하는 내 모습이 그대로 재현된다. 가로 7cm, 세로 12cm의 220V용 콘센트도 그대로 나오고, 현대 씨름단 신봉민의 녹색 팬티 뒷모습도 정확히 재현된다. 디테일의 정확성에 관한 한 그를 따를 사람이 없다. 그런데 그는 이 사실의 세계를 즉시 환상으로 바꾸어 버린다. 버스를 기다리다 얼굴을 한손으로 구겨 쓰레기통에 던지면

깡통처럼 경쾌한 소리를 내며 튕겨져 나온다. 화장실의 수건걸이에는 수건 대신 세계의 내장이 늘어져 있고 대형 거울은 넘기지도 못하는 텅 빈 무덤을 삼키는 중이다. 마치 컬트영화의 한 장면을 연상시키는 이 영상들은 사실을 떠난 환상이 아니라 사실을 껴안고 있는 환상이다. 그의 시는 사실과 환상을 넘나드는 것이 아니라 사실과 환상의 경계를 지운다.

그의 시가 탐구적이라는 것은 하나의 현상을 대할 때 그것을 만들어낸 이면의 실체를 들여다보고 그것을 항상 나라는 존재의 문제와 관련지어 지적으로 성찰한다는 뜻이다. 사막과 전자회로라는 현상이 있으면 그것을 인간의 존재 조건과 관련지어 전자 사막의 유목민이라는 상징으로 전환한다. 바코드건 콘센트건 모니터건 사이보그건 그것은 인간의 존재조건과 연결되어 상징적 의미를 획득하고 시의 질료로 자리잡는다. 이런 점에서 그는 가장 실존적인 탐구를 하는 시인인데, 그 탐구가 우리의 현실 감각에 가장 밀착된 형태로 제시된다는 점에서 즉물적이다. 코오롱 텐트, 복숭아향이 첨가된 생수, 트렉스타 등산화, 신형 워크맨 등 일상의 사물들이 부표처럼 나열된다. 그러나 그것은 내 몸의 실존과 연결된 뗄 수 없는 회로들이다. 이런 점에서 그의 시는 현상과 본질의 경계도 지운다.

—「시적 진실의 스펙트럼」, 『문학사상』, 2002년 1월호

세 편의 글은 시간적 등차가 있다. 일 년 이상의 시간이 흐르면서 이원에 대한 애정이 더 깊어졌다. 위의 글에서 이원에 대해 할 얘기는 거의 다 한 것 같다. 겉보기에 무의미한 듯한 일상사를 열거하면서 우리들이 몸담고 있는 생의 본질을 뚜렷이 드러낸다는 점, 사실과 환상의 경계, 현상과 본질의 경계를 허물면서 전자 사막을 살아가는 현대인의 자화상을 누구보다 예리하게 포착해 낸다는 점을 강조했다. 이번의 문학상 작품을 심사한 세 분 심사위원의 견해도 이와 크게 다르지 않다. 그의 특성은 이번에 수상작으로 지명된 다섯 편의 작품과 나에게 따로 전송한 아홉 편의 최근작에 그대로 이어진다. 달라진 것

이 있다면 『산해경』의 어법을 채용한 점이다. 『산해경』이란 무엇인가? 훈글97 윈도우를 닫고 웹브라우저를 접속하여 백과사전을 검색하였다. 백과사전의 설명은 다음과 같다.

중국 최고(最古)의 지리서(地理書). 작가는 하(夏)나라 우왕(禹王) 또는 백익(伯益)이라고도 한다. 실제는 BC 4세기 전국시대 후의 저작으로, 한대(漢代 : BC 202~AD 220) 초에는 이미 이 책이 있었던 듯하다. 원래는 23권이 있었으나 전한(前漢) 말(BC 6세기)에 유수(劉秀)가 교정(校定)한 18편만 오늘에 전해지고 있다. 그 중 〈남산경(南山經)〉 이하의 〈오장산경(五藏山經)〉 5편이 가장 오래된 것이며, 한(漢)나라 초인 BC 2세기 이전에 되어 있었다고 생각된다. 그 다음으로 〈해외사경(海外四經)〉 4편, 〈해내사경(海內四經)〉 4편이 이어졌고, 한대(漢代)의 지명을 포함하였으며, 〈대황사경(大荒四經)〉 4편, 〈해내경(海內經)〉 1편은 가장 새롭다.

〈오장산경〉에서는 천하의 명산을 산맥을 따라 기술하고 산과 산의 거리 · 산물(그 산에 사는 怪獸와 鳥類)등을 적었으며 보옥(寶玉) · 동철(銅鐵) · 약초 등의 산물이 기술되어 있으므로 전국시대에서 진(秦)시대에 걸쳐 성행하였던 방사(方士)의 연단술(鍊丹術)과의 관련을 생각할 수 있다. 〈해외경(海外經)〉 이하에서는 먼 나라의 주민과 그에 관한 신화 · 전설을 많이 실었다. 이 책은 고대 중국의 자연관을 아는 데 귀중하며 신화의 기재(記載)가 비교적 적은 중국 고전 중 예외적 존재로서도 중요시된다.

—두산세계대백과 EnCyber

고대 중국 및 국외의 지리를 다룬 지리서. 〈산해경〉이란 이름은 사마천(史馬遷)의 〈사기〉에서 맨 처음 보인다. 유향(劉向)의 아들 유흠(劉歆)이 기존에 전해져 오던 내용에 덧붙여 편찬했으며, 진대(晉代)의 곽박(郭璞)이 최초로 주석을 달았다. 이 책의 제작시기에 관해서는 이론이 분분하다. 그러나 지금 전해내려오는 판본에 근거하면, 그중 많은 편들이 서로 다른 시기에 이루어진 것이 분명하다. 가장 오랜 것은 주대(周代)까지 거슬러 올라가지만, 한대(漢代)에 첨가된 부분도 있다. 〈산해경〉은 중국 문학사에서 중요한 위치를 차지한다. 그 이유는 첫째, 상상력이 풍부한 묘사로 후대의 중국 작가 · 시인들에게 영향을 주었고, 둘째, '지이류'(志異類) 문체의 효시로 여겨지기 때문이다. 지이류의 작품들은 기이한 이야기를 위주로 하고 사람과 풍물의 묘사가 생동감 있기는 하나 결코 역사적 사실은 아니다. 이 묘사법은 중국소설의 발전에 중요한 몫을 했다.

—〈http://members.britannica.co.kr/bol/topic.asp?mtt_id=46304〉

2002. 6. 21자 기사

이 설명에 의하면 『산해경』은 중국 고대인의 사유방식과 상상력을 담고 있는 설화집이다. 어떤 지역의 지리적 특징이라든가 기이한 괴수와 조류, 광물과 식물에 대해 소개하고 있는데 그 문체가 특이하여 기이한 이야기를 기록한 '지이류' 문체의 효시로 평가되고 후대의 시인 작가에게 상당한 영향을 끼쳤음을 알 수 있다. 도연명으로부터 노신에 이르기까지 영향이 이어져온 사실로 볼 때 중국 유교문화의 이면에 이러한 신비주의에 대한 동경이 깔려 있음을 알 수 있다. 산해경 문체의 예를 보이면 다음과 같다.

다시 서쪽으로 280리를 가면 장아산이라는 곳인데 초목은 자라지 않으나 요벽(瑤碧)이 많이 난다. (이곳의 사물들은) 생김새가 아주 괴상하다. 어떤 짐승은 생김새가 붉은 표범 같은데 다섯 개의 꼬리에 외뿔이 있고 소리는 돌을 쳐서 깨는 것 같으며 이름을 쟁(?)이라고 한다. 어떤 새는 생김새가 학 같은데 외다리이고 붉은 무늬, 푸른 몸바탕에 부리가 희다. 이름을 필방(畢方)이라고 하며 그 울음은 자신을 부르는 소리와 같고 이것이 나타나면 그 고을에 원인 모를 불이 난다.

—정재서 역, 『산해경』(민음사, 2001), 교보문고 문화웹진 『PENCIL』,

2002년 5월호에서 인용

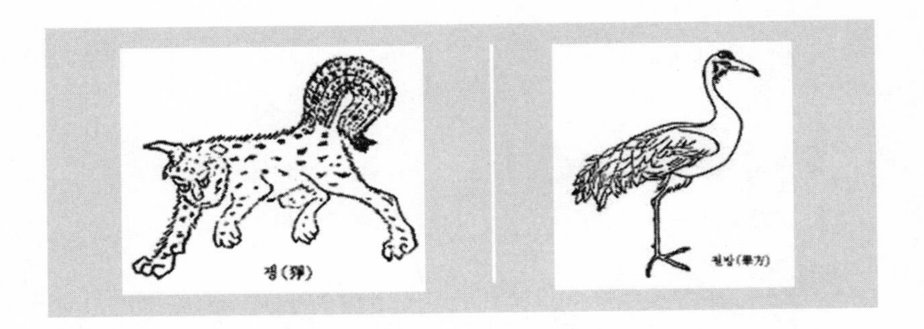

이 책은 갖가지 괴물과 기이한 풍물이 등장하는 황당무계한 내용으로 되어 있어 완전한 상상의 산물인 것처럼 보이지만, 이 황당무계한 환상을 상징과 비유로 읽으면 고대 중국인들이 그들의 사유 체계 내에서 각 지역의 생활상과 변화를 기록한 지리서이자 역사서로 볼 수도 있다. 이 『산해경』의 문체를 시에 먼저 도입한 사람은 황지우다. 그는 『산해경』의 문체를 패러디하여 황잡한 세상에서 길찾기의 도정을 형상화한 연작 장시 「산경」(山經)을 썼다. 이원의 경우 『산해경』을 그의 시 창작의 구성원리로 삼은 것은 아니다. 다만 산해경의 괴물처럼 기이하고 낯설어 보이는 현실의 정황을 『산해경』의 어법으로 드러냈을 뿐이다. 수상작의 하나인 「Ghost World」에도 그러한 어법이 일부 보이지만, 최근작인 「즐거운 인생 2—공고」에 그 어법이 잘 구사되어 있다.

그곳은
바다의 한 가운데라고도 하고[1]
어느 산의 그림자 속이라고도 하고[2]
빛과 어둠의 경계라고도 하고[3]
어느 모니터의 속이라고도 하고[4]
어떤 짐승의 발자국 끝이라고도 하고[5]

동북쪽에서부터 오천오십번째 사과나무 밑이라고도 하고[6]

서북쪽에서부터 칠만칠천번째 빛 너머라고도 하고[7]

25분 1초의 안이라고도 하고[8]

---

1)이곳의 짐승들은 그림자를 끓여먹고 산다 특별한 날에는 모종삽으로 퍼낸 내장을 섞기도 한다 미처 순번이 돌아오지 않은 그림자가 저 혼자 끓게 되면 날이 새지 않는다

2)이 산에 사는 짐승들은 다리를 뺐다 꼈다 한다 다리를 빼놓고도 잘 달리며 아무런 표시를 해놓지 않아도 다른 다리를 끼는 경우는 없다 여기저기에 널려있는 다리들 때문에 산이 늘 덜그럭거린다

3)이곳에는 무엇인가를 입 안 가득 쑤셔 넣고 우는 짐승들이 있다 그걸 보고 막무가내로 따라 우는 짐승들이 있다 사방이 늘 반짝여서 낮인지 밤인지 분간이 가지 않는다

4)개방형 동굴인 이곳에서 짐승들은 한 발에 신은 것과 똑같은 신발 한 짝을 손에 들고 있다 오른쪽 신발을 들고 있는 것들은 왼쪽 발을 찾아 헤매고 왼쪽 신발을 들고 있는 것들은 오른쪽 발을 찾아 헤맨다 사시사철 외다리로 서서 애타게 찾는다

5)이 짐승은 상백피와 감초와 당귀와 다진 시간을 넣고 끓인 물을 먹고 사는데 그 비율은 알려진 바가 없다

6)이곳에는 사과나무가 가득 심겨질 때가 있다 바람도 없는데 사과나무 잎사귀가 흔들릴 때가 있다 사과나무에 꽃이 피어 있는 동안에는 지평선이나 수평선 너머로 걸어갈 수 있다

7)이곳의 짐승들은 지퍼가 달린 몸을 갖고 있다 지퍼를 내리고 무엇인가를 자주 집어넣는다 몸 속에서 무엇인가를 꺼내는 예외적인 날엔 별이 폭우처럼 쏟아진다 대외적으로는 냉장고나 금고로 쓴다는 주장을 유포하지만 납골당이라는 게

공공연한 정설이다

8)이 허공의 깊숙한 곳에서 긴 줄이 하나 늘어져 있다 짐승들은 이 줄을 주식으로 잘라 먹는다 줄은 마르지 않고 굳지 않고 비린내가 가시지 않는다 얼핏 탯줄이나 창자처럼 보이기도 하는데 이 줄의 태초와 맛은 짐작하기조차 어렵다

—「즐거운 인생 2 — 공고」 전문

본문과 각주의 형식으로 구분된 이 작품에서 각주 부분의 서술이 산해경 문체를 따르고 있다. 그 부분이 우리들 삶의 해괴함과 허황함을 서술하기 때문이다. 한반도 남반부에 살고 있는 대부분의 사람들은 지금(지금은 2002년 6월 21일 금요일 오후 2시 56분이다. 이 글을 쓰는 순간 56분이 금방 57분으로 바뀌고, 그렇게 시간은 계속 흐르겠지만, 지금은 지금이다. 잠시 후면 잉글랜드와 브라질의 8강전이 시작되고 저녁에는 미국과 독일의 8강전이 있다. 곧 TV가 켜지고 온 국민이 탄성을 지르며 지켜볼 것이다. 내일 오후 3시 30분은 대한민국과 스페인의 8강전이다.)처럼 인생이 즐겁다고 생각해본 적이 없을 것이다. 내일 대한민국이 이긴다면(벌써 승리의 기쁨을 맛보는 사람들이 있지만), 한반도 남반부 전역이 얼마나 환희에 넘치겠는가. 나도 1 대 0으로 이기는 데 내기를 걸었다. 오, 즐거운 인생! 그러나 이원에게 그것은 허깨비의 나라일 뿐이다.

즐거운 나라의 사람들은 그림자를 끓여먹는다. 16강의 그림자를, 8강의 그림자를, 피파컵의 그림자를. 그들은 어떤 일에 한번 열이 오르면 막무가내로 그것에 달려든다. 열 사람이 붉은색 티셔츠를 입고 응원하면 종국에는 온백성이 같이 입는다. 흥분한 낯빛으로 낮과 밤을 구분하지 않고 반짝이며 돌아다닌다. 그러면서도 그들은 늘 시간에 쫓기고 시간을 잘게 나누어 일을 행한다. 지퍼의 이미지가 이원에게 자주 등장하는데 지퍼의 특징은 단추와 달리 열고 닫는 흔적이 없다는 것이다. 천의무봉. 지퍼를 닫으면 감쪽같다. 사람들은 산해진미로 배를 채우고 고담준론을 주고받는다. 그러나 사람 몸의 지퍼를 내리

면 무엇이 있는가. 뱀처럼 꿈틀대며 음식물을 하강시키는 창자, 잠시도 쉬지 않고 규칙적으로 벌떡이는 심장, 오염물질을 걸러내느라고 벌겋게 달구어진 간과 신장. 이런 것들을 지퍼 뒤에 감추고, 죽음의 시간까지 지퍼로 일단 감춰 놓고, '오~필승, 꼬레아' 를 부른다. 우리 몸은 냉장고나 금고이기도 하지만 사실은 납골당이다. 죽은 동물과 식물, 목숨을 잃은 미생물까지 지퍼 속에 내장되어 있다. 시인은 예언자라더니 이원은 이미 「즐거운 세상」이라는 시로 지금의 이 상황을 예언했다. 그리고 그 예언된 상황 속에 '내' 가, 다시 말하면 '이승원' 이가 버젓이 자리잡고 있다. 지퍼를 단단히 채우고.

3. 음울한 운명에서 벗어나기

여자는 서쪽 허공을 낙타처럼 잡아끌고 이곳까지 왔다
여자는 사방에서 유리가 반짝이는 거리를 지나왔다
유리가 있는 한낮과 길은 계속되었고
여자의 몸은 텅텅 비어 있었다
그 속으로 쉴 새없이 기름을 실은 탱크로리가 달려갔다
몸 속으로 차오르는 것은 어둠이어야 했다
그곳을 향해 여자의 밸브는 자주 열렸다
여자의 몸은 밤의 전극에 닿고 싶었다
그러나 여자의 몸은 오랫동안 낮과 밤을 갈아 끼우지 못했다
여자의 발자국은 몸에 새겨졌고
도시에서 빼내고 있는 여자의 두 다리는 녹이 슬어 있었다

—「월요일」 전문

월요일은 한 주의 시작이고 노동의 시작이다. 일요일이 휴식의 시간이라면 월요일은 노동의 시간이다. 이원이 그려낸 한 여자의 거동은 매우 수상하다. 사막을 건너는 행상이 낙타를 끌고 오듯이 이 여자는 서쪽 허공을 잡아끌고 왔다고 한다. 서쪽 허공이라면 해가 지는 곳. 해가 지는 곳을 잡아끌고 왔으니 한 낮이 계속될 수밖에. 잠과 휴식을 허락하지 않는 이 세계는 어디인가? "사방에서 유리가 반짝이는 거리", 겉으로 화려해 보이는 이 세계에는 해가 지지 않는다. 텅 빈 여자의 몸으로 기름을 실은 탱크로리가 "쉴 새없이" 달려갔다고 한다. 상상해 보라. 사방에 유리가 반짝이는 거리에 여자의 텅 빈 몸이 길처럼 놓여 있고 그 속으로 탱크로리가 꼬리를 물고 질주하는 장면을. 그 여자의 몸은 탱크로리가 지나가는 통로, 텅 빈 공동일 뿐이다. 서쪽 허공을 잡아끌고 여기까지 온 그 여자의 노동의 결과는 이처럼 스스로를 도구나 수단으로 전락시키는 것으로 나타난다.

이 여자에게는 밤의 휴식이 필요하다. 밤의 전극을 꽂고 그의 몸 가득 어둠이 차올라야 한다. 그러나 그럴 수가 없다. 그에게는 낮만 허락되었고 일요일이 아닌 월요일만 허락되었다. 지친 발자국은 그의 몸에 새겨졌고 두 다리는 녹슨 상태로 남게 되었다. '녹슨' 이라는 말은 「검고 불룩한 TV와 나」에도 나온다. "녹슨 삽 하나. 녹슨 눈물 한 방울. 고철로 구겨진 발 둘" 이 그것이다. 여기서 녹슬었다는 말은 오랜 시간이 지나 상했다는 뜻이다. 「월요일」의 '녹슨'은 시간의 경과보다는 육체의 고역을 의미한다. 끝없는 거리를 계속 걷다 보니 두 다리는 지치고 상했다. 이것이 도시에서 살아가는 우리 모두의 슬픈 운명이다.

눈을 감으면 서쪽 허공을 잡아끌고 유리가 반짝이는 거리를 지나는 내 모습이 보인다. 평론가라는 직함으로 밤에도 낮처럼 글을 쓰지만, 몸 속은 텅 비었고, 그 속으로 욕망을 가득 실은 탱크로리가 질주한다. 양계장처럼 환한 불빛에 어둠이 깃들일 틈이 없다. 끝없이 이어지는 정신의 노동으로 몸에 녹이 슬기 시작했다. 안구건조증이 생기고 혈압이 오르고 발에는 원인 모를 통증이 생겼다. 눈 감고 쉴 틈을 주지 않는 세상에 밤의 전극은 어디에 있는가? 모든 것을 잊고 숙면을 취할 수 있는 안식의 시간은 어디에 있는가?

이원의 수상작 및 최근시들은 그전의 그의 시보다 더 음울해졌다. 그의 시에 스며 있던 희망의 빛이 많이 사라졌다. 「전자사막에서 살아남기 위해」에 보이던 경쾌한 상상력이 이번 작품에는 거의 보이지 않는다. 우리의 삶이 그만큼 부정적인 방향으로 흐른 탓일까? 그가 나이 들어가며 미지의 희망을 점점 잃어가는 걸까? 그러나 서른다섯 한창인 나이에 불길한 죽음의 냄새에 빨려들어가는 것은 용납할 수 없는 일이다. 죽음의 향기가 아무리 좋다 하여도 백골의 입술에 입맞추지 말고 무덤 위에 피묻은 깃대를 세워야 할 것이다(한용운, 「타골의 시 GARDENISTO를 읽고」).

이원의 시가 매력 있는 것은 전자사막을 걷는 낙타의 육봉 속에 푸른 액정 출렁거리는 모니터를 배치하기 때문이다. 불길하고 불온해 보이는 그의 시가 우리를 위안할 수 있었던 것은 대립의 경계를 허무는 다층적 상상력 때문이다. 그러한 그의 상상력이 TV와 PC의 모니터 주위를 맴도는 것은 옳지 않다. 그가 진정 전자사막의 유목민이라면 녹슨 다리를 끌고 은빛 모래언덕을 넘어 또 다른 오아시스를 찾아 떠나야 할 것이다. 그에게는 탈출이 필요하다. 이번 수상이 그의 탈출의 계기가 되었으면 좋겠다.

이 글을 쓰는 도중 전화로 개인적인 이야기를 잠시 나누었다. 그의 말씨는 순진하고 앳돼 보였는데, 무엇보다도 겉멋을 부리지 않는 솔직한 태도가 매력적이었다. 그 겸허한 솔직함이 그의 동력이 되고 무기가 되리라. 단언하건대 그는 훌륭한 시인이 될 것이다.

이 글을 끝맺는 지금(정확히 말하면 6월 22일 토요일 오후 11시 57분) 대한민국 4강 진출의 낭보로 전국은 폭발 상태다. 한반도 남반부를 강타한 축구 열풍은 더 이어질 모양이다. 그 열풍의 한복판을 뚫고 이원의 시를 읽었다. 잊지 못할 추억으로 남을 것이다. 이제 이 글을 저장하고 혼글97을 종료한 후 윈도우를 닫을 것이다. 내일 아침 한 번 더 수정을 한 후 현대시학으로 파일을 전송하고 나면 내가 하고 싶은 일을 할 자유가 오리라. 그 자유의 기쁨을 미리 맛보며, 오늘밤은 검고 불룩한 TV 모니터 앞에서 대한민국 태극전사들의 묘기를 즐기리라. 즐거운 인생이 아니던가.

상상의 자유와 구체성의 힘

1. 창조적 자유의 고통

시인의 상상력은 시간과 공간을 넘나든다. 시공을 넘나드는 상상력이라고 하면, '아라비안나이트' 에 나오는 마법의 양탄자를 떠올리며 시 쓰는 것을 즐거운 놀이처럼 생각할지 모르지만, 인간의 한계를 넘어서는 탐색을 벌인다는 사실 자체가 고통스러운 일이다. 대리석을 쪼고 다듬어 형상을 창조하는 조각가나, 빈 캔버스를 색과 형태로 채워가는 화가나, 시간의 흐름 위에 황홀한 음향의 세계를 펼쳐내는 작곡가나, 언어를 조합하여 새로운 인식의 경지를 표현하는 시인이나, 그들이 벌이는 예술적 창조작업은, 자신의 한계와의 싸움을 전제로 한다는 점에서 고통스럽고, 새로운 세계를 창조한다는 의미에서 자랑스럽고 보람 있다.

한정된 음을 배합한 음악이 늘 새롭게 창조되고 제한된 색을 이용한 회화가 언제나 새로운 국면을 보여주듯이, 시인도 언어와 상상력을 매개로 하여 새로운 세계에 도전한다. 그러나 음이나 색과는 달리 일상적 의사소통의 도구인 언어를 매재로 삼아 파천황의 새로움을 보여주기란 여간 어려운 일이 아니다.

새로움의 창조를 위해 시인이 기댈 수 있는 영역은 결국 상상력이다. 시공을 넘나드는 상상력이라고 했지만 그것은 항상 의사소통의 도구인 언어의 통제를 받기 때문에 마법의 양탄자 같은 자유를 누리지 못한다. 그것은 갇힌 자유고 고통을 전제로 한 자유다.

황동규의 「영포(零浦), 그 다음은?」(『작가세계』 2003년 여름호)은 새로운 인식의 표현을 위해 상상의 지평을 언어 자유의 임계점까지 밀고나가는 작업을 벌였다.

자꾸 졸아든다
만리포 천리포 백리포 십리포
다음은 그대 한 발 앞서 간 영포(零浦).
차츰 폭 줄이는 솔밭들을 거치니
해송 줄기들이 성겨지고
바다가 그대로 드러난다.
이젠 누가 일러주지 않아도 알 것 같다
영포 다음은 마이너스 포.
서녘 하늘에 해 문득 진해지고
해송 사이로 바다가 깊은 숨 내쉴 때
썰물 빠지는 바다로 나가
길 잃은 조그만 게들과 사귀다
우리 처음 만나기 전 그대를 만나리.

— 황동규, 「영포(零浦), 그 다음은?」 전문

보수적인 성향의 사람은 이 시에 나오는 '마이너스 포' 라는 말에 불만을 표시할지도 모른다. 그러나 시의 전체 문맥 속에서 보면 이 시어는 다른 선택권을 허용하지 않는 시인의 필연적인 상상의 창조물이다. 화자는 나이가 들면서 삶의 영역이 좁아들고 시야가 줄어드는 것 같은 위기감을 느낀다. 이렇게 삶의 영역이 줄어들다 보면 십리포를 거쳐 영포에 이르지 않을까 하는 생각이 든다. '영포' 도 '마이너스 포' 와 함께 시인의 상상력이 만들어낸 새로운 시어다. 그것은 삶의 영역이 제로가 된 것이니 죽음의 상태를 일컫는 것이리라. 나보다 한발 앞서 간 그대가 머무는 곳이 영포다. 그렇다면 삶은 영포에 도달하여 모든 것이 끝나는 것인가? 시인의 상상력은 여기서 수학 좌표의 가로축으로 움직인다. 영포 다음에는 마이너스 포가 있겠지. 어찌 죽음으로 모든 것이 무화될 수 있겠는가. 여기에는 육체와 정신의 노화 속에서도 죽음을 삶의 일부로 껴안으려는 상상력의 새로운 모험이다.

죽음 다음에 마이너스의 세상이 있다면 우리가 태어나기 이전도 마이너스의 세상이라 할 수 있다. 그대는 죽음의 세계로 갔지만 생각해보면 그것은 우리가 태어나기 이전의 시간, 만나기 이전의 공간이기도 하다. "우리 처음 만나기 전 그대"라는 시어는 단순한 연가(戀歌)의 맥락이 아니라 존재에 대한 성찰로 우리를 이끈다. 그것은 우리의 현상적 육체가 태어나기 이전의 시공, 존재의 근원을 암시한다. 시원의 자리에서 그대를 만난다면 만리포에서 십리포로 마이너스포로 좌표가 이동하는 일도 없을 것이다. 그 특별한 시공에 이르는 경로는 뜻밖에도 평범하고 친근하다. 해송 사이를 거쳐 노을이 물드는 서녘 바다로 걸어나가 썰물이 빠진 바닷가에서 "길 잃은 조그만 게들과 놀다가" 시원의 자리를 만난다고 했다. 절대의 자리가 일상의 작은 일들과 멀리 떨어진 것이 아님을 알리고자 한 것일까. 이면의 의미야 어떠하든, 노을이 물드는 바닷가에서 작은 게들과 놀다 스스로도 길을 잃고 바다의 깊은 숨 소리와 더불어 "우리 처음 만나기 전 그대" 를 만날 수 있다면, 상상만으로도 그 장면은 황홀하다. 이 황홀한 장면의 창조를 위해 시인은 언어의 한계와 싸우는 고심의 시간을 보냈을 것이다.

김명리의 「강물 소리」(『문학사상』 2003년 7월호)가 보여주는 상상력의 진경은 어떠한가. 그는 봄날 천지에 새로 돋는 꽃을 "한 사나흘 지상에 문병 온/어린 사자(使者)들" 로 보았다. 문병의 아이디어를 떠올린 것은 그의 부친의 투병, 두 선배 시인의 죽음과 관련이 있다. "곧 잊혀질 생의 연보" 를 남긴 채 사람들은 어디론가 떠나가게 마련이고 세상은 그렇게 덧없이 흘러가는데, 지상의 공간을 잠시 색깔의 환(幻)으로 덮어 아름다움을 드러내는 봄꽃은 그야말로 지상에 잠시 문병 온 하늘의 사자들처럼 보인다. 봄꽃이 베푸는 문병의 은혜조차 없다면 세상은 또 얼마나 삭막할까. 봄꽃가지의 환(幻)을 통하여 우리는 그나마 시력을 회복하고 세상을 바라볼 힘을 얻는다. 그때 비로소 입시울소리를 내는 강바람도 감촉할 수 있고 세상의 한 끝으로 사라지는 사물의 운명도 지각할 수 있다.

시인의 상상은 저녁 무렵 박모(薄暮)의 대기를 헤치고 피어오르는 꽃 한 송이를 포착한다. 이 꽃송이는 강물에 노을이 반사된 형상일 수도 있고 삶과 죽음의 경계에 서 있는 마음의 표상일 수도 있다. 그 꽃송이에서는 알 수 없는 암향까지 풍겨오며 헤아릴 수 없는 시간들이 흘러가는 물소리가 들린다. 어느덧 구름장이 뚫리어 저녁 노을이 환히 열리자 저녁 강은 "일제히 훈김 올라오는 작약꽃밭" 으로 변한다. 지상의 봄꽃에서 저녁 강의 작약꽃밭으로 변하는 상상력의 전이과정은 놀랍고 신선하다. 그것은 배면에 삶과 죽음의 문제를 함축하고 있기에 복합적인 의미 층을 형성한다. 이 상상의 경지는 아름다우면서도 슬프다. 실제의 죽음이라는 생의 비극이 내장되어 있기 때문이다.

2. 침묵의 어법

때로 시인의 말은 침묵에 기댄다. 침묵을 통한 발언이라는 역설을 가능하게 하는 것도 시적 상상의 능력이다. 조창환의 「풍경」(『현대시학』 7월호)은 침묵의 극점을 보여준다. "풍경이 슬그머니 일어나/엉덩이 털며 돌아설 때"로 시작되는 첫 연은 그의 말대로 낯설다. 침묵 속에 전개되는 점액질 풍경의 끈적끈적한 모습을 묘사한 시가 별로 없었기 때문이다. 다음에는 "풍경이 몸을 둥글게 말고/허공을 밀쳐본다"고 했다. 우리는 풍경과 허공을 비슷하게 생각하지만 시인은 이것을 분명히 다르게 인식하고 있다. 풍경은 시인이 인식하고 의미를 부여하는 객체이고 허공은 그 객체를 둘러싼 의미 없는 배경이다. 풍경이 허공을 밀쳐본 결과 나타난 것이 "꽃 떨어진 자리"다. 꽃이 허공을 밀치고 아래로 떨어지고 난 후 그 자리에는 무엇이 남아 있는가. 그곳에는 냄새도 그림자도 남아 있지 않다. 그렇다면 꽃 떨어진 자리는 풍경의 자리에 허공이 침투한 것인가. 풍경이 허공을 밀치면 허공은 풍경의 빈자리를 헤집고 들어오는가. 이런 미세한 움직임을 제대로 포착하기 위해서는 대상을 내밀하게 조명하는 미시적 시선이 필요하다. 말하자면 시인 자신도 풍경의 일부가 되어 침묵 속에 혀가 녹아들어가야 한다. 이 시의 끝은 다음과 같이 초현실주의적인 영상으로 처리되어 있는데 이 장면은 풍경의 내재적 의미에 대해 다시 생각하게 한다.

풍경이 제자리로 돌아와
희미한
옛사랑의 그림자를 벗어
나무에 건다 풍경은

나무를
본다

— 조창환, 「풍경」 부분

슬그머니 일어나 돌아섰다가 몸을 둥글게 말고 허공을 밀쳐본 풍경은 이제 제자리로 돌아와 옛사랑의 그림자를 '벗어' 나무에 걸었다. 여기서 '벗어' 라는 말은 옛사랑의 그림자를 풍경이 먼저 자신의 몸에 걸쳤음을 알려준다. 자신이 지녔던 옛사랑의 그림자를 '벗어' 나무에 걸고 그것이 걸린 나무를 보는 것이다. 그렇다면 풍경은 말 그대로의 풍경이 아니라 사람을 은유한 것임을 알 수 있다. 그리고 '희미한 옛사랑의 그림자' 가 '꽃 떨어진 자리' 와도 통하는 것임을 알게 된다. 요컨대 시인은 침묵의 카르텔을 통해 상실과 부재를 피력하려 했다. 풍경은 시인이 인식하는 객체이자 시인 자신이기도 한 것이다. 이러한 풍경의 이중성이 침묵의 허공 속에 펼쳐진 데 이 시의 묘미가 있다.

심재휘의 「봄날 저녁의 놀이터」(『현대시』 7월호)에도 놀이터와 바람과 빈 그네의 침묵이 나온다. 여기서 침묵은 시간의 움직임을 따라 이동하지만 침묵의 질량은 일정하다. 놀이터의 아이들은 이곳에서 저곳으로 두 손 가득 열심히 모래를 퍼 나르지만 그들의 움직임에는 소리가 없다. 어디론가 한없이 달아나고 싶은 충동을 느끼지만 결국 사람들이 도달하는 것은 '그네에 묶인 적막' 일 뿐이다. 사람들은 놀이터 옆을 지나 집으로 돌아가지만 그들의 움직임에도 소리가 없다. 바람이 그들의 뒤를 따를 뿐이다. 여기서 대상을 바라보는 시인의 눈길은 매우 섬세해진다. 그 섬세함을 강조하려는 듯 "바람이 읽지 못하는 것이 어디 있겠는가" 라고 썼다. 자신의 시선의 움직임을 바람과 동일화하려는 시도다. 그런 시인의 시야에 숨어서 핀 씀바귀의 일렁거림이라든가 밤이 다가오면서 조금씩 환해지는 낮달의 모습, 오고간다는 기척도 없이 스쳐지나가는 봄날 저녁의 허망함이 점묘법으로 포착된다. 저녁시간의 미세한 변화를 "집으로 뛰어가는 아이들을 한참 바라보던 빈 그네가/불현듯 움직였을까싶게/봄날 저녁이 간다" 고 표현한 끝행은 침묵의 관조가 창조해낸 잠행적 명구다. 침묵에 온전히 몸을 기댈 때 이런 표현이 가능해진다.

3. 구체성의 미학

과학은 추상의 기호로 가득 차 있다. 염산에 수산화나트륨을 넣고 끓이면 소금이 생긴다는 구체적 사실을 'HCl+NaOH→NaCl+H2O'로 기호화하는 것이 과학이다. 문학은 추상의 사다리에서 벗어나 구체의 세계로 가는 힘겨운 여정이다. 특히 시는 추상에 대한 혐오와 구체에 대한 편애를 온몸으로 실천하는 양식이다. 사랑이라는 관념을 구체적 사건으로 풀어 말하는 것이 소설이라면, 가시적 형상과 소리와 냄새와 맛과 빛깔을 총동원하여 사랑을 육화하는 것이 시다. 1930년대 후반 독자적인 세계를 보여준 시인 백석은 이미지즘 시의 전유물인 시각의 차원을 넘어서서 후각, 미각, 촉각 등 다양한 감각을 동원하여 삶의 구체적인 국면을 형상화함으로써 한국시의 이채로운 영역을 개척하였다.

김기택의 「얼룩」(『문학사상』 7월호)은 얼핏 보면 그냥 스쳐가고 말 흔적에 눈을 밀착시키고 대상의 세부를 구체적으로 묘사함으로써 새로운 의미를 발견하는 데 성공한 작품이다.

달팽이 지나간 자리에 긴 분비물의 길이 나 있다
얇아서 아슬아슬한 갑각 아래 느리고 미끌미끌하고 부드러운 길
슬픔이 흘러나온 자국처럼 격렬한 욕정이 지나간 자국처럼
길은 곧 지워지고 희미한 흔적이 남는다
물렁물렁한 힘이 조금씩 제 몸을 녹이며 건조한 곳들을 적셔 길을 냈던 자리,
얼룩
한 때 축축했던 기억으로 바싹 마른 자리를 견디고 있다

— 김기택, 「얼룩」 전문

달팽이는 연체동물로 점액성의 물질을 분비하여 몸을 항상 축축하게 유지한다. 점액질의 수분분비에 의해 몸의 이동이 용이해지며 호흡도 제대로 할 수 있기 때문이다. 그렇기 때문에 달팽이가 지나간 자리에는 언제나 축축하게 젖은 흔적이 길게 나 있다. 그 길은 달팽이가 자신의 생명을 유지하기 위해 만들어놓은 자기 방어의 경로다. 시인은 그 길의 모양과 속성을 솜씨 있게 요약한다. 달팽이의 껍질은 연약해서 자기 몸을 지키기에는 너무 아슬아슬해 보이고 달팽이의 움직임은 느리며 그 뒤에는 미끌거리면서도 부드러운 흔적이 남겨져 있다. 시간이 지나면 그 길은 서서히 마르고 희미한 흔적이 남는데 시인은 거기서 슬픔이나 욕정의 자취를 연상한다.

다섯째 행에서 시상의 전환이 온다. 달팽이가 연약한 몸으로 분비물을 내며 마른 땅으로 조금씩 이동했던 자국은 연약한 생명이 자신의 살아 있음을 온몸으로 드러낸 증거이기도 하다. 가혹한 상황 속에서 자신을 견뎌가게 한 의지의 산물인 그 얼룩은 이제 주위의 마른 대기에 습기를 빼앗기며 희미하게 지워져 간다. 서서히 지워져가면서도 끝까지 자신의 자국을 지키려는 듯한 얼룩의 표상은 끝내 실존의 고투를 포기하지 않는 강인한 자아의 모습을 연상케 한다. 그러나 시인은 이러한 관념적 진술에 해당하는 언급을 한 마디도 하지 않고 "한 때 축축했던 기억으로 바싹 마른 자리를 견디고 있다"는 구체적 상황 제시만으로 시를 종결짓고 있다. 실로 놀라운 견인(堅忍)과 절제의 정신이라 아니할 수 없다.

견인의 정신력과는 거리가 있지만, 김은경의 「자개장롱」(『서정시학』 여름호)에 나타난 구체적 소묘에도 눈길을 기울일 필요가 있다. 2000년도 『실천문학』 신인상으로 등단한 이 젊은 시인이 보여준 균형잡힌 세부묘사는 시에서 구체적 형상탐구가 어떠한 의의를 지닌 것인지 충분히 드러내고도 남음이 있다. 이 시가 보여주는 상황은 매우 단순하다. "처음 도시로 이사 나와/서부 중고 물물센터에서 삼십만 원 주고 사온" 장롱이 십오 년의 세월이 흐르는 동안 폐물이 되어 트럭에 실려 나간다는 것이다. 장롱을 산 장소, 장롱의 가격, 장롱을 사용한 햇수를 구체적으로 밝힌 것은 그 장롱이 어떤 추상의 자리에 머물렀던 것이 아니라 화자의 체험이 녹아든 구체적인 생활의 현장에 속해 있었다는 것을 드러내기 위한 장치다. 어느 것 하나 버릴 수 없는 일상적 삶의 세부가 다음과 같이 열거될 때 비로소 이 장롱은 화자 가족의 삶과 분리될 수 없는 십오 년 가족사의 흔적으로 오롯이 자리잡는다.

> 십오 년이니 제 딴에는 견딜 만큼 견딘 것인가
> 장롱 들어낸 자리에 소복한 먼지
> 그 속엔
> 향기 다 사라진 아카시아껌
> 패가 제대로 나오지 않던 아버지의 화투짝과
> 푸른 날 잃은 도루코 칼 한 자루.
> 사춘기 울음이 지나가고
> 부끄러운 그림자 머물기도 하던
> 내 지난 열병의 한 궤짝.
> 오래도록 한 식구이던 것이 이제 폐물이 되어 떠나간다
>
> — 김은경, 「자개장롱」 부분

이러한 디테일의 열거는 장롱을 중심으로 펼쳐진 한 가족의 고단한 생활사를 떠올리게 한다. '향기 사라진 껌'과 '푸른 날 잃은 도루코 칼'은 소박하게 이어온 서민의 삶이 그렇게 매끈하게 펴지지 못했음을 암시하며, '패가 제대로 나오지 않던 아버지의 화투짝' 역시 아버지의 생업이 순탄치 못했음을 시사한다. 폐물이 되어 실려가는 장롱은 그렇게 폐물로 전락해 가는 중소도시 서민의 피곤한 생계를 상징한다. 그러나 시인은 그 장롱을 어떤 관념의 환유

적 상징물로 내세우려는 시도를 일체 하지 않는다. 장롱이 트럭에 실려가는 장면도 "흐드러진 유월의 줄장미를 헤치며", "긴 술병 끝에 가던 외할아버지의 장례 행렬처럼" 떠나는 것으로 구체화하고 있다. 그뿐 아니라 떠나가는 장롱의 전신(全身) 위에 십오 년 만에 보는 햇살이 배웅 나온다는 동화적 의인화의 어구로 마무리를 지어 내일의 희망을 포기하지 않는 건실한 생활인의 태도를 보여주는 데에도 성공했다.

달팽이가 남기고 간 얼룩의 흔적이라든가 폐물이 된 장롱이 실려나가는 것은 우리 주위 어디에서나 볼 수 있는 지극히 일상적인 장면이다. 이 일상적인 상황을 시로 승화시키는 것이 바로 구체화의 능력이다. 추상의 세계에서 벗어나 생활의 구체적 단면을 세심하게 관찰할 때 시의 길이 열린다. 그 길 위에 축축하고 부드러운 점액의 흔적을 남기게 된다면 바싹 마른 자리를 버텨가는 사람들에게 눅눅한 위안의 역할도 할 수 있을 것이다.

시 읽기, 연애와 파탄의 기록

1. 민족적 신성성의 표상

1

하늘과 땅 사이가 너무 가까워 장백소나무 종비나무 자작나무 우거진 원시림 헤치고 백두산 천지에 오르는 순례의 한나절에 내 발길 내딛을 자리는 아예 없다 사스레나무도 바람에 넘어져 흰 살결이 시리고 자잘한 산꽃들이 하늘 가까이 기어가다 가까스로 뿌리내린다 속손톱만한 하양 물매화 나비날개인 듯 바람결에 날아가는 노랑 애기금매화 새색시의 연지빛 곤지처럼 수줍게 피어있는 두메자운이 나의 눈망울 따라 야린 볼 붉히며 눈썹 날린다 무리를 지어 하늘 위로 고사리 손길 흔드는 산미나리아재비 구름국화 산매발톱도 이제 더 가까이 갈 수 없는 백두산 산마루를 나 홀로 이마에 받들면서 드센 바람 속으로 죄지은 듯 숨죽이며 발걸음 옮긴다

2

솟구쳐오른 백두산 멧부리들이 온뉘 동안 감싸안은 드넓은 천지가 눈앞에 나

타나는 눈깜박할 사이 그 자리에서 나는 그냥 숨이 막힌다 하늘로 날아오르려는 백두산 그리메가 하늘보다 더 푸른 천지에 넉넉한 깃을 드리우고 메꽃은 우레소리 지나간 여름 한나절 아득한 옛 하늘이 내려와 머문 천지 앞에서 내 작은 몸뚱이는 한꺼번에 자취도 없다 내 어린 볼기에 푸른 손자국 남겨 첫 울음 울게 한 어머니의 어머니 쑥냄새 마늘냄새 삼베적삼 서늘한 손길로 손님이 든 내 뜨거운 이마 짚어주던 할머니의 할머니가 백두산 천지앞에 무릎 꿇은 나를 하늘눈 뜨고 바라본다 백두산 멧부리가 누리의 첫 새벽 할아버지의 흰 나룻처럼 어렵고 두렵다

3

하늘과 땅 사이는 애초부터 없었다는 듯 천지가 그대로 하늘이 되고 구름결이 되어 백두산 산허리마다 까마득하게 푸른하늘 구름바다 거느린다 화산암 돌가루가 하늘 아래로 자꾸만 부스러져 내리는 백두산 천지의 낭떠러지 위에서 나도 자잘한 꽃잎이 되어 아스라한 하늘 속으로 흩어져 날아간다 아기집에서 갓 태어난 아기처럼 혼자 울지도 젖을 빨지도 못한다 온 가람 즈믄 뫼 비롯하는 백두산 그 하늘에 올라 마침내 바로 서지도 못하고 젖배 곯아 젖니도 제때나지 못할 내 운명이 새삼 두려워 백두산 흰 멧부리 우러르며 얼음빛 푸른 천지 앞에 숨결도 잊은 채 무릎 꿇는다

— 오탁번, 「백두산 천지」 전문

함경북도와 만주의 경계에 자리잡아 압록강 두만강 송화강의 발원지이자 한반도 백두대간의 기점이 되는 해발 이천칠백사십사 미터의 백두산, 그리고 그 정점에 자리 잡고 있는 둘레만 이천 미터에 이르는 거대한 화산호 천지. 이 둘은 떼려야 뗄 수 없는 상징적 관계에 있다. 만일 천지가 없이 백두산만 덩그러니 있었다면, 혹은 산의 정점이 아니라 어느 낮은 곳에 커다란 호수만 있었다면, 그것이 지닌 상징적 의미는 반감되었을 것이다. 한반도 북단의 우람한

정점에 그 산의 위용보다도 더 거대한 천지가 펼쳐져 있기에 그것은 민족의 영산이자 민족적 신화의 산실로 자리잡게 된 것이다. 오탁번의 「백두산 천지」는 바로 이 상징적 공간을 본 감동을 표현한 작품이다.

한국 현대시에는 산문시의 전통이 이어져왔다. 신문학 초창기 김억의 초기 시에도 산문시 형식을 취한 것이 있고 주요한의 「불놀이」도 작품의 외형은 산문시에 가깝다. 그러나 초기의 산문시들은 정형적 율조를 답습하고 있어서 진정한 의미의 산문시라고 하기에는 미흡한 점이 있다. 현대시가 정착된 시기에 산문시다운 산문시의 모범을 보인 작품은 정지용의 『백록담』에 실린 산문시일 것이다. 정지용의 산문시는 산문적 호흡을 지니면서도 시상 전개에 따라 시인의 내적 율조가 의미있는 변화를 보이고 있다. 그의 산문시에 보이는 이미지의 연쇄와 상징적 시행 구성은 자유시를 능가하는 풍부한 함축미와 시적 긴축감을 불러일으킨다. 정지용은 산문시의 시적 감도를 높이기 위하여 고어와 방언, 자신의 신조어를 활용하여 다채로운 언어의 광맥을 펼쳐 보였는데 그것은 산문시의 언어를 확충한다는 의미도 있었지만 일제 강점기의 상황 속에서 민족어를 사수한다는 더욱 중요한 정신적 의미도 지니고 있었다. 오탁번의 「백두산 천지」는 정지용이 이룩한 산문시의 성과를 계승하면서도 그것을 한 단계 고양시킨 시적 성취를 보이고 있다.

민족의 혈맥이 담겨 있는 상징적 공간을 노래한 시이기에 고유어를 최대로 활용하고 야생식물의 이름도 세세하게 찾아내서 복원해놓았다. 그런 점에서 이 시는 시적 대상과 시어의 완전한 혼융을 지향한 작품이라고 할 수 있다. 아마도 오탁번 시인은 이 한편의 작품을 쓰기 위해 식물도감과 국어사전을 수없이 들춰보며 많은 고심과 탐구를 계속하였을 것이다. 말하자면 이 시는 즉흥적인 감정의 소산이 아니라 오랫동안의 사색과 연구의 소산이다. 시인이 이렇게 공들여 쓴 것인 만큼 독자인 우리들도 사전을 옆에 펼쳐놓고 시 읽는 정성을 보여야 마땅하다.

이 시의 첫 구절, "하늘과 땅 사이가 너무 가까워" 라는 말은 상징적이다. 이 말은 시의 마지막 구절, "숨결도 잊은 채 무릎 꿇는다" 와 절묘하게 호응한다. 이 두 구절을 붙여 놓으면 그것은 완전한 한 문장이 되고 그 문장은 이 시에 담긴 정신의 핵심을 드러낸다. 백두산 오르는 길의 장려한 원시림, 그리고 천지의 숭엄한 푸르름을 "하늘과 땅 사이가 너무 가까워" 라는 구절보다 더 잘 나타내는 말은 없다. 시인은 그 장려함과 숭엄함에 숨쉬는 것도 잊은 채 무릎 꿇은 것이다. 시인은 백두산 천지로 오르는 행위를 '순례' 라는 말로 표현하였다. 순례는 종교적으로 의미 있는 장소를 방문하여 참배하는 것을 말한다. 말하자면 오탁번 시인의 의식 속에는 백두산 등정이 종교적으로 신성한 장소를 찾아가는 순례의 길로 비친 것이다.

그 순례의 길목에 성전을 지키는 수도승과 정녀 같은 온갖 수목들과 야생화가 늘어서 있다. 장백소나무, 종비나무, 자작나무, 사스레나무, 물매화, 아기금매화, 두메자운 등 여기 나오는 식물들은 우리나라의 북방지역에 자생하는 나무와 풀꽃들이다. 이 식물들의 이름은 나에게 생소하지만 간결한 어구로 식물의 특징을 적절히 표현해내자 그 식물들은 금방 친근한 모습으로 우리 앞에 다가온다. 가령 "속손톱만한 하양 물매화" 라는 시구에서 우리는 그 꽃의 모습을 충분히 연상할 수 있다. 속손톱은 손톱의 안쪽에 있는 반달 모양의 하얀 부분을 말한다. 그러니까 물매화꽃은 보일 듯 말 듯 작은 모양을 한 흰색 꽃이라는 것을 알 수 있다.

그러면 여기서 이렇게 식물의 이름을 구체적으로 제시한 이유는 무엇일까? 고유한 풀이름을 열거하여 우리 풀의 아름다움과 명칭의 토속성을 환기하려 했다든가, 민족의 성산으로 진입하는 길목에 서식하는 식물들의 생생하고 구체적인 양상을 보여주려 했다든가, 여러 가지 이유를 생각할 수 있을 것이다. 나는 해석의 한 단서를 "내 발길 내딛을 자리는 아예 없다" 라는 시구에서 찾는다. 내 발길 내딛을 자리도 없을 정도로 울창한 원시림, 그리고 원시림 사이사이에 피어 있는 야생초화들. 백두산에는 이들 수목과 야생화들이 주인 노릇을 하고 있고 나의 존재는 의미가 없다. 백두산의 주인을 묘사하는 데 '이름모르는 나무와 풀꽃' 들이 우거져 있다고 쓸 수는 없는 일이다. 성전의 주인에게 어찌 이름이 없을 수 있는가. 그래서 시인은 사전과 도감을 들춰가며 수목초화의 이름을 확인했을 것이다. 떠돌이 순례자를 맞이한 백두산의 주인들에게 그들에게 맞는 이름을 붙여주어야 했던 것이다.

백두산의 주인인 풀꽃들도 정상에서는 모습을 감춘다. "산미나리아재비, 구름국화, 산매발톱도 이제 더 가까이 갈 수 없는" 산마루에서 거센 바람을 맞으며 시인은 발을 옮긴다. 그는 발길을 옮기는 자신의 모습을 "죄지은 듯 숨죽이며 발걸음 옮긴다" 고 표현했다. 여기서 왜 '죄지은 듯' 이라는 말을 썼을까? 이 말을 제대로 이해하려면 시 전편을 읽어야 되지만 첫 단락의 단계에서도 그 뜻은 짐작할 수 있다. 민족의 언어를 사용하여 시를 쓰는 사람이라면 진작 성지를 방문하여 순례하는 것이 당연한 일이었는데, 이제야 성지에 이르러 처음에는 이름도 몰랐을 초목에 둘러싸여 황망히 산에 오르는 자신의 모습은 죄 많은 순례자의 모습, 바로 그것이었다. 백두산에서 무량한 세월을 살아온 수목들의 의연한 모습에 비하면 자신의 왜소한 모습은 죄지은 육신처럼 여겨졌을 것이다. 그 죄의식은 뒤로 갈수록 더욱 짙어진다.

산의 정상에 오르자 천지가 그 장엄한 모습을 드러낸다. '온뉘' 란 백대(百代)란 뜻의 고어인데 여기서는 오랜 세월을 지칭하는 말로 쓰였다. 한반도에 화산이 터지고 산악이 생긴 그 순간부터 천지는 백두산 멧부리에 둘러싸여져 왔을 것이다. 갑자기 나타난 천지의 모습에 시인은 '숨이 막힌다' 고 적었다. 숨이 막힌다는 말은 첫 단락의 '숨죽이며' 와 대응된다. 백두산의 정상에 가까워질수록 천지가 나타날 것이라는 예감에 숨을 죽였던 시인이 드넓은 천지의 실상을 목격하자 그만 숨이 막혀버린 것이다. 하늘로 날아오를 듯 치솟은 백두산 봉우리들의 그림자가 천지에 비친다. 그런데 천지는 하늘보다 더 푸른

빛을 띠고 있다. 말하자면 천지도 하나의 하늘인 것이다. 하늘로 비상하려던 봉우리들이 천지의 하늘에 깃을 드리운 모습. 그것이 천지에 산의 그림자가 비친 모습이다. 시인은 그 모습을 바라보며 무량한 세월 동안 변함없이 하늘을 비치고 이어왔을 천지의 역사성을 생각한다. 지금 천지에 비친 하늘은 태고의 하늘 모습 그대로일 것이다. 시공을 초월한 영원의 상징으로서 천지가 존재한다는 생각에 이르자 시인의 육신은 한낱 점처럼 축소된다. 이 숭엄한 장면 앞에 자신의 작은 몸뚱이는 자취도 없이 사라지는 것이다.

여기서 시인의 역사적 상상력이 발동한다. 동북아시아 지역 출산 풍속 중 하나는 아이가 태어나면 거꾸로 들고 볼기를 때려 울음을 터뜨리게 하는 것이다. 그리고 이 지역 어린 아이들의 엉덩이에는 공통적으로 푸른빛의 몽고반점이 있다. 우리들의 할머니들도 우리가 태어났을 때 볼기를 때려 푸른 손자국을 남겼다. 그런가 하면 할머니들은 우리들이 열병이 들어 머리가 끓으면 서늘한 손으로 이마를 짚어주시기도 하였다. 그러한 모계적 조상의 기원은 단군신화로 소급된다. 인간이 되고 싶었던 곰은 마늘과 쑥을 백일 동안 먹고 견딤으로써 인간이 되어 단군을 낳은 것이다. 시인은 천지의 장엄한 모습 앞에서 그러한 모계적 조상들이 환한 마음의 눈으로 자신을 바라본다고 생각한다. 단군신화의 웅녀로부터 이어진 어머니의 어머니, 할머니의 할머니들이 나를 지켜본다는 생각은 천지의 공간성에서 유구한 역사의 의미를 재확인하는 것을 의미한다. 그런 모계적 조상만이 아니라 세상을 처음으로 열어준 할아버지의 신령스런 수염을 백두산 봉우리에서 연상함으로써 시인의 역사적 상상력은 완결된다.

셋째 단락은 둘째 단락이 한 차례 심화되면서 시인의 자의식이 더 뚜렷이 드러난다. 그리고 앞에서 잠시 암시되었던 죄의식이 더욱 선명한 윤곽을 드러낸다. 첫 단락의 "하늘과 땅 사이가 너무 가까워"는 여기서 "하늘과 땅 사이는 애초부터 없었다는 듯"으로 바뀐다. 천지가 하늘이 되고 하늘이 천지가 되는 현상을 시인은 실제로 목격하고 있다. 화산암 돌가루가 천지 쪽으로 떨어지는 것도 하늘로 날아가는 것처럼 보인다. 이렇게 천지와 하늘의 구분이 없어지고 모든 것이 우화등선하는 것처럼 보이자 시인의 육신도 작은 꽃잎이 되어 아스라한 하늘 속으로 흩어져 날아가는 것처럼 생각된다. 아니 시인은 천지의 일부가 되어 그 하늘로 날아오르기를 기원했는지도 모른다. 그것은 천지의 하늘에 탯줄을 달고 새로 태어난 아이의 모습으로 전환된다.

민족의 성지를 참배하는 순례자는 백두산의 울창한 수목을 헤쳐 정상에 오르고 거기서 민족의 젖줄이자 아기집인 천지를 본다. 그것은 이름 그대로 하늘로 통하는 못, 아니 하늘 그 자체인 못이었다. 시인은 자신의 육신도 그 하늘 속으로 사라지는 환상을 갖는다. 하늘로 흩어져 사라진 나의 육신은 다시 그 하늘에서 아기로 새롭게 태어난다. 그러나 그 아기는 "혼자 울지도 젖을 빨지도 못한다". 백두와 천지에 삶의 뿌리를 드리운 건강한 아기로 성장하기 위해서는 쑥 냄새 마늘 냄새 가득한 할머니의 손길과 세상의 첫 새벽을 연 할아버지의 수염이 우리 자신의 것이 되어야 한다. 그것이 우리의 피와 살 속에 녹아들어 있어야 한다. 그러나 우리들은 그것을 전혀 의식하지도 않고 있다가 이곳에 이르러 천지의 위용을 보고 비로소 감격과 전율을 느끼는 것이다. 시인의 죄의식은 바로 여기서 그 실체를 드러낸다.

백두산 천지를 보기 전에는 장백나무로부터 산매발톱에 이르는 우리 야생식물의 존재나 이름도 별 의미가 없었을 것이다. 백두산 천지를 보자 나무 한 그루, 풀 한 포기, 돌 한 조각이 의미 있는 것으로 다가왔다. 그것은 모두 할머니와 할아버지의 숨결이 스며 있는 역사적 창조물이었다. 그런데 우리들은 이 사실을 자각하지 못하고 나날의 삶에 만족하며 그날그날을 살아왔다. 오염된 도시의 공기를 흡입하며 서구식 문화를 우리 것으로 알고 생활의 편의를 누리는 것이 현대인의 특권인 양 지내온 것이다. 그러나 이것은 어머니의 젖줄을 잃고 헤매는 갓난아기의 운명과 같은 것이다. 민족의 젖줄을 잃어버린 사람이 어떻게 자신을 성장시키고 민족의 미래를 설계할 수 있을 것인가? 그것은 '혼자 울지도 젖을 빨지도 못하는' 아기의 모습과 다름이 없다. 그런 사람은 "젖배 곯아 젖니도 제때 나지 못할" 운명을 지닌 것과 다름이 없다. 일인당 국민소득이 얼마라느니 세계화, 국제화의 시대를 맞았다느니 아무리 떠들어도 민족의 정기를 상실한 민족은 젖배 곯은 아기처럼 젖니도 나지 않는 영양실조에 걸리고 마는 것이다.

젖배 곯은 아이, 젖니도 제때 나지 않은 아이가 자기 몸을 제대로 일으켜 세울 리가 없다. 평생을 기어다니며 살거나 음식도 제대로 씹지 못하고 이유식으로 목숨을 이어가게 될지 모른다. 쑥 냄새 마늘 냄새는 다 잃어버리고 세계화 국제화를 좇다가 젖배 곯을 아이가 될 위기에 우리가 지금 처해 있다. 그런데도 사람들은 이것을 모르고 저 무망한 서구적 관념에 빠져 있다. 시인은 자신의 그러한 운명이 새삼 두렵다고 말하며 백두산 푸른 천지 앞에 엎드려 참회하듯 무릎 꿇는다. 이러한 속죄의 기회를 준 백두산을 언제 또 다시 와볼 것인가. 시에는 그런 내용은 전혀 없지만 우리는 충분히 그런 상상을 할 수 있다. 한반도의 북쪽을 관통하여 간다면 한나절이면 서울로 돌아갈 터인데 몇 날 몇 밤을 걸려 중국을 거쳐 남쪽으로 돌아가야 한다. 우리의 땅을 놔두고 남의 땅으로 돌아가지 않으면 안 되는 이 운명이 젖배 곯은 아이와 무엇이 다르단 말인가. 온 길도 멀지만 갈 길도 먼 백두산 천지 위에서 시인의 비통한 참회는 좀처럼 끝이 나지 않았을 것이다.

아마도 시인은 백두산에서 가졌던 참회와 속죄의식의 한 방편으로 이 시를 썼을지 모른다. 이 시를 쓰는 것이 젖배 곯은 아이의 운명에서 벗어나는 길이라고 생각했는지 모른다. 그리고 다른 사람들도 이 시를 읽으며 자신의 젖줄을, 자신의 삶의 뿌리를 재확인 하는 계기로 삼길 소망했을 것이다. 그래서 그는 여러 권의 사전과 식물도감을 펼쳐놓고 밤잠을 설치는 공부를 하며 이 한편의 시를 완성했다. 그것이 바로 백두산 위에서의 무릎 꿇음, 그 참회의 길이었다. 민족정기니, 전통 망각이니, 남북 분단이니 하는 말은 한 마디도 쓰지 않았지만 시인은 그러한 관념적 내용을 포괄하고도 남는 웅변적 진실을 이 한편의 시에 응축해놓았다. 산문체의 시형식, 그 안에 담긴 유장하면서도 절도 있는 시적 율조가 이러한 시적 응축에 최대로 호응하였음은 물론이다. 그러므로 이 시는 우리 시대에 창조된 귀중한 정신의 표상으로 문학사에 기록될 것이다.

2. 황무지의 감각

그 새들은 흰 빰이란 영혼을 가졌네
거미줄에 매달린 물방울에서 흰색까지 모두
이 늪지에선 흔하디흔한 맑음의 비유지만
또 흰색은 지느러미 달고 어디나 갸웃거리지
흰빰검둥오리가 퍼들껑 물을 박차고 비상할 때
날개 소리는 내 몸 속에서 먼저 들리네
검은 부리의 새떼로 늪은 부화중,
열 마리 스무 마리 흰빰검둥오리가 날아오르면
날개의 눈부신 흰색만으로 늪은 홀가분해져서
장자를 읽지 않아도 새들은 십만 리쯤 치솟는다네
흰빰검둥오리가 떠매고 가는 것이 이 늪을 포함해서
반쯤은 내 영혼이리라
지금 늪은 산산조각나기 위해 팽팽한 거울,
수면은 그 모든 것에 일일이 구겨지다가 반듯해지네

— 송재학, 「흰빰검둥오리」 전문

'흰뺨검둥오리' 라는 말에는 긴장이 있다. 입술과 혀를 움직여 '흰뺨검둥오리' 라고 발음해보라. 연이어 소리내기가 쉽지 않을 것이다. 그 쉽지 않은 발음 속에 긴장이 있다. '흰' 의 모음 '의' 는 원래 이중모음인데 'ㅎ' 다음에 오면 단모음으로 소리 난다. 즉 발음상으로는 '힌' 이다. 전에는 '희망' 을 발음할 때 '희' 를 중모음으로 소리 내는 사람이 간혹 있었지만 지금은 거의 찾아볼 수 없다. 더군다나 '희' 밑에 받침이 붙으면 '희' 를 중모음으로 소리 내던 사람도 도리 없이 단모음으로 소리 내게 된다. 그런데도 우리는 '흰' 을 '힌' 으로 적지 않는다. '흰' 이라는 표기 속에는 우리 의식에 담겨 있는 백색의 색감이 완고하게 자리잡고 있다. '힌뺨', '힌새' 라고 적으면 어딘지 모르게 허전하고, 머리에 떠오르던 백색의 이미지가 멀리 사라져 버린다. 첫 번째 긴장은 이와 같은 소리와 형태 사이의 어긋남에서 발생한다.

두 번째 긴장은 '흰' 과 '검둥' 의 색감의 대조에서 발생한다. 흰뺨검둥오리에 대해 잘 모르는 사람도 흰뺨검둥오리라고 하면 검은빛 몸체에 뺨에만 흰 무늬가 있는 오리의 모습을 떠올리게 된다. 실물보다는 머리 속에 그려지는 상상의 모습이 더 미학적이다. 이 옆에 있는 사진이 흰뺨검둥오리의 모습인데, 이것은 이름으로 연상하던 오리의 모습과는 상당히 다르다. 『두산세계대백과사전』에는 이 오리에 대해 다음과 같은 설명이 나와 있다.

몸길이 약 61cm이다. 큰 암갈색의 오리이며 담색의 머리와 흑갈색 복부를 가지고 있다. 날 때에는 담색의 머리와 목, 암색의 몸집, 그리고 백색의 날개 밑면과 날개덮깃 등이 특징적이다. 다리는 선명한 오렌지색이며 부리는 흑색이나 끝은 황색이다. 암수가 거의 같은 색깔이다.

한국에서는 전국의 도처에서 흔히 번식하는 유일한 여름오리이며 텃새이다.

그러나 겨울에는 북녘의 번식집단이 남하하여 혼성 월동하므로 더욱 흔한 겨울새이다. 호소 · 못 · 소택지 · 습지 · 간척지 · 논 · 하천 등 평지의 물가에서 흔히 볼 수 있다. 여름에는 암수 1쌍이 짝지어 갈대 · 줄풀 · 창포 등이 무성한 습초지에 산다.

그러니까 우리나라 습초지에 흔한 텃새인 이 흰뺨검둥오리는 암갈색의 몸체에 머리와 뺨의 일부가 흰색이고, 날개를 펴고 날아갈 때 날개 밑면의 흰색이 선명하게 드러나는 것이 특징이라 할 수 있다. 흰뺨검둥오리라는 말은, 온몸이 흑색인 검둥오리나 짙은 녹색이 특징인 청둥오리와 구분하기 위해 명명된 것임도 알 수 있다. 아래 사진 중 왼쪽은 흰뺨검둥오리의 머리부분을 확대한 것이고, 오른쪽 사진은 청둥오리의 박제 모습이다.

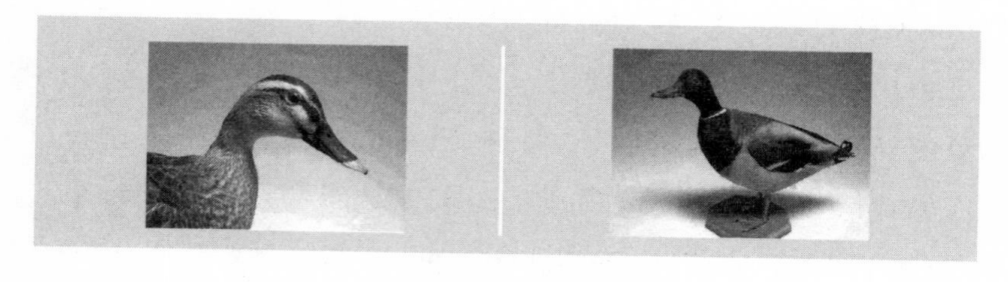

송재학의 시 「흰뺨검둥오리」의 배경은 어떤 늪이다. 원래 늪은 수심이 깊지 않고 개흙과 수초가 많은 물웅덩이를 말한다. 그런데 이 늪은 흰뺨검둥오리가 열 마리 스무 마리 떼지어 날아오르는 대규모의 늪이다. 짐작컨대 시인의 거주지에서 그리 멀지 않은 창녕의 우포늪이 배경인 듯하다. 우포늪은 연면적 70만평에 이르는 거대한 습초지이다. 시간적으로는 1억 4천만 년 전에 생성된 것으로 추정된다. 시간적으로 공간적으로 우리를 압도하는 신비감을 지닌 공간이 우포늪이다. 그곳에 1000여 종의 생물이 서식하고 있는데 그 중 대표적인 텃새가 흰뺨검둥오리와 청둥오리다. 멀리서 보면 비슷한 이 두 새는 날아오를 때 날개의 빛깔로 확연히 구분된다. "열 마리 스무 마리 흰뺨검둥오리가 날아오르면/날개의 눈부신 흰색만으로 늪은 홀가분해져서" 라고 시인은 적었다.

몇 년 전 우포늪을 소재로 쓴 오탁번 시인의 작품에도 흰뺨검둥오리가 등장하는데 거기에서는 흰뺨검둥오리의 알에 관심을 보였다. 그 알은 무량한 시간의 흐름이 스며든 하늘의 빛깔을 머금고 있다. 시인은 이렇게 적었다.

우포늪이 토해내는 울음소리를 듣고
귀밝은 하늘이 내려왔다
그 후 하늘은
1억4천만년동안
하늘로 올라갈 생각은 영 않고
우포늪에서 살고있다
흰뺨검둥오리 알이
하늘빛을 띠는 것도 이 때문이다

— 오탁번, 「우포늪」 부분

오탁번의 우포늪이 거시적이면서도 정적이라면, 송재학의 수초지는 미시적이고 동적이다. 거미줄엔 물방울이 매달려 있고 늪지에선 물고기 지느러미가 바삐 움직인다.("흰색은 지느러미 달고 어디나 갸웃거리지"를 흰뺨검둥오리가 수초 사이로 가볍게 떠다니는 모습을 나타낸 것으로 볼 수도 있다. 어떻게 해석하든 동적인 것은 사실이다. 시인에게 물어보면 의도를 금방 알겠지만, 나는 내 의식에 떠오른 현상을 중시한다.) 흰뺨검둥오리가 물을 박차고 비상하면 날개 소리가 사방에 퍼진다. 새들이 십만리쯤 치솟아오를 때 시인의 영혼도 그렇게 솟아오른다. 팽팽한 거울 같은 수면은 산산조각 나고 일일이 구겨지다가 모든 움직임이 끝나면 반듯해진다. 이 모든 형상은 수초지의 풍광이면서 시인의 마음의 움직임이다. 시의 첫 연에서 "그 새들은 흰 뺨이란 영혼을 가졌네"라고 시인은 단언하듯 말했다. 앞의 사진에서도 보았지만 흰뺨검둥오리의 뺨이 그렇게 흰 것은 아니다. 그러나 시인의 의식 속에는 그 새의 움직임이 백색의 순결성을 내장하고 있는 것으로 수용되었다. 시인 역시 그러한 순결성을 지향하고 있음은 물론이다.

시인의 용어를 빌어 다시 말하면 이 늪은 '황무지'다. 시인이 모든 감각을 동원하여 보고, 만지고, 듣고, 냄새 맡을 황무지. 모래로 덮인 미지의 공간을 감각을 매개로 탐사하여 자신의 '몽리면적'을 만들어 가는 것, 이것이 시작(詩作)이라고 그는 말한다. 몽리면적(蒙利面積)이란 무엇인가? 저수지나 수리시설을 만들어 물의 혜택을 입을 수 있게 된 곳이 몽리지역이다. 황무지를 탐사하고 개간하여 모래 언덕을 친근한 생명의 공간으로 바꾸어 가는 것, 이것이 송재학의 시작업이다. 정진규 시백(詩伯)은 이러한 내용이 담겨 있는 송재학 시집 『기억들』(세계사, 2001)의 「자서」를 읽고, "시정신의 허기를 느껴야 하는 무잡한 시편들의 양산 앞에 크게 大字報로 써놓고 싶을 정도로 시인의 영혼의 실체를 감지할 수가 있는 성실한 고백"(『현대시학』, 2001. 2, 312~3쪽)이라고 경탄해 마지않았다.

시인은 저 멀리 타자로 있는, 다시 말하면 황무지로 있는, 늪과 그 늪에 서식하는 흰뺨검둥오리의 몸짓을 감각적 탐색을 통해 자신의 영역으로 끌어들임으로써 몽리면적을 넓혀간다. 시인이 감각에 의존하는 이유는 몸의 감각이 가장 정직하고 확실하기 때문이다. 앞에 백과사전에 나온 개략적 설명, 늪과 오리의 생태에 대한 추상적 보고서는 말 그대로 개관이고 추상일 뿐이다. 그것은 황무지로 들어가는 틈을 조금 열어줄 수는 있어도 황막한 모래 언덕을 신생의 녹지로 만들지는 못한다. 무의미한 타자를 유의미한 내면으로 만들기 위해서는 보고 만지고 듣고 냄새 맡는 과정이 필요하다. 보라. 시인이 어떻게 사물을 만지고 거기에 몸 비비는가를!

"새들은 흰 뺨이란 영혼을 가졌네"라는 선언적 명제로 출발한 시의 여정은,

거미줄에 매달린 물방울의 흰 빛, 맑은 수면과 물 속에서 갸웃거리는 흰색 지느러미들의 유영을 거쳐, 흰뺨검둥오리가 물을 박차고 비상하는 장면에 이른다. 물오리가 물을 박차고 비상할 때 "날개 소리는 내 몸 속에서 먼저 들리네" 라고 시인은 말한다. 이미 시인의 몸이 늪이 되어 늪보다 더 빨리 날개 소리를 받아들이는 감각의 전이를 실현하고 있는 것이다. 타자인 늪이 내 몸이 되고 타자인 날개 소리를 내 몸이 먼저 받아들인다는 것은, 타자와 내가 공유된 만남을 이루며, 늪의 맑음과 고요를 내가 몸으로 껴안는다는 것을 의미한다. 그럴 때 "검은 부리의 새떼로 늪은 지금 부화중" 이라는 인식이 가능하다. 새들이 날아오르자 늪 전체가 새떼를 부화하는 것 같고 늪도 흩가분해져서 날개의 눈부신 흰색에 실려 하늘로 올라가는 것 같다. 이미 늪과 내 몸이 하나가 되었으니 흰뺨검둥오리가 떠메고 가는 것이 "반쯤은 내 영혼이리라" 는 구절도 충분히 수긍이 간다.

이 대목에 나오는 "장자를 읽지 않아도 새들은 십만리쯤 치솟는다네" 라는 시행을 주목할 필요가 있다. 장자를 읽고 설명을 추상적으로 이해하는 것은 사람들이 하는 일이다. 그것은 황무지의 한 틈을 열어 보일 수는 있지만 진정한 몽리면적을 만들어주지는 못한다. 새들은 이러한 추상적 이해 없이도 몸의 감각으로 아득한 하늘로 날아오를 수 있다. 새들의 날개 소리를 내 몸 속에 먼저 들었다면 새들의 날갯짓을 따라 내 몸도 높이 치솟아 오를 수 있으리라. 그곳에 진정한 몽리면적, 영혼의 안식처가 마련된다.

여기 나오는 장자 이야기는 『장자(莊子)』「소요유편(逍遙遊篇)」에 나오는 붕새의 인유다. 북쪽 바다에 사는 상상의 물고기 '곤' 이 변해서 된 붕새는 등길이가 몇 천 리나 되는지 알 수 없을 정도로 크며 한 번에 9만 리를 날아오른다고 한다. 이 새는 북쪽 바다에서 벗어나 끊임없이 남쪽 바다로 날아가려 한다. 이는 인간이 세속적인 삶의 굴레에서 벗어나 몸과 마음이 자유로운 세계로 나아가려는 의지를 의미한다. 그래서 붕정만리(鵬程萬里)라는 말이 나왔다. 이것은 양양한 자유의 세계로 나아가는 쾌쾌한 의지의 자세를 뜻한다.

그런데 과연 사람이 새처럼 양양한 자유의 세계로 날아오를 수 있을까? 붕정만리는 못되더라도 압정백리(鴨程百里)는 할 수 있을까? 인간은 새가 아니기에 불가능할 것이다. 그러니까 이것은 온전한 내면적 상념의 영역 속에서나 가능하다. 여기에 또 하나의 긴장이 있다. 불가능한 현실과 가능한 상념 사이의 긴장. 현실적으로 몸은 진흙 세상에 얽매여 있지만, 영혼은 새처럼 구만리 장천으로 치솟고 싶은 것이다. 치솟고 싶은 것이 아니라, 늪을 만지고 새들과 몸 비비는 순간은 정말로 몸과 마음이 치솟는 환각을 갖는다. 그러면 시는 환각이고 몽상이란 말인가? 불교에서는 눈에 보이는 가시적 현상이 모두 환(幻)이요 몽(夢)이라고 가르친다. 어차피 모든 것이 꿈이고 허깨비라면 영혼의 쉼터를 넓혀주는 환각과 몽상에 기대는 것은 당연하다. 시는 부박한 현실 저편에 자유로운 영혼의 영지가 있음을 알려주는 환각이고 몽상이다. 그 환각과 몽상은 황무지의 모래를 걷어내고 푸른 물 흐르는 초지(草地)를 보여준다.

환각이 진실이고 몽상이 실재가 되는 이중성이 어쩌면 시의 숙명인지 모른다. 그것은 "산산조각나기 위해 팽팽한 거울"의 속성이고, "모든 것에 일일이 구겨지다가 반듯해지"는 수면의 속성이기도 하다. 마지막 행의 파란과 평정의 이중성은 우리들이 살아가는 삶의 국면을 연상케 하기도 한다. 그러나 시인의 시선은 파란 속에 다시 평정을 회복하는 정신의 극점을 지향하고 있다. 산산조각 났다가도 모든 파란을 수습하고 거울처럼 반듯해지는 무한고요의 평정심을 우리는 얻을 수 있을까? 정신의 황무지를 파고들면 언젠가는 안온한 몽리면적이 마련될까? 이 질문 속에 우리가 대답 못할 또 하나의 긴장이 있다.

3. 상상의 틀 허물기

마당에
綠陰 가득한
배를 매다

마당 밖으로 나가는 징검다리
끝에
몇 포기 저녁별
연필 깎는 소리처럼
떠서

이 世上에 온 모든 生들
측은히 내려보는 그 노래를
마당가의 풀들과 나와는 지금
가슴 속에 쌓고 있는가

밧줄 당겼다 놓았다 하는
영혼
혹은,
갈증

배를 풀어
쏟아지는 푸른 눈발 속을 떠갈 날이
곧 오리라

오, 사랑해야 하리

이 세상의 모든 뒷모습들

뒷모습들

—장석남, 「마당에 배를 매다」 전문

장석남의 네 번째 시집 『왼쪽 가슴 아래께에 온 통증』(창작과비평사, 2001. 2)을 읽으며, 시란 무엇인가를 다시 생각해보았다. 시와 시 아닌 것은 어떻게 다르며, 어디서 어디까지가 시이고 어디서부터가 시가 아닌지, 시적인 것은 무엇이며, 시적인 명상과 어법은 어떠한 의미와 가치를 지닌 것인지를 그의 시집은 계속 떠올리게 했다. 한편의 태작도 허용하지 않고 단아한 어조로 서정의 절도를 유지하는 그의 작시법은, 일상의 어법이 어떻게 시적인 것으로 변환되며, 시적인 것의 빛살 속에 시인의 상상이 어떠한 곡절을 보이는가를 섬세하게 드러낸다. 지극히 평범한 정황 속에 우리가 놓치기 쉬운 생의 비밀스런 단층을 병치하는 그의 시법은 혹시 명정(酩酊) 상태에서 그의 시가 착상되고 제작된 것이 아닌가 하는 생각까지 들게 한다. 그의 시는 시적인 것의 한 극점에서 일상적 의미가 희석되는 몽롱함의 여울을 보여주면서, 그 여울 속으로 일상적 어법에 길들여진 우리의 둔감한 의식을 끌어들여 생의 기미와 그늘을, 살아 있는 것들의 은밀한 떨림을 감지하게 한다. 그래서 그의 시는 쉬운 듯하면서도 어렵고, 최하림 시인의 표현을 빌리면 아름다우면서도 헛되다.

내가 읽기에, 시집에 실린 시편 중 가장 난해한 작품이 「마당에 배를 매다」다. 이 작품은 아름답기는 한데 그 의미를 잘라 말하기 어렵고, 난해하기는 하지만 의미의 윤곽은 머리에 어느 정도 그려진다. 머리에 떠오르는 의미의 윤곽을 명석하게 언술할 수 없으니 이 얼마나 안타까운가? 바로 이것이 그의 시가 보유하고 있는 대단한 견인력이다. 무언가 윤곽은 잡히는데 그 안의 내용이 분명하지 않으니, 덮었던 책장을 열어 읽고 또 읽을 수밖에 없다. 계속 생각하고 상상하게 만드는 것. 이것이 장석남 시의 위력이다. 따라서 그의 시는 상상력 신장교육의 중요한 자료로 활용될 수 있고 또 그렇게 되어야 한다.

마당에 배를 매다니, 그런 일은 있을 수 없다. 더군다나 녹음 가득한 배라니, 이것도 말이 안 된다. 그러면 이 배는 무엇인가? 이 시 앞에는 「배를 밀며」도 있고 「배를 매며」도 있다. 이 세 작품을 분석한 최하림 시인은 "배를 밀고 매는 행위가 사랑의 행위이자 시작 행위"에 해당한다고 보았다. 그러나 그도 "어렴풋이 알 수가 있게 된다"고 하며 명확한 판단은 유보하였다. 그럴 수밖에 없는 것이, 꿈이나 명정 상태 속에 몽롱하게 떠오른 연상들을 어떻게 명확하게 진술할 수 있겠는가? 한 가지 내가 첨언하고 싶은 것은, 장석남 시에 나오는 사랑이 남녀간의 연애를 뜻하는 것이 아니라는 사실이다. 그것은 언어와의 연애, 사물과의 연애, 사람과의 연애, 세상과의 연애를 모두 포함한다. 따라서 사랑은 시인이 세상을 살아가는 동력이고 시를 쓰는 원천이다. 사랑은 갈증이고 물이다. 늘 무언가를 찾아 헤매게 하다가, 적절한 대상을 만나면 물처럼 조용히 스며들어 그것과 하나가 된다. 그러니까 장석남 시인에게 사랑은 시 쓰는 일이자 살아가는 일이다. 평범한 세상을 살면서도 마주치는 모든 존재들을 사랑하기를 꿈꾼다. 사랑의 꿈꿈과 사랑의 실천이 한 매듭을 이루면 정박하여 배를 매어 둘 것이다.

시인은 마당에 녹음 가득한 배를 맨다고 했다. 사실 녹음이 무르익은 것은 마당일 텐데 배에 녹음이 가득하다고 했다. 마당의 녹음을 배로 전이시킨 이유는 무엇일까? 어부가 하루 일을 끝내고 배를 맨다면 배 위에는 잡은 물고기가 가득할 것이다. 그런데 시인은 녹음 가득한 배를 맨다고 했다. 녹음은 초여름의 짙푸른 수풀을 말한다. 그것은 싱그럽고 풍성하다. 그렇게 싱그럽고 풍성한 하루를 보냈다는 뜻인가, 풍성하고 넉넉한 수확을 얻었다는 뜻인가? 어떻든 이 표현은 절망이나 비애와는 반대편에 놓인 것이 확실하다. 상당히 긍정적이고 희망적인 상태에서 하루를 매듭짓는 것이다. 꿈꾸던 사랑이 어느 정도 이루어진 것인가, 말과 사물이 그의 품 안으로 물 스며들듯 찾아들어 온 것인가?

마당에 배를 매고 나가는 "징검다리/끝에/몇 포기 저녁별" 이 떠 있다. 징검다리는 개울이나 물이 괸 곳에 돌덩이를 놓고 그것을 디디고 건너는 다리를 말한다. 그러면 마당과 집채 사이에 개울이 흐른단 말인가? 징검다리라는 말을 쓴 걸 보면, 개울까지는 생각하지 않았어도 어떤 경계선을 염두에 둔 것 같다. 즉 마당과 마당 아닌 곳 사이에 징검다리로 건너야 할 경계지대가 가로놓여 있는 것이다. 녹음 가득한 배를 매어둔 마당이 사랑과 시의 순수공간을 의미한다면 마당 밖은 그것과는 이질적인 세계를 뜻할지 모른다. 따라서 마당 밖으로 나가는 데에는 징검다리라는 경계표지가 필요했으리라.

그 경계지대에 "몇 포기 저녁별/연필 깎는 소리처럼/떠서" 이 세상의 모든 생들을 측은히 내려다보고 있다. 포기는 뿌리가 달린 식물을 세는 단위다. 배추 한 포기라는 말은 써도 사과 한 포기, 사과나무 한 포기라는 말은 안 쓴다. 그러니까 포기라는 말에는 뿌리와 잎이 달린 온전한 몸체라는 의미가 담겨 있다. 이와 유사한 말로 떨기라는 단어도 있는데 이것은 좀더 더부룩한 꽃이나 풀의 무더기를 뜻한다. 따라서 '몇 포기 저녁별' 이란 그렇게 크지도 작지도 않은 모습으로 약간 무리를 지어 떠 있는 별의 형상을 나타낸 것이다. 그런 별의 모습을 '연필 깎는 소리' 에 비유한 것은 장석남만의 독특한 표현법이다. 저녁별의 가물거리는 반짝임을 연필 깎는 소리로 표현하자, 우리의 청각은 시간의 강물을 거슬러 수십 년 전의 어린 시절로 돌아가 연필 깎는 소리를 듣는다. 얼마나 오랜만에 들어보는 소리인가, 그 여리게 사각대는 소리를! 지금은 샤프펜슬에 밀리고 전동 연필깎기에 치어 칼로 연필을 깎아 쓰는 일은 원시시대의 유적처럼 사라졌다. 그러나 어린 시절 공부를 하다가 심심하면 그냥 연필 깎는 모양과 그 소리가 좋아 사각사각 소리를 내며 연필을 깎곤 했었다. 그런데 몇 포기 저녁별이 연필 깎는 소리처럼 떠서 지상을 내려보고 있다니!

희미하게 가물거리며 사라질듯 반짝이는 저녁별은 이 세상에 '온' 모든 생들을 '측은히' 내려보고 있다. 이 세상의 모든 생들이라고 해도 될 것을 왜 구태여 이 세상에 '온' 모든 생들이라고 썼을까? 여기에는 장석남 시인의 생에 대한 비관적 해석과 그에 연한 비애감이 깃들여 있다. 이 세상의 모든 생들은 이 세상에 와서 잠시 머물다 언젠가는 떠나갈 존재들이다. 그러니까 장석남에게 세상의 생들은 곧 죽음을 껴안고 있다. 잠시 머물다 사라질 존재들, 어디선가 와서 어딘가로 갈 존재들. 그 생각만으로도 나를 포함한 모든 생들은 애처롭고 측은하게 여겨진다. 그러니 하늘의 저녁별은 지상의 모든 생들을 측은히 굽어보고, 그 측은한 노래를 마당가의 풀들과 내가 가슴 안에 쌓아둘 따름인 것이다.

그러면 앞에서 녹음 가득한 배를 맨 것이 긍정과 희망의 의미에 가깝다고 했는데, 그 다음에 이어진 구절에 비애의 음영이 펼쳐진 것을 보면 앞의 해석이 잘못된 것이 아니냐고 생각할지 모른다. 물론 내가 잘못 읽었을 수도 있다. 그러나 앞에서 분명히 나는 마당과 마당 밖이 징검다리를 경계로 구분되어 있고 그 두 공간이 이질적이라는 점을 지적했다. 그것에 바탕을 두고 이 부분을 산문적으로 풀이하면 이렇다. 사랑과 시의 한 매듭을 짓고 현실의 세계로 발길을 돌리니 지상의 생들은 여전히 쓸쓸한 소멸의 여정을 밟고 있고 나 역시 그러한 지상적 한계에 갇혀 있다.

이러한 나의 시 읽기가 합리성의 궤도에서 크게 벗어나지 않았다는 것을 그 다음 4연이 뒷받침해준다. "밧줄 당겼다 놓았다 하는/영혼/혹은,/갈증" 밧줄은 배를 매는 것과 관련된다. 밧줄을 당겨 배를 육지에 맬 것이고 밧줄을 풀고 배를 밀어 물로 나갈 것이다. 지금 화자가 밧줄을 당겼다 놓았다 하는 것으로 보아 그는 동요상태에 있다. 이 적요한 지상적 현실에 머물 것인가 새로운 별빛에 의지하여 또 하나의 항해를 떠날 것인가 동요하고 있다. 혹은 지상의 모든 생들을 사랑하기 위해 마음의 밧줄을 당겼다 놓았다 한다고 해석할 수도 있다. 그렇게 되면 밧줄 당기는 것은 대상을 자기 쪽으로 끌어들이는 것이고 밧줄을 놓는 것은 대상과 자기와의 연계성을 느슨하게 하는 것이다. 어떻든 이러한 동요가 생긴 것은 지상적 존재의 측은함에 대한 인식, 지상적 한계에 대한 민감한 자의식 때문이다. 이미 한 어업을 종료하여 휴식이 필요한 시점에 다시 배를 풀고 또 하나의 항해를 떠나고 싶은 욕구가 밀려든다. 그것은 영혼의 목마름을 지닌 자의 당연한 현상이다. 지상의 존재 중 생각하는 동물인 인간은 채워지지 않는 목마름을 본능적으로 소유한다. 갈증과 방황이 인간 영혼의 중요한 속성이다. 시인은 그것을 더욱 첨예하게 인식할 뿐이다.

이러한 마음의 동요 끝에 "배를 풀어/쏟아지는 푸른 눈발 속을 떠갈 날이/곧 오리라"고 다짐한다. '쏟아지는 푸른 눈발' 이라니? 눈발에 푸른 것이 있나? 눈이 너무 많이 내리면 푸르게 보이나? 바다에 내리는 눈발은 푸른가? '쏟아지는 푸른 눈발' 이라는 말에는 이중적 의미의 부딪침이 있다. '푸른' 의 희망에 찬 긍정과 '쏟아지는 눈발' 의 시련을 암시하는 부정이 충돌한다. 이 표현은 "몇 포기 저녁별/연필 깎는 소리처럼/떠서"라는 구절 못지않게 시적이다. 여기에는 갈증을 채우기 위해 떠나는 항해이기에 시련도 푸른빛일 수 있다는 의미가 개입되어 있으면서 또 한편으로는 실제로 쏟아지는 눈발 속을 떠가면 그것이 푸르게 비칠 수 있으리라는 상상의 여백을 만들어준다. 평범한 시인이라면 '쏟아지는 푸른 햇살 속을' 이라든가 '하얗게 쏟아지는 눈발 속을' 이라고 썼을 것이다. 장석남이기에 '햇살' 대신에 '눈발' 을, '하얗게' 대신에 '푸른' 을 선택하였다. 그는 비범한 시인이다. 생각해보라. 연필 깎는 소리처럼 떠 있는 저녁별의 측은한 노래를 뒤로 하고 쏟아지는 눈발 속에 밧줄을 푸는 그를. 배를 밀어 물에 띄운 다음 가볍게 몸을 날려 배 위에 서서 푸른 눈발 너머 아득히 보이는 수평으로 나아가는 그를. 오, 우리 모두 그러해야 하리. 저녁별의 쓸쓸한 잔광에서 벗어나 쏟아지는 푸른 눈발 속으로 떠나야 하리. 벼락과 해일만이 길일지라도, 벼락과 해일만이 길일지라도(서정주, 「꽃밭의 독백」).

그런데 이 비범한 시인이 왜 마지막 연에서 이 세상의 모든 뒷모습들을 사랑해야 한다는 교훈적이고 단정적인 진술로 이 시를 끝맺었는지 참으로 알 수가 없다. 나는 너무 속이 상해서 책장을 덮고 한동안 천장을 쳐다보다가 몇 번을 다시 읽었다. 그리고는 결국 그를 이해하는 방향으로 내 생각을 정리하였다. 그로서는 매우 절실한 무엇인가가 있었기에 이렇게 마무리를 지었을 것이다. 나는 눈을 감고 존재의 뒷모습에 대해 명상하였다. 뒷모습을 보이는 존재는 대개 어딘가로 떠나가는 존재들이다. "어느 隕石 밑으로 홀로 걸어가는/슬픈 사람의 뒷모양"은 윤동주의 「참회록」에 나오는 구절인데, 그것은 등을 돌리고 어딘가로 걸어가는 자신의 쓸쓸한 모습을 나타낸 것이다. 그것과 관련지어 장석남의 시를 읽으면 '뒷모습'은 존재의 쓸쓸함과 길 떠남을 동시에 의미하는 것으로 해석된다. 도식적인 산문으로 바꾸어 말하면, 이 세상에 왔다가 쓸쓸한 뒷모습을 보이며 자신의 길을 떠나는 모든 존재들을 사랑해야 한다는 뜻이다. 배를 맨 사람은 언젠가는 배를 풀고 길을 떠나게 되고 비록 떠나는 뒷모습이 쓸쓸하더라도 우리는 그를 축복하고 사랑해야 한다는 뜻을 담아낸 것이 아닐까.

그러나 이러한 해석은 도식적이라는 느낌이 든다. 혹시 뒷모습은 본모습을 드러내지 않고 미지의 상태에 있는 존재자들을 암시한 것이 아닐까? 명확한 의미를 부여할 수 없는 미미한 존재들까지 사랑해야 한다는 뜻을 나타낸 것이 아닐까? 길 떠남의 의미보다는 존재의 은폐성, 소극성에 비중이 있을지 모른다. 그렇게 생각하니 1연의 녹음이란 말도, 푸름의 그늘이란 한자의 뜻으로 볼 때, 그늘에 비중이 놓인 것이 아닐까 하는 생각이 든다. 이렇게 되면 나는 시를 다시 읽어야 되고 이 글도 새로 써야 한다. 한번 이룩한 상상의 틀을 허물고 새로운 상상의 성을 쌓아 올려야 한다. 장석남의 시는 그러한 상상적 구축과 파괴, 상상적 재구축의 자유를 보장해준다. 이것이 그의 시가 지닌 묘미다. 그가 시는 연애와 파탄의 기록이라고 했는데, 비평도 그것과 크게 다르지 않다.

4. 존재의 갈비뼈와 이슬

엘로라 동굴 제10굴의 갈비뼈 같은 천장을 바라보며, 그 눈물겹도록 아름답고도 환상적인 그늘 밑에서, 엉뚱하게도, 인도의 거리거리에서 까마귀와 바람과 쥐와 햇볕과 수증기와 파리에게 제 살을 나눠주고 있는, 차에 치인 개들의, 라자스탄 여인들의 장식품같이 서글프게 번쩍이는 갈빗대를 떠올렸다.

아부 산에서 우다이푸르까지 여섯 시간 동안 버스는 햇볕에 검게 익은 길바닥을 내리달렸고, 뜨뜻한 창자 같은 길은 허연 갈비뼈를 뽐내는 개 다섯 마리, 내장을 똥싸버린 염소 두 마리를 뭇 생명들의 식탁에 올려놓고 있었다. 이상하게도, 느릿느릿한 소는 교통사고로 죽는 일이 드문데, 민첩한 개와 염소는 무수히 차에 치인다. 그러나 소 또한 세월을 비롯한 수많은 차에 치여 결국에는 죽음의 갈비뼈를 드러내고야 만다. 진실로 이슬과 같은 생명들이다. 『금강경』에서도 모든 함[爲]이 있는 법(法)이란 이슬과 같다 했으니, 우리가 바라보는 이 모든 현상이 이슬일진저.

이슬과 같은 우리들은 이슬 같은 차를 타고 이슬처럼 아름다운 도시, 동방의 베니스라고 일컬어지는 우다이푸르에 도착했다. 이슬 같은 호수에, 천상의 꽃처럼 화려하게 피어 있는 이슬 같은 궁전, 궁전의 각 방은 찬란한 햇살을 잔뜩 머금은 이슬처럼 아름답게 꾸며져 있었으나, 그러기에 그것들은 훅 불면 비틀거렸고, 눈만 깜박거려도 저세상을 왔다갔다했다.

환장하게도, 이 모든 이슬 없으면, 이슬인 생명들 살아 있을 수도 없고 죽을 수도 없으니, 엄연한 이슬 같은 세상에서, 이슬 같은 배낭을 짊어진 이 한 생애, 이슬 같은 여행을 통해 과연 깨달을 수 있을까, 세상에서 가장 무서운 것은 이슬이라는, 이슬 같은, 이슬인 법을?

— 차창룡, 「이슬」 전문

나는 인도에 가보지 못하였다. 그러나 인도에 갔다 온 차창룡은 인도에 대한 시와 산문을 연이어 쓴다. 그의 시에 나오는 엘로라 동굴은 유네스코 세계문화유산으로 등록되어 있는 유명한 유적지다. 그는 불교 유적이 담겨 있는 제10동굴 천장에서 시간의 그늘 속에 빗장을 친 갈비뼈를 보았다. 그리고는 그 동굴 천장 갈비뼈의 이미지를 인도 길거리에 죽어 넘어진 개와 염소의 갈비뼈의 이미지로 연결시켰다. 생각해보니 나는 인도도 보지 못하였을 뿐만 아니라 죽은 시체의 배를 뚫고 솟아오른 허연 갈비뼈도 보지 못하였다. 내가 본 갈비라는 것은 고작 태릉숯불갈비 집에서 살을 발라 먹고 남긴 토막난 갈비 조각뿐이다. 만일 부친의 희망대로 내가 의대를 가서 해부학 교실에 들어갔으면 원형의 형질을 잘 보존하고 있는 싱싱한 갈비뼈를 보았을 텐데, 나는 아직 창자와 연한 살을 지상에 보시하고 앙상하게 모습을 드러낸 실물로서의 죽음의 갈비뼈를 보지 못하였다.

그러나 차창룡은 인도의 여로에서 검게 익은 길 위에 서글프게 반짝이는 갈빗대를 여러 무더기나 보았다. 물론 죽음의 갈비뼈를 많이 보았다고 해서 도통하는 것은 아니다. 갈비뼈와 그 위에 들끓는 파리, 거기서 솟아오르는 부패의 증기와 고약한 악취에 질겁하고 눈을 돌릴 사람이 어디 한둘이겠는가? 그런데 차창룡은 그 비정한 주검의 장면을 "까마귀와 바람과 쥐와 햇볕과 수증기와 파리에게 제 살을 나눠주고 있는", 자신의 육신을 "뭇 생명들의 식탁에 올려놓고" 있는 자비의 육보시로 보았으니 그가 한 소식 깨달을 근기를 지녔음을 부정하기 어렵다. 모든 중생에게 다 불성이 있다고 불전에 쓰여 있지 않던가.

어제까지도 살아 움직였던 생명체가 오늘 "내장을 똥싸버린" 시체가 되다니 지상에 존재하는 모든 것은 이슬처럼 덧없이 사라지는 것이다. 여기서 갈비뼈의 이미지는 이슬의 이미지로 바뀐다. 이슬의 이미지로 전환하는 것은 금강경의 글귀 탓도 있지만 이슬같이 아름다운 동방의 베니스 우다이푸르 때문이다. "이슬 같은 호수에, 천상의 꽃처럼 화려하게 피어 있는 이슬 같은 궁전"의 모습이 이슬의 이미지를 불러 왔다. 우다이푸르에 가 보지 못한 나는 인터넷을 항해하여 우다이푸르의 경관을 비교적 잘 드러내고 있는 다음 두 사진을 찾아냈다.

정말 햇살을 머금은 이슬처럼 아름다운 이 경관은 이슬처럼 덧없이 사라질 환영으로 보이기도 한다. 지금은 찬란하게 아름답지만 시간이 지나면 어느 순간 이 아름다운 공간도 허연 갈비뼈를 내밀고 자신의 살을 바람과 비에 나눠주지 않겠는가. 지상에 영원한 것이 어디에 있겠는가? 그러나 또 달리 생각하면 언젠가는 이슬처럼 사라질 존재이지만 사라질 그날까지는 이슬처럼 영롱한 모습을 유지하는 것이 세상의 이치가 아니던가! 지금은 죽음의 갈비뼈를 드러낸 저 개나 염소도 얼마 전까지만 해도 이슬 같은 코를 벌름이며 뛰어다니고 향기로운 풀을 뜯어먹느라 이슬 같은 눈을 빛내지 않았던가. 실로 모든 존재는 이슬처럼 살다가 이슬처럼 스러지는 것이다.

차창룡은 왜 인도에 갔는가? 이슬을 보기 위해서다. 달마는 왜 동쪽으로 왔는가? 만법(萬法)이 이슬임을 깨우치기 위해서다. 만법이 이슬이라는 말도 이슬임을 깨우치기 위해서다. 그리고 이슬이 곧 만법임을 깨우치기 위해서다. 그러므로 인도의 산과 사막을 헤맨 차창룡이나 서울의 매연 층을 오르내린 나나 이슬이라는 점에서 같고 이슬을 본 점에서 같다. 여기서 나는 묻는다. 『금강경』의 일체유위법(一切有爲法)의 뜻은 무엇인가? 여기서 '법' 은 진리가 아니라 '존재' 의 뜻이다. 그러면 함이 있는 법이란 무엇인가? '의도를 가지고 움직이는 존재' 라는 뜻이다. 인도에 무엇이 있겠거니 하고 인도를 여행한 차창룡이나 이 시에 무엇이 있겠거니 하고 의미를 따져 글을 쓴 내가 보여준 정신작용과 행동이 곧 유위법이요, 그것이 모두 다 꿈이요 허깨비요 이슬이요 번개라는 것이다.

이렇듯 이 시를 통해 나는 존재의 본질을 다시 생각하게 되었고 차창룡은 내 글을 통해 자신의 생각을 다시 되짚어보게 되었다. 한편의 유위법이 이러한 변증법적 작용을 일으키게 했으니 이 시가 좋은 시라는 것을 어떻게 부정할 수 있겠는가? 더 나아가 그 모든 것이 이슬임을 깨닫게 했으니 이 시가 좋은 시라는 것을 누가 부정할 수 있겠는가?

III

적멸과 개결 혹은 은유의 구도_오세영 시집 | 찬란하여라, 시간의 금비늘들_오탁번 시집 | 도시의 어둠에 깃드는 부활의 꿈_이재무 시집 | 그리움의 힘으로 세상을 보다_전동균 시집 | 황홀한 개안 혹은 망둥이의 몸짓_한명희 시집 | 슬픔의 물결이 번져간 시_김광규 · 김상미 시집 | 추억의 그늘에서 피어나는 시_장철문 · 김수복 시집

적멸과 개결, 혹은 은유의 구도

—오세영 시집

1. 이미지의 뿌리

오세영의 시작업은 이미지의 조형으로부터 출발하여 존재의 탐구를 거쳐 동양적 정신세계의 추구, 문명과 현실비판, 자연과의 합일, 적멸을 향한 묵언적 정진 등 다양한 양상으로 전개되어왔다. 그 다양한 보폭 속에 뚜렷한 흐름을 이루는 것은 시의 전통적 형식미를 유지하며 서정적 원본성을 놓치지 않으려는 절도와 규제의 방법론이다. 그는 형식의 파격이라든가 해체적 기법의 도입, 무의식의 몽상적 분출, 자멸적인 고뇌의 몸부림 등, 서정시의 규범에서 이탈의 몸짓을 보이는 일체의 경향에 눈길 한번 돌린 적이 없다. 어떻게 보면 우직스러울 정도로 시문학 원론의 정도를 걸어온 셈인데, 이 정립(正立)의 행보(行步)는 그의 성품과 의식을 그대로 반영한다.

몇 번 경험한 바에 의하면, 그는 술에 만취한 상태에서도 몸을 비틀거리는 일이 없으며 끝까지 언어의 논리를 밀고 나가려고 한다. 강의실에서 전수될 문학론을 맥주집 소파에서 그대로 들려주는가 하면, 작금의 문단현상에 대해 말문이 트이면 문학용어의 개념에서부터 시작하여 그 용어의 쓰임새에 이르기까지 전거까지 들어가며 시정에 오가는 문학담론의 오류를 짚어나간다. 사정이 이러하므로, 우리는 홍청스러운 술판이 엄숙한 문학 강의실로 바뀌는 일이 없도록 가능한 한 문학 이야기는 피하고 시정잡사를 주로 늘어놓지만, 어느새 그의 예민한 청각은 우리들의 어눌한 대화의 공지(空地)를 관통하여 문학론의 씨앗을 잡아내서, 작금 문단의 병폐가 어디에서 연유하였는지를 술이부작(述而不作)의 태도로 논변해가고 이 시대적 상황 속에서 우리가 어떻게 문학에 임해야 할 것인가에 대해 설파하는 것이다. 나는 이러한 경험을 통하여 그의 시가 시류의 변화에 등을 돌린 채 자신이 추구하는 한 가지 노선을 향해 매진하는 데에는 그럴 만한 이유가 있다고 스스로 판단하게 되었다.

이러한 현상과 관련지어 그의 시를 관통하는 중요한 특징 하나를 지적한다면 그것은 '지성과 논리'가 될 것이다. 그의 시는 초기부터 지금까지 지성적 태도를 취해왔다. 인간이란 무엇이며 사물이란 무엇이고 존재란 무엇인가를 지성적으로 탐구해왔고, 자신의 머리에 떠오른 아이디어를 역시 이지적이고 논리적인 방식으로 펼쳐내려고 했다. 초기의 「그릇」 연작은 물론이고 「구룡사 시편」 연작, 「아메리카 시편」 연작, 「백담사 시편」 연작에 이르기까지 그의 지성적 탐구의 자세는 변함없이 유지된다. 연애시를 쓸 때도 논리적으로 생각을 전개하고, 이별의 아픔을 노래할 때도 비유의 축을 설정해놓고 자신의 상심을 털어놓는다. 이 시집에는 들어 있지 않지만, 최근에 발표한 「情事」라는 에로틱한 시에서는 남녀의 농밀한 정사장면을 표현하면서도 행위의 각 장면을 음악에 비유하는 논리적이고 지성적인 접근방법을 취하고 있다. 요컨대 자신의 감정을 막무가내로 펼쳐내는 단선적이고 직정적인 표출방식에 대해 그는 언제나 일정한 거리를 유지해온 것이다. 시집 『적멸의 불빛』(문학사상사, 2001. 12)에 수록된 작품들은 인생과 자연에 대한 사색을 담아내고 있는데, 그 사색의 대부분이 한 순간 우연히 떠오른 것이 아니라 오랫동안의 묵상에 의해 결정(結晶)된 구조물이기 때문에 역시 거기에도 지성과 논리의 측면이 상당 부분 개재해 있음을 보게 된다.

그런데 시문학 원론 제1장은 지성과 논리가 생경한 육체 그대로 노출되어서는 안된다고 말한다. 엘리엇은 시에서 사상은 장미의 향기처럼 전해져야 한다고 말했고, 발레리는 사상이 과일의 영양소처럼 녹아 있어야 한다고 말했다. 오세영은 출발기부터 이미지 조형에 관심을 보인 시인이기 때문에 이 점에 있어서는 이미 고수의 자리에 이르렀다. 그는 사상이 배제된 이미지만으로도 한 편의 멋진 시를 구성해낸다.

> 바람 불자
> 萬山紅葉, 輓章으로 펄럭인다.
>
> 까만 喪服의
> 한무리 까마귀 떼가 와서 울고
>
> 두더지, 다람쥐 땅을 파는데
>
> 후두둑
> 관에 못질하는 가을비 소리
>
> —「가을비 소리」 전문

우리나라의 장례를 보면, 상여가 떠날 때 상제들은 전부 베옷이나 소복을 입고 한결같이 침울한 표정을 짓지만, 관을 덮은 휘장이라든가 상여에 펄럭이는 만장은 화려한 색상과 외양을 드러낸다. 집안이 번성한 사람일수록 그 화려함은 더한데, 그래서 송강 정철의 「장진주사」(將進酒辭)를 보면 화려한 상례를 표현한 말로 "유소보장(流蘇寶帳)에 만인이 울어 예나"라는 구절이 나온다. '유소보장' 이란 화려한 술이 달린 비단 휘장을 말한다. 그러니까 사람은 죽어 땅에 묻히지만 그 사람을 감싸고 장식하는 물건은 상당히 사치스럽게 썼음을 알 수 있다. 그래서 상여의 만장도 울긋불긋하고 강렬한 색깔을 띠는 것이다.

만장이 화려한 색상을 띤다는 것은 알고 있어도 가을 산을 뒤덮은 단풍을 만장으로 비유한 사람은 아직 없다. 오세영 시인은 만산홍엽을 만장에 비유하였는데, 이 비유가 논리에 맞는 것은 나뭇잎으로서는 바로 그 만산홍엽이 적막한 죽음의 세계로 떠나는 장례절차와 같기 때문이다. 죽음의 세계로 떠나는 상여에 화려한 만장이 나부끼듯 겨울로 접어드는 가을 산에 화려한 채색의 단풍이 나부끼는 것이다. 이처럼 상여와 만장의 이미지가 제시되자 자연히 상복을 입은 상제들이 등장한다. 그것이 바로 한무리의 까마귀 떼다. 상여가 산에 도착하기 전에 인부들이 땅을 파놓아야 하는데 그 일은 두더지와 다람쥐가 맡았다. 시신을 안치한 다음 관에 마지막 못질을 하는 것은 스산한 가을비가 맡았다. 후두둑 떨어지는 가을비 소리를 관에 못질하는 소리로 전이한 수법은 시 전체를 압축적으로 마무리하는 신선한 결구다.

이 짧은 시는 가을에 관련된 몇 개의 이미지만으로 구성되었다. 만산홍엽은 만장의 이미지로, 까마귀 떼는 상복 입은 사람들로, 두더지와 다람쥐는 땅을 파는 인부로, 가을비 소리는 관에 못질하는 소리로 전이됨으로써 가을의 쓸쓸한 아름다움과 비극적 종말감을 종합적으로 전달하였다. 우리는 여기에서 오세영의 시가 논리의 축을 바탕으로 하면서도 그것을 이미지의 윤곽으로 감싸 안는다는 사실을 다시 한번 확인하게 된다.

시 한 줄을 찾아
온 밤을 까칠하게 지샌 날,
새벽녘 되어
코피가 터진다.

오, 어지러워라.

빈 원고지 칸을 방울 방울 메꾸는 그 선연한 핏자국

창밖

밤새 내린 하얀 눈밭에선

뚝뚝

붉은 동백 몇송이가

지고……

—「시 한 줄」 전문

이 시는 시를 쓰는 어려움을 나타내면서 추구와 번민의 흔적인 새벽의 선연한 핏방울을 눈밭에 떨어지는 붉은 동백으로 대비시킨 작품이다. 시 한 줄을 완성하기 위해 고뇌와 편력의 밤을 지새우는 것은 시인이면 누구나 경험했을 것이다. 그러다가 새벽에 코피가 터진 일도 더러 있었을 것이다. 그런데 그 선연한 핏방울을 눈밭에 떨어진 붉은 동백으로 비유한 것은 오로지 오세영 시인의 몫이다. 이 시가 시로 살아나게 된 것은 바로 이 동백의 비유와 그것이 환기하는 선명한 이미지 때문이다. 그러니까 이 시는 창작의 고뇌 자체를 표현한 주제의식보다는 고뇌의 흔적인 핏자국을 동백꽃잎에 비유한 이미지의 작용 때문에 시로 승화된 것이다.

새벽의 핏방울과 동백꽃잎의 이미지가 시를 지탱하는 중심축으로 기능한다는 사실에서 우리는 다시 오세영 시의 지성적 단면을 지각하게 된다. 이 시의 1연과 2연은 이미지의 세부에 있어서도 정확히 대응된다. 밤새 시 한 줄을 찾아 헤매다 메우지 못한 흰 원고지와 밤새 내린 하얀 눈밭이 대응되며, 흰 원고지에 떨어지는 붉은 핏방울과 하얀 눈밭에 떨어진 동백 꽃잎이 대응되고, 핏방울의 고뇌의 선연함과 동백꽃의 생명의식의 선명함이 대응된다. 이렇게 철저한 대응관계는 논리적인 분석력에 의해 수립되는 것이다. 요컨대 오세영 시인은 어떤 하나의 대상을 대신 나타낼 수 있는 개념의 축을 설정해놓고 그러한 기본축의 영역 내에서 이미지의 변주를 꾀한다.

2. 은유의 구조

레이코프(G. Lakoff)와 터너(M. Turner)가 공저한 *More than Cool Reason : A Field Guide to Poetic Metaphor*(Univ. of Chicago Press, 1989)라는 책에서는 은유가 시의 수사적 방법이 아니라 우리의 삶과 사유를 제어하는 일상적이고 관습적인 인지작용이라고 전제하고, 은유의 유형을 나누었는데, 그 중 가장 일반적인 것으로 기본 개념 은유(basic conceptual metaphor)를 설정했다. 기본 개념 은유란, 예를 들어 김동명의 시 「파초」처럼 '파초는 여인이다' 라는 기본 개념이 토대가 되는 은유를 말한다. 오세영의 시도 앞에서 본 것처럼 'A는 B다' 라는 기본 개념을 토대로 이미지가 구성되는 경우가 많다. 앞의 「가을비 소리」는 '가을산은 장례 장면이다' 라는 기본 개념 은유가 토대가 되고, 「시 한 줄」에는 '핏방울은 동백이다' 라는 기본 개념 은유가 담겨 있다. 다음의 시는 오세영의 작품 중 기본 개념 은유가 가장 전형적으로 사용된 예이다.

도서관은 골 깊은 산이다.
등산하듯 층계를 올라
어두운 書架를 뒤진다.
이 골짜기는 역사 서가, 저 산봉우리는 철학 서가,
저 능선은 과학 서가
古書는 이끼낀 바위로 앉아 있고

史書는 칡넝쿨로 얽혀 있다.

이곳 저곳 걸으며

話頭 하나 참구한다.

나는 누구일까

청노루, 백사슴 다 아는 산 길에서

길을 잃고 망연히 헤매는데

앞에는 문득

깎아지른 듯 가로 막고 서 있는 절벽.

그 까마득한 벼랑에 핀

꽃

한 그루.

—「나는 누구?」 전문

이 시는 아예 기본 개념 은유를 첫행에 제시해놓고 시상을 전개해갔다. '도서관은 산이다' 라는 기본 개념이 설정되어 있기 때문에 각각의 서가는 자연스럽게 골짜기와 산봉우리와 능선으로 비유되고, 고서와 사서는 그것에 어울리는 산의 형상으로 비유된다. 이렇게 서가를 뒤지며 무언가를 탐구하는 것은 궁극적으로 내가 누구인가라는 존재론적 해답, 즉 생의 근본문제에 대한 해답을 얻기 위함이다. 우리가 찾아내려 하는 궁극의 진리는 "까마득한 벼랑에 핀/꽃/한 그루" 로 제시된다.

우리는 이 시에서 시인이 밤을 지새워 새벽에 이르기까지 고심하며 얻어낸 착상의 새로움을 발견한다. 읽고 나서 생각하면 도서관을 깊은 산으로 비유한 것이 무엇이 새롭겠느냐고 생각될지 모르지만, 도서관에서 온갖 전적을 섭렵하며 나를 찾는 과정을 끊임없는 산행으로 비유한 것은 오세영 시인의 독창적 발견이다. 더군다나 각 서가의 특성에 맞는 산의 형상을 설정한 것은 매우 고심한 시작의 결실이다. 콜럼버스의 달걀 이야기처럼 남이 먼저 만들어놓고 보면 대단치 않아 보이지만, 처음에 새롭게 만들어내는 데에는 보통 이상의 고심이 필요하다.

다음의 시도 기본 개념 은유가 도입되었는데, 기본 개념이 단순하지 않고 복합적이며, 좀더 깊고 새로운 상상력의 작용이 개입되어 있다.

봄 되어
위로 위로 일어서는 물을 보았다.
마른 흙을 헤치고
하늘로 하늘로 솟아 오르는
새 순

새벽 잠자리에서
참을 듯 참을 듯
벌떡 일어서는 사내의 새파아란
힘 줄 같이
위로 위로 뻗쳐, 아
터뜨리는 꽃 물.

—「힘」 부분

이 시에 작용한 기본 개념 은유는 '봄 순은 남자의 새벽 발기다' 라는 명제다. 봄이 되면 모든 식물에 물이 올라 마른 흙을 뚫고 새순이 솟아나고, 말랐던 가지에 새 잎이 돋아난다. 이것은 위로 일어서는 물이다. 모든 물은 아래로 흐른다는 우리의 기본 상식을 깨뜨리는 봄철의 신비로운 자연현상이다. 그런데 오세영 시인은 이 자연현상을 보면서 건강하게 일어서는 남자의 새벽 발기를 연상하였다. 계절로서의 봄은 하루의 시간으로 보면 새벽에 해당한다. 봄에 새순이 일어서듯이 새벽에 남자의 힘줄이 일어선다. 이것은 지극히 자연스러운 현상이다. '새파아란 힘 줄' 은 건강한 남자의 분기탱천한 음경에 돌출된 굴곡을 나타내는 동시에 마른 흙을 헤치고 솟아난 새순의 새파란 빛깔을 암시한다. 그리고 '터뜨리는 꽃 물' 은 발기의 끝판에 억제하지 못하고 터져나오는 정액의 분사처럼 생명의 물줄기가 위로 솟구쳐 새 순 끝에 꽃이 피어나는 장면을 표현한 것이다. 우리는 이 시에서 스며드는 물만이 아니라 일어서는 물이 있다는 사실을 새롭게 인식하고, 새봄에 식물의 순이 솟아나고 꽃이 피어나는 것이 남자의 새벽 발기에 해당한다는 새로운 깨달음도 얻는다.

이러한 기본 개념 은유는 그의 시에 아주 많이 사용된다. 그가 추구하는 주제와 관련해서 두 개의 예만 더 들면, 「겨울의 끝」이라는 시에는 '인생은 땅에 묻힌 김치독이다' 라는 기본 개념 비유가 나온다. 순한 토종배추를 재료로 해서 여러 가지 양념으로 맛을 내고 땅 속에 묻어 적당히 묵혀야 김치는 제 맛을 낸다. 언젠가 "그 분이 독을 여는 그 때를 위해" 우리는 땅에 묻힌 김치처럼 자기에게 맞는 맛으로 잘 익어 있어야 한다는 주제를 드러내고 있다. 또 「바람에 흔들리면」이라는 시에는 '육신은 사랑으로 못질해 만든 목조 가옥' 이라는 기본 개념 은유가 나온다. 처음에는 어머니의 사랑으로 못질해서 쓸 만한 가옥이 만들어졌지만, 살아갈수록 미움과 탐욕에 휩싸여 사랑의 못은 삭아버리고, 낡고 삐걱대는 집만 남게 되었다고 탄식한다. 이처럼 오세영 시인은 기본 개념 은유를 설정하고 그것을 축으로 인생과 사회에 대한 명상을 펼쳐간다.

3. 정신적 적멸의 추구

그러면 오세영 시인이 이러한 시적 방법으로 추구하는 궁극적인 목표는 무엇인가? 앞의 「나는 누구?」라는 시에도 비쳤지만, 그는 인간이나 자연의 본질에 대해 깊은 관심을 보인다. 그러니까 평범한 일상적 국면보다는 그 너머에 있는 본질적이고 궁극적인 세계에 관심을 보이고 그러한 시적 지평을 지향한다. 이것은 시집의 첫머리에 놓인 「영원」이라는 시에서도 확인된다. 그는 '무한'의 세계를 염두에 두고 살갗에 이는 밀물과 썰물의 생물적인 호흡 속에서도 먼 수평선을 향해 내면의 소리를 띄워보내려고 한다. 순간적이고 표피적인 세계 저편에 무한과 영원의 세계가 있으라는 믿음을 그는 지니고 있다. 그러면서도 또 한편으로는 그 영원의 세계가 어떤 신비한 이향(異鄕)에 존재하는 것이 아니라 숨 들이쉬고 내쉬는 이 찰나의 시간에 존재한다는 생각도 함께 한다. 비움이 곧 채움이며 평상심이 곧 진리라는 선가(禪家)의 가르침에 그는 기울어져 있다.

오세영의 시에서는 비우고 버리는 것에 대한 관심이 많이 나타난다. 그는 「강물」에서 "무심한 강물이 영원에 이른다/텅 빈 마음이 충만에 이른다"고 단적으로 말한다. 이런 발언을 하게 된 것은 강물과 폭포의 움직임을 관찰한 결과다. 강물이 절벽에 막히면 뒤로 돌아서 가고, 폭포도 계곡에 떨어지고 나서는 소(沼)에서 잠시 쉬어간다. 그처럼 뒤로 돌아가기도 하고 잠시 쉬어가기도 하는 무심한 움직임이 영원하고 충만한 바다로 강물을 이끌어가는 것이다.

「사랑의 고통」에서는 가습기의 물을 관찰함으로써 고통에서 벗어나는 길을 명상해본다. 가습기의 물이 아침이면 모두 기화되어 사라지듯이 사람의 마음도 "스스로 가벼워져 氣化되지 않고선" 자신이 바라는 상태에 도달할 수 없다. 따라서 사랑의 열병에 휩싸여 심장을 달구는 불꽃은 지옥의 고통일 뿐 사람을 살리는 천상의 기쁨일 수 없다. 진정한 사랑의 기쁨을 얻으려면 심장의 열로 몸부림치지 말고 가볍게 기화하여 집착에서 벗어나야 한다.

이러한 명상은 느티나무 가지 끝에 달린 까치집을 관찰하는 데까지 이른다.

「하늘의 집」은, 빈 까치집을 소재로 하여, 견고하게 쌓아가는 일이 얼마나 허망한 것인가를 반성한 작품이다. 느티나무 가지 끝에 매달린 빈 까치집은 겨울의 거센 바람에 흔들리면서도 부서지는 법이 없다. 그러나 사람이 만든 지상의 집들은 견고한 철근과 벽돌로 쌓아올리지만 "견고함이 항상 스스로를 무너지게" 한다. 그러니 "바람에 흔들리면서도 의연히 자신을 지키는/느티나무 가지 끝의 빈 까치집" 이야말로 철옹성의 헛된 욕망에서 벗어난 진정한 하늘의 집, 영원의 집이다.

견고함에 집착하고 가시적인 물질에 집착하는 것은 오래가지 못한다. 세상에 이름을 알리는 것도 결국은 세상에 구속되어 자신의 자유를 잃어버리는 일이다. 그래서 오세영 시인은 이름을 "천형의 감옥" 이라고 생각한다. 「銅像」은 광화문 네거리에 있는 이순신 장군의 동상을 사유의 매개로 삼았다. 그 동상은 언제 보아도 그 자리에 확고하게 붙박여 움직이는 법이 없다. 독감이 유행하건, 온 세상이 초록으로 불타오르건, "자나 깨나 한 가지 변함없는 그 자세"로 일관할 뿐이다. 그것은 의지의 일관성이 아니라 육신의 결박이고 허명의 질곡이다. 시인은 광화문 네거리의 동상을 통하여 자신이 남긴(혹은 남길) 이름에 사로잡혀 자유를 잃어버린 인간 군상을 풍자하였다.

그러면 허명에 사로잡혀 있거나 헛된 욕망에 집착하는 사람들에게 정말로 필요한 것은 무엇인가? 그것은 돌아가고 머물고 비우고 버리는 대자연의 섭리다. 느티나무 가지 위 바람에 흔들리는 까치집의 모습이나 폭포로 떨어져 잠시 쉬어가는 강물의 모습을 통해 우리는 비우고 버리는 덕성을 배워야 한다. 다음과 같은 자연의 '소신공양' 에서 우리는 이기적 욕망을 버린 인인군자(仁人君子)의 덕성을 배운다.

어떤 것은 예리한 도끼로 쳤고
어떤 것은 잔인하게 톱으로 싹둑

베어버렸다.

외진 숲 속의 잘린 나무들,

아직도 나이테 선명하고 송진향 그윽한데

너는 일말의 敵意도 없이

가진 모든 것을

아낌 없이 세상에 베풀기만 하였구나.

살아서는 꽃과 열매를 주고

푸른 그늘 아래 쉬게 하더니

(중략)

燒身供養이 따로 없느니

네가 바로 부처인 것을

내 오늘 산에 오르며 문득

자연으로 가는 길을 배운다.

—「숲속에서」 부분

자연은 우리에게 무한정 베풀기만 하고 나무를 베어 가는 악한들에게도 적의는커녕 나무의 천진한 모습 그대로 선명한 나이테와 그윽한 송진향을 남겨준다. 그리고 잘려진 밑동에 푸른 이끼도 끼고 버섯도 돋아나고 어느 곳에서는 벌써 파란 가지가 머리를 내밀기도 하는 것이다. 숲은 이렇게 만물을 감싸안고 그 안에 스며드는 생명을 전부 살려준다. 살려주는 것이 숲의 생리다. 새건 벌이건 다람쥐건 풀잎이건 숲속의 모든 생명체는 숲에 몸을 기대고 먹이를 얻어 살아간다. 숲이야말로 자신을 불태워 진리에 바치는 소신공양의 생불(生佛)이다. 시인은 자연의 너그러운 공간 속에서 모든 것을 버리고 어떤 것에도 집착하지 않는 중도의 자세와 그 안에 모든 것을 살게 하는 상생의 정신을 본받으려 한다. 속세의 사람이 소신공양은 할 수 없겠지만, 버리고 비우는 자연의 길을 통하여 평안을 얻는 방법은 충분히 배울 수 있을 것이다.

4. 이순의 적막을 뛰어넘는 개결함

오세영 시인도 이제 이순(耳順)의 나이에 접어들었고 내년이면 환갑을 맞는다. 체력은 아직 사십대의 장년 못지않지만, 60의 나이에 경험하는 심리적 피로감은 어쩔 수 없는지, 노년의 정서가 시에 표출된다. 그의 시 「어디로 가는 것일까」에는 목욕을 하다가 물살 위에 떠 있는 때를 보고 부끄러움을 느끼는 시인의 모습이 나타난다. 그는 무구한 자연물처럼 청정하지 않아서 육체의 때를 안고 살아가는 자신의 삶을 반성한다. 자신의 모습을 "봄날 하오의/이 때 묻은 육신" 으로 인식하며 생의 비애를 느낀다. 「흐린 눈」에서는 거울에 비친 자신의 모습을 응시하다가 "거울을 접고 먼 하늘을 응시하는" 노년의 흐린 눈을 자신의 모습으로 떠올린다. 「충치」에서는 지금까지 여러 가지 단것을 탐식하다가 충치가 생겨 치통 때문에 턱을 감싸 쥐는 시인의 모습을 볼 수 있다. 대형 식당 같은 세상에서 입맛 닿는 대로 달콤한 것들을 섭취해왔지만 이순(耳順)에 이르자 이제는 빨아먹을 단물도 없고 충치의 고통만 남겨졌음을 자탄한다. 그러한 자기확인의 한 고비에 다음과 같은 추억의 그림자가 자리잡고 있다.

> 세숫물에 마른 갈잎 하나 파르르
> 떨어져 가을이다.
> 한 움큼 물을 뜨다 만채 물끄러미
> 들여다 보는 水面
> 흔들리는 파문 사이로
> 하얗게 머리 센 사내 하나가

하늘 끝자락을 붙들고 망연히
나를 치어다보고 있다.
어디서 보았을까. 깊고 짙은 속 눈썹,
그 젖은 눈에
하얗게 소복한 어머니의 손을 잡고
초등학교 운동장을 들어서던
어린 소년이 보이고
팔랑팔랑
나비처럼 뿌리치고 사라지던
꽃밭의 소녀가 보이고
바람벽을 등지고 쓸쓸히
소줏잔을 기울이던 원고지칸 사이의
사내가 보인다.
한 움큼의 세숫물 마저
손가락 사이로 흘러내려 텅
비어버린 손바닥,
문득
이가 시리다.

—「젖은 눈」 전문

어느 가을날 세수를 하려고 고개를 숙이자 수면에 떠오른 낯선 사내의 모습. 하얗게 머리가 센 자신의 모습이 문득 낯선 나그네처럼 느껴지고, 그 나그네가 스쳐온 지난날의 영상들이 무성영화 장면처럼 수면 위에 펼쳐진다. 하얗게 소복한 어머니, 그 어머니의 손을 잡고 운동장에 들어서던 소년, 그 소년의 손을 뿌리치고 나비처럼 사라지던 소녀, 다시 화면이 바뀌어 원고지칸을 메우다 바람벽에 기대어 혼자 소줏잔을 기울이는 청년, 그리고 다시 머리가 하얗게 센 낯선 노년, 그가 움켜쥐는 허망한 물살, 텅 빈 손바닥, 아프게 아려오는 노년의 적막.

젖은 눈으로 떠올린 추억의 영상은 쓸쓸하면서도 가슴 저린 아름다움을 안겨주는데, 행간의 여백과 감정의 절제가 오히려 더 짙은 감흥과 진한 여운을 불러일으킨다. 이 작품이 구조적으로 완결미를 보이고 시어 선택에 있어서도 예술적 절도를 보이는 것은 시인이 머리로 생각한 내용이 아니라 감성적으로 체험한 삶의 화폭이 진솔하게 표현되었기 때문이다. 꾸미지 않은 진실은 언제나 감동을 준다. 수면에 비친 늙은 사내의 맨얼굴이 비유적 표현이나 교훈적 담론에 의거하지 않고 제 모습 그대로 표출될 때 사람들은 친숙감을 느끼고 그 시에서 자신의 맨얼굴을 떠올리는 기쁨을 맛본다. 중년은 중년대로 청년은 청년대로 자신의 수면에서 자신의 얼굴을 떠올릴 것이다. 이러한 체험의 공유가 이 시에서 이루어진다.

그런데 마지막 술자리에서도 끝내 논리를 잃지 않는 오세영 시인이 이순의 나이에 접어들었다고 감상적 체념에 주저앉을 리가 없다. 그는 노년의 허망함을 노래하면서도 다시 지성의 광휘를 번득이며 육신의 쇠퇴 앞에 어떻게 대처해야 할 것인가를 명상한다. 진지한 명상의 결과 그는 다음과 같은 몇 가지 경구(警句)를 우리에게 던지는데, 이 자성적(自省的) 담론 속에 노년의 쓸쓸함을 지성의 힘으로 이겨내려는 시인의 정신과 의지가 담겨 있다.

> 다만 지나치게 맛이 있는 까닭에
> 다만 지나치게 달고 부드러운 까닭에
> 한 곳에 갇혀서
> 잘리고 매맞고 접붙여야만 하는……
> 철조망 울타리 안에서

剪枝의 칼날로 자라는 수밀도가 되기 보다
야산의 저 개복숭아가 되리라.

—「安分」 부분

꽁꽁 얼어붙은 겨울 밭에 무우 하나
땅에 묻힌 채
강그라지고 있다.
돌아보면 텅 빈 들판, 강추위는 몰아치는데
분노에 일그러져 시퍼렇게 하늘을
노려보는 그 눈,

뽑혀 생명을 보전하다가
일개 먹이로 전락하기 보다는
차라리
뿌리를 대지의 중심에 내리고
스스로 죽는 길을 선택했구나.

—「신념」 부분

흐르는 물도 때로는
스스로 깨지기를 바란다.
까마득한 낭떠러지 끝에서
처연하게
자신을 던지는 그 절망,
사람들은 거기서 무지개를 보지만
내가 만드는 것은 정작

바닥 모를 水深이다.

굽이치는 沼처럼

깨지지 않고서는

마음 또한 깊어질 수 없다.

봄날

진달래, 산벚꽃의 소매를 뿌리치고

끝 모를 奈落으로

의연하게 뛰어내리는 저

폭포의 투신.

—「폭포」 전문

우리는 이 시편들을 통하여 시인이 무엇을 바라고 어떤 상태를 지향하는가를 충분히 짐작할 수 있다. 그는 달콤한 쾌락으로 남에게 일시적인 호감을 얻다가 결국은 쓸모없이 버려지는 존재가 되기보다는 차라리 야산의 개복숭아처럼 남의 주목도 끌지 않지만 남에게 버림받지도 않는 독립의 자존을 지키려고 한다. 이러한 의지가 있었기에 그는 고집스럽게 서정시의 정도를 지키며 현혹적인 수사나 자극적인 기교에 눈길을 돌리지 않았던 것이다. 그의 눈에는 대중의 눈을 끄는 잘나가는 시들이 달고 부드러운 수밀도로 비쳤을지 모른다. 그러나 수밀도의 과육을 다 빨아먹고 나면 남은 씨는 쓰레기통에 버려지고 만다. 대중에 영합하고 문학 권력에 의지하는 문인들을, 그는 수밀도 같은 존재로 생각했을 것이다. 그는 수밀도의 길을 거부하고 야산 개복숭아의 자리에 놓이고자 했다. 비록 떫고 못생겼지만 "쓰레기통에 던져지는 비운"은 겪지 않을 독립적인 한 존재가 되기를 바란 것이다.

그것은 남의 밥상에 먹이로 오르는 채소로서의 일반적인 운명을 거부하고 텅 빈 들판에 혼자 남아 분노의 눈으로 버티는 겨울 무를 자신과 동일화한 데서도 드러나는 개결(介潔)의 정신이다. 살려고 하다가 결국은 남의 식탁에 오르는 비참함보다는 뿌리내린 곳에 버티고 서서 스스로 죽는 의연함을 선택하고자 한 것이다. 또 폭포처럼 "진달래, 산벚꽃의 소매를 뿌리치고" 의연하게 뛰어내리는 저 도저한 투신의 몸짓을 본받고자 한다. 더욱 깊어지기 위해서는 자신을 깨뜨려 밑바닥으로 던지는 처연한 투혼의 과정이 필요하다. 목적이 뚜렷한 젊은이에게서나 볼 수 있음직한 이 개결의 의지는 새롭게 생긴 것이 아니다. 담벼락에 기대어 원고지를 메우며 소줏잔을 기울이던 청년 시절부터 지속되어 온 내면의 자세다. 이것은 삼십 년 넘게 일관한 그의 문학적 신념이자 삶의 태도다. 이것을 새삼 시로 표현한 것은 이순의 나이에 느낀 육신의 피로 때문이라고 나는 생각한다. 노년의 적막을 넘어서기 위해서는 이러한 자기 암시와 자기 단련이 필요하지 않겠는가. 노년의 흐린 눈을 넘어서기 위해서는 개복숭아와 겨울 무와 폭포의 표상이 필요했던 것이다. 그런 시적 표상이 살아 있기에 이가 시린 이순의 아침도 의연하고 건실하게 맞을 수 있을 것이다.

찬란하여라, 시간의 금비늘들

—오탁번 시집

1. 천진한 시각과 우주적 상상력

1938년 평론가 김환태는 당대의 시인 정지용을 두고 "그의 속에 어른과 어린애가 함께 살고 있다"고 언급한 바 있다. "어른처럼 분별 있고 침중한가 하면, 어린애처럼 천진하고 재재바르다"고 말하기도 했다. 오탁번 시인에 대해서도 이와 비슷한 말을 할 수 있을 것이다. 시집 『벙어리장갑』(문학사상사, 2002. 11)에 들어 있는 많은 시편들이 어린이의 천진성과 어른의 분별심을 함께 지니고 있기 때문이다. 나이가 많아지면 다시 어린애가 된다더니, 이순을 바라보는 연치에 그는 어린애의 시각을 되찾아, 마치 어린아이가 장난감을 가지고 재미있게 놀듯, 그가 포착한 대상들을 천진하게 바라보고 자신의 시각에 의해 다양한 변조를 꾀하며 즐거움을 얻는다. 그 즐거움에 독자인 우리들도 동참하는 것은 물론이다.

그런가 하면 우주적 상상력이라고 할 수 있을 거시적인 시각으로 대상을 조망하여, 고생대와 제4 간빙기를 넘나들며 삶의 애환과 사랑의 희비를 펼쳐낸다. 이러한 거시적 시각을 조종하는 상상력 역시 동심의 천진성에 기초를 두고 있는 것은 사실이지만 겉으로 드러나는 목소리는 분별 있는 어른의 것이다. 우주적 상상력을 통하여 그가 꿈꾸는 것은 시간의 영원성, 인간 사랑의 영원성이다. 3억 년의 세월을 거쳐 온 은행나무처럼, 혹은 1억 년의 시간을 버텨 온 공룡 화석처럼, 인간의 흔적이나 영혼의 자취가 절멸의 시간을 넘어설 수 있을지 궁금해 한다.

어린이의 천진한 시선은 기억이 도달할 수 있는 과거의 시간에 관심을 갖는다. 그 과거의 시공 속에는 어머니와 작은어머니, 큰형, 누나 등의 인물이 살고 있다. 어른으로서의 우주적 상상은 태초의 시공에서부터 현재의 자연공간에 이르기까지 스펙트럼이 펼쳐진다. 그 두 가지 시선의 움직임은 모두 자연을 매개로 한다는 공통점이 있다. 인간과 자연이 대등한 자리에서 만나고 서로 대화를 나누고 공존 병합하는 독특한 자리가 마련된다. 가족애적 정감과 자연조응의 사유는 그의 시를 떠받치는 중요한 두 축이다. 그 굵은 기둥 주변에 말에 대한 관심이라든가, 육체의 노화에 대한 자각, 슬픈 음담과 유쾌한 풍자 등의 요소가 교차된다.

2. 전환의 상상력과 인간에 대한 통찰

쥐불놀이 하다가 눈썹 태우고
시래기죽 먹고 잠든 겨울밤
쥐불연기에 수염을 그슬린 쥐들이
눈썹 태운 나와 더 놀고 싶다는 듯
쥐오줌자국 난 천장을 밤새 달렸다
씨옥수수 갉아먹던 새앙쥐들도
이불 속까지 기어들어와

내 어린 발가락을 자꾸 깨물었다

고드름이 제 무게에 툭툭 떨어지는

아침이 밝아오면

일곱 문 반 내 고무신에

봉숭아씨처럼 예쁜

쥐똥만 남겨놓고 숨어버렸다

—「쥐」 전문

이 시가 그려내고 있는 것은, 지금부터 대략 오십 년 전, 6·25 때 피난을 갔다가 충북 제천군 백운면 평동리 마을에 돌아와 가난한 생활을 이어가던 어린 날의 장면이다. 비록 시래기죽으로 끼니를 잇고 다음 해에 쓸 씨옥수수를 아이들 손이 닿지 않는 바람벽에 매달고 살던 시절이지만, 그 시절에는 쥐불놀이라는 돈 안 들고 신나는 놀이가 있었다. 대개 음력 보름 전날 밤 마을 아이들이 모여 횃불과 불쏘시개가 든 깡통을 들고 들판을 돌아다니며 쥐구멍이 있을 듯한 밭두렁이나 논두렁의 마른 잔디에 불을 붙였다. 불붙은 깡통을 공중에서 돌리면 어둠 속에 도깨비불 같은 불덩어리가 회전하며 불꽃이 탁탁 튀는 모습이 그럴 듯했다. 세상에 불장난보다 재미있는 놀이가 어디 있는가? 아이들은 오줌 누는 것도 잊어 먹고 불 깡통을 흔들고 돌아다니다가 밤이 깊어지면 집에 돌아와 곯아떨어져 잠이 든다. 오줌을 누고 자라는 어른들의 잔소리를 듣지 않은 아이들은 새벽녘에 이불을 축축이 적시고 만다.

이 쥐불놀이는 원래 들판에 숨어 있는 쥐를 쫓아내고 마른 잔디에 붙어 있는 해충의 알이나 잡균을 태워 없애며, 언 땅에 온기를 주어 새 싹이 잘 자라게 하려고 시작된 것이다. 그런데 이 시에서는 쥐불놀이 때문에 수염을 그슬린 쥐들이 역시 눈썹을 그슬린 어린 화자와 장난을 치는 장면이 나온다. 생각만 해도 징그러운 쥐가 여기서는 어린애와 놀이를 벌이는 벗으로 그려져 있다. 심지어 이불 속으로 기어들어와 앙증맞게도 발가락을 깨물기까지 할 지경이다. 하긴 내가 어릴 적만 해도 집 안에 쥐가 없으면 이상한 느낌이 들 정도로 사람 사는 집에는 쥐가 함께 살았다. 밤에 자려고 불을 끄면 천장을 휘달리는 쥐의 달음질 소리가 먼저 들렸다. 그렇지만 쥐는 역시 사람을 놀라게 하는 징그러운 동물이었지 같이 장난칠 친구라는 생각은 한 번도 해본 적이 없다. 그러나 추억은 모두 아름답다고 했던가. 오탁번 시인은 쥐똥을 "봉숭아씨처럼 예쁜" 것으로 변형시키고 있다.

쥐가 싼 똥을 봉숭아씨처럼 예쁘다고 본 사람은 오탁번 시인이 처음일 것이다. 더군다나 그 예쁜 쥐똥이 일곱 문 반 크기의 어린애 고무신에 담겨 있다고 하니 마치 까만 아기 씨앗이 흰 사기 종지에 담겨 있는 듯한 장면이 연상된다. 쥐똥을 분꽃씨로 보건, 봉숭아씨로 보건, 더러운 것을 아름다운 것으로 바꾸어 보는 사람은 시인이고 예술가다. 그것은 이미 서정주가 「上歌手의 소리」에서 그 능청스런 입담으로 우리에게 들려준 사실이 아니던가. "왜, 거, 있지 않아, 하늘의 별과 달도 언제나 잘 비치는 우리네 똥오줌 항아리, 비가 오나 눈이 오나 지붕도 앗세 작파해버린 우리네 그참 재미있는 똥오줌 항아리, 거길 明鏡으로 해 망건 밑에 흘러내린 머리털들을 망건 속으로 보기 좋게 밀어넣어 올리는 쇠뿔 염발질을 점잔하게 하고 있어요."라고. 똥오줌 항아리를 명경으로 받아들일 줄 아는 사람이 바로 예인이고 또 시인인 것이다. 그런 점에서 이것은 시속의 음담을 비련의 가족사로 환치시킨 「굴비」와 통하는 면이 있다.

수수밭 김매던 계집이 솔개그늘에서 쉬고 있는데
마침 굴비 장수가 지나갔다
—굴비 사려, 굴비! 아주머니, 굴비 사요
—사고 싶어도 돈이 없어요
메기수염을 한 굴비 장수는

뙤약볕 들녘을 휘 둘러보았다
그거 한 번 하면 한 마리 주겠소
가난한 계집은 잠시 생각에 잠겼다
품 팔러 간 사내의 얼굴이 떠올랐다

저녁 밥상에 굴비 한 마리가 올랐다
—웬 굴비여?
계집은 수수밭 고랑에서 굴비 잡은 이야기를 했다
사내는 굴비를 맛있게 먹고 나서 말했다
—앞으로는 절대 하지마!
수수밭 이랑에는 수수 이삭 아직 패지도 않았지만
소쩍새가 목이 쉬는 새벽녘까지
사내와 계집은
풍년을 기원하며 수수방아를 찧었다

며칠 후 굴비 장수가 다시 마을에 나타났다
그날 저녁 밥상에 굴비 한 마리가 또 올랐다
—또 웬 굴비여?
계집이 굴비를 발라주며 말했다
—앞으로는 안 했어요
사내는 계집을 끌어안고 목이 메었다
개똥벌레들이 밤새도록
사랑의 등 깜박이며 날아다니고
베짱이들도 밤이슬 마시며 노래불렀다

—「굴비」 전문

이 시에 대해서는 김춘식이 이미 미당문학상 후보 작품평(〈중앙일보〉, 2002. 8. 29)에서 미당의 「상가수의 소리」와 관련지어 언급한 바 있다. 이 시는 시인의 말대로 항간의 음담을 소재로 한 것이다. 그는 이 이야기를 처음 듣고 차마 웃지 못하고 눈물을 흘렸다고 적었다. 그래서 이렇게 슬픈 사연의 시를 재창조한 것이다. 모든 농담이라는 것이 다 그렇듯이 거기 등장하는 인물은 대개 머리가 모자라는 인물이다. 나 역시 처음에 이 음담을 듣고 여기 나오는 아내가 앞뒤를 모르는 답답한 사람이거나, 굴비도 얻고 외간남자와 재미도 보는, 그야말로 꿩 먹고 알 먹는 사람 정도로 생각하고 입을 벌려 웃었다. 그런데 오탁번 시인은 웃기는커녕 눈물을 흘렸다는 것이다. 이순을 바라보는 시인이 거짓말을 할 리는 없고, 그는 정말로 눈물을 흘렸을 터인데, 남들이 다 웃는 이야기를 듣고 눈물을 머금게 된 것은 시래기죽으로 허기를 채우고 쥐와 벗 삼아 살았던 그의 가난체험 때문이라고 나는 생각한다. 이 이야기를 듣고, 초근목피로 연명해가던 가난한 소작인의 아내, 혹은 생선이라고는 입에 대어보지도 못하고 살던 내륙지방 나무꾼의 아내를 그는 떠올린 것이다. 그것은 그의 어린 날의 체험 속에 생생히 살아 있는 것이기도 하다. 남편의 밥상에 굴비 한 마리를 올리기 위해 자신의 은밀한 곳을 허락하는 여인을 우리는 소설에서도 흔히 보거니와, 오탁번의 소설적 상상력은 이 음담을 자기희생을 통한 고귀한 부부애의 확인이라는 주제로 승화시킨 것이다.

이것은 그가 생의 단면을 표피적으로 바라보지 않고 그 속에 일어나는 인간관계를 깊이 통찰한다는 사실을 드러낸다. 굴비를 먹고 싶은 욕망과 여인을 탐하고 싶은 욕망이라는 본능적 욕구의 차원에서 현상을 해석하는 것이 아니라, 남의 덧없는 욕망을 메워주는 행위를 통해 자신이 위하는 사람의 기호를 충족시켜주는 인간적 진정성의 차원에서 삶을 이해하고자 하는 것이다. 그러기에 남편도 아내의 마음을 알고 "소쩍새가 목이 쉬는 새벽녘까지" 수수방아를 찧고, "계집을 끌어안고 목이 메"는 것이다. 인간 행위의 측면에서 보더라도 굴비장수의 육욕과 이 부부의 성애는 차원이 전혀 다르다. 그것은 목이 쉬고 목이 메는 사랑, 다시 말하면 생의 아픔과 슬픔을 삭이는 사랑이고 동물적 육욕을 넘어선 고귀한 합일의 의식이다. 그러기에 개똥벌레들이 밤새도록 사랑의 등을 깜박이고 베짱이들도 밤이슬 마시며 노래 부를 수 있는 것이다. 자연의 축복 속에 이루어지는 성애의 장면은 성스럽고 아름답다.

3. 가족애의 다양한 형상

오탁번의 시의식은 크게 두 개의 흐름을 드러내는데, 그것은 가족애의 지향과 인간관계에 대한 연민 어린 응시의 자세다. 후자의 특징은 「축 당선」 같은 시에 잘 나타나 있다. 강원도 산악 마을에서 신춘문예 당선 축하 현수막을 보고 그 대상자인 김현숙의 인간적 전후 관계, 즉 가난한 농부의 딸로 태어나 지방도시의 대학을 다니거나 대도시의 봉제공장을 다니다 당선이 된 병아리 소설가의 모습을 떠올리며 까닭 없이 눈물짓는 시인의 연민 어린 이해의 자세는 눈물을 잃어가는 이 시대의 마지막 휴머니스트 같은 인상을 전달한다. 그리고 가족애의 단면은 거의 대부분의 시에 반복되어 나타나는데 음담의 서정화라고 할 수 있는 성애 관련 시편에도 가족애의 요소는 빠지지 않고 들어간다. 「카마수트라의 힌두 사내」라는 시는 카마수트라에 나오는 다소 과장된 성교장면 그림을 시로 재현하며, 그 사이사이에 "메주덩이 매달린 시렁 밑에서/막내아들 만들던 아버지", "막내를 낳고는 젖이 말라붙은 채/디딜방아에 겉보리 찧던 어머니"의 모습을 병치시킨다. 메기수염을 늘어뜨린 인도 장자의 화려한 성희와 충청도 박달재 농촌 마을의 가난한 생활상을 대비하며 가족에 대한 연민 어린 사랑을 엮어내고 있는 것이다. 다음과 같은 짧은 시편은 그의 가족애를 가장 집약적으로 보여준다.

세 살 때 돌아가신 할머니가
하나도 생각나지 않지만

어버이날이면 아빠에게 거짓말한다
—할머니 얼굴이 다 생각나요

오늘 밤 꿈에 할머니가 나타나서
우리 아빠 눈물을 씻어주면 좋겠다

—「어버이날」 전문

이 시의 화자는 오탁번 시인의 딸 가혜일 것이다. 지금은 그도 20대 후반의 성숙한 여성이지만 어린 시절의 딸을 화자로 해서 시를 썼다. 4남 1녀의 막내로 태어나 세 살 때 아버지를 여의고 "눈깔만 화등잔만큼 큰 아이로" 영양실조의 유년기를 보내고 중고등학교 때도 등록금을 제때 내지 못하는 가난 속에 성장하면서 시인이 마음의 의지처로 삼았던 인물은 어머니였다. 그는 스스로를 "어머니라는 유일신을 믿는 광신자"라고까지 이야기했다. 그 어머니가 세상을 떠났을 때의 슬픔을 소설로 쓴 것이 「해피 버스데이」다. 그 소설에서 주인공의 네 살 난 아들 정록이는 죽음을 앞둔 할머니의 생신을 맞아 '해피 버스데이'를 부른다. 그 때 가혜는 두 살이었다. 어린 딸은 아버지를 위해 할머니 얼굴이 다 생각난다고 거짓말을 한다. 그러면 딸아이가 거짓말을 하는 것을 아버지가 어떻게 아나? 바로 시인은 어린 딸의 마음이 되어 그 어린애의 자리에서 상황을 재구성하고 있는 것이다. 그리고 딸을 아버지의 슬픔까지 이해하는 대단한 효녀로 그려놓고 있다. 이것은 실제로 가혜가 효녀 심청이라는 것이 아니라 오탁번 시인이 지닌 효심의 대리 표출이다. 이 시를 읽으면 할머니, 아버지, 손주로 이어지는 가족의 마음이 가슴 뭉클한 사랑으로 이어져 있음을 발견하게 된다. 여기서 빠진 것은 아내인데, 그는 아내를 위해 다음과 같은 시를 준비해놓았다.

> 우리 혼인생활 30년에
> 밑줄 그을만한 뜨거운 사랑 없었지만
> 하늘 높이 날아오를만한
> 기쁨 없었지만
> 아내여 미운 아내여
> 다음 생에서 또 만나
> 하늘을 날아가다가
> 좀 쉬고 싶으면 날개를 접고
> 가을논에 흩어져있는 햅쌀을
> 냠냠냠 쪼아먹는
> 기러기 눈빛을 한
> 철새나 될까몰라
> 아내여 미운 아내여.
>
> ―「철새」 전문

미운 아내라고 두 번 반복했지만 그는 아내를 다음 생에서 다시 만날 것을 굳게 믿고 다시 만나자고 약속하고 있다. 만나되, 그 만나는 모습이 참으로 연민의 정을 불러일으킬 만한 모습이다. 가을논에 흩어져 있는 햅쌀을 냠냠거리고 쪼아먹는 귀여운 철새로 만나자고 한다. 그 철새가 기러기 눈빛을 하고 있다니, 기러기 눈빛이 어떤 것인지는 잘 모르겠으나, 어딘지 모르게 연약하고 유순한 눈빛일 것은 틀림없다. 혹은 기러기가 금실이 좋다고 해서 기러기 눈빛이라고 했는지도 모른다. 여하튼 가을논에 떨어진 햅쌀을 냠냠거리고 쪼아

먹다가 날개를 펼치고 가을 하늘을 날아가는 평화로운 새의 이미지를 아내를 위해 마련해 놓은 오탁번 시인에게 축복 있기를.

오탁번의 가족애적 사유가 자연과의 조응을 거쳐 아름다운 회상의 영상으로 자리잡은 작품이 「벙어리장갑」이다. 이 벙어리장갑은 털실로 짠 것이 아니라 목화에서 뽑아낸 무명실로 짠 장갑이다. 그 장갑에는, 여름내 뙤약볕에서 목화를 돌본 식구들의 정성과, 하얀 목화송이에서 실을 자아낸 어머니의 손길, 그리고 무명실로 장갑을 뜨개질해 만든 누나의 솜씨가 고스란히 담겨 있다. 어머니의 꾸중과 누나의 눈 흘김 속에 담긴 사랑의 온기도 올올이 스며 있다. 동무들과 눈싸움하며 놀 때 그 정겨운 인간의 사랑이 하얀 목화송이처럼 피어나는 것이다. 요즘처럼 모양을 중시하는 시대에는 예쁜 순모 벙어리장갑도 홀대를 받는 처지지만 오탁번 시인은 50년 전의 무명 벙어리장갑을 떠올리며 눈부신 사랑의 추억에 젖어든다. 여기서 하얀 목화송이는 어머니와 누나의 사랑을 매개하는 상징적 사물로 자리잡는다. 벙어리장갑이건 하얀 목화송이건 지금은 볼 수 없는 과거의 사물이기에 시인의 그리움은 더욱 애틋할 수밖에 없다.

4. 초월에의 꿈

그러면 그는 과거의 아련한 추억에 매달리는 복고주의자인가. 그것보다는 상상을 통해 현상적 시간과 공간을 넘어서려는 초월적 자유주의자라고 일컫는 것이 옳을 것이다. 왜냐하면 그는 과거만이 아니라 미래를, 그것도 앞으로 다가올 빙하기 이후의 또 하나의 간빙기까지 상상하기 때문이며, 과거를 생각할 때도 오십 년, 백 년 전이 아니라 백만 년 전이나 1억 년 전을 떠올리기 때문이다. 그의 '환상의 지도' 를 잘 보여주는 작품이 「애기노루발풀」이다.

양재동 꽃시장에서 2천원 주고 사온 애기노루발풀 화분에서는 지금 노루들이 아침식사를 하느라고 야단법석이다 느릅나무 속잎피는 열두구비를 달려온 새끼 노루가 형아 노루 누야 노루 틈에서 애기노루발풀 꽃 하나 얻어먹으려고 목이 빠질 만큼 냅다 뛰어오른다 막 뿔이 돋아난 수노루도 눈깔이 옹달샘 같은 암노루도 애기노루발풀 흰꽃으로 냠냠 아침식사하면서 사랑을 속삭인다

흰 밥풀만한 꽃을 앙징맞게 피운 애기노루발풀은 오피스텔 20층 창틀에서 저 건너편 매봉산의 연초록 나무숲을 바라다본다 아득한 세월을 견딘 애기노루발풀의 시야 속으로 1억년 전 매봉산 산기슭에 살던 翼龍 한 마리가 날아오른다 오늘 아침 등산길에서 내가 잠시 쉬었던 느릅나무 그늘 바로 그 자리에 흰빛으로 빛나던 공룡알도 훤히 보인다 도곡중학교 운동장에서 뛰놀던 1백만년 전의 노루떼도 보인다

용인공원묘지에 있는 木月의 묘소를 찾아 뵙고 돌아온 날 저녁에 나는 이상한 꿈을 꾸었다 꿈 속에서 새끼노루가 되어 연초록 느릅나무잎을 뜯어먹었다—말도 안 된다 아무리 꿈이라지만 순엉터리다 나이값도 못하고 엉터리 상상력으로 현실을 왜곡하는 것은 정말 문제다—그런데 그 다음 날 오피스텔 20층 사무실로 고려대의 정재호 박영순 성광수 이남호 노명완 교수가 찾아왔다 그들은 나의 엉터리 꿈을 훤히 안다는 듯 조그만 느릅나무 분재 하나를 들고 왔다 순간 나는 한 마리 새끼 노루가 되었다

—「애기노루발풀」 전문

문학은 구체적이어야 한다. 그래서 이 시에는 구체적 사항들이 여러 가지가 들어가 있다. 양재동 꽃시장에서 2천원 주고 사온 애기노루발풀이 나오고, 매봉산 연초록 나무숲도 나오고, 도곡중학교 운동장도 나오고, 심지어 고려대학

교 사범대학 국어교육과 교수들의 이름도 실명으로 거론된다. 그들은 느릅나무 분재 하나를 사 들고 오피스텔 20층 시인의 사무실을 찾아왔다. 사실 차원의 이해를 돕기 위해 바로 옆에 꽃 핀 애기노루발풀의 사진을 실어놓았다. 이러한 리얼리즘의 디테일을 바탕으로 시인은 1억 년을 넘나드는 환상의 세계를 펼친다. 양재동 꽃시장에서 사온 애기노루발풀에 엄마 아빠 새끼 노루들이 달려나와 아침식사를 한다. 그 애기노루발풀의 시야에 매봉산이 들어오고 거기서 익룡 한 마리가 날아오른다. 이제는 시인의 눈에도 1억 년 전의 공룡 알이 보이고 1백만 년 전의 노루 떼도 보인다. 시인이 노루가 되어 느릅나무잎을 뜯어먹는 꿈을 꾼 다음날 같은 과 교수들이 느릅나무 분재를 사 가지고 오자 시인은 바로 새끼노루가 되었다. 이쯤 되면 이것은 도화원기(桃花園記) 수준의 신선놀음이지 시가 아니다. 그런데 이 환상을 붙들어 시의 울타리에 단단히 매어 두는 것이 바로 교수들의 실명까지 열거된 리얼리즘의 축이다. 이 사실과 환상의 단단한 결합이 '환상의 지도' 를 시로 승화시킨다.

애기노루발풀의 크기는 20cm도 안 된다. 이 작은 풀꽃에 어떻게 엄마 아빠 새끼 노루가 뛰논단 말인가. 그리고 이 작은 풀꽃의 시야 속에 어떻게 쥐라기의 하늘을 날던 8m 길이의 익룡이 잡힌단 말인가. 결국 시인이 추구하고 있는 것은 시간과 공간을 초월한 상상의 무한 자유다. 무한 자유의 상상이 환상으로 궤도이탈하는 것을 막아주는 장치가 리얼리즘의 구체성이다. 그러니까, 참으로 미안한 일이지만, 저 고려대 교수들의 이름은 환상으로의 이탈을 막기 위해 잠깐 빌려온 부속물이다. 그러면 이러한 시적 상상으로 그가 이룩하려는 것은 무엇인가? 그것은 사람 몸 가지고 태어난 우리 모두가 꿈꾸는, 육체에서의 해방이요, 정신의 무한자유요, 생의 영원성의 획득이다.

그의 거의 모든 시에 펼쳐져 있는 자연과의 조응도, 끈끈히 이어지는 가족간의 연민 어린 사랑도, 바로 이 시간을 초월한 무한 자유의 실현을 위한 것이라고 나는 생각한다. 그래서 그의 시를 읽으면, 쥐라기의 하늘에서 제4 간빙기의 하늘로 이어지는 시간의 은하수가 보이고, 햇살 환한 날에는 시간의 알갱이들이 금비늘로 반짝이는 것이 보인다. 그것은 우리 모두가 꿈꾸는 초월에의 몽상이다. 그것을 시인은 우리 대신 꿈꾸어주었다. 그래서 나는 이순의 문턱에 선 시인에게 다시 바란다. 일상의 아침마다 바지 속에 일어서는 뿌리(「죽음에 관하여」) 건재하기를! 절멸의 시간을 넘어서는 사랑 영원하기를! 찬란한 시간의 금비늘들 시의 하늘에 늘 빛나기를!

도시의 어둠에 깃드는 부활의 꿈

—이재무 시집

1. 자연으로 가는 길

돼지 콜레라에 이어 돼지 구제역이 발생, 확산되면서 전국 축산농가에 비상이 걸렸다. 콜레라나 구제역의 유입 경로에 대해서는 여러 가지 의견이 있으나 황사에 의한 오염물질 유포 가능성도 배제하지 않고 있다.

중국 내륙지방의 사막화 현상에 의해 편서풍을 타고 동아시아 지역으로 날아오는 황사는 매년 그 유입기간이 길어지고 오염도도 큰 폭으로 상승하고 있다. 기상청의 발표에 의하면, 1999년에 황사가 불어온 기간이 6일 정도인 데 비해, 2000년에는 13일, 2001년에는 27일로 유입기간이 늘어났다는 것이다. 요컨대 황사에 영향을 받은 기간이 매년 두 배 이상 증가한 것이다. 이 증가세가 그대로 지속된다면 금년에는 약 60일, 그러니까 거의 두 달 동안 황사가 불어올 것이라는 예상이 성립된다.

또 황사에 포함된 미세먼지는 작년 최고치의 세 배 정도며 중금속 오염도는 작년에 비해 13배에서 16배에 달한다는 보고도 나와 있다. 이 증가세가 그대로 지속된다고 가정한다면, 내년에는 작년의 169배 내지 256배, 내후년에는 2000

배가 넘는 오염물질이 쏟아질 것이라는 이야기가 성립된다.

아무런 대책 없이 환경오염이 가속화된다면, 중국을 비롯한 동아시아 일대는 도저히 사람이 살 수 없는 땅이 될 것이다. 그리고 황사가 점점 심해지는 근본원인이 전 지구적 온난화에 있다는 점을 상기하면 이것은 동아시아만의 문제가 아니라 지구인 전체의 문제라는 결론에 도달하게 된다. 북극의 빙하가 녹는 양과 시간 역시 이런 비율로 증가하고 있으며, 남극의 얼음 대륙도 빙하가 형성되기 시작하고, 히말라야 산맥의 만년설도 녹는 양이 증가하여 산중 호수의 영역이 날로 확대되고 있다. 이렇게 되면 지구는 머지않아 물바다가 될 것이다. 그래서 예민하고 엄격한 환경론자 중에는 지구의 수명을 30년 내외로 잡는 학자도 있다고 한다. 여하튼 생태계 파괴의 문제는 전 지구인의 사활이 달려 있는 최대의 사건임에 틀림없다.

일찍이 농촌의 삶을 생동감 있고 핍진하게 묘사하고, 도시인의 소외된 삶과 현실적 애환을 진솔하게 그려내던 이재무 시인이 최근 생태시에 관심을 갖게 된 것은 그의 시적 이력으로 보면 당연한 일이다. 그는 언제나 인간이 살아가는 구체적이고 전형적인 현실문제에 관심을 가져 왔기 때문에 생태에 대한 관심도 바로 그 연장선상에서 생성된 것이라 할 수 있다. 그러기에 그는 이상론적 생태주의에 대해서는 거리를 두고 인간의 평등한 삶의 조건에 바탕을 둔 생태주의를 지향하고 있다.

지구 온난화의 주범은 이산화탄소와 아황산가스다. 이 두 물질은 자동차 배기가스와 공장 매연에서 주로 배출된다. 그러면 지구를 보존하기 위해서 세계의 자동차는 운행을 중지해야 하고 공장도 가동을 중지해야 할까? 그럴 수는 없을 것이다. 이재무 시인의 말대로 이제와서 당장 자동차를 버리고 아파트를 버릴 수는 없는 노릇이다. 결국 실현 가능성이 있는 생태주의를 지향할 수밖에 없고, 인간과 자연의 관계를 평등의 차원에서 재정립하는 인식의 전환이 있어야 한다.

그가 생각하는 평등은 비유적으로 말하면 이런 것이다. 어린아이와 가재를 잡아보면 어른보다 아이가 훨씬 가재를 잘 잡는다. 그것은 생활의 때가 덜 묻은 어린아이의 천진성이 일급수의 청정한 수역에만 서식하는 가재와 평등의 상태를 이루기 때문이다. 아이보다 눈도 밝고 어릴 때부터 가재를 잡아온 아버지는 오히려 가재를 잘 잡지 못한다. 이미 생활의 때가 많이 묻어 어린이의 천진성을 상실해버렸기 때문이다. 천진성을 상실했다고 인지하는 순간 시인에게는 아픔이 오고 죄의식이 생긴다. 아픔과 죄의식이 최근 이재무 생태시의 기반을 이루는데, 이것은 인간과 자연, 인간과 인간의 평등한 관계 인식을 게을리 했다는 사실에 대한 반성적 의미를 내포한다.

산 속으로 들어갈수록 더욱 숨이 찬 것은
딱딱하고 두꺼워지는 공기 때문만은 아니다
산 속으로 들어갈수록 내가 읽어야 할
저 벅찬 운문의 깊이
나뭇가지 하나 하나가 회초리 되어
내 부패한 살(肉)이 아프다
잘 여문 상수리 한 알 떨어져
발 밑으로 구르다가 멈춘다
저 한 알의 침묵이 태산처럼 무거워
나는 웃옷 벗어 어깨에 걸친다

—「부활을 꿈꾸며」 부분

산으로 들어갈수록 숨이 차고 살이 아파오는 것은 무엇 때문인가? 관절이 시리고 무릎이 꺾이는 이유는 무엇인가? 시인은 나뭇가지 하나 하나가 회초리가 되어 내 살을 때린다고 했고 나뭇잎 하나 하나가 눈물이 되어 내 마음을 덮는다고 했다. 이 고통과 비애는 어디서 오는가? 산은 들어갈수록 웅숭깊고 조화로운데 나는 그렇지 못하기 때문이다. 상수리 열매도 충실히 여물고 수국은 은은히 향기를 풍기는데 나는 부패한 육신에 '썰물 뒤의 갯벌' 같은 마음을 갖고 있다. 자연과 내가 평등의 차원에서 만나지 못하고 있는 것이 문제다. 내가 자연 앞에 떳떳이 나서려면 저 상수리 열매처럼 단단한 열매도 맺어야 하고 비탈길의 수국처럼 그윽한 향기도 풍겨야 한다. 이것은 사실 모든 사람이 함께 느껴야 하는 문제인데 시인은 선지적 예감으로 먼저 감지했을 뿐이다. 그래서 시인은 아픔을 느끼고 죄의식을 갖는다. 바로 이것이 자연 예찬으로 일관하거나 자연과의 동화를 일방적으로 늘어놓는 사이비 생태시와 이재무 시의 본질적인 차이다. 인간이 자연과 평등한 차원에서 하나가 될 수 없는데 어떻게 무작정 자연 동화가 가능하단 말인가? '저 벅찬 운문의 깊이'에 도달하기 위해서는 부패한 살을 떼어내고 황잡한 마음을 씻어내는 참담한 자기 단련의 과정이 필요한 것이다.

2. 상생적 자연, 훼손된 자연

일상적 생활의 국면에서는 이재무 시인에게 자연은 단순한 관조의 대상도 아니고 일방적인 모방이나 칭탄의 대상도 아니다. 하나의 자연물은 이재무라는 인간과 실존적 의미를 공유하며 서로의 완성을 위해 소통의 통로를 확대하는 상생적 대상이다. 이것은 「팽나무가 쓰러, 지셨다」라는 시를 보면 알 수 있다. 고향의 생가를 오랫동안 지켜주던 팽나무도 인간사에서 절연된 절대신성의 자연물이 아니라 마을의 대소사에 관여하던 마을의 오래된 어른 정도로 인식하고 있다. 그 그늘 안에서 시인은 하모니카를 불고 숙이를 기다리고 또 그 그늘 속으로 아이스케키 장수가 다녀가고 박물 장수가 지나가는 등 지극히 일상적인 삶의 세부들이 펼쳐진다. 그러나 그 일상적 세목들의 종합에 의해 팽나무는 마을의 '가장 두꺼운 그늘'로 자리잡게 되고 그것의 사라짐은 '내 생애의 한 토막이' 부러진 것으로 인식된다. 그만큼 팽나무는 그의 실존적 의미를 껴안는 매우 친근한 사물로 자리잡고 있다.

그러니까 정신적 지향의 차원에서는 자연이 일상인이 도달하기 힘든 가슴 벅찬 원융의 공간으로 설정되어 있고, 일상적 생활의 국면에서는 삶의 고역에 부어오른 발등을 잠시 쉬게 하는 안식의 공간으로 설정되어 있다. 전자의 자연은 아픔과 죄의식을 불러일으키고 후자의 자연은 동질감과 아쉬움을 가져다준다. 이 두 공간의 긴장과 충돌의 파장 속에 이재무 시의 스펙트럼이 펼쳐진다.

이재무 시인과 몇 번 산행을 같이 한 일이 있는데 그는 차돌같이 단단하고 옹골진 면이 있다. 키는 작지만 그의 체구에는 오랜 등정의 고역을 견디어내는 대단한 지구력이 응결되어 있다. 그래서인지 자연을 대하는 그의 자세에는 정정한 힘이 넘친다. 앞에서 본 「부활을 꿈꾸며」나 「開心寺」 같은 시에서는 자연의 청징한 상태에 대비되어 마음의 통증과 부끄러움이 선명하게 부각되지만, 자연의 청징한 얼굴을 대하면 시인도 자못 싱그러워져 격렬한 성애(性愛)를 방불케 하는 자연과의 힘찬 결합을 노래한다. 새 봄 우듬지에 돋아나 '허공을 쪽쪽 빠는' 연초록 잎의 '촉촉한 입술 꿈꾸며' '고목 속의 텅 빈 길로 굵은 수액 되어 성큼' 걸어 들어갈 것을 꿈꾸는가 하면(「新生」), 자신의 몸이 물방울이 되어 줄기와 가지로 파고들어가 종국에는 뿌리를 타고 내려가 붉고 부드러운 흙을 '애인의 젖무덤인 양' 꽉 움켜쥐는 상상도 한다(「몽상」). 이러한 자연과의 육체적 친화감은 일상적 생활의 국면에서 자연과의 동질성을 인식할 때 조성된다.

그러나 우리가 대하는 자연은 그렇게 청징하고 고고한 모습만을 보여주는 것이 아니다. 생활 주변에서 목격하게 되는 자연은 인간의 욕망에 의해 파괴되고 오염된 상태로 노출되는 경우가 많다. 일그러진 자연의 모습은 그의 시에서 의인화의 기법에 의해 표출된다. 그는 의인화의 기법을 시집 전편에 걸쳐 자주 사용하는데 그러한 의인화의 전략이 독백이나 대화의 어법과 결합되어 자연파괴의 실상을 풍자하는 기능을 할 때 그 기법은 더욱 뚜렷한 시적 효과를 거둔다.

지상의 거만한 삶들아
우리 슬픔의 소용돌이를 듣느냐
오늘도 우리는 힘차게 달린다
지하의 세계는 달릴수록 더욱 컴컴하다
소리만이 소리를 이끈다
아아, 지상의 교만한 생활이 버린 자식들
우리가 어디엔들 가지 못하랴
솟구치는 거품, 우리의 슬픔은
우리만이 안다
우리의 슬픔엔 높낮이가 없다
지상의 소음을 도망쳐온
피가 뜨거운 녀석들
지하의 세계는 꿈이 없어 아늑하다

—「복개천」 전문

원래 하천은 하늘을 훤히 보고 흘러야 정상이다. 대기와 접촉하여 산소를 물에 녹여 넣고, 태양 광선을 받아들여 살아 있는 것은 생동하게 하고 썩을 것은 온전히 썩게 하는 순환의 회로가 이루어져야 정상적인 하천이라 할 수 있다. 그런데 하천에 콘크리트 뚜껑을 덮어 씌워 햇빛을 차단하고 공기의 유입을 막아 놓으면, 그 하천은 밀폐된 상태에서 썩어가는 죽음의 공간이 된다. 하천을 덮은 콘크리트 위로는 사람들의 발걸음이 어지럽고 자동차가 질주한다. 콘크리트 뚜껑을 경계로 광명의 세계와 흑암의 세계가 분리된다. 광명의 세계에 사는 사람들은 발밑에 그런 흑암의 동굴이 입을 벌리고 있다는 사실조차 지각하지 못한다. 고가도로까지 버티고 있는 청계로 콘크리트 밑의 흑암의 공간을 상상해본 일이 있는가? 우리가 편안히 숨쉬고 있는 이 순간에도 그곳에는 도도한 흙탕물이 꿈틀거리며 흘러가고 있을 것이다.

시인은 복개천을 화자로 직접 내세워 '지상의 거만한 삶들아/우리 슬픔의 소용돌이를 듣느냐' 고 물었다. 지상의 삶이 추구하는 이기적인 속성 때문에 버림받은 것들은 전부 지하로 흘러든다. 지상의 삶이 배타적인 교만성을 보이는 데 비해 지하의 하천은 모든 것을 포용하는 너그러움을 갖는다. 지하의 세계에서도 물살은 힘차게 앞으로 움직이지만 햇살 한 조각 비치지 않는 공간 속에서 그 움직임은 침묵과 죽음으로 귀결된다. 침묵과 죽음의 연쇄를 시인은 '소리만이 소리를 이끈다' 고 기술했다. 땅 밑의 소용돌이로 쓸려가는 사물들을 '지상의 소음을 도망쳐온/피가 뜨거운 녀석들' 이라고 했지만 이것은 반어적 표현일 뿐이다. 이미 버림받은 자들이 어떻게 피가 뜨거울 수 있겠는가. 지상의 소음에서 격리된 대가로 지하의 사물들은 안온한 소멸의 운명을 밟아가는 것이다. 소멸의 도정이 환기하는 나른한 하강감을 시인은 '꿈이 없어 아늑하다' 고 역시 반어적으로 표현하였다.

육신이 잦아드는 것 같은 나른한 추락감을 떠오르게 하는 대상으로 '늪' 이 있다. 늪과 복개천은 전혀 다른 것이지만, 밝고 생동감 있는 세계와 거리를 둔다는 점에서 일치한다. 시인은 늪을 여성으로 파악하고 '그녀는 달팽이' (「늪」)라고 명명한다. 그것은 달팽이처럼 그의 몸이 곧 집이기 때문이다. 많은 돌들이 늪에 박혀 있는데도 늪은 동요하지 않고 침묵을 지킨다. 돌이 날아와 박히는 그 순간에만 잠깐 출렁일 뿐이다. 폐허가 되어가는 집을 지키며 음울한 부엉이 울음을 배경으로 늪은 흩어진 지푸라기를 으스러지게 끌어안고 반짝반짝 울고 있을 뿐이다. 소멸로 이어지는 폐허의 공간을 의인화하여 표현하였다는 점에서 「늪」은 「복개천」과 통한다.

> 우리라고 이 문딩이 살을 덜어내고 싶지
> 않겠습니까 생식이 가능한 어느 한 곳이야
> 없을까 보냐 하여 허여된 생을
> 다 소진했습니다만 기대는 분노와 허탈만을
> 낳았을 뿐입니다 저희야 죽어
> 한 줌 부토로 돌아간들 이 수중의 생에
> 무슨 큰 미련이며 회한인들 남겠습니까마는
> 이제 막 태어난 치어들을 생각하면
> 물고기의 한 생이 저주스럽기만 합니다
> 저리 가 주십시오 바닥이 들썩들썩 움직이는 게
> 영 낌새가 좋지 않군요 당신의 그 고운
> 나들이옷에 썩은 물 튀어서야 되겠습니까
>
> —「중랑천 물고기」 부분

이 시에서 시인은 중랑천 물고기를 화자로 내세웠다. 문둥이처럼 살이 썩어가는 물고기의 탄식은 물 속에서 살아가는 모든 생명에 대한 부정으로 이어진다. 흔히 비가 많이 내리면 중랑천의 오염물질이 비에 씻겨 내려가 물이 맑아질 것이라고 생각한다. 그러나 중랑천 물고기는 큰비가 내리는 날이 자신들의 생이 끝나는 날이라고 이야기한다. 왜냐하면 큰비가 내리는 틈을 타 공장 폐수를 몰래 방류해버리기 때문이다. 신문에도 보도되었지만, 큰비가 한번 내린 다음에 임진강이나 중랑천에 배를 허옇게 내밀고 떠오른 물고기의 시체를 본

적이 있을 것이다. 그러니 큰비가 내리는 날이 곧 생사가 갈라지는 날이 되는 것이다. 물고기는 어차피 죽어 한줌 흙이 될 목숨이라 미련도 회한도 없지만 이제 막 태어난 치어를 생각하면 한스러운 마음 떨칠 수가 없다고 고백한다. 모든 생명은 순환의 고리를 타고 끝없이 이어진다. 새로 태어나는 생명체는 어느 것이나 귀엽고 사랑스럽다. 사자나 늑대 같은 사나운 짐승도 새끼의 모습은 귀엽고, 우직스러워 보이는 멧돼지도 새끼는 지극히 예쁘다. 그러나 그 어린 생명체가 오염과 부패로 가득한 세계를 살아가야 한다면 그 작고 귀여운 모습 자체가 비극적 운명을 반어적으로 드러내는 저주의 서곡에 해당하지 않겠는가.

3. 대자연의 풍성한 잔치

생명의 훼손을 고발하고 생명의 약동을 찬탄하는 시인에게 가장 감동적으로 각인되어 있는 장면은, 인위적 문명의 세례를 받지 않은 상태에서 그야말로 자연스럽게 자연과 어울린 정감어린 농촌생활의 현장이다. 노동에 쓰이는 연장도 제쳐놓고 예의나 규범 같은 거추장스러운 것 팽개쳐 버린 대자연의 풍성한 잔치판을 그는 '위대한 식사' 라고 명명한다.

산그늘 두꺼워지고 흙 묻은 연장들
허청에 함부로 널브러지고
마당가 매캐한 모깃불 피어오르는
다 늦은 저녁 멍석 위 둥근 밥상
식구들 말없는, 분주한 수저질
뜨거운 우렁 된장 속으로 겁없이

뛰어드는 밤새 울음,

물김치 속으로 비게처럼 둥둥

별 몇 점 떠 있고 냉수 사발 속으로

아, 새까맣게 몰려오는 풀벌레 울음

베어 문 풋고추의 독한,

까닭 모를 설움으로

능선처럼 불룩해진 배

트림 몇 번으로 꺼트리며 사립 나서면

태지봉 옆구리를 헉헉,

숨이 가쁜 듯 비틀대는

농주에 취한 달의 거친 숨소리

아, 그날의 위대했던 반찬들이여

—「위대한 식사」 전문

도시에서만 성장하고 생활한 나는 사실 이런 소박하면서도 풍요로운 식사 장면을 한번도 제대로 체험하지 못했다. 그저 문학적 상상력의 도움을 빌어 자연 정경과 인간 생활이 서로 길을 터주고 손을 이끌어주는 교감의 장면을 떠올려 볼 뿐이다. 힘든 농사일을 마친 식구들이 마당에 모깃불을 피워놓고 멍석 위 둥근 밥상에 둘러앉아 식사를 한다. 식구들은 '말없이' '분주하게' 수저질을 한다. 그 행동 자체가 하루 동안 열심히 그들이 일했다는 사실을 반증한다. 허기지도록 열심히 일했으니 분주히 수저를 놀리는 것이 자연스러운 생리가 아니겠는가. 어디 배부른 사람처럼 밥상에서 허장성세를 부리며 침을 튀기며 떠든단 말인가.

밥상에는 우렁 된장국과 물김치, 풋고추, 냉수 사발이 올려져 있다. 그런데 이 초라하다면 초라한 밥상이 그 자체로 정지되어 있는 것이 아니라, 대자연과 교통하는 요술을 부린다. 뜨거운 우렁 된장 속으로는 밤새 울음이 '겁없이' 뛰어들고, 물김치 위에는 별 몇 점이 둥둥 떠 있고, 냉수 사발 속으로는 풀벌레 울음이 몰려든다. 그러니까 밥과 국과 물김치를 떠먹고 풋고추를 잘라먹고 냉수를 들이키는 행위는 곧 밤새 울음을 받아들이고 별을 떠 마시고 풀벌레 울음을 들이키는 것과 같은 효과를 갖는 것이다. 이것은 문명의 허상 저편에 숨어 있는 토속적 자연미의 세계이자 자연과 어우러진 진정한 생활사의 현장이다. 농촌의 삶에서 자연과 하나가 되는 것은 어려운 일이 아니다. 밥과 국을 먹고 물을 마시면 그것이 바로 자연과 하나가 되는 일이다. 그러기에 배가 불룩해진 것도 산의 능선에 비유된다.

이것과 대비되는 인공적인 도시의 식사가 제시된 작품이 「오후의 식사」다. 아내와 아이들이 모두 집을 비운 어느 오후 시인 혼자 텅 빈 거실에 앉아 밥을 차려 먹는다. 그가 반찬으로 장만하는 것은 잘게 썬 햄 조각, 냉동실에 오래 저장되어 비틀어진 멸치, 표백 처리된 콩나물을 김치에 넣고 끓이는 김치찌개다. 이 도시의 인공적인 식사에는 자연의 성스러움이 끼어들 여지가 없다. 다만 시인은 그 각각의 재료들이 서로의 살 속으로 스며들어가 깊은 맛을 우려낼 것을 바랄 뿐이다. 그러나 그 각각의 재료처럼 그를 스쳐간 개개의 얼굴들은 조화를 이루지 못한 채 아픈 회한으로 남아 있다. '홀로 하는 눈물나는 때늦은 식사' 라는 구절처럼 도시의 인공적인 삶은 그에게 외로움과 울분과 시간의 어긋남을 가져다준다. 개개의 자연물이 반찬이 되어 몸의 일부로 스며들던 농촌의 자연공간을 그는 동경의 대상으로 내면화할 수밖에 없는 것이다.

그렇기 때문에 도시에서의 삶은 여러 각도에서 생의 비애와 연결된다. 「아내의 병실」의 병약한 아내나, 「피아노 소나타」의 아련한 추억의 멜로디나, 「내음이 사라진 골목길」의 돌아오지 않는 노인의 허망함도 도시의 비애와 연결되어 있다. 이 도시의 삶이 위안을 얻고 마음의 균형을 취하려면 건강한 농촌의 삶으로 되돌아가거나 농촌적 건강성을 되살려야 한다. 그러나 서울에서 산 지도 이미 20년 가까이 되었고 농촌 역시 그가 성장하던 때의 그 건강성을 상실한 지 오래되었다. 이제 시인은 자신의 지향점을 새롭게 설정해야 할 지점에 이르렀다. 쓰러진 고향의 팽나무를 보고 안타까워하는 단계에서 한 걸음 더 나아가, 사라져가는 자연의 진정성을 정면에서 탐구하거나, 도시적 삶의 이중성을 정면에서 비판하거나, 삶의 세부에서 발견되는 진실의 정수를 면밀히 관찰하여 거기서 신생의 가능성을 찾아내거나, 그가 갈 길은 여러 가지가 있다.

어느 길을 택하건, 그가 지금까지 그래왔던 것처럼, 문학적 진정성에 바탕을 둔 시적 탐구가 펼쳐질 것이라고 나는 믿는다. 우리에게 다가오는 시대적 요구를 유연하고 슬기롭게 수용하면서 시의 진경을 모색하는 진지한 시인의 모습을 그는 견지해갈 것이다. 그러한 성취의 기쁨을 미리 맛보며 『위대한 식사』(세계사, 2002. 6)에 부치는 글을 여기서 멈춘다.

그리움의 힘으로 세상을 보다

—전동균 시집

몇 년 전 전동균의 시에 대해 글을 쓰면서 함허동천이 어디냐고 물은 적이 있다. 강화도의 지명이라고 그는 간단히 대답하였다. 그의 시집을 읽으며 함허동천에 한번 가보아야겠다는 생각이 들었고, 시집의 서평을 쓰게 되자 곧바로 그 생각을 실행에 옮겼다. 그곳은 마니산 동쪽, 전등사에서 동막해수욕장으로 가는 길목에 있었다. 함허동천이라는 이름은 조선 세종조 때 그곳에서 수도했던 함허대사의 이름에서 유래한 것. 동천(洞天)이란 경치 좋은 계곡을 말하는 것이니, 함허동천이란 함허대사가 머문 계곡이란 뜻이다. 그런데 함허(涵虛)란 한자어는 '허공을 받아들이다' 혹은 '허공에 잠기다' 의 뜻을 갖고 있으니 허공과 하나가 된 계곡이라는 뜻도 성립된다. 겨울이라 헐벗은 나무들이 앙상하고 계곡물도 말라버려 절경의 위용은 맛볼 수 없었다. 그러나 오히려 '함허동천' 이라는 말이 환기하는 텅 빈 듯한 느낌, 어딘지 허전하여 다른 세계에 와 있는 듯한 느낌은 더 강하게 받았다. '함허동천' 이라는 음 자체가 허무하고 처연한 느낌을 자아내는데, 겨울 계곡의 텅 빈 모습은 그 음의 분위기를 더 잘 전달해주었다. 그의 시에는 겨울 함허동천이 환기하는 허무의 서운한 음영이 있다.

그는 『현대시학』 2003년 2월호에 실린 「시인의 말」에서 자신의 시세계에 대해 아주 정확한 고백을 해 놓았다. 그의 시우(詩友) 장석남과 이홍섭을 끌어들여, 장석남이 인가와 멀리 떨어진 산등성이에 집터를 마련하고, 이홍섭이 마을에서 산등성이로 가는 길목에 터를 얻는다고 가정한다면, 자신은 "산과 마을이 맞닿은 경계에, 새 소리도 들리고 사람 발자국 소리도 들리는 곳에 초막을 지을 생각을 했으리라" 고 고백한다. 새 소리와 사람 소리의 경계에 그의 시가 놓이고, 그 둘이 갈라지는 지점에 그의 시심이 서성인다. 그의 마음의 지향은 가늘게 지저귀는 새 소리의 신비로움으로 향하다가 사람들의 근심스런 두런거림으로 돌아서고, 사람들의 살아가는 이야기를 듣다가 어느덧 저 먼 동천(冬天)으로 날아가는 기러기의 울음소리에 귀를 기울인다. 이러한 그의 미세한 동요는 시집 첫 장에 놓인 다음 작품에서도 발견된다.

눈 쌓인 금장리 참대밭

휘어져, 한껏
휘어져
마침내 세상 밖으로 탈주할 것 같은
이 팽팽한 떨림 속에

휙,
새 한 마리 지나가자
순간, 있는 힘 다해
눈을 터는 댓잎들

제 몸을 때리며

시퍼렇게 멍든 제 몸을
제가 때리며
참회하듯 눈을 터는 댓잎들은

어찌 이리 맑은 빛을 내뿜는지
어찌 이리 곧은 생을 부르는지

속수무책, 나는
갈 곳 없는 죄인이다

—「댓잎들의 폭설」 전문

이 시에서 작품의 뼈대를 이루는 시어 몇 개를 건져내는 것은 어려운 일이 아니다. 그것은 '탈주', '참회', '맑은/곧은', '죄인'으로 요약된다. 시인은 폭설이 쌓여 휘어진 참대를 보며 스스로도 탈주의 꿈을 꾼다. 있는 힘을 다해 자신을 둘러싸고 있는 것을 털어내고 어딘가로 탈주하고 싶은 욕망이 그에게도 있다. 그러니까 댓잎의 움직임을 경탄어린 눈길로 지켜보았을 것이다. 그러나 한순간에 눈을 털고 제 모습을 되찾는 댓잎처럼 그렇게 정연하고 단정한 모습을 그는 보여줄 수가 없다. 그가 지향하는 세계가 맑고 곧은 어떤 경지임엔 틀림없는데, 탈주의 길이 막혀 있으므로 시퍼렇게 멍든 몸으로 하루하루를 버텨가는 것이다.

그는 스스로를 죄인이라고 부른다. 맑고 곧은 생을 꿈꾸지만 그것을 향해 몸을 날리지 못하고 제 몸을 제가 때리는 철저한 참회의 몸짓도 보여주지 못하기 때문이다. 다만 그는 현실의 죄 많은 삶 속에서도 탈주의 꿈을 버리지 않고 순정한 세계에 대한 지향을 포기하지 않으며 자책의 되새김을 멈추지 않을 뿐이다. 바로 그것이 그에게 계속 시를 쓰도록 유도하는 동인으로 작용한다. 인간의 세속사와 자연의 아름다움 사이에 서성이며 갈등을 계속하고 있고, 그 갈등이 시 창작의 동력으로 작용하고 있다.

그의 시에는 현실에 대한 환멸이 있으나 그것이 생 자체에 대한 철저한 부정으로 나타나지는 않으며, 이상의 세계를 꿈꾸기는 하지만 몽롱한 환상의 세계를 동경하지는 않는다. 그는 언제나 자신이 처해 있는 생의 조건, 현실의 환경 속에서 맑고 곧은 자리를 찾아보려 한다. "울음 그친 아이의 맑은 눈동자와 같이,/솔기 없는 영혼을 찾아/어디로, 이 세상 너머 어느 곳으로/무거운 내 육신을 싣고 떠나려 왔을까"(「배가 왔다」)라는 시행에서 보는 것처럼, 자신이 추구하는 맑음을 '울음 그친 아이의 맑은 눈동자'에서 찾으려는 현실 긍정의 시각이 유지되며, '무거운 내 육신을' 포기하지 않고 그것을 싣고 떠나려 한다는 실체 인정의 사유를 보여준다. 이것은 그의 시적 사유가 현실의 삶과 탈속의 꿈 사이에 동요하고 있음을 나타낸다.

스스로를 참회가 필요한 죄인으로 생각한다는 것은 자기 자신에 대해 예민한 자의식을 가지고 있다는 얘기가 된다. 그는 자신의 생과 그 운명에 대해 여러 차례 반복해서 자문을 던지며 전생에서 후생으로 이어질 '나'라는 존재에 대해 여러 각도에서 성찰하는 자세를 취한다. 때로는 전생과 후생 사이에 길을 잃어 감옥에서 벗어나지 못한다고 악몽에 잠긴 듯 토로하기도 하고(「점집 앞」), 늘 다니는 골목길에 낯설음을 느끼며 아무도 없는 길을 자꾸 뒤돌아보기도 한다(「귀가」). "내가 누구인지, 어딜 가야 할지 몰라 걸음을 멈추고 텅 빈 나무구멍을 오래오래"(「고운사 뒷숲」) 들여다보는가 하면, 절집 뒤란 요사채 섬돌에 놓인 "빗물 고여 있고 먼지도 쌓여 있는"(「삼천사에 가면」) 흰 고무신을 한참 들여다보며 자신의 생의 실체를 헤아려보기도 한다. 느닷없이 찾아오는 생에 대한 이질감, 막막한 소외감은, "쓰러진 갈대밭"이나 "바람에 시린 발 묻고 웅크린 폐선들의 길"(「창후리, 日沒」) 같은 소멸의 공간에서, 오히려 한 생을 보낸 것 같은 친숙함을 느끼게 한다. 마음 같아서는 헌 옷을 갈아입듯 그렇게 삶을 바꾸고 싶지만(「섬」), 그럴 수 없는 일이기에 생의 아픔은 더욱 커질 뿐이다. 나를 베어내고 거짓말의 삶도 베어내고 어린아이와 아내의 눈물까지 베어낸 '눈부신 絶滅의 자리' 에 서고 싶지만, 현실에 뿌리를 드리운 생활인에게 그러한 자리가 쉽게 마련되는 것은 아니다. 그러한 번민과 자책과 동요가 다음 시에 새겨져 있다.

으슬으슬한
저녁답, 가랑잎 부서지는 소리가
자꾸 발밑에서 들렸네

어두워지기 전에 강물은
푸른 회초리처럼 휘어졌다가
흉터 많은 내 이마를 후려치고,
아까보다는 훨씬 더 깊어져
불빛도 안 켜진 사람의 마을 쪽으로
그렁그렁 흘러갔네

—내 눈에는 왜 모래알이
서걱이는지 몰라, 눈을 뜰 때마다
눈 못 뜨게 매운 연기가
어디서 차오르는지 몰라,

잘못 살아왔다고, 너무
아프게 자책하지 말라고
갈 곳 없는 새들은

물에 잠긴 옛집 나무 그림자를 흔들며
석유곤로에 냄비밥을 안치는
獨居의 마음속으로 떼지어 날아들고

아무것도,
아무것도 보이지 않는 저녁답, 나는
집에 안 가려 떼를 쓰는
새끼염소나 달래면서

—「함허동천에서 오래 서성이다」 전문

시의 정경은 가을이다. 으슬으슬 선듯한 기운이 몰려드는 저녁 무렵 시인은 가랑잎을 밟으며 함허동천을 걷는다. 스산한 정경을 배경으로 그는 자책감에 사로잡혀 스스로 잘못 살아왔다고 고백한다. 강물이 흉터 많은 자신의 이마를 푸른 회초리처럼 후려치자 자신의 눈에는 모래알이 서걱이고 매운 연기가 차오르듯 아픔과 회한이 밀려든다. 아무 것도 보이지 않는 시야의 단절 속에서 집에 안 가려 떼를 쓰는 새끼염소를 달랠 뿐이라고 시인은 적었다. 이 시만 읽어서는 시인이 자책감에 사로잡힌 이유를 알 수 없다. 그러나 전후의 시편을 읽어 보면 시인의 자책은 맑고 곧은 삶으로 직행하지 못한 데서 온 것임을 알 수 있다. 이 시에 두드러지게 노출된 '獨居의 마음' 이란 시어는 맑고 곧은 생으로 자아를 이끄는 매개의 역할을 한다. 홀로 자신의 자리를 지킬 때 맑고 곧은 경지가 나타난다는 것을 옛 선비들은 '獨善其身' 이란 말로 표현하였다. 그러나 이 시의 화자는 그 독거의 자리로 선뜻 나아가지는 않고 있다. 불 켜질 사람의 마을과 암울한 독거의 마음 사이에 떼쓰는 새끼염소처럼 갈 길을 찾지 못한 상태이다.

예민한 자의식으로 자신을 들여다보아도 자아의 실체는 모습을 드러내지 않고 착잡한 영상으로 분해된다. 그러나 병든 영혼이건 죄지은 영혼이건 스스로를 후려치는 참회의 고행에 의해 현재의 자리에서 벗어날 수 있는 길이 열릴 것이다. 그러한 탈주의 매개 역할을 해주는 것이 순수무욕의 자연이다. 죄 짓고 살아온 날들까지 맑게 씻어줄 것 같은 청정한 자연의 정경은 어린애처럼 배냇짓도 하고 덧니 반짝이는 웃음소리도 낸다. 둥근 잎보다 먼저 피어난 매화의 흰 꽃과 간절한 향기는 "몸과 마음이 어긋나는 세상의 길 위"(「매화, 흰빛들」)로 날아가며 세상의 황폐함을 가려주고 이 세상에서 살아가는 자신의 죄업까지도 정화한다. 앵두나무 가지에 "잇몸을 막 뚫고 나온/돌배기 아이의 젖니 같은" 꽃잎이 돋아나자 시인은 "죄 없이 살다간/일찍 죽은 영혼들이"(「앵두나무 곁에서」) 돌아온다고 상상할 정도다. 그만큼 청정한 자연은 현실의 삶에 이상의 세계를 끌어와 보여주는 역할을 수행한다. 극단적인 경우, 「물방울 소리」처럼 맑고 곧은 경지를 수직의 직핍성으로 직접 표현하기도 하지만, 그 외의 많은 시편은 다음과 같이 자연의 청정함을 어린아이의 천진성과 동일화된 양태로 형상화한다. 이것은 인간의 일상적 삶을 품어 안으려는 긍정의 정신이 생에 대한 환멸의 의식보다 더 우위에 있음을 알려준다.

아파트 베란다, 버려두었던 난에서
꽃대 하나 새로 올라왔다
누가 부르지 않았는데
내가 사람으로 나왔듯이

땡볕 같은 햇빛의 떼 몰려들던
지난 여름내
물 한번 주지 않은 게으름을 자책하며
손 씻고 다시 돌아와

늦둥이 아이에게 젖을 물리듯
물을 뿌린다

싸륵, 싸르륵
마른 뿌리 적시는 물의 숨소리 들으며 나는
가늘고 파란 꽃대에 깃든
오늘밤 속의 수많은 밤들을
더듬어 찾고 있으니

며칠 후 꽃망울 활짝 피어나면
목젖 타는 바람, 빛을 잃은
별자리의 길을 지나서
이 세상을 처음 시작하는 것들의
눈 맑은 영혼을

—「긴 팔 옷을 입은 밤」 전문

어느덧 여름이 물러가고 소매 없는 옷이 선듯하게 느껴지는 어느 가을날 시인은 미처 돌보아주지 못한 난에 솟아오른 꽃대를 뒤늦게 발견하고 서둘러 물을 뿌려준다. 그것을 시인은 "늦둥이 아이에게 젖을 물리듯/난에게 물을 뿌린다" 고 표현했다. 어린이의 천진함을 시상의 매개로 삼아온 그는 남성시인으로서는 참으로 드물게 이러한 모성적 이미지를 활용하여 성공을 거두었다. 난에게 젖을 물린 어머니의 자리에 설 때 그는 이미 자신의 죄와 부끄러움을 다 씻어버린 것이나 다름이 없다. 그 정화의 자리에서는 내가 사람으로 나온 것이나 난이 꽃대를 내민 것이나 다 똑같은 생명의 창조 과정으로 받아들여지며, 청정한 내면의 귀에는 마른 뿌리 적시는 물의 숨소리까지 싸륵 싸르륵 들려온다. 그 내밀한 시각으로 가늘고 파란 꽃대에 깃든 수많은 밤들을 더듬어 찾아낼 것도 같다. 오늘밤 안에 이미 수많은 밤이 깃들여 있으며 그 많은 밤이 가늘고 파란 꽃대에 스며들어 있는 것이다. 이것은 자연이나 생명을 어떤 고정된 시각으로 바라보지 않고 끊임없이 유동하고 무한히 확산하는 역동적인 대상으로 바라볼 때 얻어지는 깨달음이다. 난초잎 하나에 무량한 세계가 숨어 있고 유구한 시간의 흐름이 담겨 있다. 표면적으로는 이 세상을 처음 시작하는 생명이지만 이미 그 내부에는 무한한 시공의 전개가 함축되어 있는 것이다.

사정이 이러하다면 그의 탈주에의 지향은 우리의 눈길이 닿지 않는 어떤 미지의 고도로 이행할 필요가 없다. 앵두꽃 피고 매화 터지고 난초에 꽃 오르는 근접의 세계 속에 그의 순수에의 지향은 충족될 수 있다. 그리고 그 순수에의 지향이 어린이의 천진하고 무구한 외형에 비유된다는 사실 역시 그의 시선이 우리들이 살아가는 평범한 일상을 향하고 있음을 알려준다. 그는 자신의 내부에서는 한 점 티만한 죄도 철저하게 찾아내려 하지만 타인의 삶을 대할 때에는 그지없이 너그러운 자세를 취한다. 요컨대 자신에게는 가혹한 단죄의 손짓을, 타인에게는 온유한 사랑의 눈길을 보낸다. 그 따뜻한 사랑의 시선이 "산비탈 아래/마당 없는 집 문간방"에 저녁을 준비하는 쌀 씻는 소리를 듣게 하고 가난한 식구들을 위해 "간고등어 한 손 사들고 귀가하는/사람의 마음"(「저녁별」)을 떠올리게 한다. 가난한 삶의 참담함과 곤고함을 이해하면서도 그것을 따뜻한 온기로 감싸안는 너그러운 눈길이 그의 시의 하늘에 자리잡고 있다. 얼핏 보면 우수와 적막으로 채색되어 있는 그의 시의 하늘에 다음과 같이 온유한 불빛과 따뜻한 밥상이 자리잡고 있는 것은 바로 그 때문이다. 순정한 세계로의 탈주를 꿈꾸면서도 지상에서 펼쳐지는 인간의 밥상을 외면하지 않는 균형감각을 그는 지니고 있다.

어두운 구름들이 지붕 위로 흘러갔다

때 이른 푸른 열매들이
마당 한구석에 떨어져 쌓이고

잠시 환하게 열렸다가 닫히는
창문들, 그 안쪽에
빗방울처럼 얼핏
알 수 없는 모습들이 스쳐 지나갔다

햇빛 맑고 바람 찬
前生의 어느 하루, 날갯짓도 없이
허공으로 날아간 새였을까
죽은 나무가 마지막으로 피워올린
만발한 꽃들이었을까
붉디붉은…… 애인의 입술이었을까

금세 사라지는 그 흔적들을
또렷하게 응시하며
한없이 깊어지는 저녁의
눈동자 속, 몇 세기를 건너온
오랜 그리움의 힘으로

불빛은 깨어나 언덕길을 비추고
사람들은 다시 집으로 돌아와
따뜻한 밥상에 둘러앉고

—「그리움의 힘으로」 전문

시의 앞부분에는 우리들이 오랜 시간 동안 스쳐왔던 아쉬운 생의 단면들이 펼쳐져 있다. 마치 미지의 세계의 환영 같아 보이는 이 미묘한 기미들은 바로 우리들이 살아온 생의 흔적이다. 시간이 지나면 그러한 생의 자취는 아련한 그리움으로 남는다. 그리고 그 그리움은 다시 생의 온기로 지펴진다. 이것을 시인은 '그리움의 힘' 이라고 했다. 그리움의 힘은 초월의 세계와 현실의 삶을 이어준다. 그의 시는 이처럼 현실의 삶과 초월의 지평이 만나는 지점에 놓여 있다. 그의 말대로 "산과 마을이 맞닿은 경계에, 새 소리도 들리고 사람 발자국 소리도 들리는 곳에" 그의 시의 초막이 자리잡고 있다.

그의 시선이 자연의 순정함을 향할 때 그의 시는 우리의 남루한 마음을 정화하며, 일상의 삶을 향할 때 생의 비애를 깨닫게 하거나 사랑의 온기를 감지케 한다. 그리고 자신의 내면을 향할 때 '나' 라는 존재는 무엇이며 어떤 자리에 놓여 있는가라는 존재론적인 질문을 떠오르게 한다. 이러한 다층적 시선이 단아한 형식 속에 집약되어 있다는 점이 이 시집의 강점이다. 이런 점에서 이 시집은 최근 시단의 단조로움을 뛰어넘는 힘을 지닌다. 단조로움의 극복이 장황하고 돌발적인 어법에 의해서가 아니라 단정한 어조에 의해 가능하다는 점을 일깨운 것도 이 시집이 남긴 큰 성과의 하나다. 전동균 시인은 이 힘과 열매를 수렴하여 불혹의 나이에 걸맞는 진지한 탐색을 계속해갈 것이다. 진지한 사색 옆에 단짝처럼 붙어다니는 관념화의 유혹을 경계하면서.

황홀한 개안 혹은 망둥이의 몸짓

—한명희 시집

1. 여자

한명희는 여자다. 그리고 노처녀다. 우리말에서 노처녀라고 할 때의 '처녀'의 어감과 그냥 처녀라고 할 때의 어감은 사뭇 다르다. 그냥 처녀라고 하면 거기에는 성경험이 없는 정녀(貞女)의 이미지가 겹친다. 그러나 노처녀라고 하면 '노'에 중점이 놓이고 '처녀'의 정결성은 뒤로 후퇴한다. 그런데 한명희는 내가 알기에 처녀인 노처녀다. 1996년에 낸 그의 첫시집 『시집읽기』에서 "나도 아직껏 처녀라는 사실을/그 순결한 콤플렉스를/그 여자에게 고백하고 싶어졌어요"(「서울에서 보낸 3주일」)라고 분명히 밝혔기 때문이다. 그 이후 6년의 세월이 흘러 두 번째 시집 『두 번 쓸쓸한 전화』(천년의시작, 2002. 10)를 내지만, 그 문제에 관한 한 변한 것이 없음을 다음의 시를 통해 짐작할 수 있다.

태어나서 지금까지 연애에 바친 시간

그 시간 동안 책을 썼다면

이 세상에서 가장 두꺼운 백과 사전을 썼으리라

그 사전 속
열병이라든가 집착이라든가 실연이라든가 낙태라는 말
그런 말들 하나도 들어있지 않아
사전은 두꺼워도 결코 무겁지 않았으리라

나 지금이라도 이 지지부진한 연애를 끊고
마약을 끊듯이 연애를 끊고
『수도사를 위한 책』 1, 2, 3을 쓰기 시작할까나

그러나 나 아직은 연애 중이고
연애에 대한 상념들과 연애 중이고
연애에 대한 상념들과 열애 중인 나와 열애 중이라
책을 쓸 길 요원하다네
수도사의 책을 쓸 길 요원하다네

―「수도사를 위한 책」 전문

에로스적 충동이야말로 인간의 정신과 행동을 이끄는 중요한 요소의 하나다. 동서고금을 막론하고 많은 문학 작품들이 남녀의 사랑을 주제로 삼고 있음을 보아도 사정을 알 수 있다. 한명희 역시 살아 있는 인간이고 건전한 심신을 가진 여성이기에 연애에 관심을 보이는 것은 당연하다. 그런데 여기서 흥미로운 것은 우리가 노처녀에 대해 갖고 있는 관념과 이 시의 내용이 충돌한다는 점이다. 흔히 결혼을 안한 독신 여성을 볼 때 우리가 갖는 선입견은 남성에 대한 관심이 없다든가, 이성 교제에 별 흥미를 느끼지 못한다든가 하는 것들인데, 이 시의 화자는 연애에 대단한 관심을 갖고 있음을 고백하고 있다. 연애에 바친 시간이 너무나 많아서 그 시간 동안 책을 썼다면 가장 두꺼운 백과 사전을 썼을 것이라고 말할 정도다. 그런데 문제는 그 연애에 대한 관심이 실제상황으로 실현되는 것이 아니라 연애에 대한 상념으로 주저앉아버린다는 데 있다. 그는 사람과 연애를 하는 것이 아니라, 연애에 대한 상념과 연애를 하고 그 상념에 빠져 있는 자신과 연애 중이라고 한다. 그러니 누구를 사랑하여 열병을 앓아본 적도 없고 실연의 아픔에 육신이 무너져 내린 적도 없고 성희의 절정을 맛보거나 낙태의 쓰라림을 경험한 적도 없다.

사정이 이러한데도 그는 이 순간에도 연애에 대한 상념과 연애 중이다. 그것은 그가 바로 여자이기 때문이다. 여자로서의 인식과 경험은 그에게 매우 독특한 양상으로 나타나는데, 그것은 그의 표현대로 "내 속에 아흔아홉 먹은 늙은이가 아흔아홉 명 사는"(「정체불명」) 것처럼 보수 반동적 속성을 지니고 있다. 남성과 대등한 자리에서 사랑을 나누고 여성 상위의 체위도 즐기고 성애의 오르가슴에 도달하기 위해 테크닉을 구사하는 능동적 여성형과는 너무 다르다. 표면적으로 그는 남성의 요구에 순응한다. 「어떤 등산」에 나오는 것처럼, 단풍 구경을 가자는 전화 제의를 받고 그것이 여러 곳을 거쳤다가 모두 거절당하고 자기에게 온 것임을 직감하면서도 제의를 수락한다. 김밥과 커피까지 준비하여 가을 산에 가서 적당한 때에 웃고 적당한 때에 눈을 맞춰준다. 그것이 연애의 가능성을 열어두는 길임을 잘 알고 있기 때문이다. 비록 여러 곳을 헤매다 걸려온 전화지만 그것조차 차단해버리면 연애의 길이 막히고 여자로 존재할 가능성이 사라진다. 그가 생각하는 여성성은 다음과 같다.

나는 여자로 프로그래밍되었다

나의 섹스에의 욕망은

오르가슴의 욕망이 아니라

젖꼭지를 물리고픈 욕망이다

—「나는 여자로 프로그래밍되었다—바이오로보틱스 1」 전문

현대시학상을 받은 이원은 수상소감에서 "저는 인간이었던 기억을 간직하고 있는 사이보그입니다"라고 말했다. 나는 그 말을 듣고 가슴이 저렸다. 도대체 인간이란 무엇인가, 우리는 그 '인간'에서 얼마나 멀리 떨어져 있는가, 우리는 짐승이 되어가는 것이 아니라 사이보그가 되어가는 것인가 하는 생각이 일어났기 때문이다. 한명희는 스스로 여자로 프로그래밍되었다고 말한다. 여자로 프로그래밍되기 이전에 원래 그는 무엇이었나? 인간이었나, 사이보그였나?

그에게 내재된 여성성은 모성적 자질이다. 그것은 이곳저곳을 기웃거리다 단풍 구경 가자고 전화한 건달을 위해 김밥을 싸고 커피를 준비하던 때부터 예고된 것이기도 하다. 누나 같고 어머니 같은 자세를 그는 취한다. 연애의 욕망, 섹스의 욕망이 젖꼭지를 물리고픈 욕망으로 귀결되는 데 대해 불만을 갖는 페미니스트도 있을 것이다. 이러한 모성적 자기 확인이야말로 남성중심 사회에서 여성에게 주입된 허위의식이라고 비판하는 사람도 있을 것이다. 그러나 나는 이 모성적 자기 인식이 한명희의 인간적 기품을 유지하고 그의 시의 격조를 지키는 귀중한 덕목이라고 생각한다. 여성의 모성성을 부정하는 페미니즘 담론이 있다면 그것은 거짓이고 악이다. 여성의 진정한 여성성은 모성성의 투철한 인식을 통해 발현된다. 그런데 한명희가 이 모성성을 발현하기 위해서는 연애를 해야 하고 결혼도 해야 한다. 결혼을 하지 않고 어머니가 될 수도 있겠지만 정상적 한국인임에 틀림없는 한명희는 결코 그런 파행을 택하지 않을 것이다. 그러니 꼭 연애를 하긴 해야겠고, 태어나서 지금까지 연애에 바친 시간이 헤아릴 수 없을 지경인데, 그는 연애에 성공하지 못했으니, 참으로 미치고 속 터질 노릇이 아니겠는가?

2. 연애

한국사회에서 연애에 성공하려면 여자가 때로는 바보노릇을 해야 한다. 이것은 여성을 비하하는 발언이 아니라 사실을 지적하는 말이다. 그만큼 한국사회가 남성중심적인 것이 사실이다. 남자는 늘 의젓하고 정중하며 여자는 다소 푼수기가 있고 경망스럽다고 많은 남자들이 믿고 있고, 그 믿음을 사회가 확대 재생산해준다. 사회의 확대 재생산 과정에 일찍이 사회화된 여성들도 일부 동참한다. 이 사회에서 남자와 연애하여 여자로 살아남으려면 어느 한 순간은 바보가 되어야 한다. 그런데 한명희는 다음과 같이 바보의 길을 포기한다. 그러니 연애가 성사될 리가 없다. 그는 깨어진 연애에 슬퍼하며 연애에 대해 더 깊은 사색을 펼친다.

> 물살이 빨라지는 강가에서 소리쳤네
> 나는 바보가 아니란 말이에욧!
>
> 그때부터 풍경들이 빠르게 바뀌기 시작했네
> 우리의 새끼손가락이나 입술 같은 것
> 그런 것들이 둥둥둥 떠내려가고 있었지
>
> 꼭 한 번 바보여도 좋았을 그때
> 나는 여전히 바보가 아니었으므로
>
> —「다시 쓰는 일기」 전문

한명희 시의 언어는 하나하나가 상징적이어서 어느 것 하나 버릴 것이 없다. '물살이 빨라지는 강가', '빠르게 바뀌는 풍경', '새끼손가락이나 입술',

'둥둥둥 떠내려가고' 등의 짧은 어구 속에는 여러 가지 복잡한 상황이 함축되어 있다. 연애가 발전하여 감정이 고조되고 서로의 부딪침도 강해지는 그런 결정적 상황에 도달하면 아무리 똑똑하던 여자도 한번은 바보가 되어서, "자, 자, 자, 자기야"를 외쳐야 한다. 그래야 두 사람의 연애가 기정사실로 굳어지고 일단 그렇게 남자가 사랑의 포로가 되면 그 이후에는 남자가 여자 앞에 바보가 되기도 하는 것이다. 그런데 이 결정적 순간에 시인은 바보가 아니라고 외친다. 이렇게 되면 그 연애는 깨진다. 그야말로 "풍경들이 빠르게 바뀌기 시작"하는 것이다. 언제나 다정하던 상대방의 눈초리가 올라가고 늘 미소를 머금던 입술은 아래로 처진다. 온화하던 말소리가 빈정대는 콧소리로 바뀌는 순간 예전의 언약이나 만남의 환희 같은 것은 모두 물거품처럼 사라지고 만다. 내 목을 감쌌던 팔로 다른 여자의 허리를 안고 사라지는 것이다(「저, 위험한 남자」).

이러한 상황이 반복되면, 다시 말해서 남자 앞에 바보가 되지 않는 길을 고수하면, 바보가 될 줄 모르는 여자라고 소문이 나서, 남자들의 왕따가 된다. 여러 남자들이 접촉을 시도하다가 모두 등을 돌린다. 손이 차갑건, 손이 따뜻하건, 결과는 똑같다. 손이 차가우면 차가워서 정 떨어진다고 하고, 손이 따뜻하면 손과 마음은 반대라고 중얼대며 돌아선다(「손」). 막힌 골목이건, 뚫린 골목이건, 절망하긴 마찬가지라는 이상의 절규가 들리는 듯하다. 그렇게 연애에 대해 분석하고 탐구하며 많은 시간을 쏟아부었는데 어떻게 이런 결과가 나오는가? 이유는 간단하다. 바보가 안/못 되었기 때문이다. 『바보가 되거라』(김현준 저, 효림, 1993)라는 경봉 선사 일대기를 정리한 책이 있는데, 이 책을 진작에 읽었더라면 한명희도 자기 아기에게 젖꼭지를 물릴 수 있었을 텐데. 참으로 안타까운 일이다.

더욱 안타까운 것은 한 여성의 연애에 대한 상상이 일상적 관계를 넘어서 가정 있는 남자와의 연애로 영역이 확대된다는 점이다. 사람이 자신의 행동반경을 넓혀가는 것은 바람직한 일이지만, 그 행동의 결과가 참혹한 슬픔으로 귀결

될, 그런 앞이 뻔한 드라마를 연출하는 것은 무모하고 덧없는 일이다. 한명희는 그런 여자의 참담한 정황을 다음과 같이 사실적으로 그려놓았다.

네가 네 집 식탁에
동그랗게 모여
저녁을 먹고 있을 시간

잘 깎여진 사과가
한 조각
두 조각
또 한 조각
접시에 놓여지고 있을지도
모르는 시간

몇 번의 일탈쯤은
거뜬히 빨아들이는
그 강력한 구심력의 시간

네가 흘려 놓은 말들을
뒤적거리며
나는 묻는다
나는 누구인가
나는 너의 무엇인가

—「남의 남자」 전문

이 시에도 한명희의 놀라운 언어 구사력이 충분히 그 빛을 뿜어내고 있다. 그 남자가 식구들과 '동그랗게 모여' 저녁을 먹고 있다고 하니, 그 '동그랗게'라는 말이 짙은 슬픔을 느끼게 한다. 시의 화자는 분명 외톨이로 오두마니 앉아 그 남자 생각을 할 터인데, 그 남자는 식구들과 동그랗게 모여 앉아 저녁을 먹다니. 이 동그라미의 이미지는 3연의 '구심력' 이라는 말로 자연스럽게 연결된다. 유부남이라는 남자들은, 상대방이 단지 임자 없는 처녀라는 그 이유만으로, 여자가 바보노릇을 하지 않아도, 각종 다정한 말을 속삭여 연애의 환상을 불어넣는다. 순진한 처녀는 자신을 있는 그대로 받아주는 듯한 유부남의 매너에 끌려 스스로 불륜의 사랑에 빠졌다고 괴로워한다. 그러나 유부남에게 관심 있는 모든 처녀들은 이 점에 주의하기를! 유부남에게는 돌아갈 가정이 있으나 처녀에게는 돌아갈 가정이 없다는 것. 유부남은 가정이라는 강력한 구심력의 공간이 있고, 그 공간에 동그랗게 몸을 움츠리고 있는 한 그에게는 별 괴로움이 없다. 그야말로 "몇 번의 일탈쯤은/거뜬히 빨아들이는", 가정이라는 진공청소기를 유부남은 소유하고 있는 것이다.

한명희의 이 시가 그의 실제적 체험을 바탕으로 한 것인지, 아니면 순수한 상상의 소산인지는 알 수 없으나, 그 어떤 것이라 해도 이 시는 한명희의 시인으로서의 높이를 한 단계 높이는, 중요한 의미를 지닌 작품이다. 여기에는 시의 언어와 형식에 대한 뚜렷한 자각과, 드러내지 않을 것은 뒤로 감추는 뛰어난 절제력과, 자신의 실존을 성찰하는 사색의 자세가 조화롭게 응결되어 있기 때문이다.

3. 시인

한명희는 1992년에 등단해 1996년에 첫 시집을 냈고 이제 두 번째 시집을 내는 시인이다. 그가 이 슬픈 운명의 길로 들어서게 된 데는 내 책임도 조금은 있다. 1991년 서울시립대 대학원에 출강할 때, 한명희는 조교였고, 내 강의도 가끔 청강을 했다. 나는 이 키가 작고 몸이 날렵해 보이는 여인이 시를 습작한다는 사실을 알고 시를 보아주겠다는 미끼를 던져 접근을 시도했다. 참으로 순진하게도 그는 자신이 써놓은 처녀 문집을 나에게 다 보여주며 자문을 구했다. 일을 내가 먼저 벌여놓았으니 매듭을 지어야 했다. 마침 김재홍 선배가 『시와시학』을 창간하여 의욕적으로 사업을 추진하던 때였다. 나는 그를 김재홍 선배에게 소개했고 그는 그곳의 창작교실에서 창작수업을 받았다. 시집 해설을 안 쓰기로 굳게 마음먹은 내가 이렇게 해설을 쓰게 된 것은 바로 그런 인연의 그물 때문이다. 그리고 또 한편으로는 시의 기량이 부쩍 상승한 한명희의 시업을 격려해야 한다는 비평가로서의 의무감도 작용했다.

처음 등단할 때부터 그의 시는 재미있고 슬펐다. 그는 자기 자신을 숨김없이 드러내길 잘 하는데, 남의 맨얼굴과 맨살을 대하는 것은 재미있는 일이지만, 생생한 치부와 아픔까지 접하게 될 때는 비애의 감정이 솟구친다. 수업료 내가며 어렵게 창작공부하고, 등단하면서 심사위원들께 인사하고 동료들에게 축하 파티 하느라고 돈도 꽤 썼을, 생기는 것보다는 나가는 것이 많은 슬픈 운명의 길에 들어선, 등단 이후의 시인의 모습이 다음 시에 있다.

시인 되면 거 어떻게 되는 거유
돈푼깨나 들어오우

그래, 살맛 난다.
원고 청탁 쏟아져 어디 줄까 고민이고,
평론가들, 술 사겠다고 줄 선다.
그뿐이냐.

베스트셀러 되어 봐라.

연예인, 우습다.

하지만

오늘 나는

돌아갈 차비가 없다.

—「등단 이후」 전문

이렇게 등단하여 첫시집을 냈으나 원고청탁이 거의 들어오지 않았고 평론가들에게 거론된 적도 별로 없었다. 그야말로 돌아갈 차비가 없는 신세로 다시 6년의 세월을 보낸 것인데, 그 6년의 기간 동안 잠재력을 키워 시인으로의 성숙을 이룩했다. 돌아갈 차비가 없었기에 망정이지 차비가 있었다면 아마 그는 시인 이전의 자리로 돌아갔을 것이고 이런 두 번째 시집도 내지 못하고 말았을 것이다. 가난이 시의 양식이 된다는 말을 새삼 다시 음미하게 된다. 그러나 그의 식구들의 처지에서는 고민에 휩싸여 상을 찡그리고 시를 쓰는 것이 불안하고 불길해 보였을 것이다. 생의 번민 때문에 시를 쓰는 것인지, 시를 쓰니까 번민이 일어나는 것인지 사실 나도 판단하기 어려운데, 그의 다음과 같은 탄식은 저간의 사정을 잘 말해준다.

시 안 써도 좋으니까

언니가 행복했으면 좋겠어

조카의 첫돌을 알리는

동생의 전화다

내 우울이, 내 칩거가, 내 불면이
어찌 시 때문이겠는가

자꾸만 뾰족뾰족해지는 나를 어쩔 수 없고
일어서자 일어서자 하면서도 자꾸만 주저앉는 나를 어쩔 수 없는데

미혼,
실업,
버스 운전사에게 내어버린 신경질,
세 번이나 연기한 약속,
냉장고 속 썩어가는 김치,
오후 다섯 시의 두통,
햇빛이 드는 방에서 살고 싶다고 쓰여진 일기장
이 모든 것이 어찌 시 때문만이겠는가.
아무도 알아주지 않는 시
한 번도 당당히 시인이라고 말해보지 못한 시
그 시, 때문이겠는가

—「두 번 쓸쓸한 전화」 전문

시는 결핍에 기대는 것이라고 죽은 평론가 김현이 말했고, 가난이 시의 양식이 된다고 앞에서 말하기도 했는데, 다시 묻거니와 가난과 결핍 때문에 시를 쓰는 것인가, 아니면 시를 쓰기 때문에 가난과 결핍이 따라붙는 것인가? 동생으로 대표되는 생활권의 사람들은 시 때문에 언니가 결혼도 안 하고 우울한 몽상을 거듭한다고 생각한다. 처음부터 시를 쓰지 않았으면 다른 데서 핑계를 찾았을 텐데 이제는 모든 문제의 원인을 시 탓으로 돌린다. 시를 안 썼으면, 그

러니까 시인이 되지 않았으면, 아무도 알아주지 않는 자신의 시 때문에 괴로워하는 일은 적어도 없었을 것이다. 시인이라는 이름만 걸어놓았지 돌아갈 차비도 없는 백수건달이니 그 참담함을 어떻게 달랠 수 있었겠는가.

그러나 생활의 자리에서 벗어나 문학의 자리에서 보면 가난과 결핍을 견뎌내게 하는 것이 바로 시다. 생활의 지배에서 벗어나 인간 정신의 자유를 누리게 하는 것이 시다. 오후 다섯 시의 두통 속에서도 한 줄기 위안을 얻게 하는 것이 시다. 생활인의 시각에서 보면 사서 고생을 하는 것 같은, 한갓 말장난처럼 시시해 보이는 시 쓰기가 바로 그런 권능을 행사한다. 「생활, 그들이 지배하는 나날이 시작되었다」는 생활과 몽상의 대비를 통해 예술의 존재방식을 탐색하고 있다. 생활인이 생각하는 행복이란 무엇인가? 웃음과 돈과 여유와 권위 등의 말로 엮어진 화려한 의상일 텐데, 그 화려한 의상은 시녀로서의 굴종적인 삶의 대가로 주어지는 것인지 모른다. 굴종을 거부하고 정신의 자유를 택할 때 시라는 슬픈 운명의 길이 열린다. 그는 이 두 번째 시집에서 시인으로서의 자기 자리를 굳건히 구축하는 데 성공했다. 그런 점에서 시는 생활의 더께를 넘어서는 초월의 언어며, 생활의 허상을 깨뜨리는 불온한 언어다. 모든 시는 기성의 권위에 도전한다. 김수영의 말대로, 시는 불온하다.

그가 시인의 길로 나아갈 때 방해가 되는 것은 생활의 요소이며 또 하나는 '힘 센 남자' 로 표상되는 거짓된 권위이다. 거짓된 권위를 풍자하고 비판하는 작품을 그는 여러 편 써내고 있는데, 「힘 센 남자」, 「이름이 그 남자를 밀고 간다」, 「거짓 선지자」, 「가장 무서운 것」 등이 그러한 성격의 작품이다. 이 작품에 등장하는 남자들은, 내가 키워주고 지켜준다고 해 놓고 상대방을 자신의 틀에 얽어매려는 사람이거나, 세상의 허명에 의존하여 거짓된 권위를 확대해가는 인물이거나, 헛된 권위를 내세워 사람들의 존경을 받는 데서 쾌감을 얻는 위선자들이다. 교수 평론가라는 직함에 매달려 사는 나 자신도 그런 존재의 하나다. 일찍이 순진한 한명희를 꾀어내어 시인으로 키워주겠다고 시와시학사로 데려가지 않았던가. 한명희는 무명 시인, 박사과정 학생, 유급 시간강사의 생활을 거치면서 그러한 '거짓 선지자'를 많이 보고 그들에게 상처도 입은 것 같다. 그러한 거짓 권위를 비판하는 일은 매우 중요하다. 그러한 비판을 통해 자신을 새로운 시인으로 정립할 수 있기 때문이다.

4. 박사

한명희는 서울시립대 대학원에서 열심히 공부하여 박사학위를 받았다. 어렵게 시인이 되었지만 돌아갈 차비가 없는 신세였던 것처럼, 힘들게 박사를 받았지만 아무도 알아주는 사람이 없다. 그는 혼자 사는 여자답게 돈 문제에 민감한데, 박사와 관련지어서도 다음과 같이 부채의 액수를 밝힌다.

> 16년 간의 대학 생활.
> 내게 남겨진 건 350만원
> 부채뿐이다
>
> 대학에 들어올 때
> 나는 할 말이 많았다
> 나 자신을 향해서 친구를 향해서 세상을 향해서
> 그러나 나는 지금 할 말이 없다
>
> 대학이 나를 과묵하게 만들었다고는 생각지 않는다
> 그러나 16년 동안 내게는 개학과 방학 두 계절뿐이었다

받아든 이 졸업장이 운전 면허장보다 가벼울지라도
나는 넓을 박 자 알 식 자
넓고도 많이 아는 박사

누구의 말도 듣고 싶지가 않다

—「박사 이후」 전문

시인이 되면 돈푼깨나 들어오고 살맛나게 된다고 큰소리치다가 정작 시인이 되었을 때 돌아갈 차비가 없다고 씁쓸히 술회했던 것처럼, 정작 박사를 받고 보니, 그에게 남은 것은 상당액의 부채와 침묵유지의 습관, 그리고 운전 면허증보다 가벼운 박사학위증이다. "넓고도 많이 아는" 박사란 칭호를 받은 대신 사람들에게 할 말을 잃었고, 다른 사람의 말도 듣고 싶지 않은 상태가 되었다. 가만히만 있으면 중간은 간다는 말이 있지 않은가? 박사과정을 거치면서 그 말의 이점을 몸으로 체득했을 것이다. 돌아갈 차비가 없는 것이 아니라 소통 단절의 자폐성에 도달하는 것이라면 문제가 심각하다 아니할 수 없다. 이런 정도면 누가 빚을 내서 공부를 하고 박사를 따겠는가? 소통단절의 상태에서 벗어나는 유일한 방법은 강의다. 박사를 받았으니 그는 당연히 모교의 강의를 맡았는데, 그 중에서도 외국인을 위한 한국어 교육 코스의 강의를 맡고 교과과정도 짰다.

그 경험을 살려 '외국인을 위한 한국어 초급반' 이라는 부제를 붙여 몇 편의 연작시를 썼다. 그 연작시에 드러나는 공통적 요소는 약소국 노동자의 소외된 삶과 자신의 삶의 동일화다. 「힘내라, 네팔」이라는 시에는 한명희 강사의 한국어 수업을 듣는 네팔 여인과 그녀의 남편이 등장한다. 남편은 아내보다 3년 먼저 한국에 와서 한국어를 익혔고, 아내가 한국에 온 지도 3년이 되었다. 아내와 남편은 한국에서도 각기 다른 곳에 사는데, 아내가 한국어를 배우는 날은 남편이 기다렸다가 아내를 만나 둘만의 시간을 갖는다. 그 경위를 다음과 같이 간명한 형식으로 표현했다.

남편은 한국에서 아내는 네팔에서
그렇게 삼 년
남편은 불광동에서 아내는 영등포에서
또 그렇게 삼 년
일주일에 두 번
한국어 공부 끝나고 세 시간
네팔말이 한국말보다 아름다운 시간이다

—「힘내라, 네팔」 부분

그에게는 약소국 국민에 대한 동정과 공감이 있다. 교실에 학생들이 앉는 것만 봐도 강대국은 강대국끼리 약소국은 약소국끼리 모여 앉는다. 미국이나 호주인은 소란스럽고 질문이 많으며, 베트남이나 라오스인은 말수가 적다. 캐나다나 호주 사람들이 먼저 가르쳐달라는 말은 "애들아 조용히 해라" 인데, 필리핀이나 인도네시아 사람들은 "사장님, 기사님"을 먼저 배우고 싶어한다. 파키스탄 사람은 "야 임마" 나 "이 새끼야" 의 뜻을 묻지만, 미국 사람들은 그런 말을 한번도 들어보지 못했을 것이라고 생각한다. 결국 외국인들이 한국에서 하는 일에 따라 언어사용의 방향이 결정되는 것이다. 그리고 그것은 국력의 차이를 그대로 반영한다. 시인은 이 사실을 슬퍼하기는 하지만, 그것을 민족문제나 계급문제로 끌고 가지는 않는다. 다만 스스로를 그 약소국 입국자들처럼 소외된 자리에서 떠도는 존재로 인식하며 그들과의 동질감을 표시할 뿐이다. 그것은 음식에 대한 질문에 "김밥을 좋아합니다" 라는 말만 되풀이하는 외국인 노동자를 보고, "나의 김밥의 역사를/그가 알고 있는 것만 같다" (「김밥」)

고 생각하는 데서도 드러난다. 비록 박사를 따고 그들에게 한국어를 가르치는 일을 맡고 있지만, 그들과 나는 실업의 앞날을 걱정하며 김밥으로 끼니를 때운다는 점에서 비슷한 자리에 놓여 있는 것이다. 이러한 인식에는 인간과 인간의 삶에 대한 깊은 이해와 따뜻한 시선이 녹아 있음을 보게 된다.

5. 인간

그는 여자이고 시인이고 박사이고 뭐고 한 자신의 울타리를 넘어서서 인간 그 자체에 대해 관심을 기울인다. 인간에 대한 관심을 담은 시 역시 그의 다른 시편들처럼 극히 간략한 형식으로 표현되는데, 그 간략한 형식이 많은 것을 함축하고 있어 매우 이채롭고 신선한 느낌을 준다.

> 척, 보면 알 수가 있는 것이다
> 어깨 각도가 벌써 다른 것이다
> 아무리 눈동자에 힘을 주어도
> 흘러나오는 불안, 그것마저 어쩔 수는 없는 것이다
>
> 초짜,
> 안 봐도 다 아는 수가 있는 것이다.
>
> —「초짜」 전문

물론 이 시에는 초보자로 어떤 일에 참여한 한명희의 체험이 담겨 있겠지만, 그는 자신의 체취를 떨쳐버리고 상당히 객관적인 시각에서 '초짜'의 거동을 묘파하고 있다. 첫행의 '척'이라는 말 다음에 붙은 쉼표는 그야말로 한눈에 초짜를 알아차리게 되는 그 눈동자와 머리의 회전을 압축적으로 드러낸다. 이 쉼표가 붙은 '척,' 의 시어 구사야말로 한명희 시법의 진수를 보여주는 대목이다. 그 다음 행에 나오는 "어깨 각도"라는 말 또한 얼마나 절묘한가. 초짜일수록 어깨에 힘을 주게 되어 무언가 자연스럽지가 않은데, 그것을 "어깨 각도"라고 지적하자, 초보자의 어색한 어깨선과 손놀림이 그대로 그려지는 듯하다. 그 다음에 나오는 "흘러나오는 불안"의 "흘러나오는"이라는 말도 탁월한 선택임에 틀림없다. "흘러나오는"이라는 말 말고 다른 말을 집어넣으면 어감이 퇴색해버린다. "흘러나오는"이 환기하는 액체적 유동의 심상이야말로 초짜의 머리와 손바닥에 솟아나는 땀방울이라든가, 흔들리는 눈빛, 자꾸 말라 들어가는 입술 등을 가장 효과적으로 떠오르게 하는 구실을 한다. 이것은 우연의 소산도 아니요, 손끝에서 만들어진 기교의 소산도 아니요, 깊은 인간이해의 결과라고 나는 믿는다. 다음 두 편의 시를 또 보자.

사방이 링인 적이 있었다
싸우고 싶지 않지만 싸움이 되는 때가 있었다
싸움인 줄 몰랐는데
정신을 차려보면 코피가 터져 있는 때도 있었다

나는 이제
훅도 제법 날릴 줄 알게 되었고
맷집도 이만하면 좋아졌는데
나를 자꾸만 내려오라고
게임은 이미 끝이 났다고

—「부전패」 전문

더 이상은 넘겨볼 페이지가 없다는 것
아무리 동전을 쑤셔 넣어도
커피가 쏟아지지 않는다는 것
나도 모르게 세 가지 소원을
다 말해 버리고 말았다는 것
그래, 그래서
등불도 없이 밤길을 나서야한다는 것
끝이라는 것
막 배가 떠나버린 선착장에서
오래도록 시간표를 들여다보고 서 있는다는 것
오래도록 시간표를 떠나지 못한다는 것

―「끝이라는 말」 전문

세상의 운동마당에 달려들어 자기 일을 벌여본 사람이라면, 상당히 공을 들여 일을 벌였으나 어쩔 수 없이 주저앉아 본 사람이라면, 그래서 세상의 억센 손아귀에 등을 떠밀려 귀환 열차에 지친 몸을 기댔던 사람이라면, 이 시에 담긴 이야기에 상당한 공감을 얻을 것이다. 싸움인 줄 몰랐는데 싸움판에 서 있다 코피가 터지기도 하고, 이만하면 되겠다 싶을 때 일이 다 끝나버리는 경우가 허다하다. 세상이 원래 그런 것이다. 이 다음에 무슨 일이 이어지겠거니 하고 기다리다가 모든 것이 끝났다는 전갈을 받을 때처럼 허망한 일이 다시 있을까? 우리의 삶이 바로 그런 허망함의 연속이다.

「끝이라는 말」을 읽어보면 등불도 없이 밤길을 나서는 내 모습이 떠오르고, 텅 빈 선착장에서 130도 각도로 시간표를 올려다보며 망연자실해 있는 우리의 모습이 나타난다. 이 시에 담긴 체험은 한명희의 체험이 아니라 우리 모두가 어디선가 한번쯤 겪었던 그런 일의 집약이다. 손에 잡히지 않는 뭉클뭉클한 느낌으로 남아 있던 것이 한명희의 언어에 의해 정확하게 구체화된 것이다. 연무 같은 모호한 느낌을 압축적 언어로 정착시키는 사람을 우리는 시인이라고 부른다. 이 두 번째 시집에서 한명희는 진정한 시인으로 확실한 개안을 한 것이다.

나는 많은 사람들이 이 시집을 읽고 시인으로의 개안을 축하하며 동시에 그 황홀한 개안에 경탄과 찬사를 보내기를 빌어마지 않는다. 왜냐하면 우리 시단에서 이만큼 재능 있는 시인의 등장을 보는 것이 쉽지 않은 일이기 때문이다. 그의 시는 쉬우면서도 긴장이 있고, 유머가 있으면서도 그 안에 잔잔한 슬픔이 있다. 언어구사의 묘미와 형식 구성의 기량도 충분히 갖추어놓았다. 그와 더불어 인간과 인간의 삶에 대한 깊고도 너그러운 이해의 시선이 든든히 뒤를 떠받치고 있으니, 우리는 그의 시의 앞날을 장밋빛 희망으로 그려도 무방할 것이다. 문제는 그 희망의 지평을 계속 헤쳐갈 만한 돌파력과 끈기를 지니고 있는가 하는 점인데, 갯벌에 나뒹구는 망둥이의 몸짓을 배우기를 바랄 뿐이다.

슬픔의 물결이 번져간 시

—김광규 · 김상미 시집

1. 기쁜 슬픔의 시

시가 어렵다는 말을 많이 하지만 김광규의 시는 어렵지 않다. 어렵지 않은 것이 아니라 시가 어떻게 이렇게 싱거울까 하는 생각이 들 정도로 평이한 언어로 일상의 담론을 펼쳐가고 있다. 그러나 그의 시는 싱거운 첫 느낌 그대로 끝나는 법이 없다. 평이한 시어 뒤에 반전의 책략을 숨겨놓고 있거나 일상적 담화 속에 삶의 실상을 드러내는 암시적 모티프를 담고 있기 때문에 우리가 미처 생각하지 못하고 인지하지 못했던 생의 또 다른 측면을 포착하게 한다. 그리고 종국에는 생의 또 다른 측면이라고 생각했던 그 부분이 사실은 우리들이 늘 친근하게 대해 왔던 생활의 일부임을 발견하게 된다. 이것은 평상심에서 마음의 본 바탕을 찾으려 했던 중국 선종의 탐구방법을 연상시키기도 한다.

그런 점에서 김광규의 시는 홍상수 감독의 영화 제목처럼 '생활의 발견'을 지향한다고 할 수 있다. 우리가 늘 대하는 평범한 생활을 음미하면서 생활 속에는 우리의 목숨을 걸어야 할 정도의 절대적 가치란 없으며, 그렇다고 타기해버리는 것이 마땅할 것 같은 무의미하고 무가치한 요소도 사실은 존재하지 않는다는 점을 구체적으로 제시해준다. 평범이 곧 비범이며 비범이 다시 평범이 되는 교묘한 전위의 구조를 그의 시가 보여주는데, 이것이 30년 가까이 시를 써 온 그의 독보적인 시적 전략이다.

독자들에게 널리 알려진 그의 대표작 「희미한 옛사랑의 그림자」를 보면 부끄럽지 않느냐고 속삭이는 바람 소리를 귓전으로 흘리며 "또 한 발짝 깊숙이 늪으로 발을 옮기는" 소시민의 모습이 나온다. 이 종결 방법에 대해 소시민의 나약함을 보여주었을 뿐 미래의 전망을 제시하지 못했다는 비판을 제기하는 사람도 있을 것이다. 그러나 작위적인 희망의 가능성을 제시하는 것보다 소시민적 삶의 실상을 보여주는 것이 우리의 의식을 고양시키는 데 한층 더 도움이 된다. 소시민적 일상성의 확인은 어떠한 이념적 구호보다도 우리를 진정한 반성의 차원으로 이끌어간다. 문학작품에서 획득되는 반성적 인식은 이념이나 사상을 날것 그대로 전달하는 데서 오는 것이 아니기 때문이다. 소시민적 일상을 평범하게 진술할 때 오히려 비범한 반성적 인식이 온다. 평범과 비범의 위치 전이는 이 작품에서도 일어난다.

김광규의 여덟 번째 시집 『처음 만나던 때』(문학과지성사, 2003. 5)는 이순의 문턱을 지난 시인의 생활 감정을 노래한 것이기 때문에 늙음이라든가 죽음 등 그 이전의 시에서는 별로 떠오르지 않던 주제가 상당히 농도 짙은 음영으로 시집 전체를 관류하고 있다. 그는 이제 손주를 본 할아버지가 된 것이다. 그럼에도 불구하고 시인 특유의 천진한 시각과 독보적인 전위의 상상력은 여전히 시적 긴장의 자장을 놓치지 않고 있다.

> 배가 둥그런 엄마와 빼빼 마른 아빠가
> 예쁜 서랍장을 새로 사들이고
> 손바닥만 한 옷가지와 골무만 한 신발들
> 정성껏 빨아서 말리고

유치원생 사촌들이 타던 유모차를 받아오고

코끼리와 원숭이가 장난치는 채색 돗자리도 얻어왔다

할머니와 할아버지는 손님이 그늘에서 쉬도록

비치파라솔까지 마당에 세웠다

온 가족의 이 부산한 준비를

손님은 모를 것이다

집에 도착해서 함께 살면서도

아기 손님은 모를 것이다

오래오래 모를 것이다

부모를 떠나고

짝을 만나서

둘이서 함께 살아가도 잘 모를 것이다

스스로 손님을 맞이하면

어렴풋이 알게 될까

자기가 이 세상에 태어나기 전에

엄마와 아빠와 할머니와 할아버지가

바깥 세상에서 어떻게

자기를 맞이할 준비했는지

—「손님맞이」 전문

과학은 추상의 차원을 지향하고 문학은 구체의 세계를 지향한다. 어떤 물체가 가하는 힘은 그 물체가 무거울수록 세고, 가해지는 속도가 빠를수록 세다는 구체적 사실을 과학은 f=ma 라는 기호로 추상화한다. 문학은 구체적 상황을 더욱 구체화하여 그 물체가 어떤 형상의 물건이고 크기와 속도는 어떠했는가를 감각적 재구성이 가능하도록 디테일의 묘사를 통해 드러낸다. 그러한 구체화의 과정은 시에서 참으로 중요한 기능을 행사한다.

이 시의 첫 행은 "배가 둥그런 엄마와 빼빼 마른 아빠가" 로 시작한다. 이 첫 행의 대비는 희극적이어서 웃음을 자아내게 한다. 이 유머러스한 첫 장면은 이 시의 전반적인 분위기가 인간적 정감을 머금을 것이라는 예감을 설정해준다. 김광규 시인의 아들이 정말 말랐는지는 알 수 없으나 빼빼 마른 남편이 만삭의 부인을 도와 서랍장을 배치하고 유모차와 돗자리를 얻어오는 장면은 상상만으로도 아름답다. 유모차는 유치원생 사촌들(들이라니! 아, 여러 명 사촌의 손길을 거친 이 유모차! 그 어딘가엔 부서진 틈을 색종이로 메운 정성스런 손길의 향내도 빛나리!)이 타던 것이고 돗자리에는 코끼리와 원숭이가 장난치는 모양이 컬러로 그려져 있다. 그뿐인가 옷가지는 손바닥만 하고 신발은 골무만 하다고 했다. 이러한 디테일의 제시를 통해 이 시는 한 가족이 마음을 모아 이루는 아름다운 화합의 세계를 형상화한다.

이 시가 전해주는 메시지는 "온 가족의 이 부산한 준비를/손님은 모를 것이다" 와 "스스로 손님을 맞이하면/어렴풋이 알게 될까" 로 집약된다. 이것은 우리가 흔히 하는, 자식을 낳아 키워보아야 부모의 고마움을 안다는 말과 통하는 내용이다. 그런데 이렇게 일상적인 격언도 김광규 시의 문맥에 들어오면 삶의 진실을 드러내는 비범한 인식으로 바뀐다. 그러한 의미 전위가 일어나도록 기능적인 역할을 하는 것이 바로 구체화의 작업이다.

이 시의 화자는 아기 손님이 온 가족의 준비과정을 모른다는 것을 전혀 서운해 하지 않는다. 그보다는 오히려 그것을 삶의 순리로 받아들이고 있는 듯하다. 손님을 맞는 사람은 그렇게 정성을 다해 손님을 맞고, 그렇게 찾아온 손님은 그것을 인지하지 못한 채 성장해가고, 다시 자신이 손님을 맞이하게 되면 그제야 몇 십 년 전의 일을 어렴풋이 떠올리게 될 것이라는 것. 이것이 삶의 순리임을 시인은 담담하게, 그러나 어딘지 모르게 슬픔의 물기가 묻어 있는 어조로 이야기하고 있다. 나는 이 시에 미세하게 흐르는 슬픔의 기류를 감지하는

데, 그 슬픔은 시인이 안고 있는 늙음의 자각과 죽음의 인식에서 스며나오는 것 같다. 즉 이 아기 손님이 스스로 손님을 맞이하게 되는 그 때에는 할머니와 할아버지가 지상에 머물 확률이 그리 높지 않다는 사실 말이다.

시집의 4부와 5부에는 특히 노년의 생에 대한 자각이나 죽음의 문제와 관련된 작품이 여러 편 들어 있다. 죽음의 영상은 「어둠의 무리」처럼 우리 사회의 혼란스럽고 불길한 모습을 직접 드러내는 장치로 제시되기도 하지만, 대개 시인의 의식 속에 자리잡고 있는 죽음의 예감과 관련된 양태로 나타난다. 그것은 현실적 삶의 국면뿐만 아니라 때로는 꿈이나 어떤 착시 현상 같은 것으로 시인에게 다가오기도 한다. 다음의 시는 살아온 날보다 살아갈 날이 더 짧다는 사실을 인식한 시인의 민감한 자의식을 잘 드러내고 있다.

> 지평선의 낙조는 외롭습니다
> 아무도 창밖을 내다보지 않고
> 비디오와 컴퓨터 화면만 들여다보니까요
> 1분씩 1분씩 힘들게 고비 사막을 통과한 점보 여객기는
> 캄캄한 시베리아 밤하늘을 날아서
> 이제 예카테린부르크 상공을 지나갑니다
> 목적지까지 소요 시간 4시간 39분
> 고도 10,700미터
> 바깥 온도는 —60°C
> 우랄 산맥을 넘으려면 기체가 좀 흔들릴 것입니다
> 시속 850km로 날아가도
> 시간은 더디게 흘러갑니다
> 목적지까지 소요 시간 4시간 35분
> 4분이 지나갔습니다

착륙할 시간이 4분 빨라진 셈이지요

그만큼 여생이 줄어든 것입니까

영원히 이륙할 시간이 그만큼

다가온 것입니까

—「4분간」 전문

이 시에 나오는 지평선의 낙조가 생의 후반부를 살아가는 시인 자신을 암유한다는 사실을 짐작하기란 어렵지 않다. 사람들은 비디오와 컴퓨터 화면만 들여다볼 뿐 창밖의 낙조는 내다보지도 않는다. 동병상련이라고, '영원한 이륙의 시간'을 헤아리는 시인만이 땅 끝으로 꺼져가는 외로운 낙조를 지켜볼 뿐이다. 반나절 이상 비행하는 여행이라면 승객들은 시차의 괴로움을 줄이기 위해서라도 대개 공짜 술을 청한 후 잠을 자는 법인데 시인은 1분 1초가 지나는 것을 민감하게 의식하며 야간비행의 지루함과 적막함을 달래고 있다. 시간에 대한 강박관념은 바로 노년과 죽음의 인식에서 온다. 4시간 39분에서 4시간 35분으로 소요시간이 줄어들어 겨우 4분이 경과했는데 그 짧은 시간의 이동에 대해서도 "그만큼 여생이 줄어든 것입니까/영원히 이륙할 시간이 그만큼 다가온 것입니까"라고 자문하고 있다.

이런 민감한 시간의식의 그늘에는 슬픔이 있다. 그것은 지상의 아름다운 삶에 대한 미련이요 그 아름다움의 시간을 더 이상 힘차게 밀고 나갈 수 없는 데서 오는 회한의 심정이다. 그러나 나는 시인이 이러한 노년의 자의식에서 빨리 벗어나기를 희망한다. 그는 다음과 같이 아름다운 초록별의 향기로운 소식을 사방에 전한 생명의 시인이기 때문이다. 우리의 눈 코 입 귀 모두 막힌 상태에서도 여전히 생생히 싹터 나오는 초록빛 생명의 두근거림을 우리에게 전한 시인이 바로 그이기 때문이다.

건너편 산비탈에 홀로 떨어져

탐스럽게 피어난

후박나무꽃

아무도 맡지 않는 그윽한 향기

환하게 날아올라가

온 하늘에

녹색별 소식 퍼뜨리겠지

우리의 눈 코 입 귀 모두 막혀버렸지만

바다와 구름

나무와 꽃

여전히 살아 있다고

—「녹색별 소식」 전문

이 시나 「초록색 속도」, 「바람둥이」, 「작약의 영토」 등의 작품에는 밝고 건강한 생명의식이 있다. 그러나 나는 그 희망의 시편의 배면에서도 슬픔을 본다. 이 신생의 공간이 지속되는 시간은 그리 길지 않을 것이기 때문이다. 생성과 성숙의 시간이 지나면 언제 「가뭄골」과 같은 불모의 공간으로 주저앉을지 모르는 것이 우리가 마주하고 있는 생태계의 실상이다. 급진적인 환경론자들은 지구의 수명이 30년도 채 남지 않았다고 진단하고 있다. 그러니까 우리의 오관을 가로막는 오염의 가속화 속에서 그나마 유지되는 자연의 아름다움은 생명의 축복이자 역설적 의미에서는 일종의 비극이고 슬픔이다. 그것은 파멸을 앞두고 벌어지는 마지막 잔치와 같은 것이다.

이 시집에는 「당신의 보드라운 손」이나 「조심스럽게」처럼 우리 시대의 위선적 세태를 풍자한 작품도 몇 편 들어 있다. 그 중 다음 작품은 김광규적인 아이러니의 어법, 독보적인 전위의 상상력이 압축된 형식 속에 녹아들어 현실 풍자의 기능을 수행한 정제된 시편으로 꼽을 수 있다.

"말에 기교를 부리고
얼굴 표정을 꾸미는 사람은
필경 진실함과는 거리가 멀다" 고
이미 2천5백 년 전에 말했다니
TV 탤런트나 영화배우 그리고 시청자와 관객들이 오늘날
그를 좋아할 턱이 있나

—「옳은 자와 싫은 자」 전문

제목이 암시하는바 시인이 생각하는 '옳은 자' 는 2천5백 년 전의 공자이지만, 현대의 대중들에게 그 사람은 '싫은 자' 에 불과하다. 지금은 영화배우나 탤런트의 시대이고 그들은 모두 얼굴 표정을 꾸미고 말에 기교를 부리는 쪽에서 있다. 그들을 좋아하는 대중들 역시 말과 얼굴을 꾸며 그 인기인들처럼 되려고 성형수술을 하고 화장을 하고 뷰티 클럽을 다니는 등 외모를 가꾸는 데 혈안이 되어 있다. 직장에 취직을 하기 위해서도 말과 표정을 꾸미는 연습을 하고 대학에 입학하기 위해서도 말과 표정을 꾸미는 훈련을 한다. 공자의 가르침은 그야말로 케케묵은 옛날의 잠꼬대가 된 것이다. 그런데 시인은 『논어』에 나오는 이 구절 "巧言令色 鮮矣仁" 을 정성껏 번역하였다. '어진 사람이 드물다' 는 평범한 번역을 "필경 진실함과는 거리가 멀다" 고 의역한 것은 매우 적절하다. 이 시대는 어질다 어질지 않다의 문제가 아니라 진실함이 없는 시대이기 때문이다. 이 말에 상대되는 뜻을 공자는 "剛毅木訥 近仁" 이라는 문장으로 나타냈다. 강직하고 의연하며 순박하고 입이 무거운 사람은 필경 진실함에 가깝다는 뜻인데 과연 우리 시대에 이런 진실한 사람이 몇이나 되는지 염려스러울 따름이다.

공자의 말을 빌려 시대를 개탄하는 내용의 시를 썼는데 이 시에도 역시 현재의 삶에 대한 시인의 우울한 반응이 내포되어 있다. 어떻게 보면 시인은 슬픔을 시의 원동력으로 보는 것 같기도 하다. "누구 앞에서 눈물 한번 흘린 적 없이/씩씩하고 튼튼한 사람이 하필이면/왜 시를 쓰려고 하는지……"(「조심스럽게」)라는 구절에서 그것을 암시받을 수 있다. 어쩌면 이번 시집에 시인의 슬픔이 가장 진하게 묻어 있는 것 같다. 슬픔의 물결이 시인의 가슴을 스치고 간 것이다.

2. 아픈 슬픔의 노래

김상미의 세 번째 시집 『잡히지 않는 나비』(천년의시작, 2003. 4)에 실린 시들을 읽으면 사랑에 목말라하나 연애에는 실패한 섬약한 영혼의 낭자한 육성에 가슴이 저리다. 사랑이 존재의 증거이자 생의 종착지라도 되는 듯 사랑이 없으면 못 사는 사람처럼 그는 연애에 빠져 있는데, 그가 보여주는 사랑과 연애의 도식은 최영미의 초기시처럼 도발적이지 않고 김언희처럼 엽기적이지도 않고 박서원처럼 자기파괴적이지도 않다. 40대 중반을 넘어선 이 연애박사의 사랑은 다음과 같이 보수적이고 윤리적인 성향을 드러낸다.

그는 남쪽에 있다
남쪽 창을 열어놓고 있으면
그가 보인다
햇빛으로 꽉 찬 그가 보인다

나는 젖혀진다

남쪽으로 남쪽으로 젖혀진 내 목에서
붉은 꽃들이 피어난다
붉은 꽃들은 피어나면서 사방으로 퍼진다
그의 힘이다

그는 남쪽에 있다
그에게로 가는 수많은 작은 길들이
내 몸으로 들어온다
몸에 난 길을 닦는 건 사랑이다
붉은 꽃들이 그 길을 덮는다
새와 바람과 짐승들이 그 위를 지나다닌다

시작과 끝은 어디에도 없다
그는 남쪽에 있다

—「사랑」 전문

이 시의 기본 착상은 자연현상의 관찰에서 비롯되었을 것이다. 남쪽의 햇살을 찾아 향일성의 움직임을 보이는 나무의 생리에서 사랑하는 존재에 대한 무한한 향심의 상징을 찾아낸 것이다. 나뭇가지는 남쪽의 햇빛 쪽으로 벋어가고 거기서 피어나는 꽃도 남쪽으로 기울어진다. 그렇기 때문에 내가 나무라면 내 사랑의 지향인 그는 남쪽에 머물 수밖에 없다. 시인이 선택한 식물성의 상징은 이 시에서 견인의 자세, 순종의 정신, 절제의 미덕이 잘 피어나도록 도와주는 역할을 한다. 식물은 동물에 비해 수동적이지만 처해진 상황에서 스스로를 버티는 힘이 강하기 때문에 순종과 절제의 사랑을 표현하는 데 적절하다.

사랑에 빠지면 상대방의 모든 것이 미화되어 보인다. "햇빛으로 꽉 찬 그"라는 표현은 사랑의 대상에 대해 화자가 지니고 있는 무한한 신뢰와 긍정의 시선을 솔직하게 표현한 것이다. "나는 젖혀진다"는 표현은 여성시인이 아니면 이끌어내기 힘든 시구다. 현상적으로만 보면 남쪽의 그를 향해 내 몸이 기울어진다는 뜻일 텐데 그것을 '기울어진다'고 하지 않고 '젖혀진다'고 한 데 이 시인의 뛰어난 언어 감도가 있다. 성희의 절정에서 뒤로 젖혀지는 여체의 몸을 떠오르게도 하는 이 시구는 그 다음에 이어지는 붉은 꽃의 이미지와 결합되어 사랑의 환희와 아픔을 이중적으로 드러낸다. 그 꽃은 남쪽으로 젖혀진 '내 목'에서 피어난다고 했으니 그 꽃이 피어나는 순간은 꽤 아플 것이다. 그런데 여기서 정말로 사랑을 해본 사람이라야 발성할 수 있는 한 구절의 언어가 폭발하는데 그것은 "그의 힘이다"라는 시행이다.

그의 힘이라니. 시인은 토해내듯 그것만 이야기하고 아무 말도 하지 않았다. 그 외에 무슨 다른 말이 필요하겠는가. 내 삐걱거리는 몸이 나도 모르는 사이에 남쪽으로 젖혀지는 것, 물기 잃은 내 몸에서 어느새 붉은 꽃들이 사방으로 피어나 번지는 것, 젖혀진 내 목에서 피가 샘솟듯 피어나는 것, 이것은 내 힘이 아니라 온전히 그의 힘이다. 이 힘에 의해 나도 젊은 날 내 윤리의식의 임계점을 돌파하지 않았던가. 경계를 넘어 허공으로 날아오르는 무중력의 사랑을 실천하지 않았던가. 사랑을 해본 사람이면 그 힘을 다 체험해보았다. 생각은 우리가 공유하고 있지만 그것을 "그의 힘이다"라고 담백하게 말한 사람은 김상미가 처음이다. 그러므로 이 표현은 오로지 그의 몫이다.

이제 저 유명한 김소월의 「진달래꽃」처럼 그에게로 가는 수많은 작은 길들 위에 내 목에서 피어난 붉은 꽃을 덮고 그 길 위에 새와 바람과 짐승이 지나가는 것을 본다. 새와 바람과 짐승이 지나다니는 그 길로 나는 가지 못하고 다만 그 길을 내 몸으로 불러들여 몸에 난 길을 닦을 뿐이다. 나는 새나 짐승이 아니라 한 자리에 붙박인 나무이기에. 그러면서 화자는 그것이 사랑이라고 말한다. 그리고 사랑의 시작과 끝은 어디에도 없다고 말한다. 이러한 식물성의 사랑은 슬프다.

붉은 꽃길을 걸어 그에게로 가는 새와 바람과 짐승의 사랑은 할 수 없는가. 능동적으로 그에게 다가간 적은 없지만 그에게 빨려들어간 기억은 있는 것 같다. 그의 시 「자화상」에는 먹이를 찾아 헤매던 사자의 입 속으로 빨려들어간 붉은 꽃으로서의 자화상이 새겨져 있다. 사자는 꽃 씹듯이 나를 씹고 붉은빛의 황홀한 침을 뚝뚝 흘리며 나를 먹어치웠다. "그 핏물 섞인 일심동체의 잔혹함" 이 지난 후 나에게는 무엇이 왔는가? 바람처럼 떠도는 유랑의 외로움이 왔을 뿐이다.

한 사람이 떠나자 나는 텅 빈 인형의 눈이 되었다
한 사람이 떠나자 나는 한밤을 할퀴는 불면증 환자가 되었다
한 사람이 떠나자 나는 알코올 중독자가 되었다
한 사람이 떠나자 나는 재빨리 또 다른 한 사람의 품으로 숨어 버렸다
한 사람이 떠나자 나는 낡은 폐가가 되어 삽시간에 무너졌다
한 사람이 떠나자 나는 끝없이 달리는 사람이 되었다
한 사람이 떠나자 나는 뚱뚱보가 되고 갈비가 되었다
한 사람이 떠나자 나는 새처럼 노래하는 사람이 되었다
한 사람이 떠나자 나는 밤마다 달을 보고 짖는 개가 되었다
한 사람이 떠나자 나는 모든 땅, 모든 도시에 존재하는 바람이 되었다

유리창을 흔들고 비를 뿌리고 가로수를 뽑고 모든 추억의 모자들을 벗기고 먹구름을 모아 한번 떠나면 다시는 돌아오지 않는 사람들의 가슴에 몸서리치는 천둥 번개가 되어 내려앉았다 새카맣게 타버린 사랑만큼 세상에 더 무서운 불꽃은 없다는 듯이!

—「바람」 전문

이 시가 동일한 어구의 반복 패턴을 보이면서도 시적 긴장을 유지하는 데 성공할 수 있었던 것은 반복의 형식 속에 숨어 있는 변화의 가락과 '새카맣게'('새까맣게' 보다 거센 느낌의 말로 사전에 등재되어 있다) 타버린 사랑이 천둥 번개의 불꽃으로 변화하는 시적 역설이 작용했기 때문이다. 텅 빈 인형의 눈이 불면증 환자와 알코올 중독자로 변하여 자학의 나락으로 떨어질 것 같다가, 재빨리 다른 사람의 품으로 숨는 기회주의적 민첩함을 가장하여 마음의 균형을 취하고, 다시 낡은 폐가가 되어 삽시간에 무너지고, 새처럼 노래하는 사람, 달을 보고 짖는 개의 변주를 거쳐 결국 지상을 흔드는 바람의 이미지로 정착되는 과정은 한편의 드라마를 대하는 것 같다. "모든 추억의 모자들을 벗기고" 라는 표현도 바람의 이미지로 신선하고, 오뉴월의 서리로 비유되는 여자의 한을 "한번 떠나면 다시는 돌아오지 않는 사람들의 가슴에 몸서리치는 천둥 번개가 되어 내려앉았다" 고 표현한 것도 새롭다. 이러한 어법은 머리 속의 구상으로 꾸며지는 것이 아니라 새카맣게 타버린 잔해로 남을 것을 각오하고 황홀한 불꽃의 사랑에 투신한 사람만이 발할 수 있는 알몸의 육성이다. 그러한 불꽃의 사랑이 새카만 잔해로 주저앉고 나서 한참 시간이 지나면 온 땅을 떠돌던 바람도 가라앉고 그리움과 아쉬움만 앙금처럼 남아 사랑의 그림자를 빈 마음에 펼친다.

너무 먼 곳으로 나왔나 봐요
그가 보이지 않아요
꽃을 끌어안고 웃던 햇살도 보이지 않아요
차가운 바람만이 노련하게
언덕을 넘어오고 있어요

그는 어디로 갔을까요?

푸른 하늘 속을 자유롭게 헤엄치던 하얀 구름도
땅의 체온이 그리운지
오랫동안 대지 위로 그림자를 떨구고 있네요

너무 먼 곳으로 와버렸나 봐요
낮에 뜬 저 반달처럼
혼자 너무 멀리 나와 떠도는 천성은
어쩔 수 없나 봐요

아무렴 어때요
이 세상과 작별인사 하려고
밤새 달려오다 넘어진
저 시간처럼

우리끼리 다정하게 작별인사 해요
눈처럼 흰 마음과 장미처럼 붉은 가슴으로
어젯밤 배표를 사 놓았어요

작고 아름답고 순한 배들일수록
깊은 바다 밑에서 그 일생을 마치듯이

정말 이 세계는 나와 아무런 상관이 없어요
스스럼없이 편히 쉬어요
잡히지 않는 나비, 내 사랑이여!

―「잡히지 않는 나비 1」 전문

가버린 사랑에 대한 아름다운 체념이 채색되어 있는 이 시에서 가장 뚜렷한 음영으로 떠오르는 말은 "이 세계는 나와 아무런 상관이 없어요"라는 단언이다. 시인이 이런 생각을 하게 된 과정은 그리 단순하지가 않다. 타인들의 소음에 둘러싸여 더럽혀지고 희롱당하는 자아의 괴로운 자기 찾기의 과정이 있고(「나, 불온한」), 도시 문화의 어지러움 속에 도시의 장난감으로 전락해가는 자신에 대한 괴로운 반성적 성찰이 있으며(「다트게임」), 아버지로 표상되는 남성중심 사회에 대한 환멸과 그것과의 싸움의 내력이 있다(「나의 적」; 「히스-토리」; 「아버지와 딸」 등). 이러한 괴로운 역정을 거쳐 마련된 체념이기에 "스스럼없이 편히 쉬어요/잡히지 않는 나비, 내 사랑이여!"라는 독백도 그렇게 가볍게 들리지 않고 가슴 저편을 때리는 아픈 고백으로 다가온다.

그러나 그는 태연히, 유머를 가장하고 "나는 웃는다"(「웃음 주스」)고 말한다. 내 방에 걸린 네 사진 "그 사진 속 어둠처럼/깜깜한 웃음 주스를 마시며/웃는다"고 말한다. 그 웃음 주스는 목을 찢고 나온 슬픔의 꽃을 갈아 만든 주스다. 그러니 어둠처럼 깜깜할 밖에. 매우 활달한 화법 속에 감추어진 사랑의 슬픔이 우리의 가슴을 때린다. 우리가 느끼는 것보다 훨씬 더 깊고 큰 슬픔이 그의 가슴을 휩쓸고 갔기 때문이다.

추억의 그늘에서 피어나는 시

—장철문 · 김수복 시집

1. 침묵의 충만한 의미

나는 장철문 시인에 대해 아는 것이 별로 없다. 그러나 그의 시는 여러 편 읽었고 읽을 때마다 깊은 인상을 받아 몇 편의 글에서 그의 작품에 대해 언급한 적이 있다. 몇 년 전 〈조선일보〉에 시를 소개할 때, 그의 첫 시집 『바람의 서쪽』에 실린 「장 풍경」을 두고 아들에게로 향하는 간절한 모성애가 투박한 사투리로 잘 표현된 작품이라고 힘주어 소개한 바 있다. 그리고 『작가』 2001년 여름호에 실린 「당신의 봄날」을 계간평에서 짤막하게 평설하였는데, 그 작품은 이번 시집에 「할머니의 봄날」로 제목이 바뀌어 수록되었다. 올해 초 시와 선의 관계를 다룬 글에서 「한밤 갓등 아래」에 대해 언급하기도 했는데 이 작품은 이번 시집에 수록되지 않았다. 이 작품은, 불 켜진 갓등 주위에 몰려들어 잉잉거리다 사라지는 날벌레들과 그 주위에 비산하는 먼지라든가 물기, 빛무리 등 확인할 수 없고 이름붙일 수 없는 것들의 존재양태에 관심을 보이면서, 그것들이 불빛에 달려들어 부산히 움직이다가 시간이 지나면 갓등 표면에 납작 달라붙어 생존의 흔적만을 남기고 사라지는 모습을 통해 존재의 비밀을 명상해본 작품이다. 갓등 아래 달려드는 날벌레들이 우리에게는 우습게 보이지만, 그것도 사람과 다름없는 생명 가진 존재이며, 만물의 영장이라고 자만에 겨워하는 사람도 결국에는 육신의 흔적만 남기고 죽음의 세계로 옮겨간다는 점에서 갓등 아래의 날벌레와 다를 바 없다는 점을 깨닫게 하는 시다.

이 시에 대해 이야기하면서도 나는 장철문 시인이 불교의 수행과 관련이 있다는 생각은 하지 않았다. 이번에 나온 두 번째 시집 『산벚나무의 저녁』(창작과비평사, 2003)에 실린 박형준의 글을 읽고서 그가 어릴 때부터 불교에 관심이 있었으며 2년 전 미얀마에 가서 8개월 동안 위빠싸나 수행을 하고 왔음을 알았다. 그가 미얀마에 가서 처음 썼다고 하는 시는 다음과 같이 침묵과 절제의 언어로 구성되어 있다.

> 그가 통증을 알려왔네
> 그의 문병을 갔지
> 그는 아프고,
> 그의 곁에 앉아 있었네
> 소식을 듣고 달려온 친구가
> 그의 이마를 짚으며 혀를 찼네
> 그 친구를 물끄러미 바라보았지
> 친구는 조용히 일어나 돌아갔네
> 그는 앓고 있었네
> 아무 걱정도 없이 앓고 있었네
> 그를 걱정하는 것은 오히려
> 그의 친구들이었네
> 그와 그의 친구들을 바라보았네
> 통증은 그의 몫이고

불안과 걱정은 그의 몫이 아니었네

친구들은 모두 돌아갔네

그는 아프고, 그의 곁에서 바라보았네

그 또한 통증을 두고

돌아갔네

통증도 돌아갔네

—「내 복통에 문병 가다」 전문

이 시에 대해 박형준은 위빠싸나 수행과 관련지어 몸과 마음의 현상을 제3자의 눈으로 있는 그대로 바라봄으로써 '그'가 사라지고 '통증'도 사라지게 된 경험을 우의적으로 표현한 것이라고 풀이했다. 그러나 나는 위빠싸나 수행을 잘 모르고 자신을 객관화해서 '그'라는 제3자의 대상으로 바라본다는 것도 이해하기 어려우므로 독자의 수용적 자유에 의거하여 그냥 내 식으로 이 시를 읽었다.

나의 독법에 의하면 이 시는 이렇게 읽힌다. 병들어 아파하는 그가 있고 그를 바라보는 화자가 있다. 친구가 달려와 그의 이마를 짚으며 걱정하다 낙망한 듯 혀를 차고 돌아갔다. 그러나 걱정하는 것은 그의 친구들일 뿐 정작 그는 통증이나 죽음에 대해 아무 걱정도 없다. 요컨대 "통증은 그의 몫이고/불안과 걱정은 그의 몫이 아니었"다. 친구들이 자리를 떠나고 얼마 후 그는 이승을 떠났고 그렇게 되자 통증도 사라지게 되었다. 결국 이 시는 삶과 죽음의 고통을 달관한 어느 원숙한 수행자의 죽음을 나타낸 것으로 읽힌다. 그러면 '내 복통에 문병 가다'라는 제목의 뜻은 무엇일까? 그것은 타인의 고통을 자신의 고통으로 환치하여 자신에게도 고통이 찾아오면 이렇게 대처할 수 있을까 하는 내적 지향의 표현으로 이해된다. 여하튼 이 시에서 내가 감지하게 되는 것은 삶의 고통과 죽음으로의 이행을 동요 없이 담담하게 받아들이는 정신의 경지에 대한 동경이다. 그것은 동경만으로 도달되는 것이 아니라 꾸준한 수행에 의해 이루어지는 것이겠지만, 그러한 정신의 경지에 대해 누구든 선망을 가지는 것은 당연한 일이다.

장철문은 미얀마에서의 수행기간 동안 고요하고 담담하면서도 충만한 생명의 공간에 한없는 매혹과 동조를 느꼈던 것 같다. 다음과 같이 단순한 스케치처럼 보이는 한편의 작품이 보이지 않는 심층으로부터 솟아오르는 듯한 풍요롭고도 충만한 생명의 감각을 거느리는 것을 보면 그의 매혹이 그의 감각적 체험 깊숙이 육화되어 있음을 알아차릴 수 있다.

다섯 달 동안 저 숲을 바라보았다
사원 건너편, 내 숙소의 창으로 보이는
저 숲이 늘 아름답다고 생각했다
오늘 아침 우 꾸살라와 함께 저 숲에 가보았다
거기 가난한 사람들이 살고 있었다
나는 전혀 알지 못했다
그냥 아름다운 숲이거니 생각했다
바람이 숭숭 드나들고 비가 새는 집을
고치지도 않고
짐승처럼 살았지만,
그들은 숲에 깃들여 숲과 함께 살았다
그들이 사는 것을 보는 것이 나는 슬펐고,
기분 나쁘지 않았다
우 꾸살라가 다가서서 길을 물을 때,
그들이 뭐라고 뭐라고 대답하는 소리를 듣는 게 좋았다
전혀 알아들을 수 없지만,

그것이 다정한 사람들의 말인 걸 알 수 있었다
그들의 옷과 잇새는 너무나 더러웠지만,
그들과 함께 서 있는 것이 참 편안했다
숲은 아름답다
거기 사람들이 산다

—「사람이 사는 숲」 전문

시인의 주석에 의하면 여기 나오는 '우 꾸살라'는 미얀마에서 네 번째 안거를 지내고 있는 도반 이름이다. 우리는 이 시를 읽고 삶의 아름다움이 어디에서 오는 것인가를 생각하게 된다. 이 시의 화자가 아름답다고 생각한 것은 두 차례다. 처음에는 사원 건너편의 풍경으로서의 숲을 아름답다고 생각했고, 두 번째는 그 숲 속에 가난한 사람들이 누추하게 지내고 있지만 그들이 천진하고 다정한 마음을 갖고 있다는 것을 알고 가슴이 넓게 퍼지는 듯한 편안함을 느끼며 숲의 아름다움을 다시 확인한다. 두 번째 경우는 사람들이 어울려 사는 공간으로서 숲의 아름다움을 인식한 것이다.

그러니까 장철문이 인식한 삶의 아름다움이란 경관으로서의 아름다움이라든가 삶의 가능성이 충분히 실현되는 풍요로움으로서의 아름다움과는 일정한 거리를 지닌다. 그가 지켜본 삶의 아름다움에는 가시적인 기쁨이나 행복보다는 오히려 가난하고 슬프고 안쓰러운 감정이 전제가 된다. 슬픔을 머금은 다정함, 가난을 포용한 편안함을 그는 아름답다고 생각하는 것 같다. 그의 기억 속에 보존되어 있는 진실의 앙금이라든가 미감의 편린은 충족보다는 결핍에, 번성보다는 검약에 기대고 있다. 이것은 어릴 때부터 넉넉하지 못한 삶을 거쳐 온 그의 개인적 이력의 탓도 있겠지만 또 한편으로는 승려나 시인이 되는 것을 꿈꾸어온 그의 선험적인 비애와 적막의 내면이 그런 쪽으로 선회를 유도했는지도 모르겠다. 다음의 시는 그의 시의식이 뿌리를 내리고 있는 지점이 어디인가를 짐작케 한다.

민박 표지도 없는 외딴집. 아들은 저 아래 터널 뚫는 공사장에서 죽고, 며늘아기는 보상금을 들고 집 나갔다 한다. 산채그늘에 숭늉까지 잘 얻어먹고, 삐그덕거리는 널빤지 밑이 휑한 뒷간을 걱정하며 화장지를 가지러 간다. 삽짝 없는 돌담 한켠 산벚꽃이 환하다. 손주놈이 뽀르르 나와 마당 가운데서 엉덩이를 깐다. 득달같이 달려온 누렁이가, 땅에 떨어질세라 가래똥을 널름널름 받아먹는다. 누렁이는 다시 산벚나무 우듬지를 향해 들린 똥꼬를 찰지게 핥는다. 손주놈이 마루로 올라서자 내게로 달려온 녀석이 앞가슴으로 뛰어오른다. 주춤주춤 물러서는 꼴을 까르르 까르르 웃던 손주놈이 내려와 녀석의 목덜미를 쓴다. 녀석은 꼬리를 상모같이 흔들며 긴 혓바닥으로 손주놈의 턱을 바투 핥는다. 저물어가는 골짜기 산벚꽃이 희다.

—「산벚나무의 저녁」 전문

이 시에는 일반인들이 흔히 측은한 감정으로 받아들일 만한 가슴 아픈 가정사가 제시되고 그러한 배경과는 무관하게 누렁이와 천진하게 지내는 어린아이의 모습이 대비적으로 제시된다. 그 두 측면의 중간 부분에 화자의 엉거주춤한 위치가 설정되어 있다. 화자의 직접적인 감정 표시는 없지만, 아들이 죽고 며느리는 도망간 산촌지역의 가난한 삶에 연민을 느꼈을 것은 물론이고 누렁이와 한몸이 되어 뒹구는 어린애에게 가식 없는 애정을 느꼈을 것도 당연하다. 그런데 화자는 아직 중간 위치에 머물러 있다. 뒷간의 삐그덕거리는 널빤지를 걱정하며 화장지를 가지러가는 장면이라든가 어린아이의 똥을 핥아먹은 누렁이가 앞가슴으로 뛰어오르자 주춤주춤 물러서는 모습은 천진한 세계와 동화되지 못한 채 거리를 유지하는 화자의 처지를 알려준다. 흰 산벚꽃으로 둘러싸인 천진하고 순수한 세계의 표상이 도시인들이라면 당연히 구역질을 일으킬, 어린아이의 똥을 개가 핥아먹는 장면으로 처리된 것도 화자를 포함한 일반인들이 천진하고 순수한 세계에 동화되지 못한 채 거리를 유지하고 있음을 역으로 드러내는 역할을 한다.

이렇게 장철문 시인은 비속을 껴안은 순수의 세계, 슬픔을 머금은 충만의 세계에 관심을 갖는다. 그것은 어떠한 경험을 통해 생의 아이러니를 체험한 시인의 고유한 인식의 표현이다. 그러한 인식의 지평 위에 함성 못지않게 충만한 의미를 지니는 정적의 세계가 펼쳐진다. 낮게 가라앉은 침묵이 시의 자장을 넓게 확장하는 독특한 시법을 장철문의 시는 펼쳐 보인다.

2. 부재의 공간, 닿을 수 없는 시간

시집으로 일곱 번째 출간이 되는 김수복의 새 시집 『사라진 폭포』는 사라진 것에 대한 아쉬움과 그것이 환기하는 상징적 음영의 물결로 가득 차 있다. 이 시집은 전부 여섯 개의 장으로 나누어져 있는데 각 장에는 자유시 형식의 작품과 산문시 형식의 작품이 섞여 있다. 자유시보다는 산문시 형식의 작품이 부재의 공간에 대한 그리움을 드러내는 데 훨씬 기능적으로 작용한다. 자유시 형식의 작품 중에서도 짧은 시보다는 길이가 긴 시가 시인의 생각을 더 유연하게 드러내고 있다. 단형 자유시의 경우 응축과 절제를 통해 대상의 정관을 드러내야 하는데 아직은 긴장의 밀도가 정상의 자리에 오르지는 못한 듯하다. 그러나 산문시의 경우 연속적으로 전개되는 시상의 흐름이 닿을 수 없는 시간에 대한 그리움과 부재에 대한 아쉬움을 감동적인 감정의 물살로 전달한다.

옥탑방으로 이사 온 후 며칠 동안 밖을 나가지 않았습니다 빗소리가 가슴을 두드리고 가끔 새들이 먼 소식을 던져놓고 건너갑니다 지상으로 내려가는 길은 너

무 멀고 계단은 하늘 가까이로만 뻗어 있습니다

며칠 쉬다 보면, 능소화 몇 송이도 질 것이고 구름 속의 폐렴도 화염을 식히며 지나갈 것이고 멀리 서 있는 상처의 노을도 서산을 넘어갈 것입니다

모두 돌려서 내려보내고 홀로 맨발을 씻고 문을 닫고 몇 층의 슬픔을 오르내리며 개울물 소리도 듣고 나뭇잎 스치는 소리도, 멀리서 울리는 천둥 소리도, 쫓기던 소나기 발자국도 듣고 한 며칠 쉬고 싶습니다

을지로 5가 방산 시장 골목 안 은하장 여관 옥탑방에서 보낸 그 해 겨울의 빈 의자와 쓸쓸한 전화 몇 통, 밖으로 나돌 수 없었던 침묵 속의 미로들, 출구를 봉쇄당한 슬픔, 자꾸만 내려가고 싶었던 뜨거운 계단, 돌을 던지고 싶었던, 그러나 가 닿지 않았던 막막한 공중, 창문을 열 수도 없었던, 아니 창문이 없었던, 그림자도 지우고 숨어 있었던, 아니 뜨거운 그림자를 가슴에 품고 거리를 뛰었던, 사랑하는 사람을 사랑한다고 말할 수 없었던, 모른다 모른다 모른다라고만 말했던, 그러나, 밤마다 은하수 흐르는 옥상에서 하늘을 우러러보았던, 은하장 여관 옥탑방,

옥탑방으로 이사 온 후 며칠 동안 앓았습니다 빗소리가 가슴을 두드리고 지나가고 새들이 그 동안 잊고 있었던 먼 소식을 던져놓고 하늘을 건너갑니다 밖에는 갓 피어난 능소화들이 낡은 계단을 타고 올라옵니다

—「옥탑방—하늘 민박 1」 전문

김수복 시인이 언제 방산 시장 골목 안 은하장 여관 옥탑방에서 한 겨울을 보냈는지 나는 알지 못한다. 물론 이것은 상상적 체험일 수도 있지만, 실제 체험에 바탕을 둔 것이라면 이 시의 상황은 시인이 대학 생활을 보내던 70년대 중반, 지금부터 30년 전의 일이다. 온몸으로 탱탱하게 젊은 20대의 청년이 방산 시장 뒷골목 옥탑방에 숨어들어 상실과 무위의 나날을 보낸 이유는 무엇일

까? 그 이유가 무엇이든 간에 이 시에는 예민한 감성의 촉수 끝에 감지되는 젊은 날의 열병과 상처가 손에 잡힐 듯 그려져 있다.

빗소리가 가슴을 두드리고 새들이 먼 곳의 소식을 전해주기는 하지만 지상으로 내려가는 길은 너무 멀고 계단은 하늘로만 뻗어 있는 듯 세상과의 단절감이 화자를 휘감고 있다. 시간이 흐르면 가슴의 열병이나 상처도 다스려지겠지만, 모든 것이 정리된다 해도 가슴 밑바닥에 남은 몇 층의 슬픔이라든가 회한의 앙금 같은 것은 사라지지 않는다. 자신의 내면으로 칩거할수록 모습을 감춘 것 같았던 뉘우침과 막막함이 눈시울과 목울대로 밀려든다. 그런 회한의 극점에서 내면의 갈등은 양항의 모순으로 부딪친다. 출구를 봉쇄당했으나 어디론가 자꾸만 내려가고 싶었으며, 돌을 던지고 싶었으나 어디에도 닿지 않으리라는 체념이 머리를 들었다. 창문을 열 수 없었던 것이 아니라 아예 창문이 없었으며, 사랑하는 사람을 사랑한다고 말하지 못하고 베드로처럼 모른다고 세 번 부정할 수밖에 없었던, 그러면서도 밤마다 옥탑방 위의 좁은 하늘 위로 은하수를 우러러 보았던 오, 그 청춘의 열병의 시간이여, 이제는 돌이킬 수 없고 돌아갈 수 없는 젊음의 상실의 시간이여! 내 가슴에도 도사리고 있는, 30년 전 부재의 공간, 닿을 수 없는 시간에 대한 그리움을 김수복 시인은 손에 잡힐 듯 그려내 우리들 눈앞에 펼쳐보였다.

이 시집 전편에 흐르는 회한의 정조 속에 뚜렷한 윤곽을 드러내고 있는 긍정적인 요소는 생태학적 상상력에 해당하는 생명과 자연에 대한 관심이다. 그런데 그러한 생태학적 사유의 원형을 담고 있는 것은 어머니에 대한 기억이다. 나는 김수복 시인의 가정사라든가 어머니에 대한 사연을 전혀 알지 못한다. 그러면서도 어머니라는 존재가 김수복 시정신의 중요한 축으로 작용하고 있다는 사실은 뚜렷이 확인할 수 있다.

저녁을 먹고

어머니의 팔을 껴안고

계단을 내려갔습니다

문을 나서니

어머니의 몸 안에서

새들이 지저귀고 있습니다

저녁 노을 속에도

붉게 물든 깃털들이

쏟아져 내렸습니다

—「새—하늘 민박 2」 전문

이 시에 제시된 어머니의 행동을 위의 「옥탑방」의 이미지와 비교하여 생각하면 「옥탑방」에서 지상으로 내려가는 길을 잃고 출구를 봉쇄당한 슬픔에 잠겨 있던 자아가 어머니의 팔을 껴안고 계단을 내려간 장면을 연상할 수 있다. 말하자면 갇혀 있던 자아가 나아갈 길을 찾은 것이며 지상과의 접촉을 시도한 것이다. 그러니 어머니는 소외된 화자로 하여금 세상과의 소통을 가능하게 한 존재다. 그는 계단을 내려갔을 뿐만 아니라 문을 나서서 밖으로 걸어 나갔다. 그때 화자는 어머니의 몸 안에서 새들이 지저귀고 저녁 노을 속에서도 새들의 붉은 깃털이 쏟아지는 것을 본다. 새의 이미지는 「옥탑방」에서 먼 곳의 소식을 전해주는 것으로 나타났다. 그런데 소식의 전령사인 새들이 어머니의 몸속에서 날고 밤하늘이 아니라 붉은 노을 속에 새들의 깃털이 쏟아져 내린다고 했으니 어머니의 존재는 자아와 세계를 만나게 해준 것은 물론이고 아름다운 꿈까지도 안겨주는 역할을 했다. 이렇게 칩거의 상태에서 벗어나 세계와의 만남을 가능하게 해 준 어머니의 모습은 다음 시에서 또 다른 국면으로 변형되어 나타난다.

어머니가 다녀가셨다
내 마음 속
흐린 봄날
닫힌 문이 열리고
봄 나무에
몸꽃이 돋아나기 시작했다
라일락 젖은 향기가
우울한 몸 속으로
걸어 들어왔다

어머니의 몸에는
새벽 종소리와,
숲 속을 날아다니는 새 소리,
몸이 가벼워지는 냇물 소리,
별이 뒤척이다 잠이 드는
새벽 이불 소리,
물봉숭아 첫 꽃잎이 아침
이슬에 입맞추는 소리,
山門에 내리는 첫눈의 발자국 소리가
멀리서 들렸었다

등 뒤에 어머니가 서 계셨다
등꽃이 피어오르는 저녁
골목 안에는 간장 달이는 냄새,
아이들 몸에서는 불 냄새가 진동했다

저녁 노을 속에는 늘 타다만 숯덩이만 남아 있었다

—「봄날의 몸꽃」 부분

이 시에서도 어머니는 새의 이미지와 겹쳐 나타난다. 그러나 새의 이미지에서 그치지 않고 새벽 종소리, 냇물 소리, 새벽 이불 소리, 꽃잎이 이슬에 입맞추는 소리, 첫눈의 발자국 소리 등 훨씬 정갈하고 다채롭고 신비로운 이미지들이 어머니의 영상과 겹쳐진다. 그러나 어머니가 배경으로 서 있는 봄날의 정경은 그렇게 긍정적으로 그려져 있지는 않다. 아이들 몸에서는 불 냄새가 진동했으며 저녁 노을 속에는 타다만 숯덩이가 남아 있다고 시인은 적었다. 그러한 배경 속에 어머니가 다녀가시자 내 마음 속에 닫힌 문이 열리고 봄 나무에 꽃이 피기 시작했으며, 흐린 봄날 저녁에도 꽃이 지지 않았다고 했다. 이것은 시인의 실제체험이자 시간에 의해 성숙된 시인의 꿈이기도 할 것이다. 여기서도 어머니는 창조와 신생의 의미로 설정되어 있다. 「巡禮의 날들」 같은 시에 "나는 더욱 멀리/아버지로부터 도망쳤다"라는 구절이 있는 것을 보면 그의 무의식 속에 아버지와 어머니는 상반된 존재로 잠재되어 있음을 알 수 있다.

어머니는 대지의 풍요와 통하며 생명의 출산, 개체의 증식과 관련된다. 막힌 골목을 뚫어주는 것이 어머니이며, 어둠에 덮인 옥탑방에 계단을 놓아주고 푸른 하늘을 드리워주는 것이 어머니다. 이런 긍정적 존재가 이 시집의 또 한 축으로 존재하고 있기에 이 시집의 시편들은 터무니없는 감상으로 치우치지 않았다. 말하자면 시인의 개인사에 있어 어머니는 생명을 살리고 피어나게 하는 존재며, 시의 주제의 측면에서 보자면 상실의 추락을 막아주는 완충작용을 하는 요소다. 그런데 문제는 그 어머니도 닿을 수 없는 과거의 시간 속에 부재의 형상으로 나타난다는 점이다. 허망 속에 칩거해 있는 자아를 끌어들여 현실로 넘어오게 하는 다리는 놓아주지만 역동적 현실의 정점으로 정신을 유도하지는 못한다. 그래서 시인의 의식은 추억의 그늘을 맴돌고 있고 과거의 영상을 반추하고 있다. 「사라진 폭포」처럼 하늘로 사라져 새벽녘 마른 바위 가슴에 이슬이나 적시는 희미한 젖줄기의 흔적만을 보여줄 뿐이다. 우리 가슴을 답답하게 하는 이러한 미완의 망설임이 그의 선택에 의한 것인지 그의 체질에 속하는 것인지 나는 아직 알지 못한다.